구 남친이 내게 반했다

단글

구남친이 내게 반했다 2

초판 1쇄 인쇄 2018년 5월 18일
초판 1쇄 발행 2018년 5월 25일

지은이 강하다
발행인 오영배
기획 박성인
책임편집 박주애
표지 디자인 모라에
제작 조하늬

펴낸곳 (주)삼양출판사 · 단글
주소 서울시 강북구 도봉로 173
대표 전화 02-980-2112 **팩스** / 02-983-0660
출판등록 1999년 3월 11일 제9-00046호.

ISBN 979-11-283-9461-4 (04810) / 979-11-283-9459-1 (세트)

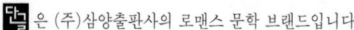 은 (주)삼양출판사의 로맨스 문학 브랜드입니다.

강 하 다
장 편 소 설

구남친이 내게 반했다

vol. 2

단글

차 례

· · · · · · · · · · · · · · · ·

06.
다 고백하고 때려치울 거야

굵은 비가 주룩주룩 내리는 목요일 저녁.

"단태오! 여기야! 여기!"

약속 장소인 압구정 로데오거리 이자카야 앞에 먼저 도착해 있던 유리가 손을 흔들며 인사했다.

까만 장우산을 쓴 채 천천히 걸어오던 태오는 고갯짓으로 화답했다.

유리는 그런 그를 물끄러미 관찰하다가 곁으로 가까이 다가오자 푸핫 웃음을 터트렸다.

"뭐냐? 그 옷차림은?"

"뭐가."

"너 선보러 왔어?"

비아냥대는 유리의 말은 기분을 언짢게 만들었지만 딱히 대꾸할 수는 없었다.

그도 그럴 것이, 평소 사적인 술 약속에선 항상 트레이닝복 차림이던 태오는 오늘 자신이 가장 아끼는 검은색 실크 셔츠를 입고 왔으니까.

"와, 때깔 좋네. 이러려고 집에 갔다 온다고 했구나?"

"그런 거 아니야. 편한 옷 다 세탁소 갖다 맡겨서그래."

"치, 다 들통날 거짓말을 왜 하십니까. 누구한테 잘 보이려는지 딱 알겠는데."

"알기는 무슨. 헛소리 좀 작작 해라."

이자카야 천막 밑에 들어선 태오는 자신을 놀리는 유리에게 까칠한 반응을 보이며 우산을 접었다. 그리고는 화제를 돌리기 위해 너무도 뻔한 질문을 던졌다.

"한나봄은 아직 안 왔냐?"

"응, 우리가 10분이나 일찍 도착했으니까."

당연한 질문에 대한 당연한 대답을 들은 태오는 괜히 멋쩍어졌다.

"그럼 들어가 있지, 왜 나와서 비를 맞고 서 있어."

그래서 만만한 유리에게 애꿎은 핀잔을 건네자, 그녀는 손에 들고 있던 담뱃갑을 태오 쪽으로 내밀며 말했다.

"아아, 담배 한 대 피우고 들어가려고. 너도 한 대 할래?"

비록 얼마 전 홧김에 담배를 다시 찾았던 그였으나, 지금은 다시 금연 상태였다.

한동안은 계속 피울 일 없을 거라 생각한 태오는 단호하게 고개를 저었다.

"됐어. 끊었다고 몇 번을 말해."

"이상하다. 이제 다시 피울 때가 됐는데."

"안 피워. 그러니까 너도 슬슬 줄여."

그리 말하는 태오의 표정은 딱딱했지만 유리는 씨익 눈웃음을 지어 보였다.

비록 친구 사이에 오고 가는 흔한 염려일지라도, 무뚝뚝한 그가 은근슬쩍 그녀를 신경 써 주는 건 언제 느껴도 기분이 좋았다.

태오의 말을 듣기로 한 유리는 순순히 담뱃갑을 집어넣었고 그의 어깨에 살갑게 팔을 둘렀다.

"너 장례식 날 가 줄 사람이 나밖에 없어서 챙기는 거야?"

오늘 기분이 좋은지, 태오는 고개를 끄덕여 준다.

"그래. 그런 걸로 치자."

물론 그렇게 대답하며 어깨에 닿은 그녀의 손을 팩 떼어 내 버리긴 했지만 유리는 이걸로도 충분히 만족한다.

이 거리를 지나다니는 사람들 중 가장 눈에 띄는 이 남자가 나를 누구보다 편하게 생각하고 있으니.

그래서 남몰래 자만심에 젖어 있던 그때.

"어, 한나봄이다."

태오의 입에서 신경에 거슬리는 이름 하나가 튀어나왔다.

그의 얼굴로 향해 있던 고개를 돌리자, 곧바로 눈에 들어오는 사람은 병아리처럼 노란 우산을 쓰고 걸어오는 나봄이었다.

"앗, 일찍 오셨네요!"

그들을 진작 알아본 나봄은 제법 먼 거리에서부터 밝은 인사를 건넸다.

그러자 버릇처럼 일렁이기 시작하는 태오의 눈빛은 유리의 눈에도 선명하게 비쳤다.

제대로 다가가지도 못할 거면서 왜 이렇게 티를 내는지. 유리는 너무도 순박한 그의 짝사랑이 너무 같잖아 보일 뿐이다.

하지만 조금도 티를 내지 않고, 유리는 어느새 가까워진 나봄에게 친근히 말을 걸었다.

"비도 오는데 오느라 수고 많았어요. 배 많이 고프지?"

"지하철이랑 가까워서 오기 편했어요. 여기가 유리 씨가 말한 그 이자카야인가요?"

"응, 다른 것보다 해물탕이랑 참치 회가 최고야. 그 두 개면 사케 몇 병은 동난다니까."

"아아, 그렇구나. 분위기도 아늑하니 좋아 보이네요."

나봄이 유리와 친근하게 대화하는 동안, 태오는 그녀의 얼굴을 뚫어져라 바라보고 있었다.

화장도 옷차림도 머리스타일도 수수하던 평소랑 다르지 않은데, 오늘따라 그녀는 이상하리만큼 예뻐 보인다.

자꾸 저렇게 해실해실 웃어서 그런 가 봐.

맨날 보던 그를 평소와 다르게 느끼고 있는 건 나봄도 마찬가지였다.

회사에서 항상 캐주얼한 차림의 태오만 보던 그녀는 포멀한 실크 셔츠를 입은 그가 낯설면서도 근사해 보인다. 애가 원래 이렇게 성숙한 느낌이었나, 싶을 만큼.

태오를 아래에서부터 조심스레 훑어보던 나봄이 그의 얼굴에 시선을 두었다. 그러자 곧바로 마주쳐 버린 태오의 눈동자는 마침 또렷이 그녀를 향해 있었다.

"아……."

순간 당황해 버린 나봄은 잠시 뜸을 들이다가 괜히 애먼 곳으로 고개를 돌려 버렸다.

왜 그의 시선을 피해 버렸는지는 모르겠다. 그가 전처럼 무서운 것도 아닌데 말이야.

"자자, 나봄 씨도 왔으니까 얼른 들어가서 자리 잡자."

그때, 두 사람을 바라보고 있던 유리가 손뼉을 짝짝 치며 말했다.

그제야 퍼뜩 정신을 차린 나봄은 비닐 지붕 밑으로 들어와 조심스레 노란 우산을 접었다.

그러는 동안 유리는 태오부터 가게 안으로 밀어 넣었고, 뒤따라 들어가기 전 나봄에게 잠시 고개를 돌려 말했다.

"나봄 씨도 얼른 들어와요."

"네! 우산 좀 털고 갈게요!"

"괜찮아. 얼마 있지도 않을 건데, 뭐."

"네?"

빠르게 스쳐 지나간 유리의 한 마디는 영문을 알 수 없었다. 하지만 유리는 되물어 볼 시간도 주지 않고 문 너머로 사라졌다.

나봄은 잠시 아까의 대화 내용과 다른 그녀의 한 마디를 의아하게 여겼지만 그것도 잠시뿐이었다.

단태오와 처음으로 가져 보는 술자리.

소주 석 잔이면 바로 취해 버리는 나봄은 자신이 술자리를 싱겁게 만들어 버리지나 않을까 걱정이다.

그러니 제발 오늘은 디오니소스라도 영접해서 원래 주량보다 많이 마시고 오래 버텼으면 좋겠다.

*　　*　　*

"나봄 씨는 주량이 어떻게 돼?"

유리가 그리도 극찬한 안주들과 태오가 직접 고른 사케가 놓인 이자카야 테이블.

유리가 나봄의 잔에 맑은 사케를 가득 따르며 물었다. 두 손으로 조심히 술을 받은 나봄은 미소 어린 표정으로 대답했다.

"조금밖에 못 마셔요."

"조금이 몇 병인데?"

"세 잔이면 취하는데……."

"에이, 내숭은. 겨우 세 잔에 취해 버리는 사람이 어디 있어. 여기선 그런 말 해 봤자 봐주는 거 없어."

그 말이 끝나자마자 유리는 제 잔에 담긴 술을 비워 냈다. 그러고는 멀뚱멀뚱 그녀를 쳐다보는 나봄에게 턱을 까딱였다. 은근히 강압적인 눈빛은 한 잔을 비우라는 명령이 분명했다.

'첫 잔부터 사양하는 건 좀 그렇겠지.'

나봄은 하는 수 없이 잔으로 입술을 가져다 댔다.

주량을 고려해서 입술에 술을 적시는 정도로만 마시려 했는데, 잔을 떼어 내려 하기가 무섭게 유리가 그녀의 팔목을 붙들어 버렸다.

"첫 잔은 원샷인 거 알잖아."

"으읍!"

그대로 술을 다 넘길 때까지 놔주지 않은 탓에 한 번에 채워 버린 한나봄 주량의 3분의 1.

아무리 부드러운 사케라고는 하지만 가슴이 타들어 가는 기분이다. 직감하건대, 조만간 이 열기는 온 얼굴을 빨갛게 물들이고 말 것이다.

"자, 여기 물."

사케 한 잔을 원샷하고 힘겨워하는 나봄에게 태오가 물컵을 내밀었다. 살짝 미간을 찡그린 그는 성깔 묻어 나오는 목소리로 유리를 나무랐다.

"억지로 마시게 하지 마. 여기가 대학교 MT냐."

"나봄 씨 오늘 나랑 제대로 술 마시러 나온 건데, 뭐."

"잘 못 마신다잖아."

"참나, 좀 취하면 어때. 너처럼 질질 짜지만 않으면 되지."

"그, 그 얘기를 왜 여기서……!"

사실 술이 세긴 해도 창피한 술버릇을 가지고 있는 태오는 당황감을 감추지 못했다.

만취 상태가 되면 노래를 부르다가 곧잘 울곤 하는데, 그건 나봄에게만큼은 절대 들키고 싶지 않은 주정이었다.

태오는 혹시나 나봄이 방금 전의 얘기를 새겨들었을까 싶어, 조심스러운 시선으로 눈치를 보았다.

"유리 씨, 여기 해물탕도 드세요."

다행히 나봄은 유리의 앞 접시에 해물탕 국물을 담느라 알아채지 못했다. 오늘의 운을 여기다 다 썼다고 해도 과언이 아닐 만큼 다행인 순간이었다.

"……진짜 조용히 해라, 허유리."

태오는 오늘따라 유난히 입을 간수 못하는 유리에게 작지만 강한 어조로 엄포를 놓았다.

하지만 유리는 들은 척도 않고 웃는 낯으로 나봄이 내민 앞 접시를 받아 들었고, 또 다시 그녀 앞으로 차가운 사케 병을 내밀었다.

"어머, 고마워라. 나봄 씨 한 잔 더 따라 줄게."

"아, 저는 조금 쉬었다가……."

"주량이 세 잔이라며. 한 잔만 나랑 같이 원샷하자. 응?"

평소엔 팀원들한테 억지로 술을 먹이는 편도 아니면서 오늘따라 왜 이러는지.

"그만하라고 했잖아."

유리의 행동이 의아해진 태오는 한 번 더 그녀를 만류했다. 안 그래도 나봄의 얼굴은 이전의 술 한 잔에 잘 익은 딸기처럼 붉어진 상태였다.

그러나 유리는 그런 태오의 손을 가볍게 뿌리치며 대답했다.

"여긴 회사 아니야. 이런 자리에서까지 니 명령 듣고 싶지 않아."

"명령이 아니라, 못 마시는 술을 왜 억지로 먹이고 앉아 있냐고."

"나봄 씨 아직 싫다는 거절도 안 했어. 그리고 한 잔쯤은 더 마실 수 있다잖아. 그치, 나봄 씨?"

"야, 허유리!"

벽창호처럼 구는 유리 때문에 결국 높아져 버린 태오의 언성.

테이블에 감도는 공기가 갑자기 살벌해졌다. 분위기를 이렇게 만든 사람은 태오와 유리였으나 본의 아니게도 원인은 나봄의 주량이었다.

이런 식의 말싸움이 커지길 원치 않았던 나봄은 하는 수 없이 유리 앞으로 술잔을 내밀었다.

"네, 한 잔쯤은 더 마실 수 있어요."

"무리해서 받을 필요 없어. 잔 내려놔."

태오는 그런 그녀를 넌지시 말렸지만 나봄은 고개를 가로저었다. 그런 뒤 꺼내 놓는 목소리엔 그를 안심시키기 위한 밝은 기운이 가득했다.

"여기까지는 괜찮아! 초반에 마셔 두면 술 깰 시간도 벌고 좋지!"

"그래그래! 한 잔 더 받아! 단태오는 나봄 씨 아빠도 아니면서 괜히 저래, 그치?"

유리는 태오가 다시 막아서기 전에 재빨리 나봄의 잔에 술을 따랐다. 그러고는 이미 술이 가득 차 있던 제 잔을 들어 그녀에게 건배를 요청했다.

"나봄 씨! 짠!"

챙—!

잔끼리 부딪히는 맑은 소리가 신호탄처럼 터지고.

유리는 망설임도 없이 잔에 가득 담긴 사케를 입 안으로 털어 넣었다. 그 모습을 바라보던 나봄도 뒤늦게 술잔을 입술에 가져다 댔다.

조금씩 나눠 마셔야 그나마 오래 버틸 수 있다는 건 알지만, 그랬다간 또 분위기가 안 좋아질지 몰라 한 번에 넘겨 버린 두 번째 술.

이로써 주량의 반을 넘겨 버렸다. 아까까지는 속만 뜨거웠는데 이제는 얼굴에도 후끈후끈 열이 오른다.

거울로 확인해 볼 필요도 없이 내 얼굴은 지금 홍당무일 거야.

"잘 마신다! 여기 찬물!"

유리는 한결 신이 난 표정으로 나봄에게 차가운 물컵을 내밀었다.

안 그래도 냉수 한 잔 시원하게 들이켜고 정신을 차려 볼 생각이었던 나봄은 고갯짓을 까딱한 뒤, 차가운 물을 꿀꺽꿀꺽 들이켰다.

하지만 거의 다 비웠을 때쯤 코끝에 느껴지는 건 물과는 다른 향기였다.

"쿨럭!"

나봄은 격한 기침과 함께 이미 비워 버린 잔을 내려놓았다. 소주처럼 술맛이 세지 않아서 미처 몰랐는데, 벌써 큰 컵으로 한 잔을 들이켜 버린 액체는 사케가 분명했다.

"이, 이거…… 술인데요?"

"어머! 미안해, 나봄 씨! 단태오 엿 먹이려고 따라 놨던 건데 나봄 씨한테 줘 버렸네!"

"허유리, 너 미쳤냐?!"

순식간에 혼비백산이 되어 버린 테이블.

그 와중에 나봄의 시야는 팽글팽글 돌기 시작한다.

어떻게든 오래 버텨 보려고 다짐한 지 오 분은 지났으려나. 오래 버티기는커녕, 이대로 몇 분 안에 정신을 놓아 버리게 생겼다.

"아아……."

나봄은 지끈거리기 시작한 머리를 부여잡고 여린 신음을 흘렸다. 그런 그녀를 바라보며 태오는 깊은 한숨을 내쉬었고.

"넌 이따가 보자."

경고성 짙은 한 마디를 유리에게 툭 던져 놓고 자리에서 일어섰다. 태오의 분노를 산 유리의 표정에 난처한 기색이 역력해졌다.

"어, 어디 가?"

"새 컵 가지러."

"일부러 그런 건 아니야! 알지?"

유리는 필사적으로 해명해 보려 했으나, 자리를 떠나는 태오가 남겨 놓는 건 가운데 손가락뿐이었다.

유리는 멀어지는 그를 보며 어쩔 줄 몰라 하다가 제 볼을 매만지는 나봄에게로 시선을 두었다.

"나봄 씨, 취기 많이 올라와?"

"아…… 머리가 아파요. 너무 많이 마신 것 같은데."

"우선 안주 좀 먹어. 그럼 나아질 거야."

유리는 살가운 목소리와 함께 나봄의 앞 접시에 참치 한 점을 놓아주었다. 나봄은 꼬인 혀를 움직이는 대신 꾸벅 고개를 숙여 고마움을 표했다.

그러자 유리는 흐트러진 나봄의 머리카락을 조심스레 넘겨 주었고, 걱정 어린 한 마디를 낮게 흘려보냈다.

"그나저나…… 이제 주량 넘겨 버려서 어떡해?"

하나 어쩐지 그 안에서 싸늘한 한기가 느껴지는 건 왜일까.

시간이 갈수록 알딸딸해지는 정신 때문에 뭐가 뭔지는 모르겠지만, 나봄은 유리를 굳이 바라보지 않아도 확신할 수 있었다.

다정한 손길과 달리 그녀는 지금 차가운 표정을 짓고 있을 것이라는 걸.

*　　*　　*

꾸벅.

나봄의 고개가 잘 익은 벼처럼 맥없이 수그려졌다.

금방이라도 앞으로 고꾸라질 것 같은 모습에, 태오는 곧바로 손을 뻗어 나봄의 머리를 도로 들어 올려 주었다.

"야야, 잠깐만. 정신 좀 차려 봐. 어?"

애타는 목소리로 말을 걸어 보았으나 도저히 정신을 되찾을 기미를 보이지 않는 사케의 희생양, 한나봄.

결국 낮은 한숨을 내쉰 태오가 매섭게 노려보는 건 유리였다. 그러니까 좀 작작 좀 먹이라고 말했거늘 왜 이리 대책 없는 짓을 저질렀는지.

"내숭이 아니라 진짜였구나. 나 이렇게 술 못 마시는 사람 처음봐."

하지만 유리는 미안한 기색 하나 없이 태연한 소리만 내뱉을 뿐이었다. 덕분에 심기가 비뚤어질 대로 비뚤어진 태오는 결코 곱지않은 반응을 내비쳤다.

"그러니까 계속 말렸잖아. 넌 내 말이 말 같지가 않냐?"

"뭐야, 설마 내가 나봄 씨 이렇게 만들었다고 짜증 내는 거야?"

"아니, 화내는 거야. 개무시도 정도껏 해."

그가 이 정도로 세게 말한다는 건 정말 제대로 열받았다는 뜻이었다.

생각보다 그의 감정이 많이 상했다는 걸 확인한 유리는 일부러더욱 너스레를 떨었다.

"나봄 씨가 너무 불편해하는 것 같길래 친해지고 싶어서 그랬어."

"……."

"아, 미안해. 이제 주량 알았으니까 앞으로는 억지로 먹이지 않을게."

하지만 재차 기분을 풀어 주려 해 봐도 태오는 좀처럼 미간을 풀지 못했다. 오히려 안색이 더 안 좋아진 것 같은 느낌에 유리는 살짝 후사가 두려워지기까지 했다.

그래도 여기서 그치지 않고, 유리는 상황을 좀 더 자신이 원하는방향으로 이끌어 나가기 위해 태오에게 제안했다.

"일단 근처 편의점에서 숙취 해소 음료라도 사 와 보는 게 어때?그거 마시면 좀 술이 깰지도 모르잖아."

안 그래도 그럴 생각이었다. 저대로 한나봄을 집에 보낼 수는 없으니.

"하아……."

또 한 번의 한숨과 함께 지갑을 챙겨 든 태오는 자리에서 일어섰다.

"옆에서 쓰러지지 않게 잘 잡아 주고 있어라."

그래 놓고서 마지막까지 남겨 놓는 건 오직 나봄에 대한 걱정뿐이었다. 그건 그거대로 마음에 들지 않았던 유리는 떠나는 그를 돌아보지도 않고 대답했다.

"알았으니까 얼른 다녀오기나 해."

딸랑—

머지않아 태오가 가게 문을 열고 순순히 밖으로 나가는 소리가 들리고.

유리는 나봄의 옆자리로 자리를 옮겼다. 그가 일러 놓았던 대로 그녀를 부축해 주기 위해서는 아니었다.

지금 그녀는 단태오가 없는 틈을 타 반드시 해야 할 일이 있다.

유리는 완전히 멀어지는 태오의 뒷모습을 창문으로 한 번 더 확인하고, 입고 있던 재킷 안주머니에서 제 휴대폰을 꺼내 들었다.

그런 뒤 곧바로 주소록을 열어 한 사람에게 망설임 없이 전화를 걸었다. 고급진 클래식이 흐르는 컬러링의 주인공은 다름 아닌 얼마 전 명함을 얻었던 선우차준이었다.

유리는 그와 어울리는 컬러링을 들으며 다 식은 해물탕 국물을 젓가락으로 뒤적였다.

그렇게 얼마나 지났을까.

—네, 여보세요.

다행히도 통화는 단 한 번의 시도 만에 연결되었다.

평소보다 딱딱하긴 하지만 익숙한 차준의 목소리에, 유리는 화색이 감도는 인사부터 건넸다.

"안녕하세요, 선우차준 본부장님! 제 번호를 저장하셨는지 모르 겠는데 저 허유리예요."

―허유리?

"네, 우드레일 퍼니쳐팩토리 오피스가구 파트장이요!"

―…….

"에이, 며칠 전에 본부장님이 나봄 씨 잘 부탁한다면서 명함도 주 셨잖아요."

―아아…… 이제 기억나네요. 그런데 늦은 시간에 무슨 일로?

차갑게 되묻는 그는 유리의 전화를 달가워하지 않는 게 분명했 다. 하나 그런 것 따위 애초부터 중요하지 않았던 유리는 그럴수록 본론을 더욱 빨리 꺼내 놓기로 했다.

"다름이 아니라 지금 압구정 로데오에서 나봄 씨랑 둘이 술을 마 시고 있는데요. 나봄 씨가 사케 세 잔에 인사불성이 되어 버렸지 뭐 예요."

―예?

"어휴, 술 취해서 계속 본부장님만 찾다가 지금 겨우 잠들었어 요. 그런데 제가 나봄 씨 집 주소를 잘 몰라서……."

뒷말을 의도적으로 흐리며 유리는 속으로 카운트다운을 센다.

셋, 둘, 그리고 하나.

―지금 제가 그쪽으로 가겠습니다. 20분 정도 걸릴 것 같군요.

역시 사랑에 빠진 남자는 다루기가 쉬웠다.

성깔 나쁜 단태오도, 만만찮다고 소문난 본부장도 한나봄만 내 세우면 원하는 대로 순순히 움직여 주잖아.

"네, 그럼 나가서 기다리고 있을게요. 빗길 조심히 오세요."

단순한 그들을 내심 비웃으며, 유리는 살가운 마무리 멘트를 꺼내 놓았다.

그러자마자 뚝 끊겨 버리는 차준과의 통화는 매정하기 그지없었으나 유리는 전혀 기분 나쁘지 않았다.

무사히 장전된 총을 차준의 손에 쥐어 준 지금, 남은 건 그가 쏜 총알이 날카롭게 태오의 심장을 꿰뚫어 버릴 일뿐이니.

"나봄 씨, 우리 나가자. 나봄 씨 남자 친구 온대."

유리는 아직 정신을 차리지 못하는 나봄을 부축해 일으켰다. 아직 차준이 도착하려면 멀었지만 태오가 오기 전에 사라지려면 지금 나서는 수밖에 없었다.

안타깝게도 나봄은 별다른 저항을 하지 못했고 유리에게 전적으로 의지한 채 짐짝처럼 이자카야에서 끌려 나왔다.

남은 안주와 술이 무색할 만큼 텅 비어 버린 그들의 술자리. 깜빡 잊고 간 건 노란 우산이었고, 버려진 건 또다시 단태오였다.

물론 그 사실을 전혀 알지 못하는 태오는.

"이걸로 술이 깰려나 모르겠네…… 한 병 더 살 걸 그랬나."

나봄을 위한 숙취 해소 음료와 아이스크림이 든 비닐봉지를 꼭 쥐어 든 채 돌아오는 중이었지만.

* * *

"본부장님! 여기예요! 여기!"

점점 더 사람들이 북적이기 시작하는 자정에 가까운 시각. 압구정 로데오역에 멈춰 서는 하얀 벤츠를 본 유리가 크게 소리쳤다.

"으음……."

그 소란을 들은 나봄은 옅은 신음을 흘려보냈지만 스스로 몸을 가누지는 못하는 상태였다.

한 번에 몰아 마신 술 탓도 있었으나, 혹시 정신이 들까 싶어 가게에서 나오자마자 몰래 사다 먹인 이온음료 영향이 가장 컸다.

하지만 그걸 알 리 없는 차준은 운전석 문을 급히 열고 나와 유리에게 걱정 어린 첫 마디부터 건넸다.

"들어가서 기다리지 그랬어요. 비도 오는데."

"나온 지 얼마 안 됐어요. 그나저나 되게 빨리 오셨네요. 막 밟으셨나 봐요."

"차 막힐 시간은 아니니까요. 나봄이는 얼마나 많이 마신 거죠?"

"글쎄요. 앉자마자 연거푸 들이켜더라구요. 그러고선 어찌나 본부장님을 찾던지……."

그런 적은 없지만 안 들키면 그만이다.

학창 시절부터 거짓말 하나는 능숙하게 잘 치는 유리는 애매모호한 차준과 나봄의 사이를 한순간 연인으로 만들어 버릴 자신이 있다.

"우선 나봄 씨 좀 붙잡아 주세요. 혼자서는 잘 서지도 못해요."

유리는 나봄을 자연스레 차준의 품으로 넘겨주었다. 넓은 그의 가슴에 안긴 나봄은 유리에게 있을 때보다 한결 편안해 보였다.

그런 그녀를 본 유리는 일부러 흐뭇한 미소를 띤 채 말했다.

"정말 부러워요."

"뭐가요?"

"좋아하는 사람이 바로 달려와 주는 거요. 솔로는 외로워서 어떡하나."

언뜻 듣기엔 신세 한탄 같겠지만 사실 유리는 그들의 관계를 확정 짓는 중이었다.

비록 인사불성이 된 나봄은 이런 상황을 모르겠지만 차준의 마음은 확실히 동요할 것이다. 그럼 앞으로 그녀를 대하는 태도도 달라지겠지.

하지만 유리의 바람과는 달리, 차준은 그녀의 말에 대해선 별다른 반응을 보이지 않았다.

"그럼 회사에서 뵙겠습니다."

그저 단조로운 마무리 인사를 끝으로 유리에게서 곧바로 등을 돌려 버리는 그는 분명한 선을 긋고 있는 중이었다.

이 이상, 친근한 척 굴지 말아 달라고.

조수석 문을 연 차준은 나봄을 조심히 앉혀 두었고 안전벨트까지 단단히 채워 놓았다.

"으음⋯⋯."

그 압박감에 가슴이 불편해졌는지 나봄의 입술 새로 새는 나른한 신음.

그녀의 야릇한 목소리는 차준의 귓가로 스며들어, 그의 갈증을 강렬해지도록 만든다. 아마 뒤편에 서 있던 유리만 없었더라면 이대로 문을 닫고 그녀의 붉은 입술을 탐해 버렸을지도 모르겠다.

"이제 어디로 가시나요?"

이성이 끊어지기 직전, 유리가 살가운 목소리로 물었다.

"글쎄요……."

장소는 물어보나마나 나봄의 집이었는데 차준은 자기도 모르게 애매모호한 대답을 하고 말았다.

"목적지까지 시시콜콜하게 알려드려야 하나요?"

다정한 미소 뒤에 어린 서늘한 한기.

지금의 되물음은 더 이상 자신에게 신경 쓰지 말라는 엄포가 분명했다. 다른 게 아니라 바로 이런 반응을 원했던 유리는 더욱 밝은 미소를 지어 보였다.

"아, 죄송해요. 성인 남녀의 목적지를 물어보는 건 실례인데."

"……."

"그럼 들어가 보세요. 나중에 회사에서 뵙겠습니다."

차준에게서 얻어 낼 걸 전부 얻어 낸 유리는 허리를 꾸벅 숙여 인사했다.

차준은 그런 그녀에게 가볍게 고개를 끄덕였고, 운전석에 몸을 실었다.

탁—!

차문을 닫자 밀폐된 공간에서 더욱 선명해지는 그녀의 숨소리. 그 새근새근한 숨결은 이 불편한 차 안이 푹신한 침대가 되어 버리는 착각까지 일으킨다.

이렇게 무방비한 모습은 한 번도 본 적이 없었는데. 살짝 벌어진 입술도, 내리 감긴 긴 속눈썹도, 왜 이렇게 욕망을 자극하는지.

"나봄아……."

차준은 눈앞에서 흐트러져 있는 그녀의 이름을 나직이 불렀다.

물론 잠든 그녀에게서 대답은 돌아오지 않았지만 그는 그녀의 뺨을 부드럽게 쓰다듬었다. 보드라운 촉감이 손끝에 느껴지자, 차준은 저도 모르게 마른침을 삼켜 넘겼다.

"한나봄……."

그러고 나서 한 번 더 불러 보는 그녀의 이름.

"너 어떻게 하려고 이래."

"……."

"나…… 생각보다 나쁜 사람인데."

이게 변명이 될지는 모르겠다.

하지만 이미 난잡해질 대로 난잡해진 머릿속은 가장 은밀한 곳으로 목적지를 안내한다.

그녀에게서 시선을 돌린 차준은 휴대폰 내비게이션을 켰다. 얼마 전 들렀던 나봄의 집 주소보다, '우리집'으로 설정된 자신의 타워 펠리스가 가장 먼저 시선을 사로잡았다.

마치 동화 속에 나오는 먹음직스러운 과자집처럼.

*   *   *

나봄을 차준에게 넘겨주고 이자카야로 돌아가는 길.

비 오는 거리를 걷고 있던 유리의 시선에 한 남자가 비쳐 들어왔다.

모델처럼 커다란 키, 멀리서도 단연 눈에 띄는 선명한 이목구비, 입고 있는 옷까지.

　누가 봐도 완벽한 그는 오늘따라 더욱 빛이 나는 단태오였다.

　그 허울 좋은 모습이 무색할 만큼 흔들리는 눈빛을 띤 태오는 누군가를 애타게 찾고 있었다. 하지만 좀처럼 보이질 않는지, 이리저리 둘러보던 그는 애달픈 한숨과 함께 머리를 흩트려 버린다.

　그런 그의 손에 꼬옥 쥐어진 노란 우산.

　그건 태오가 찾는 사람이 누구인지를 여실히 드러내 주고 있었다. 하나 이미 그 사람을 돌아오지 못할 곳으로 보내 버린 유리는 태연한 표정으로 그에게 걸음을 옮겼다.

　"단태오!"

　힘주어 그의 이름을 부르자 그제야 그녀에게 머무르는 태오의 눈동자.

　점점 가까워지는 그의 모습은 들고 있는 까만 우산이 무색할 정도로 다 젖어 있었다. 아마 이 빗속에서 우산을 들고 한참을 이리저리 뛰어다녔던 모양이다.

　"말도 없이 어딜 갔다 와! 휴대폰도 꺼 놓고!"

　"……."

　"뭐야, 한나봄은 어디 있어?"

　그런 그가 겨우 꺼낸 질문은 아니나 다를까 나봄에 관한 것이었다.

　유리는 그의 젖은 어깨를 탈탈 털어 주다가 그가 상상도 하지 못했을 대답을 꺼내 놓았다.

"본부장님한테 갔어."

"뭐?"

"나봄 씨가 술김에 데리러 와 달라고 연락한 모양이더라. 너 나가고 나서 바로 본부장님이 찾아오셨어."

앞뒤가 많이 각색되긴 했지만 어쨌든 나봄과 차준이 같이 있다는 건 엄연한 사실이었다.

그래서 흔들림 없는 시선으로 태오를 마주하고 있으니 그는 살짝 미간을 좁힌 채 흐린 목소리로 되묻는다.

"왜……?"

왜라니.

"갑자기…… 왜?"

그런 질문이 이제 와서 무슨 소용이 있다고.

현실을 받아들이지 못하고 재차 묻는 태오에게 유리는 준비된 진실을 깊숙이 찔러 넣었다.

"글쎄, 모르긴 몰라도 나봄 씨 집으로 가는 것 같지는 않던데."

"……."

"그럼 둘 사이 뻔한 거 아니겠어?"

유리의 확신 어린 목소리가 이어지면 이어질수록 태오의 눈에 어린 아픔도 짙어져 갔다. 점점 붉어지는 그의 눈가는 금방이라도 서글픈 눈물을 뚝 떨어트릴 것만 같다.

가끔 나오는 그의 여린 모습을 좋아하는 유리이지만 한나봄 때문이라면 얘기가 달랐다. 그걸 지워 내고 싶었던 유리는 적나라하게 드러난 그의 감정을 단칼에 잘라 주기로 했다.

"나봄 씨는 너랑 안 돼."

"……"

"그 이유는 너도 알고 있잖아."

태오의 눈동자가 옅게 흔들렸다. 그건 그만해 달라는 신호와 같았으나 유리는 입술을 멈춰 두지 않았다.

"그러면서도 구질구질하게 청승 떠는 거, 니가 생각해도 한심스럽지 않아?"

"……"

"니가 뭐가 아쉬워서 그래. 주변을 둘러보면 얼마든지 널 사랑해 줄 여자는 많을 텐데."

나를 알아봐 달라는 얘기와 다를 것 없는 유리의 말은 태오의 귀에 그대로 스며들었다.

하지만 그의 황폐한 마음까지 적시지는 못했다. 나봄과 차준이 함께 어딘가로 향했다는 말을 듣자마자, 그의 머릿속은 만취한 사람처럼 하얗게 질려 버렸으니까.

"하아……"

한참을 가만히 서 있던 태오는 긴 한숨을 내쉬었고 들고 있던 까만 우산을 바닥에 힘없이 떨어트렸다.

"뭐해. 아직 비 오잖아."

유리는 그런 태오를 위해 우산을 집어 들었다. 하지만 태오는 그대로 고개를 숙인 채 먹먹하게 잠긴 목소리를 흘려보냈다.

"……갈래."

빗물에 무엇을 숨기고 있는지.

유리는 일그러진 태오의 표정만으로도 충분히 알아차릴 수 있었다. 그대로 뒤를 돌아 서글픈 발걸음을 옮기는 그는 눈 뜨고 봐 주기도 힘들만큼 애처로웠다.

그래서 멀어지는 그를 붙잡을 수는 없었지만 유리는 상황이 여기까지 온 걸로도 충분히 만족하는 중이었다.

어차피 그녀가 바라는 건 그를 손에 넣는 게 아니라, 어느 누구도 가지지 못하게 막아 두는 것이었으니.

*　　*　　*

"등신 새끼……."

다 젖은 몸으로 지하철 막차에 오른 그가 중얼거렸다.

"자존심도 없는 새끼……."

아직까지 빌어먹을 노란 우산을 내다 버리지 못하고 챙겨 온 자신에게 바치는 욕설이었다.

하지만 아무리 오기 섞인 욕을 내뱉어 봐도, 하염없이 스스로를 다그쳐 봐도, 이미 터져 버린 눈물샘은 좀처럼 멈추질 않았다.

오늘은 만취 상태에서 청승맞은 이별 노래를 부른 것도 아닌데.

혹시나 다른 사람들에게 울고 있는 모습이 들킬까 태오는 푹 숙인 고개를 절대 들지 못했다.

뚝뚝 떨어지는 물방울이 눈물인지 빗물인지 모를 만큼 젖어 버린 건 정말 천만다행인 일이었다.

그래서 더욱 마음 놓고 터지는 울음은 태오의 마음을 더욱 비참하게 만든다. 이렇게 나 혼자 아파하는 걸 누가 알아주기나 한다고. 정말 지지리 궁상떠는 법도 가지가지다.

'난 왜 또 이런 꼴이 된 걸까.'

곰곰이 생각해 보니 이번에도 혼자 들떠서 기대한 탓이었다.

그녀가 듣기 좋은 소리 몇 번 해 줬다고 한껏 들떴던 죄로 기대와는 다른 현실에 만신창이가 되어 버리고 말았다.

'한나봄은 나한테 왜 자꾸 이러는 걸까.'

이건 오랜 시간 태오를 혼란스럽게 한 문제였지만 아무리 생각해도 이유는 한 가지였다.

모든 건 내가 너에게 어떤 마음을 가지고 있는지, 너는 조금도 알지 못했기 때문에 벌어진 일이다.

'우리 만나기로 했던 거 말이야. 그거 없었던 일로 하고 싶어.'
'아직 제대로 시작도 안 했을 때 정리하는 게 좋을 것 같아.'

생각해 보면 잔인했던 나봄의 이별 멘트도 태오에게 감정이 없다는 걸 전제로 한 내용이었다.

이미 깊어진 마음을 몰랐기에 그녀는 너무도 쉽게 떠나 버렸고, 5년 만의 재회에서도 상처 되는 말을 아무렇지 않게 꺼냈다.

게다가 지금도 봐. 남겨진 내 생각은 조금도 안 하고 그 남자에게로 홀쩍 떠나가 버렸잖아.

지난날들을 떠올려 보면 그녀는 아무것도 모른다는 이유로 속편히 그를 무너트려 놓았다.

하지만 태오는 그녀가 아무것도 모른다는 그때와 같은 이유로 온갖 맘고생 다 하면서도 그만하라는 말조차 하지 못했다.

이 짓을 1년만 더 하면 벌써 10년.

강산도 변할 만큼 긴 시간 동안 난 헛된 삽질만 하고 있었던 거다.

"더러워서라도 그만한다, 진짜……."

태오는 젖은 소매로 눈가를 닦으며 오기 섞인 혼잣말을 중얼거렸다. 하나 이런 결심은 번번이 실패로 돌아갈 뿐이었으니, 이번엔 돌이키지 못할 짓부터 저질러 놓기로 했다.

내가 널 어떻게 느끼고 있는지. 이런 감정이 언제부터 시작되었는지.

그동안 넌 나에게 어떤 존재였고, 너의 한 마디 한 마디에 얼마나 많은 기대가 피어났다가 맥없이 져 버렸는지.

"……다 고백하고 때려치운다."

그래야 니가 하다못해 죄책감이라도 느낄 거 아니야.

어째서 결론이 이런 방향으로 났는지는 태오 본인도 모를 일이었다.

하지만 그를 괴롭히는 이 절망의 굴레는 꽁꽁 감춰 왔던 진심을 모두 꺼내 놓아야만 겨우 벗어날 수 있을 터였다.

겨우 울음을 멈추고 정신을 차린 태오는 뒷주머니에서 휴대폰을 꺼내 들었다. 비를 고스란히 맞은 휴대폰은 물기가 스며 있었지만 다행히 작동하는 데에는 지장이 없었다.

덕분에 지금의 결심에 대해 한 번 더 생각할 시간도 얻지 못한 그는 격분한 손가락으로 빠르게 메시지를 입력했다.

[한나봄, 내일 고백하러 너희 집 갈 거니까 전화하면 나와.]

마지막 마침표를 찍자마자 스스럼없이 누른 전송 버튼.

이것으로 준비는 끝났다. 이제 남은 건 그동안 억눌러 놓은 감정들을 장렬하게 터트리고 모든 관계를 끝장내 버리는 것뿐이다.

"하아⋯⋯."

긴장이 풀려 버린 태오는 먹먹한 한숨을 내뱉었다. 고백은 심장이 떨려서 죽었다가 깨나도 못 할 줄 알았는데.

오히려 확 터트려 버릴 생각을 하니 답답한 속앓이가 해소되는 기분이었다.

나는 정말, 강산이 변한다는 긴 시간 동안.

너를 열심히 사랑했고, 최선을 다해 그리워했고, 내 감정들을 아낌없이 쏟아부었어.

그래서 내일 어떤 일이 벌어진다고 해도 후회는 없을 테지만 너는 내일부터 죽도록 후회했으면 좋겠어.

나처럼 널 사랑해 줄 사람을 영영 잃어버린 걸, 오늘의 나보다 수천 배는 더 가슴 아파하며 잠 못 들었으면 좋겠어.

알아듣냐, 이 나쁜 가시나야. 넌 오늘 정말 소중한 사람을 놓친 거다.

아무리 시간이 흘러 우리의 인연이 흔적도 없이 사라져 버린다 해도, 그 사실 하나는 변하지 않아.

                    *   *   *

끼익—

무방비한 그녀를 태운 차가 드디어 멈추었다.

"하아……."

차준은 뜨거운 숨을 내뱉으며 운전대를 내려놓았고, 떨리는 눈
빛으로 나봄을 바라보았다. 어두운 차 안에서도 달빛처럼 환히 빛
나는 그녀의 목덜미는 미치도록 탐스러웠다.

'술기운에 나를 찾았다는 건, 너도 나를 원하고 있다는 뜻 아닐
까.'

남몰래 가져 보는 기대감은 차준의 본능을 더욱 달아오르게 만
들었다. 가슴 깊숙한 곳에서부터 끓어오르는 열기는 정돈되어 있던
그의 눈빛을 엉망으로 흩트려 놓는다.

차준은 뜨거워질 대로 뜨거워진 손끝을 앞으로 뻗었고 나봄의
작은 어깨를 부드럽게 붙잡았다.

이젠 고통스럽기까지 한 너를 향한 갈증.

그걸 해소하는 방법은 단 한 가지, 널 내가 원하는 만큼 마음껏
들이켜는 것뿐이다.

메마른 가슴이 너로 인해 한껏 젖어 들 수 있게 이 작은 몸을 끌어
안고, 머금고, 입술이 닿는 곳마다 붉어질 때까지 빨아들이고 싶다.

"나봄아."

하지만…….

"나봄아, 일어나. 집에 다 왔어."

조급하게 굴지는 않기로 했어. 어차피 넌 나에게 돌아와 줄 테니까.

우리가 얼마나 사랑했었는지. 서로가 서로에게 얼마나 소중한 존재였는지.

내가 똑똑히 기억하고 있는 걸 너라고 해서 잊었을 리 없잖아.

"으음……."

"아버님 어떻게 보려고 그래."

차준은 조심스레 그녀의 몸을 흔들었다. 하지만 아직 술에서 깨지 못한 나봄은 쉽사리 눈을 뜨지 못했다.

차준은 그런 그녀를 잠시 바라보다가 이내 먼저 차에서 몸을 내렸다. 스스로 일어나지는 못할 것 같으니 집 안으로 직접 데리고 들어갈 수밖에 없는 노릇이었다.

차준은 혹시나 하는 마음에 담벼락 너머로 집 안을 확인했다. 다행히 불 켜진 창문에선 누군가의 실루엣이 비쳐 보였다.

그가 한 사장임을 알아차린 차준은 대문으로 다가서며 옷매무새를 정돈했다. 그리고는 잠긴 목소리를 가다듬으며 초인종을 눌렀다.

─어우, 이 시간에 누구요.

이윽고 들려오는 목소리는 역시나 한 사장의 것이었다.

마른침을 삼켜 넘기며 목을 가다듬은 차준은 최대한 예의를 갖춘 대답을 했다.

"아버님, 늦은 밤에 죄송합니다. 저 차준입니다."

─차준이? 그 본부장?

"네, 오늘 회사에서 회식이 있었는데 나봄이가 많이 취해 버렸네요. 괜찮으시다면 잠깐만 나오셔서 나봄이를 부축해 주셨으면 좋겠는데……."

―아이고, 어쩐지 전화를 안 받더라니. 자, 잠깐만 기다리게!

놀란 한 사장의 목소리를 마지막으로 끊겨 버리는 인터폰.

곧이어 현관문이 벌컥 열렸고, 치릭치릭 슬리퍼 끄는 소리가 가까워졌다. 요란한 쇳소리를 내며 잠금장치를 풀어낸 한 사장은 잔뜩 당황한 표정으로 대문을 열어젖혔다.

"세상에 이게 무슨 일이야. 우리 나봄이가 어디서 이렇게 술이 떡이 되어서 돌아오는 애는 아닌데."

어쩌다 이렇게 마셔 버렸는지는 차준도 잘 모르지만, 그는 살가운 미소를 입가에 띤 채 대답했다.

"원래 회사 회식 자리가 다 그렇죠, 뭐. 제가 잘 챙겨 줬어야 했는데 그러지 못해서 죄송합니다."

"아니야, 아니야. 여기까지 데리고 오느라 정말 수고 많았네. 나봄이는 차 안에 있나?"

"네, 잠들었어요."

차준은 대문 바로 앞에 주차한 하얀 벤츠의 조수석을 열었다.

누가 업어 가도 모를 만큼 곤히 자고 있는 나봄은 한 사장을 기가 차게 만들었다.

"허참, 아주 술에 떡이 되셨구만……."

"……."

"한나봄! 어여 일어나! 업체 본부장님 차 안에서 뭐하고 있는 거야!"

거침없는 손길로 나봄의 어깨를 붙잡은 한 사장은 그녀를 이리 저리 흔들었다.

그러자 살짝 정신을 차린 그녀는 아빠의 목소리를 알아들었는 지, 대뜸 미간부터 구겼다.

"아빠…… 10분만 더……."

"10분은 무슨 얼어 죽을 10분! 너 진짜 정신 안 차려?!"

"음……."

"하이고, 미쳐. 아무래도 둘러업고 가야겠구만."

한 사장의 탄식 섞인 혼잣말을 들은 차준은 두 팔을 걷어붙이고 나섰다.

"실례가 안 된다면 제가 업을게요."

"아, 아니야. 내가 업어야지."

"아버님 허리 상하실까 봐 그래요. 소중한 따님분, 얌전히 침대까 지만 모셔다 놓을 테니까 한 번만 제가 업게 해 주세요."

"허허, 사람 참 넉살은. 아버님 소리 아주 잘도 하는 구먼그래."

초인종을 누르기 전까지만 해도 미처 정리하지 못한 미련이 남 아 있었는데, 지금은 이 악물고 이성을 되찾은 게 다행이라는 생각 뿐이었다.

능숙하게 그녀의 가장 가까운 사람부터 사로잡는 건, 인간관계 에 서툰 그 녀석이라면 죽었다 깨어나도 못할 테니.

차준은 한 사장의 도움을 받아 새근새근 자고 있는 나봄을 등에 업었다.

드디어 맞닿은 그녀의 온기는 감히 품었던 욕망이 미안할 만큼 하염없이 따스했다. 그로써 갈증을 해소하지 못해 날뛰던 본능은 잠잠해지고, 차준은 기다림을 버틸 수 있을 만큼의 안정을 되찾는다.

처음부터 시작해 보고 싶다고 말한 너니까, 이 자리에 가만히 머물러 있으면 언젠가 니가 먼저 다가와 줄 거야.

그날이 오면 난 너를 품 안에 꽈악 끌어안고 두 번 다시는 놓치지 않을 거야.

난 더 이상…… 혼자가 되고 싶지 않아.

*　　　*　　　*

삐— 삐— 삐— 삐—

규칙적인 기계음이 들리는 VVIP 개인 병실.

긴 잠에 빠져 있던 그의 손가락이 미세하게 움직였다. 때마침 링거액을 갈아 주고 있던 간호사는 그 움직임을 놓치지 않았다.

"어?"

하지만 그러고도 한동안 다시 미동이 없는 그는 여전히 코마 상태였다.

"잘못 봤나……."

고개를 갸웃거리던 간호사는 주름진 그의 얼굴을 유심히 들여다보았다. 그러고는 조심스러운 목소리로 그의 이름을 재차 불렀다.

"서재균 회장님. 서재균 회장님."

바로 그때.

"……."

오랜 시간 감겨 있던 눈꺼풀이 스르륵 위로 치켜 올려졌다. 그 모습을 확인한 간호사는 놀라움을 금치 못했다.

"회, 회장님! 정신이 드세요?"

"……."

"제 목소리가 들리시면 눈 한 번 떴다 감아 주세요."

깜一빡.

서 회장은 느리지만 분명하게 눈을 떴다 감았다. 간호사에게 또렷이 향해 있는 시선은 다행히 정신도 멀쩡하다는 걸 뜻했다.

대체 몇 명의 전문의가 달려들어 그의 의식을 찾아 주기 위해 애썼던가.

간호사는 그간의 부담감과 마음 졸였던 시간들을 떠올리며 비상벨을 눌렀다. 그리고 그의 쾌차를 누구보다 기다리고 있었을 담당의사들에게 이 소식을 전했다.

"선생님, 서재균 회장님 깨어나셨어요!"

그 반가운 음성은 문 밖을 지키고 서 있던 경호실장에게도 들렸다. 경호실장은 곧바로 서 회장이 누워 있는 병실 안으로 들어왔고, 그의 상태를 유심히 살펴보며 간호사에게 물었다.

"정말 깨어나신 거 맞습니까? 특별한 이상은 없나요?"

"좀 더 검사해 봐야겠지만 반응은 정상이에요. 담당의를 호출해 두었으니까 금방 오실 거예요."

"나도 서 대표님께 연락을 드려야겠군……."

경호실장은 간호사만큼이나 다급한 손길로 휴대폰을 꺼냈다. 그 순간 힘겹게 들어 올려진 서 회장의 손이 제 산소호흡기를 톡톡 쳤다.

"지금 바로 호흡기를 제거하는 건 위험한데……."

그 의미를 알아들은 간호사는 걱정 가득한 목소리로 말했다.

그러나 경호실장이 보기에 서 회장은 지금 눈빛만으로 단호한 명령을 내리는 중이었다. 그의 말엔 무조건 복종해야 하는 경호실장은 망설이는 간호사에게 힘주어 말했다.

"제거하십쇼. 회장님이 원하십니다."

"아…… 네, 그럼."

간호사는 서 회장의 입을 가로막고 있던 산소호흡기를 조심스럽게 제거했다. 드디어 호흡이 자유로워진 서 회장은 메마른 입술을 적셨고, 잔뜩 가라앉은 목소리를 흘려보냈다.

"내가…… 얼마나 정신을 잃었었지."

"심장 수술 하신 지 한 달이 지났습니다."

"주가가 많이 떨어졌겠구만."

역시 대기업의 총수답게, 서 회장은 정신을 차리자마자 회사의 안위부터 걱정했다. 경호실장은 그런 그에게 걱정 말라는 듯 대답했다.

"회장님의 상태에 대해선 김 실장님이 제대로 입단속을 시켜 두었습니다. 덕분에 주가는 큰 영향을 받지 않았습니다."

"다행이군…… 그동안 특별히 문제될 만한 사항은 없었나?"

"네, 제가 전해 들은 바로는 회장님이 신경 쓰실 만한 부분이 전혀 없었습니다."

그의 확답을 듣고서야 서 회장의 눈에 서려 있던 냉기가 한결 잦아들었다. 아마 자그마한 문젯거리라도 만들어 뒀다가는 이 자리에서 뼈도 못 추고 모가지가 잘려 나갔을 거다.

경호실장은 이제야 한시름을 놓으며 흐트러진 서 회장의 이불을 정리해 주었다.

"곧 담당의가 와서 회장님의 건강을 체크할 겁니다. 그 전에 서 대표님께 회장님이 의식을 되찾으셨다는 소식을 전달해 놓겠습니다."

서 회장은 대답 대신 정면으로 고개를 돌렸다. 그러고는 묵직한 음성으로 두 번째 명령을 내렸다.

"아니, 쓸모없는 놈들은 들이지 마."

그의 매정한 태도는 마지막 기억과 관련이 있었다.

그가 뒷목을 잡고 쓰러지기 전, 서 회장은 더 이상 쓸모가 없어진 태준을 집안에서 내쫓으려 했고, 서미란 대표는 그걸 막기 위해 그에게 언성을 높여 맞서 싸웠다.

> '함부로 태준이 이름 입에 담지 말아요!'
> '뭐?'
> '내 새끼한테 상처 주는 건 아무리 아버지라도 용서 못 합니다!'
> '이, 이 버르장머리 없는 것이……!'

그때를 회상한 서 회장의 미간에 깊은 주름이 팼다.

선우태준에 관한 문제는 지난 10년간 가장 골머리를 썩혀 왔던 것이었지만, 그가 건강에까지 영향을 미치고 있는 한 한 달 내에 뿌리를 뽑아 버릴 생각이다.

발악했던 만큼 잔혹하고 잔인하게.

"당장 선우차준 이사를 불러와."

서 회장의 서슬 퍼런 음성이 꺼내졌다. 그가 집안사람들 중에서 유일하게 이름으로 부르는 사람은 순순히 그의 뜻에 따라 준 차준이 전부였다.

비록 깨어난 지 얼마 되진 않았지만 독기를 품은 눈빛은 조금도 약해지지 않았다. 모든 일을 다 기억하고 있는 걸 보니 그가 쾌차되는 대로 우드레일엔 대형 피바람이 불지 모른다.

경호실장은 저도 모르게 마른침을 삼키며 얼어붙은 목소리로 대답했다.

"네, 알겠습니다."

그제야 서 회장의 눈이 지그시 감겼다.

미간에 잡힌 주름은 지나온 세월을 보여 주듯 사납고 짙었다.

* * *

"아아……."

따가운 아침 햇살과 함께 깨질 듯한 두통이 찾아왔다. 부은 눈을 뜬 나봄은 신음과 함께 침대에서 몸을 일으켰다.

마음 같아서는 좀 더 자고 싶지만 목이 타서 일어나 버린 지금, 나봄은 몽롱한 정신 상태로도 서늘한 이질감을 느꼈다.

분명 나는 유리 씨가 주최한 술자리에 있었는데, 왜 우리 집 침대에서 눈을 뜬 거지?

끊긴 기억을 더듬어 보기 위해선 잠부터 깨야 했다.

무거운 몸을 억지로 움직여 침대에서 벗어난 나봄은 제 방문을 열었고, 난간에 몸을 의지한 채 1층으로 내려갔다.

아직 제대로 눈을 뜨지는 못한 탓에 본능으로 찾아온 주방.

항상 같은 자리에 놓아둔 제 컵을 들어 정수기의 찬물을 받은 그녀는 그 자리에서 꿀꺽꿀꺽 한 잔을 원샷했다.

순간 관자놀이부터 띵해져 왔지만 덕분에 기억은 좀 더 빠르게 되돌아왔다.

'어, 한나봄이다.'

'앗, 일찍 오셨네요!'

'비도 오는데 오느라 수고 많았어요. 배 많이 고프지?'

어제 저녁, 단태오와 유리 씨를 술집 앞에서 만났고.

'첫 잔은 원샷인 거 알잖아.'

'으읍!'

앉자마자 술을 마시기 시작했고.

'잘 마신다! 여기 찬물!'

'쿨럭! 이, 이거…… 술인데요?'

'어머! 미안해, 나봄 씨! 단태오 엿 먹이려고 따라 놨던 건데 나
봄 씨한테 줘 버렸네!'

'허유리, 너 미쳤냐?!'

술자리가 시작된 지 5분 만에 어처구니없는 실수로 주량을 훌쩍
넘겨 버려서.

'한나봄! 어여 일어나! 업체 본부장님 차 안에서 뭐하고 있는
거야!'

'아빠…… 10분만 더…….'

'10분은 무슨 얼어 죽을 10분! 너 진짜 정신 안 차려?!'

곧바로 집까지 실려 왔구나. 다른 건 몰라도 아빠의 거친 목소리
만큼은 똑똑히 기억나.

상황을 정리해 보고 나니 신경 쓰이는 건 단태오였다. 한 번도 필
름 끊길 만큼 과음해 본 적이 없던 나봄은 술김에 무슨 추태라도 부
렸을까 봐 걱정이었다.

하지만 그걸 곧이곧대로 그에게 물어보긴 민망해서, 유리에게 먼
저 연락해 어제 있었던 일을 대충이라도 들어 봐야겠다고 생각한
그때.

"어?"

냉장고에 붙어 있는 한 사장의 메모가 그녀의 시선을 사로잡았다.

[너 한 번만 만취돼서 돌아오면 쫓겨날 줄 알아라. 어제 너 옮겨 준다고 선우차준 본부장이 고생 많이 했으니까 미 안했다는 연락이라도 해. P.S 아빠 오늘 출장인 거 알지? 냉 장고에 먹을 거 좀 쟁여 놨다.]

그 메모 안에 적힌 차준의 이름은 나봄을 더 커다란 혼란 속으로 빠트려 놓았다.

"차준 오빠가…… 갑자기 왜 나오지?"

비록 어제 일의 대부분을 잊어버린 나봄이었지만 차준이 합석했 을 리 없다는 건 단정 지을 수 있었다.

천지개벽이 일어나지 않는 이상, 태오와 차준은 사적인 자리에서 함께 술을 마시지 않을 사이였으니까.

'혹시 내가 차준 오빠한테 전화해서 매달렸나?'

찰나에 의심은 나봄의 등골을 오싹하게 만들었다. 단태오에게 추태를 부린 건 해프닝으로 넘길 수 있을지 몰라도, 차준에게 매달 린 건 결코 그냥 넘길 수 있는 문제가 아니었다.

왜냐하면 지난 감정은 전부 잊어버리고 아예 모든 관계를 처음 부터 시작해 보자고 한 건 나였잖아.

그래 놓고 며칠이나 지났다고 이런 일이…….

혼란이 더욱 커지기 전에 사실 확인부터 해 봐야겠다고 생각한 나봄은 빠르게 제 방으로 올라갔다.

어제 자 통화 목록에 차준에게 전화한 기록이 있다면 술김에 매달린 것이 백 퍼센트 확실하니, 그에게 곧바로 전화해 진심 어린 사과부터 할 생각이었다.

누가 꽂아 놓았는지 모르겠지만 충전기에 얌전히 연결되어 있는 휴대폰을 들어 꺼져 있던 전원을 켜고.

귀여운 강아지가 자고 있는 배경 화면이 뜨자마자 나봄은 통화 목록 버튼부터 눌렀다.

필름이 끊긴 사이에 온 아빠의 부재중 전화들, 아무리 찾아봐도 그사이에 차준에게 건 기록은 없었다.

"이상하네. 그럼 차준 오빠는 어떻게 날 집까지 데려다준 거야……."

최악의 상황은 모면했으나 깔끔하게 풀리지 못하고 커져 버린 의문. 혼란스러워하던 나봄의 눈동자에 확인하지 않은 메시지 하나가 들어왔다.

혹시 어제의 일을 유추할 수 있는 내용이 적혀 있지 않을까, 싶었던 나봄은 긴장된 손끝으로 휴대폰 메시지함을 열었다. 그러자 곧바로 시선을 사로잡아 버리는 이름 석 자는 다름 아닌 '단태오'였다.

어제 술을 같이 마셨으니 연락 정도는 올 수 있었으나, 문제는 그가 보낸 메시지 내용이었다.

[한나봄, 내일 고백하러 너희 집 갈 거니까 전화하면 나와.]

뭔가 고백할 게 있단다.

마침표까지 야무지게 찍혀 있는 게, 아마 그는 오늘 중요한 얘기를 꺼내려는 모양이다.

그래봤자 어제 술에 취해 기억까지 잃어버린 내가 그에게 들을 얘기는 욕 아니면 다행이었지만.

'내가 어제 대체 애한테 무슨 짓을 한 거지?'

차준으로 인해 불안해하다가 태오로 인해 더 큰 혼돈에 빠져 버린 나봄은 좀처럼 떨리는 눈빛을 진정시키지 못했다.

아득한 기억 속에서 으르렁거리던 태오의 모습이 다시금 떠오르는 게…….

이번에도 난 그 녀석과 제대로 어긋난 모양이다.

겨우 진정되나 싶던 머리가 다시금 참을 수 없이 지끈거리기 시작한다.

＊　　＊　　＊

자고 일어나서 거울을 확인해 보니 눈이 너무 부었다. 게다가 흰자가 빨갛게 충혈되기까지 해서 언뜻 보면 눈병이라도 걸린 사람 같다.

욕실 거울로 제 얼굴을 물끄러미 바라보던 태오는 짧은 숨을 내뱉었다.

막 잠에서 깨어났을 때까지만 해도 어제의 일은 대부분 잊힌 상태였는데, 이렇게 엉망이 된 꼬락서니를 보자 다시 가슴이 욱신거린다.

누가 날 아프게 했는지, 내가 얼마나 서러운 밤을 보냈는지. 찰나의 고통까지도 생생하게 기억이 난다.

오늘은 드디어 9년 동안 혼자 품고 있던 감정을 전부 터트려 버리기로 한 날.

태오는 심기를 다지기 위해 가장 찬물을 틀었다. 그리고 아직 얼굴에 남아 있는 두려움과 긴장감들을 연거푸 씻어 지워 냈다.

그동안 번번이 포기를 다짐했다가 무너졌던 그였지만 오늘만큼은 어떻게든 모든 걸 끝내 볼 참이었다.

'나봄 씨가 술김에 데리러 와 달라고 연락한 모양이더라. 너 나가고 나서 바로 본부장님이 찾아오셨어.'

'갑자기…… 왜?'

'글쎄, 모르긴 몰라도 나봄 씨 집으로 가는 것 같지는 않던데.'

'……'

'그럼 둘 사이 뻔한 거 아니겠어?'

그 말을 듣고도 정신 못 차리고 널 그리워했던 미련한 나를 위해서라도.

거친 손길로 수도꼭지를 잠근 태오는 젖은 얼굴을 닦지도 않고 욕실을 떠났다.

깔끔히 정리된 거실을 지나 옷방으로 들어가는 그의 발걸음은 무척이나 단호했다. 아직 옅게 떨리는 눈빛까지 말끔히 정돈한 건 아니었지만 오늘 해야 할 일은 정확히 알고 있다.

나는 항상 날 휘둘렀던 그 순진한 눈동자를 똑바로 마주 보며,

조금의 미련도 느껴지지 않는 목소리로 말할 것이다.

널 감히 사랑이라고 말할 수 있을 만큼 좋아했다고. 니가 날 알기 훨씬 전부터 너는 내 전부였다고.

하지만…… 지금은 아니야.

'그러니까 앞으로 나한테 필요 이상으로 다가오지 마.'

다 끝내 버리는 마당에 굳이 고백을 하는 건 태오 스스로가 도망칠 수 있는 퇴로를 차단하기 위해서였다.

태오는 그 고백을 들은 나봄이 지어 보일 표정도, 작은 목소리로 겨우 꺼내 놓을 대답도 이미 알고 있다.

그때 무너지지 않고 표정 관리를 제대로 할 수 있을지는 모르겠다.

하긴 무너져도 상관은 없지. 어차피 너는 내 마음을 알아 버린 이상, 더 이상 나를 상종하지 않으려 할 테니.

칼은 내가 쥐었는데 찔리는 건 나다.

그 순간의 고통은 아마 지금까지 느껴 본 고통 중에서도 가장 지독할 게 분명하다.

하지만 멍청한 나는 그렇게 개고생을 해 봐야 겨우 정신을 차릴 수 있을 거다. 그래서 피해 볼 생각도 없다.

그저, 너에게 받는 마지막 상처가 흉터 없이 잘 낫기만을 바랄 뿐.

* * *

♩♪♫♩♪♬—

침대 위에 놓아두었던 휴대폰이 요란하게 울렸다.

모처럼 방을 정리하고 있던 나봄은 혹시나 싶은 마음에 곧바로 휴대폰으로 달려갔다.

하지만 액정 위에 선명하게 떠오른 이름 석 자는 내심 기다리고 있던 사람이 아니었다.

"차준 오빠……."

어제 그 술자리에 있지도 않았으면서 그녀를 데려다주었던 선우 차준. 안 그래도 정황이 궁금했던 나봄은 짧게 목소리를 가다듬고 전화를 받았다.

"여보세요."

─나봄아, 일어났어? 머리는 좀 어때?

아니나 다를까.

통화가 시작되자마자 차준은 어제 필름이 끊겼던 그녀의 몸 상태부터 물어보았다. 아직 머리가 지끈거리긴 했으나 괜한 걱정을 사고 싶진 않았던 나봄은 최대한 멀쩡한 목소리로 대답했다.

"푹 자고 일어났더니 괜찮아요."

─다행이네. 어제 너무 취했던 것 같아서 하루 종일 걱정했어. 대체 얼마나 마신 거야?

"사실 기억이 잘…… 만취하면 필름이 끊기는 타입이었나 봐요."

─아아, 그렇구나.

그리 답하는 차준에게선 얼핏 아쉬움이 비쳐 나왔다.

─그럼 어제 일도 기억 안 나겠네.

곧바로 이어 내는 말도 왠지 의미심장하게 들렸다.

"어제 무슨 일이 있었나요?"

안 그래도 까맣게 잊어버린 술자리의 기억을 궁금해하고 있던 나봄은 조심스러운 질문을 던졌다.

그러자 차준은 부드러우면서도 또렷한 음성으로 망설임 없이 대답했다.

─니가 날 찾았어. 애타게.

"……네?"

─그래서 내가 바로 데리러 갔어. 나 잘했지?

내가 차준 오빠를 찾았다고?

생각지도 못한 사실을 들은 나봄은 머릿속이 하얘지는 기분이었다.

예전에 소라랑 술을 마실 때에도 종종 술기운에 차준 얘기를 꺼내긴 했었지만, 그땐 차준을 영영 보지 못할 거라 생각하고 진심으로 그리워하던 중이었다.

그러나 지금은 다시 재회한 그와 애매해서 불편한 관계에 놓여 있으니 그때처럼 찾아 헤매지는 않을 줄 알았건만.

"죄, 죄송해요. 제가 취해서 잠깐 어떻게 됐었나 봐요. 유리 씨랑 단 팀장님도 같이 계신 자리였는데……."

지난 일을 습관이 불러온 실수라 확신한 나봄은 서둘러 사과부터 했다.

그러자 차준은 의아함 가득한 목소리로 되물었다.

─단 팀장님이라면 단태오?

"네, 어제 현장팀이랑 친목 도모 비슷하게 모였거든요."

—…….

"여보세요? 본부장님?"

—어, 듣고 있어. 단태오 팀장이 같이 있었다는 얘기는 듣질 못해서.

응? 어제 나 있는 곳으로 찾아왔다면서, 단태오는 못 마주쳤던 건가?

차준이 품은 의문은 나봄도 혼란스럽게 만들었다.

하지만 차준은 이내 다시 가라앉았던 음성을 높여 나봄을 달래주었다.

—그래도 나는 기분 좋았어. 넌 평소에 너의 마음이 어떤지 내색을 잘 안 하잖아.

"……."

—이제 보니 술이 들어가니까 솔직해지는 타입이었나 봐.

그의 말에 나봄은 차마 어떤 대답도 꺼내 놓을 수 없었다.

고개를 끄덕이기엔 스스로의 감정이 정말 그를 찾아 헤매던 때와 다르다는 걸 자각하고 있었고, 그렇다고 해서 아니라고 선을 긋기엔 그를 애타게 찾았다는 어제의 자신이 마음에 걸렸기 때문이었다.

잠시 입술을 벌린 채 말을 고르고 있던 나봄은 겨우 난처함을 감추고 대답했다.

"앞으로는 조심해서 마셔야겠네요. 또 다시 이런 폐를 끼칠 수는 없으니까……."

굳이 '폐'라는 단어를 넣은 건 어제의 일이 관계의 진전처럼 보이지 않게 하기 위해서였다. 서로에게 남아 있는 감정은 작은 불씨 하나에도 걷잡을 수 없이 활활 타오르고 말 테니.

비록 무의식의 나는 그를 원하고 있을지 몰라도 말짱한 이성이 돌아온 나는 정확히 알고 있잖아. 그가 얼마나 많은 생각을 하게 만드는 사람인지.

뚜— 뚜— 뚜—

때마침 그녀의 휴대폰에 다른 전화가 도착했다는 알림음이 울렸다. 나봄은 때를 놓치지 않고 차준에게 마무리 인사를 건넸다.

"저 중요한 전화가 도착해서요. 나중에 다시 연락드릴게요."

—나봄아.

그러자 차준은 그 인사를 받아 주는 대신 그녀의 이름을 불렀다. 그런 뒤 이어 내는 목소리는 왠지 평소보다 가벼우면서도 나긋했다.

—또 내가 보고 싶어지면 언제든 불러 줘. 어제처럼 내가 바로 달려갈게.

예전엔 이런 낯 뜨거운 얘기를 아무렇지 않게 꺼내 놓는 그가 참 여유로워 보였었는데.

지금은 어쩐지 초조해하고 있는 것 같다는 생각이 든다. 그냥 그를 보는 내 마음이 전과 달리 불안해서 그런 건지는 모르겠지만.

"아……."

—그럼 얼른 전화 받아. 끊을게.

무슨 대답이라고 하려 했는데 차준은 언제 붙잡았었냐는 듯 서둘러 전화를 끊어 버렸다.

차라리 그게 다행이었던 나봄은 흐린 한숨을 내쉬고 다음 전화를 받았다.

"네, 여보세요."

―뭐야! 왜 이렇게 전화를 안 받아!

귀를 파고드는 커다란 목소리의 주인공은 다름 아닌 소라였다.

오늘따라 잔뜩 신이 나 있는 나봄의 가장 가까운 절친.

나봄은 지끈거리는 머리를 부여잡고 한층 편안한 표정으로 대답했다.

"응, 회사에서 전화가 와서. 갑자기 무슨 일이야?"

―무슨 일이긴! 오늘 너희 아버지 출장 가셨잖아!

"어, 그런데?"

―오늘 우리끼리 불타는 밤 보내기로 한 거 잊었어? 나를 위한 파티를 열어 주겠다며! 이 기지배야!

아, 맞다.

뒤늦게 소라와의 약속을 기억해 낸 나봄의 눈빛에 난처함이 어렸다. 신경 쓰이는 일도 있고 지나친 과음으로 몸도 안 좋아서, 오늘은 도저히 그녀와 밤새 어울려 놀 컨디션이 아니었다.

"저기, 소라야……."

그래서 최대한 미안한 기색을 띤 채 약속을 다음으로 미뤄 보려막 입을 뗀 순간.

―야야, 이제라도 기억했으면 됐고! 나 지금 칼퇴근 해서 이제 막택시 타고 가는 중이야. 우리 회사 근처에서 파는 기가 막힌 빈대떡샀으니까 기대해도 좋아.

"버, 벌써 뭘 샀어?"

―당연하지! 아참, 주종은 막걸리로 정했으니까 니가 좀 사 놔라!

소라가 잔뜩 들떠 버린 목소리로 말했다. 최근에 회사 일이 바빠 스트레스가 많다고 하더니, 오늘 전부 발산해 낼 모양이었다.

하긴, 저번에 고민을 진지하게 들어 준 게 고마워서 그녀만을 위한 파티를 열어 주겠다고 선언한 건데. 갑자기 취소해 버리는 건 너무 양심 없는 일이지.

"아…… 그래, 알았어. 삼십 분쯤 걸리지?"

—응, 차만 안 막힌다면.

"고속도로만 잘 타면 안 막힐 거야. 그럼 이따 봐."

결국 나봄은 머리가 아픈 와중에도 약속을 취소하지 못했다.

아무래도 오늘은 홀로 느긋하게 쉴 수 있는 날이 아닌 것 같다.

—좋았어! 이따 너희 집 앞에 거의 도착했을 쯤에 다시 전화할게!

소라는 씩씩한 목소리로 집 앞에서 전화하겠다고 말했고, 그건 너무 신경 쓰이는 나머지 잠시 덮어 두고 있던 존재를 떠오르게 만들었다.

아, 그러고 보니 이따 단태오가 뭔가를 따져 물으러 내게 올 모양이던데. 이따가 그 애도 잠깐 보러 나갔다 와야겠네.

"일단…… 장부터 보고 올까?"

나봄은 아직 머릿속을 정리하지도 못한 채 옷을 챙겨 입기 위해 옷장으로 향했다. 그러다 문득 바라본 창밖의 하늘은 아직 해가 지지 않아 마냥 밝기만 했다.

그걸 물끄러미 바라보고 있자니 어쩐지 가슴이 이상할 정도로 조여들기 시작한다.

이러한 반응은 오늘 꿈에도 상상한 적 없던 엄청난 일이 그녀에게 들이닥칠 거라는 예감이었지만.

"속이 너무 울렁거리네. 숙취 해소 음료라도 마셔야겠다."

자신의 촉을 믿지 않는 나봄은 딱히 신경 쓰지 않고 넘겨 버렸다.

앞일을 미리 내다볼 수 있었더라면 그녀가 가장 아끼는 복숭아 향 립밤을 주머니에 챙겨 넣었을 텐데.

＊　　　＊　　　＊

"얜 왜 이렇게 전화를 안 받아."

퇴근하자마자 나봄의 집 앞으로 차를 몰고 온 태오가 말했다.

벌써 세 번이나 통화를 시도해 보았건만, 일부러 피하는 건지. 아니면 무슨 일이 생겨서 못 받고 있는 건지.

초조해하던 태오는 담벼락으로 가까이 붙었다.

하지만 집 안 창문은 죄다 커튼으로 가려져 있어서 좀처럼 안을 확인할 수가 없었다. 딱히 전등을 켜 놓을 만큼 어두운 시간대도 아닌지라, 그녀가 안에 있는지 없는지도 분간이 안 간다.

"하아."

탄식과 비슷한 한숨을 내쉰 태오는 매달려 있던 담벼락에서 물러섰다.

그리고 천천히 고개를 돌려 뒤를 돌았는데.

"너 거기서 뭐하세요?"

누군가의 앙칼진 목소리가 공격적으로 튀어나왔다. 깜짝 놀라 바라본 곳에는 머리를 노랗게 물들인 화려한 차림의 여자 하나가 그를 노려보고 서 있었다.

"그냥 좀……."

너무 당황한 태오는 똑바로 해명하지 못하고 얼버무렸다.

그러자 여자는 더욱 의심이 가득한 눈빛으로 몇 발자국 가까이 다가왔다. 그러고선 잡아먹을 듯 두 눈을 빛내며 태오를 다시 한 번 추궁하기 시작했다.

"남의 집 담벼락에 달라붙어서 그냥 좀 뭐하셨는데요?"

"아……."

"혹시 넘어가서 뭐라도 좀 훔쳐 나오려고 했나?"

"뭐, 뭐? 아니, 지금 뭔 소리를 하는 거야. 그런 거 아닙니다."

뒤늦게 그녀가 자신을 도둑으로 의심하고 있다는 걸 안 태오는 정색을 하고 부인했다.

하지만 소라는 그를 곧이곧대로 믿어 주지 않고 사납게 따져 물었다.

"그럼 뭐하느라 안을 들여다보고 있었는데?"

"한나봄 있나 없나 확인했다, 왜."

"그러니까 그걸 왜 확인하냐고. 나봄이랑 어떻게 아는 사이길래."

"대학 동기……."

"거짓말! 한나봄은 대학교에서 남자랑 손끝 하나 안 스친 애야! 집까지 찾아올 남자 동기가 있을 리 없어!"

그 말을 들은 태오의 눈썹이 노골적으로 구겨졌다.

대학교 때 남자랑 손끝 하나 안 스쳤다는 얘긴 태오와 나봄이 사 권 2주의 시간을 완벽하게 부정하는 것이었다.

덕분에 심기가 불편해질 대로 불편해진 태오는 소라를 향해 잡아먹을 듯 이빨을 드러냈다.

"하나가 있었는지 둘이 있었는지 그쪽이 어떻게 알아. 그리고 난 오늘 한나봄이랑 할 얘기가 있어서 온 거니까 괜히 생사람 잡지 마."

한층 날카로워진 태오의 음성은 소라의 신경을 건드렸다.

집 안을 확인하고 있던 표정이 어쩐지 심상치 않더니만, 역시 나봄을 좋은 의도로 찾아온 건 절대 아닌 모양이다.

굳이 말하자면 스토커. 그것도 아주 난폭한 성질머리를 가진 스토커인 게 분명해.

"할 얘기가 있으면 잠자코 기다릴 것이지! 어디서 몰래 담을 넘으려 들어!"

태오를 다신 얼씬도 못 하게 만들어야겠다고 다짐한 소라는 보다 언성을 높였다.

"담 넘으려던 거 아니라고 몇 번을 말하냐!"

하지만 그에 반박하는 태오의 목소리도 만만치 않게 거칠었다.

이대로라면 전쟁이 일어나도 이상할 게 없는 상황. 그 일촉즉발의 순간.

"어? 둘이 여기서 뭐해?"

두 사람 모두에게 반가운 목소리가 골목 끝에서부터 터져 나왔다. 한창 다투던 두 사람의 시선이 동시에 기척이 들려온 쪽으로 틀어졌다.

그런 그들을 어리둥절한 눈으로 바라보고 있는 건 오늘따라 더욱 순해 보이는 게, 토끼가 따로 없는 나봄이었다.

"하, 한나봄…….."

그녀에게 고백을 할 생각으로 찾아왔던 태오는 갑작스러운 조우에 습관적으로 긴장해 버렸다.

원래는 잔뜩 분위기를 잡고 왔었는데, 난데없이 나타나서 마음을 흩트려 놓은 요란한 여자가 다 망쳤다.

하지만 태오의 그런 세세한 사정을 전혀 알지 못하는 소라는 나봄을 보자마자 확인 작업부터 거쳤다.

"나봄아! 이 남자랑 아는 사이 맞아? 오늘 니가 불렀어?"

그러자 나봄은 난처한 눈빛으로 태오를 바라보다가 조심스레 입술을 떼어 냈다.

"내가 부른 건 아닌데……."

"역시 네 이놈……!"

"오늘 만나기로 한 건 맞아. 인사해, 대학 친구 단태오야."

"으, 응?"

조곤조곤하게 꺼내진 나봄의 설명을 들은 소라는 두 눈을 휘둥그레 치켜떴다.

그러고는 나봄과 태오의 얼굴을 번갈아 보기 시작했다. 아무리 봐도 영 어울리지 않는 두 사람은 마치 초식동물과 육식동물 같았다.

한나봄은 이런 녀석이랑 어떻게 친해진 거지? 얜 겁이 많아서 거친 성격이랑은 영 안 맞는데 말이야.

소라는 나봄의 설명을 들어 놓고서도 한동안 둘 사이를 받아들이지 못했다.

하지만 어느새 태오 앞으로 다가선 나봄은 긴장감은 느껴져도 두려워 보이지는 않는 표정으로 말했다.

"미안해, 전화 많이 했었지? 휴대폰을 놔두고 나가는 바람에 못 받았어."

그러자 언제 성질을 부렸다는 듯 급격히 온순해지는 단태오의 눈빛이 굉장히 신기하다.

딱히 무슨 대꾸를 하진 않아도 쓱 눈길을 피해 버리는 그는 이제 보니 야생의 맹수가 아니라 주인에게만 쩔쩔매는 충견인 듯하다.

'오호라, 딱 촉이 오네.'

그런 태오를 지켜보던 소라는 별안간 피식 웃음을 흘렸다.

순간 소라를 바라보는 태오의 눈엔 다시 예리한 날이 섰지만.

"야, 도둑괭이."

"도둑괭이라니. 누구더러 지금……."

"너 저녁밥은 먹었니? 안 먹었으면 빈대떡에 막걸리나 걸치고 가라."

그녀가 이어 내는 권유는 그를 얼어붙게 만들기에 충분했다.

"뭐? 저녁밥?"

한나봄과 연을 끊어 버릴 생각으로 찾아온 마당에 저녁밥이라니…….

이건 당연히 냉정하게 거절해야 하는 권유가 맞았다. 그러나 태오의 입이 열리기도 전에 나봄은 싱긋 미소 띤 얼굴로 맞장구를 쳤다.

"시간 괜찮으면 그렇게 해. 어차피 나한테 할 얘기도 있다며."

"아니, 그게……."

"어차피 약속 잡고 온 거라며. 그럼 한가하겠지. 나봄아, 얼른 대문 열어라. 팔 빠지겠다."

그는 아직 무슨 대답을 하지도 않았는데 둘은 확정된 것처럼 먼저 집 안으로 들어가 버린다.

이런 전개로 가 버리면 이따가 매정한 굿바이 인사를 건넬 수가 없을 텐데.

"어이, 얼른 안 들어오냐! 배고파 죽겠다!"

"태오야, 들어오면서 대문 좀 닫아 줄래?"

하지만 거절할 타이밍을 놓친 태오는 결국 순순히 대문 안으로 발걸음을 옮겨야만 했다.

그래도 제 마음을 다잡는 건 잊지 않았다.

나는 오늘 이 자리에서 무슨 일이 일어나든 한나봄과 연을 끊고 만다.

지금의 나로서는 상상조차 하지 못할 천지가 개벽할 일이 생길지라도 반드시!

*   *   *

"자, 다 같이! 짜안!"

아, 이런 분위기로 흘러가면 안 되는데.

소라가 호쾌하게 내미는 막걸리 잔에 건배를 하며 태오는 심각한 표정으로 생각에 잠겼다.

예상치 못하게 나봄의 집까지 입성해서 술까지 얻어먹고 있는 지금.

모든 걸 다 끝내러 온 것치고는 굉장히 분위기가 좋아서 태오에게는 큰일이었다. 그건 아마도 혼자 신이 난 나봄의 친구, 채소라의 탓일 것이다.

"크으! 역시 시원하다! 내일 숙취가 걱정되긴 하지만 어차피 내일은 주말이니까! 그치?!"

얜 왜 이렇게 텐션이 높냐.

태오는 귀청을 때리는 소라의 목소리에 눈썹을 살짝 찡그리며 비워 낸 잔을 내려놓았다.

그 모습을 본 소라는 하, 코웃음을 쳤고, 태오의 잔을 반만 채워 주었다. 그러고서 하는 말은 그를 굉장히 억울하게 만들었다.

"너 술 못 마시는구나? 알았어, 알았어. 이 누나가 다음 잔은 조금만 따라 줄게."

"그런 거 아니거든?"

"에이, 고작 막걸리 한 잔에 오만상을 쓰면서."

"니 목소리가 너무 우렁차서 눈살이 찌푸려진 거다. 뭘 알고나 말해."

태오는 오기 섞인 손끝으로 막걸리 병을 붙잡아 직접 나머지 반을 채워 넣었다.

그 모습이 더 우스웠던 소라는 푸핫 웃음을 터트리며 제 잔을 건넸다.

"그럼 다행이네. 나봄이는 주량이 형편없어서 맨날 혼자 마시기

심심했는데."

"어이가 없네. 누가 같이 마셔 준대?"

"넌 원래 그렇게 성격이 까칠하니, 아니면 내가 도둑놈 취급해서 삐친 거니?"

"둘 다 맞으니까 더 건드리지 말고 술이나 마셔."

두 사람의 관계는 좋은 건지 나쁜 건지 쉽게 분간을 할 수가 없었다.

하지만 순순히 소라에게 막걸리를 따라 주는 태오는 화가 난 것처럼 보이진 않아서, 나봄은 마음 놓고 빈대떡 한 조각을 집어 먹었다.

그러고선 술 대신 사 온 오렌지 주스를 홀짝이려는데.

"그래서, 나봄이랑 썸은 언제부터 탄 거야?"

소라의 난데없는 질문이 불쑥 튀어나왔다.

"쿨럭!"

갑작스럽게 기침을 하는 나봄 옆에서 방심하고 있던 태오는 그대로 굳어 버렸다. 들고 있던 막걸리 병을 차마 내려놓지도 못한 채.

"썸이라니…… 그런 사이 아니야!"

그런 그를 알아챈 나봄은 고개까지 도리도리 흔들어 가며 소라의 의심을 부인했다.

그러나 소라는 나봄의 반응은 본체만체하고 태오의 얼굴만 뚫어져라 바라보았다.

이목구비가 저리도 사납게 생긴 주제에, 귀까지 빨갛게 물들이고 있는 모습이 아주 볼만했다.

저건 누가 봐도 마음이 있는 건데, 한나봄 눈에는 그게 안 보이는 걸까.

"흐응. 그게 아니면 대학 동창이 금요일 밤에 집 앞까지 찾아올 이유가 없잖아."

소라는 나봄을 일깨워 줄 심산으로 예리한 한 마디를 던졌다. 그러자 나봄은 해명이랍시고 상황을 더욱 꼬아 놓는 대답을 내뱉었다.

"나한테 고백할 게 있다고 해서 온 거야."

"뭐어?! 고백?!"

"아앗! 그런 쪽의 고백은 아니고!"

야, 그런 쪽의 고백 맞아.

태오는 불쑥 내뱉을 뻔한 한 마디를 간신히 삼켜 냈다. 그리고 흔들리는 눈빛을 어떻게든 진정시키려 애썼다.

오늘 각오를 단단히 하고 찾아온 태오였지만 소라 앞에선 조심성 있게 행동할 필요가 있었다.

한나봄은 그의 마음을 짐작도 하지 못해서 별 신경 안 쓴다고 해도, 기 센 그녀의 친구 소라는 결코 만만하게 볼 상대가 아닌 것 같으니.

"일 때문에 온 거다."

태오는 최대한 담담한 목소리로 대답했다. 소라는 더욱 모르겠다는 얼굴로 되물었다.

"무슨 일?"

"회사 일."

"너 나봄이 아버지네 회사 직원이야?"

"아니, 그 회사 협업 업체 우드레일 현장팀인데."

"아아, 차준 선배네 회사 직원이구나?"

선우차준의 회사 직원.

그건 맞는 말이었으나 태오의 마음에 드는 말은 아니었다. 어제의 사건으로 인해 차준은 그에게 철천지원수보다 더 만나기 싫은 사람이 되어 버렸다.

태오는 차준의 존재를 아는 소라에게 한층 딱딱해진 목소리로 말했다.

"선우차준에 대해 알고 있으면 쓸데없는 의심은 하지 말지."

"……."

"그 인간이 한나봄이랑 무슨 사이인지는 너도 잘 알고 있을 거 아니야."

소라에게 알아들으라고 한 소리였으나, 그 말에 반응하는 건 나봄이었다.

나봄은 태오가 확신을 가지고 내뱉는 저 말이 어제 일 때문이라는 걸 누구보다 잘 알고 있다. 그의 반응을 보니 아무래도 어제 단 태오 앞에서도 차준 오빠를 찾았나 보다.

그렇게 알아 버린 순간 어째서 심장은 쿵 떨어져 내리는 건지.

태오를 바라보는 나봄의 눈빛이 바람 앞 촛불처럼 흔들렸다.

하지만 그에 비해 태오의 눈빛은 새벽달처럼 고요해서, 나봄은 그 불안한 마음을 표현할 수도 없게 되어 버렸다.

아니라고 말해야 하는데. 아니라고 말해 줘야 할 것 같은데.

'아니라고 말하고 싶은데⋯⋯.'

문득 스친 생각은 그녀의 마음을 오해하지 말아 달라는 뜻과 비슷했다.

그 절실함은 태오에게 맺힌 시선에서 여실히 드러났다. 떨리는 나봄은 지금 옅게 떨리는 눈동자로 그를 지켜보고 있다.

그의 긴 속눈썹, 흑연처럼 새까만 눈동자, 마른침을 삼킬 때마다 움직이는 목젖.

평소에도 줄기차게 봐 왔지만 좀처럼 눈에 띄진 않았던 단태오의 모든 것들을 아주 은밀하게.

물론 그녀는 이런 자신을 자각하지 못했다. 그래서 빼앗긴 시선을 쉽사리 거두지 못하고 있던 그때.

"한나봄, 거기 물 좀."

예상치 못하게도 태오의 고개가 나봄을 향해 틀어졌다. 또렷이 마주한 얼굴은 나봄의 심장을 쿵─! 떨어지게 만들었다.

"아⋯⋯."

"왜, 내 얼굴에 뭐 묻었냐."

화아아악!

"나, 나 잠깐 화장실 좀 다녀올게!"

두 뺨을 달구는 열기는 술기운과 비슷했다. 제 얼굴이 엉망이 되었다는 걸 직감한 나봄은 소라와 태오만을 남겨 두고 서둘러 자리에서 일어섰다.

하지만 나봄이 꽤 오랫동안 자신을 훔쳐보고 있었다는 걸 모르는 태오는 걱정 어린 혼잣말을 내뱉었다.

"술병이라도 났나……."

그들의 이런 모습을 관객처럼 지켜보고 있던 소라의 입술 새로 깊은 탄식이 샜다.

"하이고야……."

태오는 금세 날이 선 표정으로 소라를 쏘아붙였다.

"넌 땅 꺼지게 웬 한숨이야."

"이 답답이들을 어쩌면 좋아."

"갑자기 뭔 소리야, 그거."

굉장히 짧은 시간이었지만 지금의 이 장면만으로도 소라는 많은 것을 파악할 수 있었다.

나봄이 왜 겨우 재회한 차준을 혼란스럽게 여기는지. 어째서 차준의 고백을 반가워하지 못했는지.

그는 왜 이곳에 찾아왔고, 낯을 많이 가리는 나봄은 왜 친하지도 않아 보이는 그를 스스럼없이 집 안으로 데리고 들어왔는지.

"아, 왜 그런 표정으로 보냐."

"됐다. 아가들 문제는 아가들끼리 풀게 놔둬야지."

"뭐, 뭐? 아가?"

하지만 말해 주지는 않을 생각이다.

부딪혀 가며, 실수해 가며, 때로는 후회하고 때로는 기회를 놓쳐 가며 잡은 인연일수록 더욱 특별해지는 법이니까.

"술이나 마시자. 너 오늘 필름 끊길 때까지 마셔야겠다."

"싫어. 막걸리 뒤탈 심해."

"아가야. 가끔은 술기운이 필요할 때도 있는 법이란다."

소라는 태오의 빈 잔을 걸쭉한 막걸리로 다시 채워 주었다.

그녀가 무슨 소리를 하는지는 전혀 알아듣지 못했지만, 어쩐지 취하고 싶었던 태오는 별 반항 없이 순순히 술을 받았다.

다른 술보다 막걸리에 특히 훅 가는 자신을 잘 알면서도.

*　　*　　*

"다들 그만 좀 마셔. 너무 취했어."

"에이, 나는 아직 멀쩡해! 단태오라면 모를까!"

"너보단 내가 더 멀쩡하거든."

너무 많이 먹는 것 같다 싶더니 술판이 거대해졌다.

처음엔 저녁 식사에 가벼운 반주를 곁들이는 수준인 줄 알았더니만, 하염없이 막걸리를 주고받던 태오와 소라는 어느새 거나하게 취해 버렸다.

"오오, 멀쩡하면 조금 더 달릴 수 있겠네! 어디 한 번 주량의 끝을 보자!"

하지만 소라는 아직도 알코올이 부족한지 막걸리 한 병을 더 집어 들었다.

그러나 안타깝게도 병은 벌써 텅텅 비어 있었다. 소라는 아쉬움에 오만상을 찌푸리며 빈 병을 멀리 굴려 버렸다.

"아이고, 술이 떨어졌네. 단태오, 니가 나가서 사 와야겠다."

그 말을 들은 나봄은 기가 막히다는 눈빛으로 소라를 나무랐다.

"태오가 이 동네 슈퍼를 어떻게 안다고 심부름을 보내!"

"요 앞에 골목 돌면 바로 보여. 자, 어서 출발!"

"그냥 이쯤에서 그만 마시자. 응? 많이 비웠잖아."

"겨우 막걸리 여섯 병 가지고!"

"여섯 병이 적어?!"

그녀들의 실랑이를 지켜보던 태오는 찬 물로 입 안을 헹궈 냈다.

"나 여기 술 먹고 놀자고 온 거 아니야."

그러고는 다소 차가운 표정으로 단호한 목소리를 내뱉었다. 하지만 그 매정한 말을 들은 소라의 입가엔 상황에 맞지 않는 웃음이 맺혔다.

"그래! 술을 먹었으면 놀아야지! 좋아, 이쯤에서 술판 접는 대신에 노래방으로 가자!"

그녀의 난데없는 제안은 나봄에게 꽤 구미 당기는 제안이었다. 학창시절부터 잘 놀기로 소문이 자자했던 채소라는 노래방에서 가장 빛을 발했다.

그러나 태오에게 노래방은 어떻게든 피해야 할 장소였다. 특히 술을 마신 직후라면 더더욱.

"나 노래방은 절대 안 가."

태오는 두 눈을 날카롭게 치켜뜨고 매정히 거절했다. 그러자 소라는 까르르 웃으며 물었다.

"왜? 너 설마 음치라서 그래?"

"음치 아닌데."

"괜찮아. 노래 못 불러도 비웃지 않을게."

"음치 아니라니까!"

"음치가 아니면 왜 빼는 건데."

"그거야……."

취한 채로 노래방 가면 이별 노래나 부르면서 질질 짜는 게 내 술버릇이니까.

머릿속에 떠오른 대답을 솔직하게 털어놓을 수 없었던 태오는 소라의 시선을 피했다. 그러고는 누가 봐도 무언가를 숨기는 듯한 표정으로 뒷말을 얼버무렸다.

"시끄러운 데 가면 귀 아파서……."

비록 얼토당토않은 거짓말이었지만 흔들리는 태오의 눈빛은 신빙성을 더했다.

"너 귀가 안 좋아?"

그래서 나봄이 걱정스러운 기색으로 물으니 소라가 대뜸 정색을 했다.

"넌 저 말을 믿니, 나봄아?"

역시 호락호락하지 않은 여자.

태오는 자꾸 정곡만 콕콕 찔러 대는 소라를 까칠하게 노려보았다. 하지만 소라는 그걸 마주하면서도 아랑곳 않고 자리를 툭툭 털고 일어섰다.

"그럼 넌 귀 막고 앉아 있으면 되겠다."

"뭐, 뭐?"

"어차피 나봄이랑 할 얘기가 있어서 나갈 거 아냐. 일단 다 같이 노래방 갔다가, 상황 봐서 나 내버려 두고 얘기 나누고 오든가 해."

그리 말하며 나봄부터 일으켜 세우는 소라는 꼭 꿍꿍이라도 있
는 것 같다. 그러지 않고서야 저렇게 음흉한 눈웃음을 계속 유지하
고 있을 리가 없다.

"우리 얼마 만에 노래방 가는 거지? 거의 세 달 됐지?"

"그쯤 됐을걸. 프로젝트 준비 들어간 뒤로 거의 여유가 없었으니
까."

"와우! 정말 신난다! 오랜만에 목 돌리기 춤 보여 줄게!"

"하하, 나 그거 되게 좋아."

들뜬 소라와 나봄을 지켜보던 태오는 마지못해 느린 발걸음을
옮겼다.

슬슬 취기가 돌고 있는 머릿속에선 벌써 그를 서럽게 만드는 수
많은 이별 노래 가사들을 떠올리고 있었으나 태오는 애써 깨끗이
지워 냈다.

그래, 문제는 노래방이 아니라 이별 노래야.

술 취한 상태에서 슬픈 노래만 안 부르면 못 볼 꼴 보이지 않고도
무사히 빠져나올 수 있어. 호랑이 굴에 들어가도 정신만 차리면 살
아 나올 수 있다고 했잖아.

마음을 다잡은 태오의 표정이 차분해졌다.

그건 바로 한 시간 뒤 꿈에서도 감히 상상하지 못했던 엄청난 일
이 본인에게 닥쳐올 줄도 모르기에 가능한 일이었다.

*　　　*　　　*

"모두 다 손을 들고! 소리 질러! 쉐킷쉐킷!"

괴성에 가까운 소라의 노랫소리가 노래방 8번 룸을 메웠다. 요란스러운 조명 아래서 춤추는 그녀의 모습은 꼭 접신을 한 무속인 같았다.

태오는 그 모습을 보며 못 말린다는 듯 한숨을 쉬었지만 맞은편에 앉은 나봄은 까르르 웃었다.

그래, 니가 행복하면 됐다.

그 생각이 본능적으로 스치자마자 태오는 제 허벅지를 남몰래 꼬집었다. 저렇게 해실해실 웃는 건 날 가장 설레게 만들었던 모습이지만 오늘부터는 절대 곧이곧대로 좋아해선 안 됐다.

"쉐킷 바디 후!"

그렇게 각오를 다지는 사이 소라의 광란의 댄스곡이 끝나고.

"와아, 넌 볼 때마다 너무 잘 놀아서 감탄하게 돼."

"아직 홍대 가라오케를 주름잡던 실력 안 죽었지?!"

"응!"

나봄은 더욱 해맑은 미소를 머금은 채 손에 들린 탬버린을 차르르 흔들었다. 그건 그냥 웃기만 하던 때보다 더 귀여워서 태오는 차라리 시선을 돌리기로 했다.

그런 그의 고군분투를 아는지 모르는지.

"태오야, 너는 안 불러?"

나봄은 제 앞에 놓여 있던 노래방 리모컨을 태오 쪽으로 밀었다. 태오는 그녀 쪽을 쳐다보지도 않고 최대한 무심한 목소리로 대답했다.

"아는 노래 없어. 안 불러."

"예전 노래도 괜찮으니까 하나 선곡해 봐."

"안 부른다니까."

툭 내뱉어 놓고 보니 너무 매정하게 굴었나 싶어졌지만 후회하지는 않기로 했다. 살짝 움츠러든 나봄의 눈빛도 더는 신경 쓰지 않을 생각이다.

"아…… 그래, 그럼."

"……."

두 사람 사이에 흐르는 요상한 긴장감.

눈치 빠른 소라는 그걸 당연히 알아채곤 태오를 나무랐다.

"팅기지 말고 한 곡 뽑아라. 아니면 탬버린이라도 치든가."

"애초부터 노래방 싫어해서 안 온다고 했잖아."

"하지만 왔잖아. 거기에 대한 최소한의 도리는 해야지."

"무슨 논리가 그래?"

"이 채소라 님의 논리가 그러하다. 잔말 말고 선택해. 노래 부를래, 아니면 일어나서 엉덩이 흔들면서 탬버린 칠래."

갑자기 탬버린 앞에 각설이 잔뜩 붙었다. 여기서 말대꾸를 해 봤자 말발이 센 그녀는 내 화만 더 돋울 것이다.

결국 소라에게 밀린 태오는 하는 수 없이 노래방 리모컨을 들었다.

단태오의 눈물샘을 자극하는 건 오직 슬픈 이별 노래뿐.

이별 노래만 빼고 부른다면 적당히 상대해 주는 것처럼 보이면서도 눈물 젖은 술주정을 선보이지 않을 터였다.

하지만 그저 신나기만 한 댄스곡은 내 낮은 목소리로 무리고.

'아, 적당히 멜로디가 좋으면서도 음역대는 낮은 그 노래를 부를까.'

태오는 깊은 고민 끝에 한 곡을 검색해 시작 버튼을 눌렀다. 잔잔한 전주와 함께 노래 제목이 뜨자 소라는 의외라는 표정으로 태오를 쳐다보았다.

"할아버지 시계? 이거 동요잖아. 너 험상궂은 이목구비에 비해 음악 취향이 아주 퓨어하다?"

"좋게 얘기할 때 험상궂은 빼."

"하하하, 그건 너 부르는 거 봐서!"

태오는 끝까지 깐죽대는 소라를 사납게 노려보았다.

하지만 이내 전주가 끝나고 첫 소절이 시작되자 언제 화를 냈었냐는 듯 조심스럽게 목소리를 냈다.

"길고 커다란 마루 위 시계는 우리 할아버지 시계."

놀랍게도 그의 검붉은 입술 사이에서 흘러나오는 노래는.

"90년 전에 할아버지 태어나던 날 아침에 받은 시계란다."

듣는 이의 시선을 확 사로잡을 만큼.

"언제나! 크흠! 아, 삑사리."

"……."

"정답게…… 흔들어 주던 시계."

음정 박자가 하나도 맞지 않았다.

아마 노래가 시작될 때 제목이 나오지 않았더라면 이승에는 존재하지 않는 저승사자의 장송곡이라고 생각했을 것이다.

"할아버! 지의! 옛날 시계!"

본인도 박자가 안 맞는 걸 아는지, 가사의 색깔이 변하는 것에 맞춰 보려 애쓰는 모습은 퍽 안타까웠다.

보다 못한 소라는 노래방 리모컨을 들며 태오에게 물었다.

"저기, 키 좀 낮춰 줄까? 너의 성대가 힘들어하는 것 같은데."

하지만 태오는 신경질을 가득 담아 대꾸했다.

"노래 도중에 말 시키는 게 어디 있어. 매너 갖다 팔았냐."

"혹시나 해서 물어보는 건데 지금 미국 민요 '할아버지 시계' 부르는 거 맞지?"

"시끄러워. 혹시나 해도 물어보지 마. 너 때문에 지금 후렴구 다 끝났잖아."

소라에게 툭 쏘아붙인 태오는 마이크를 도로 입에 가져다 댔다. 비록 음정 박자는 험한 꼴이 되었어도 노래에 임하는 태도는 진지한 모양이었다.

소라는 그런 그를 보며 터져 나오는 웃음을 참으려 애썼다. 그러고는 나봄의 옆구리를 쿡 찌르며 조용히 속삭였다.

"이래서 노래를 안 부르려고 했나 봐."

"왜?"

"너무 음치잖아."

그러나 나봄은 그녀의 말에 동의해 주지 않고 고개를 갸웃거렸다.

"그래? 난 잘 부르는 것 같은데."

말투와 표정으로 보건대 그 말은 동정이 아닌 진심이 분명했다. 그 반응을 납득할 수 없었던 소라는 깜짝 놀라 큰 소리로 되물었다.

"저게 잘 부르는 거라고?!"

"응, 내 귀엔 괜찮게 들려."

얼핏 들려온 나봄의 대답에 태오의 시선이 다시 그들에게로 향했다. 그러자 기다렸다는 듯 이어진 그녀의 뒷말은 태오의 마음속에 아주 깊숙이 콱 박혀 버린다.

"내가 태오 목소리를 좋아해서 그런가?"

쿵—

순간 그녀로 인해 내려앉아 버리는 심장.

하필 감성적인 간주 구간에서 흘러나와 버린 나봄의 말은 귀가 아닌 태오의 마음을 깊숙이 파고들어 왔다.

고집처럼 안고 있던 생각들은 삽시간에 흐릿해지고 눈빛은 휘둘리지 않겠다는 각오가 무색하게끔 하염없이 일렁인다.

'저건 별 뜻 없는 소리야.'

태오는 동요하는 자신을 애써 모른 척하기 위해 억지로 노래를 이어 불렀다.

"할아버지의 커다란 시계는…… 무엇이든지 알고 있지."

그러나 그가 그러든가 말든가, 소라는 아랑곳 않고 장난스러운 질문을 이었다.

"단태오 목소리가 그렇게나 좋아?"

"어, 어?"

"어머, 단태오가 목소리로 우리 나봄이 취향을 저격했구나! 그랬구나!"

순간 왠지 기대감이 들었다.

하지만 마음이 들뜨는 만큼 태오의 기분은 최악으로 가라앉는다. 그런 의미 아니라는 건 태오 스스로가 가장 잘 알고 있었기 때문에.

태오는 스스로를 다그치며 그녀들 쪽으로 고개를 틀었다. 헛소리만 늘어놓는 채소라의 입을 멈춰 두기 위해서였다.

"아……."

그러나 곧바로 맞닿아 버린 시선은 소라가 아닌 나봄의 것이었다.

어쩐 이유에서인지 두 뺨을 붉히고 있는 그녀는 얼핏 보기에 수줍어하고 있는 모습처럼 보인다. 흐려지는 숨소리도, 일렁이는 눈빛도, 지금의 나와 똑같다는 생각이 든다.

'드디어…… 내가 돌았구나.'

태오는 가슴속에서 지병처럼 돋아나는 감정이 들킬까 싶어 억지로 노래방 기기 모니터 쪽으로 고개를 돌려 버렸다.

비록 가사는 하나도 눈에 들어오지 않았지만 적어도 나봄이 보이지 않으니 마음은 추스를 수 있을 터였다.

오기가 와르르 무너져 버리기 직전에 가까스로 붙잡은 정신. 조금만 더 동요했다가는 구질구질한 미련이 또 다시 폭발해 버릴 뻔했다.

극적으로 마음을 다잡은 태오는 마이크를 다시 야무지게 붙잡았고, 잠시 멈춰 놓았던 노래를 이었다.

"우리 할아버지 돌아가신 그날 밤……."

"……."

"종소리…… 울리며 그쳤네."

그런데 가사가 왜 이리도 슬픈 건지.

이제 보니 이 노래는 어지간한 이별 노래보다 더 심오하고 우울한 내용이었다. 동화 같은 멜로디에 비해 죽음이라는 고차원적인 소재를 다루고 있다.

"이젠 더 가질 않네……."

"……."

"가지를 않……."

울컥―

결국 마음 깊숙한 곳에서부터 솟구쳐 버린 무언가가 시야를 먹먹하게 만들었다. 술기운에 섞여 시큰해지는 코끝은 분명 5년 전부터 계속 되어 온 주사의 예고편이었다.

다른 사람도 아니고 나봄 앞에서만큼은 약한 모습을 보이고 싶지 않았던 태오는 어떻게든 복받치는 감정을 참아 보려 했다.

"가…… 지……."

하지만 안타깝게도 애써 이어 보려던 목소리엔 이미 울음기가 가득 찬 상태였다.

심상찮은 그의 낌새를 눈치챈 소라와 나봄의 시선이 동시에 태오를 향했다.

"태, 태오야……?"

"어머."

망했다. 이대로 나가서 죽어 버리고 싶다.

눈가에 무겁게 매달린 미련스러운 감정을 대놓고 닦을 수도, 그렇다고 해서 흘려 버릴 수도 없었던 태오는 결국 무턱대고 등을 돌렸다.

그 모습에 더욱 놀라 버린 나봄은 그를 달래 보려 했다.

하지만 나봄이 태오에게 향하기도 전에.

"어어…… 저기 말이야. 나 아주 중요한 메일 보내야 할 게 생각 났어!"

소라가 벌떡 자리에서 일어섰다.

"응?"

"이쯤에서 집에 들어가 봐야 할 것 같아! 난 여기 있으면 안 돼!"

사실 눈치가 굉장히 빠른 그녀는 둘 사이에 흐르던 요상한 기류를 처음부터 짐작하고 있었다.

오고 가는 시선에 섞여 있는 달콤한 긴장감. 서로에게 다가가고 싶은 만큼 뒷걸음질 치게 되는 귀여운 소심함.

마지막으로 가슴에 가득 차오르는 걸 표현하고는 싶은데, 그러지 못해서 안타까워하는 눈빛까지.

두 사람은 누가 봐도 서로를 마음에 두고 있었다.

그러나 그 중요한 사실을 정작 당사자만 몰라서 보는 사람 속 답답하게 만들더니, 결국 성질 급한 단태오가 먼저 폭발해 버린 모양이다.

"바, 밖에 깜깜하지 않아?"

나봄은 떠날 채비를 하는 소라를 잡고 물었다. 걱정처럼 들리는 그 말은 사실 이 당황스러운 상황에 혼자 두지 말아 달라는 무언의 SOS와 비슷했다.

하지만 수습은 그녀의 몫이었다. 친구로서 이 상황까지 이끌고 와 준 걸로 할 도리는 다했다고 본다.

"어차피 둘이 할 얘기도 있다며! 내 걱정은 하지 말고 잘하고 와! 그럼 난 이만 퇴장해 볼게!"

"저, 저기…… 소라야!"

쾅—!

소라는 나봄의 부름을 뒤로하고 서둘러 8번 룸에서 빠져나왔다. 그러고는 혹시나 나봄이 따라 나올까 싶어 재빠른 걸음으로 노래방 복도를 가로질렀다.

물론 무슨 일이라도 저질러 버릴 듯 위태로웠던 태오의 분위기가 신경 쓰이긴 하지만, 아마 엄한 짓은 못 할 거라 확신한다.

짧은 시간이나마 면밀히 관찰한 단태오라는 남자는 비록 더러운 성질머리에 비해 참 순수한 정신세계를 가지고 있었다.

"흐음, 어쩌면 차준 선배보다 더 나봄이랑 잘 맞을지도 모르겠어……."

소라는 제법 확신 가득한 혼잣말을 하며 노래방 유리문을 열었다.

"사장님! 8번 룸에서 노래가 안 나오더라도 서비스 많이 넣어 주세요!"

완전히 밖으로 나가기 전, 카운터에 있는 주인아주머니께 오지랖을 떠는 것도 잊지 않았다.

친구의 꽉 막힌 연애사까지 이렇게 뻥뻥 뚫어 주다니.

나는 아무래도 전생에 큐피드였나 봐. 그렇지 않고서야 이리도 잘 도와줄 수가 없어.

그나마 정적을 메워 주던 '할아버지 시계' 반주도 끝이 났다.

덕분에 고요해진 8번 룸에선 잔뜩 젖어 버린 숨소리만 들려왔다.

나봄은 그의 뒷모습을 가만히 바라보고 있다가 천천히 몸을 일으켰다. 그러고선 한동안 조심스러운 시선으로 눈치를 살폈다.

갑자기 설움이 복받쳐 오른 이유를 알아야 위로를 해 주든, 격려를 해 주든 할 텐데. 완전히 돌아서 있는 그는 스스로 이유를 설명해 주진 않을 것 같다.

'혹시 아까 그 노래가 너무 슬퍼서 그런가?'

혼란만이 가득한 머리로 그리 생각한 나봄은 목소리를 가다듬었다.

"태오야, 괜찮아?"

"……."

"할아버지가 생각나서 힘든 거야?"

그런 뒤 꺼내 놓는 걱정은 다정하고 따듯하고 상냥했다. 매사에 서툴고 사나운 태오가 무척이나 동경했던 그녀의 모습이었다.

그래서 더욱 힘겨워진 태오는 여전히 그녀를 등진 채 가까스로 흐린 음성을 흘려보냈다.

"할아버지 말고 내가 생각나……."

"응?"

"벌써 9년 동안이나 멈춰 있는 내 시계가 생각나서 미칠 것 같다고……."

그리 말하는 태오의 머릿속에는 슬픈 주마등이 스쳐 지나간다.

'저, 저기요?'
'왜 자꾸 귀찮게 사람을……'
'가방 문 열렸는데…… 닫아드려도 될까요?'

봄꽃 같은 나봄을 처음 마음에 담았던 순간부터.

'한나봄, 남자 친구 있어?'
'아, 아니. 없는데……'
'그럼 나 시켜 줘.'
'뭐?'
'대신 이거 너 줄게.'

기적적으로 내뱉은 고백에 화답 받았던 순간.

'우리 만나기로 했던 거 말이야. 그거 없었던 일로 하고 싶어.'
'없었던 일로 하자니.'
'아직 제대로 시작도 안 했을 때 정리하는 게 좋을 것 같아.'

그러나 얼마 못 가 곧바로 버려졌던 순간까지.
너를 사랑한 시간은 강산이 변할 만큼 긴데, 너와의 추억은 형편
없을 만큼 적다.

내 전부를 가져가 놓고서 단 한 줌의 정조차 주지 않은 넌, 매사에 상냥하고 다정하고 따듯해서 내겐 더 해로운 사람이다.

그래서 난 지금 니가 참 미워. 이렇게 다가와 놓고 내일이면 또 다시 어제처럼 나를 버릴 니가 정말 원망스러워.

오랜 짝사랑에 지친 태오는 울컥 차오르는 감정을 더는 억누르지 못했다.

"한나봄."

"응."

"내가 얼마나 널 좋아했는지 아냐?"

"어……?"

그래서 무턱대고 쏟아 내기 시작한 진심.

그걸 듣는 나봄의 눈동자가 점점 커다래졌다. 그녀는 숨까지 멈춰 버릴 만큼 놀란 상태였으나, 태오는 아랑곳 않고 뒤를 돌아 축축이 젖은 눈으로 그녀를 마주 보았다.

얼굴은 엉망이 되어 있을 게 분명했지만 그런 걸 생각할 여유 따윈 없었다.

"자그마치 9년이다. 우리 대학교 1학년 때 처음 만났을 적부터 지금까지 하루도 쉬지 않고 좋아했어. 정말 하루도 쉬지 않고……."

"……."

"난 니가 내 고백을 받아 줬던 날도 똑똑히 기억해. 너한테는 실수로 남았을지 몰라도 나한테는 두 번 다시 일어나지 않았던 기적이었으니까."

"아……."

하지만 그 기적을 거머쥐었음에도 불구하고 태오는 그녀에게 아무런 흔적도 남기지 못했다.

추억을 만들기에는 주어진 시간이 2주밖에 없었고 그동안 데이트는 단 두 번밖에 하지 못했다.

그마저도 첫 번째 데이트 때는 너무 긴장하는 바람에 아무것도 해 준 게 없었고, 두 번째 데이트 땐 많은 것을 준비해 갔지만 만나자마자 헤어지자는 말부터 들어야 했다.

그렇게 태오는 다시 그녀의 그림자가 되었다.

3년 동안 머물렀던 그늘진 세상은 겨우 2주 만에 세상에서 가장 차갑고 쓸쓸한 공간으로 변해 있었다.

그 뒤로 이어진 차가운 시간 속에서 태오는 나봄에게 꼭 물어보고 싶은 게 있었다.

"왜…… 날 그렇게 버렸어?"

"태오야……."

"왜 나한테는 사랑받을 기회도 안 줬어?"

"……."

"내가 뭘 잘못했다고……."

아주 가끔씩 꿈에서 그녀가 나올 때마다 원망 섞인 목소리로 던졌던 질문.

꿈속의 그녀는 단 한 번도 제대로 대답해 주지 않았다. 바로 지금처럼.

"넌 진짜 나쁜 가시나야."

"……."

"넌 정말…… 정말 내 인생에서 최고로 못된 가시나야."

똑바로 서 있을 수도 없을 만큼 비참해진 태오는 결국 그 자리에 주저앉고 말았다.

나봄은 그런 그의 까만 정수리를 말없이 내려다보았다.

울음 섞인 태오의 숨소리와 달리 차분하기만 한 나봄의 숨은 태오를 다시 겁쟁이로 만들어 버렸다.

나는 지금 니가 무슨 표정으로 나를 바라보고 있을지, 확인할 자신이 없다.

"그런데…… 니가 아직도 좋아."

그래서 고개를 푹 숙인 채 기어들어 가는 목소리로 내뱉어 버린 고백.

이렇게 구차하게 매달리면서 얘기하고 싶진 않았는데 결국 이 꼴이 되어 버렸다. 나는 아무래도 너의 앞에선 도무지 모질어질 수가 없나 보다.

"니가 좋다고……."

한 번 더 읊조린 그의 진심은 혼잣말과 비슷했다. 애초부터 그녀의 대답을 바라지 않고 내뱉은 것이니 별로 다를 것도 없었다.

태오는 긴 한숨으로 고백의 마침표를 찍었다.

이제 드디어 그녀에게 마지막으로 상처 받아야 할 시간.

각오는 되어 있지만 역시나 무서웠다. 그리고 상상했던 것과 비교도 안 될 만큼 아팠다.

'차라리 서러워도 참고 살걸…….'

하는 후회가 절로 들 만큼.

그런 태오 앞에서 나봄은 무릎을 구부려 앉았다.

"그렇게 나쁘고 못됐는데…… 내가 왜 좋아?"

이내 조심스레 입술을 열어 꺼내 놓는 질문은 태오조차도 스스로에게 끊임없이 물어보았던 질문이었다.

다행히 답은 얼마 전에 가까스로 나왔다.

"몰라."

"……."

"그래서 싫어하는 법도 모르고 살잖냐……."

군더더기 없이 솔직한 그의 대답을 들은 나봄은 한동안 아무 말도 하지 않았다. 무슨 생각을 하는 건지, 흘러나오는 숨소리만으로는 어림잡아 짐작할 수도 없었다.

그 침묵의 무게감을 참지 못한 태오는 물었다.

"무슨 말이라도 해. 사람 비참하게 만들지 말고."

그러고는 푹 숙여 놨던 고개를 들어 올리자.

"아……."

놀랍게도 그의 시선에 가득 들어차는 건 굉장히 가까운 거리에 있는 그녀의 얼굴이다.

새빨갛게 피어난 장미처럼 붉어질 대로 붉어진. 바람에 휩쓸린 파도처럼 넘실넘실 일렁이는.

누가 봐도 그에게 잔뜩 동요해 버린 그녀가 작은 입술을 열었다.

"무슨 말을 해야 할지……."

"……."

"모르겠어……."

그렇게 불확실한 대답을 하는 와중에도 그에게 또렷이 고정되어 있는 눈동자엔 분명 선명한 감정이 담겨 있다.

그걸 발견한 태오는 본인이 무엇을 해야 하는지 드디어 깨달았다.

술김인지, 홧김인지, 아니면 정말 단단히 돌아 버린 건지는 모르겠지만.

나 지금 너한테⋯⋯

"⋯⋯키스해도 되냐."

유독 낮게 가라앉은 태오의 목소리가 고요히 흘러나왔다. 그녀에게 향한 시선은 마음이 먹먹해질 만큼 가엾고 안쓰러웠다.

나봄은 그런 그를 가만히 바라볼 뿐, 아무 말도 하지 않았다.

아니, 무슨 말도 할 수가 없었다.

갑작스럽게 쏟아져 나온 태오의 진심과 지금의 이 순간은 그녀로서는 상상도 해 본 적 없었던 것이라, 어떤 반응을 보여 줘야 할지도 전혀 모르겠다.

그런 그녀의 앞에서 태오는 또 한 번 눈물을 떨구었다.

그의 뺨을 타고 흘러내리는 눈물방울은 나봄의 시선을 단번에 사로잡았다. 그래서 잠시 태오와 마주하고 있던 눈동자를 아래쪽으로 끌어 내리자.

"나봄아."

태오는 그녀의 이름을 불렀고.

"나 좀 봐 주라⋯⋯."

간절한 고백과 함께 눈물 묻은 손을 뻗어 나봄의 얼굴을 감싸 쥐었다. 그리고 잠시 그녀의 입술을 먹먹한 시선으로 바라보는가 싶더니, 이내.

"제발⋯⋯."

한 번 더 간절히 고백하며 그녀에게 입을 맞췄다.

그의 손길에 이끌려 순순히 입술을 내어 준 나봄의 머릿속은 순식간에 새하얘졌다.

그 와중에도 또렷하게 느껴지는 태오의 입술.

그건 무척이나 뜨겁고 부드러웠다. 그간 숨겨 두고 있었던 진심이 모두 여기 담겨 있었구나, 하고 느껴버릴 만큼.

한참을 가만히 입술만 포개고 있던 태오는 조심스럽게 나봄의 윗입술을 들어 올렸다.

그는 지금, 달뜨는 본능을 풀어 놓기 전에 은밀히 물어보는 중이었다.

나 너에게 조금 더 깊이 들어가도 괜찮겠냐고.

나봄은 대답 대신 태오의 가슴 쪽으로 몸을 더욱 가까이 붙였다. 그건 거의 본능에 가까운 화답이었다.

그러자 태오는 그녀를 더욱 한껏 끌어안는가 싶더니, 드디어.

오랜 시간 원해 왔던 만큼 깊숙하게, 그녀의 입술 사이로 애타는 혀끝을 밀어 넣었다. 가장 먼저 느껴지는 그녀의 첫맛은 이대로 녹아 버려도 좋다고 생각해 버릴 정도로 하염없이 달콤했다.

그래서 더욱 은밀한 공간까지 숨결을 불어넣자 나봄은 늘어져 있던 두 손을 조심히 옮겨 그의 어깨를 붙잡았다.

"아⋯⋯."

잠시 입술을 떨어트릴 때마다 새어 나오는 그녀의 신음. 그리고 다시 뒤얽힐 때마다 들려오는 자극적인 마찰음.

금세 한계치를 찍어 버린 태오의 이성은 결국 더는 버티지 못하고 맥없이 풀려 버리고 말았다.

덕분에 더욱 격해지는 그의 키스는 나봄의 모든 것을 집어삼킬 듯했다.

태오는 끊임없이 그녀의 윗입술을 괴롭혔고, 나봄이 지나치게 예민해져 있다 싶으면 부드러운 혀끝으로 그녀를 달랬다.

하지만 그녀가 조금이라도 입술을 떼어 내려 하면 다시 짐승처럼 그녀를 탐내기를 반복했다.

정신을 차리지 못할 정도로 자극적인 그의 키스에 나봄은 차마 다른 생각을 할 수가 없었다. 오직 태오의 존재감만을 한껏 느끼고 있을 뿐.

"하아…… 나봄아."

숨을 몰아쉬려 잠시 입술을 뗀 그가 신음 섞인 목소리로 그녀의 이름을 불렀다.

"니가 좋아서 미칠 것 같아……."

이내 젖은 그의 입술 새로 흘러나오는 건 또 한 번의 진심 어린 고백이었다. 가장 가까이서 마주 보게 된 그의 눈빛은 그 어떤 순간보다도 애절했다.

나봄은 무슨 대답이라도 해야 할 것 같아 조심스레 입술을 열었다.

"태오야, 난……."

그때.

"……그러니까 조금만 더."

태오는 찰나의 틈을 기다리지 못하고 나봄의 하얀 목덜미로 달려들었다. 집요하게 밀착된 입술 사이로 느껴지는 혀끝은 농염한 움직임이 무색할 정도로 부드러웠다.

함께 맞부딪힐 땐 몰랐는데, 오롯이 느끼는 입장이 되어 버리자 온몸이 예민해진다.

그가 머금고 있는 목덜미는 물론, 그의 숨결이 남아 있는 입술, 그가 끌어안고 있는 등허리, 그리고 마지막으로 그와 맞닿아 있는 가슴까지.

녹아내릴 듯 뜨거워지고 숨 가쁘리만큼 벅차오른다.

"아……."

그래서 본능적으로 끌어안으며 흐린 신음을 흘려보내니, 태오는 그녀의 목선을 따라 입술을 끌어 올려 다시 한 번 더 그녀에게 깊은 키스를 건넸다.

거칠게 타오르는 그의 본능에 비해 조심스레 파고드는 혀끝은 그녀의 마음을 동요시키기에 충분했다.

그렇게 얼마나 더 농밀하게 호흡을 나누었을까.

쿵쿵쿵쿵—

격하게 뛰는 나봄의 심장박동을 느낀 태오가 그녀의 갈비뼈를 쓰다듬었다. 그러자 전신을 휘어 감고 올라오는 기분 좋은 희열은 나봄으로서는 처음 느껴 보는 감각이었다.

"태, 태오야……."

순간 당황해 버린 나봄은 서둘러 입술을 떼어 내고 그를 밀어냈다.

덕분에 바짝 정신을 차린 태오는 겨우 손을 멈추었다.

고요한 룸 안에 들어찬 두 사람의 숨소리는 무척이나 달뜬 상태였다.

'내가…… 지금 뭘 한 거지?'

태오는 서서히 돌아오는 이성으로 지금 자신이 끌어안고 있는 상대를 똑바로 바라보았다.

겨우 본능을 멈춘 태오가 가장 먼저 의식한 건 붉어질 대로 붉어진 그녀의 입술. 그리고 빨갛게 부어올라 버린 그녀의 하얀 목덜미.

어찌나 세게 물었던 건지 아무래도 멍이 들 것만 같은 모양새다. 감히 꿈에서도 상상하지 못했던 짓을 저지른 태오는 이내 커다란 혼란에 빠져든다.

"아아……."

이성이 돌아오기 5초 전, 태오는 나른 신음을 흘려보냈고.

"저……."

이성이 돌아오기 3초 전, 태오는 무슨 말을 하려다 관두었으며.

이성이 돌아오기 딱 1초 전에는 동공을 파르르 떨고 있다가, 드디어 완전히 이성을 되찾고 나서는 황급히 나봄의 몸을 놓아주었다.

그러고선 언제 그녀를 마음껏 탐했었냐는 듯 당황스러운 기색 가득한 목소리로 말했다.

"미, 미안해."

"……."

"내가 잠깐 정신이 나갔었나 봐."

그 말을 내뱉으며 태오는 생각했다.

'단태오 이 미친 새끼! 무슨 짓을 한 거냐!'

하지만 아무리 스스로에게 뒤늦은 욕설을 뱉어 봐도 이미 엎질러진 물이었다. 태오는 술기운과 본능에 이끌려 저질러 버린 짓을 어떻게 수습해야 할지 눈앞이 깜깜하다.

그 무엇보다 그녀에게 멋대로 남겨 둔 키스마크가 제일 미안했던 태오는 빨간 자국을 향해 조심스러운 손길을 뻗었다.

그러자 나봄은 몸을 뒤로 빼며 움츠러든 목소리로 대답했다.

"괘, 괜찮아."

그 모습은 누가 봐도 태오에게 겁을 먹은 것처럼 보여서 태오는 더욱 큰 죄책감에 휩싸이고 말았다.

오늘 아무리 술에 취했어도 그녀에게 못 볼 꼴은 보이지 않으려 했는데, 우는 것도 모자라 애원하듯 사랑을 고백하고 멋대로 키스까지 해 버리다니.

이성은 집어치우고 본능대로 행동하는 꼴이 대체 짐승 새끼랑 다를 게 뭐야.

"아……"

태오는 그녀에게서 시선을 떼어 내고 흐린 탄식을 내뱉었다.

나봄은 그런 그의 얼굴을 물끄러미 바라보다 목덜미를 매만졌고.

"저기…… 나는 이만 가 볼게!"

곧 떨리는 목소리로 작별 인사를 건넸다. 황급히 일어서서 걸음을 재촉하는 그녀의 뒷모습은 누가 봐도 도망치는 사람 같았다.

"한나……."

붙잡고 싶었지만 그럴 자격은 안 되는 것 같아 끝내 부르지 못한 그녀의 이름.

쾅—!

머지않아 큰 소리와 함께 닫혀 버리는 문을 보며 태오는 생각했다.

아마 두 번 다시는 그녀의 웃는 얼굴을 보지 못할 거라고. 감히 그녀에게 결코 해선 안 될 실수를 저질러 버렸으니.

"다…… 망했다."

태오는 기운 빠진 목소리로 절망스러운 한탄을 뱉어 냈다. 그래도 속이 시원해지지 않아서 그는 제 머리채를 쥐어뜯을 듯 붙잡았다.

이 와중에도 그녀의 촉감만큼은 선명히 기억하고 있는 난 정말 짐승 새끼인가 보다.

오늘 처음으로 느껴 본 그녀의 맛은 참 달고 또 달았다.

이대로 녹아 버려도 좋다고 생각할 정도로.

* * *

대한 병원 VVIP 병실.

쓰리피스 정장을 완벽하게 차려입은 차준이 얼어붙은 표정으로 들어섰다.

메마른 표정으로 비서실장에게 인사를 건넨 그는 이내 몸을 돌려 침대에 앉아 있는 서 회장을 시선에 담았다.

"왔구나."

짧은 한 마디로 인사를 건넨 서 회장은 누워 있던 지난 시간이 무색할 정도로 여전히 위압감 넘쳤다.

그런 그의 앞에서 차준은 간결하게 정돈된 목소리로 물었다.

"몸은 좀 괜찮으십니까, 회장님."

"좋다고 말할 수는 없지."

"……."

"하지만 그렇다고 해서 내 역할도 못 할 정도는 아니다."

서 회장의 대답에 차준은 부드러운 미소를 지어 보였다.

그에게 마음속 깊은 곳에서부터 끓어오르는 적의를 굳이 드러내지 않는 건 척박한 집안에서 오롯한 제 편 하나 없이 살며 터득한 그의 생존 방식이었다.

"새로운 프로젝트에 대해서 얘기를 하고 싶은데 말이야."

그런 차준에게 서 회장은 곧바로 본론부터 꺼내 놓았다.

차준은 의식적으로 어깨를 곧게 펴고 차분히 대답했다.

"계획한 대로 론칭할 수 있도록 차근차근 진행하고 있습니다. 지금은 도안 작업 마무리 단계까지 진척되었어요."

"그래, 대략적인 내용은 최태영 부장이 보내온 보고서로 어느 정도 파악하고 있다. 하지만 내가 묻고 싶은 건……."

"……."

"오랜 시간 협업해 온 케이 도어락 대신 영세한 업체를 고집한 이유가 뭐지?"

그리 묻는 서 회장의 눈빛이 날카로워졌다.

외주 업체 선정에 큰 불만을 가지고 있는 최태영 부장이 한봄 도어락에 대한 의문점을 서 회장에게까지 어필한 모양이었다.

하지만 차준은 조금의 당황한 기색도 없이 말했다.

"문제 삼으신 한봄 도어락과 협약을 맺는 것이 옳은 판단이라 생각했기 때문입니다."

"그건 혼자만의 판단이지 않나."

"혼자만의 판단을 모두의 수긍으로 만드는 것이 이제부터 제가 해내야 할 역할 아니겠습니까."

시종일관 여유로운 태도를 유지하는 건 신뢰를 얻기 위해서였다.

그런 차준을 바라보는 서 회장의 표정은 여전히 딱딱했지만 차준은 부드러운 눈웃음으로 응대했다.

아마 내가 숨기려 하는 건 절대 그의 눈에 드러나지 않을 것이다. 나는 그럴싸하게 보이는 연기만큼은 누구보다 잘할 자신이 있으니까.

"흠……."

말없이 차준을 바라보던 서 회장은 옅은 헛기침과 함께 고개를 돌렸다.

그건 얼핏 외면하는 것처럼 보였으나 외면은 아니었다.

"좋아, 어디 나까지 수긍시킬 수 있나 기대해 보도록 하지."

오히려 서 회장은 한 치의 흐트러짐 없이 완벽해 보이는 차준에게 한 번의 기회를 주려 한다.

"내 몸의 회복 상태와 상관없이 창립 기념회는 계획대로 진행할 예정이다. 'Lily' 프로젝트 론칭 발표 역시 그 자리에서 이뤄질 거야."

"……."

"그때, 날 실망시키는 일은 없었으면 좋겠구나."

서 회장은 협박과 다름없는 말을 건조하게 흘려보냈다.

차준은 여전히 미소를 유지한 채 고개를 끄덕이며 대답했다.

"네, 알겠습니다. 회장님."

"아, 그리고 한 가지 더."

"……."

"불청객은 입구에서부터 철저히 막아서도록."

순간 차준의 머릿속에선 익숙한 얼굴들이 스쳐 지나갔다.

떠올리기만 해도 헛구역질이 올라오는 두 사람 중, 불쌍하다는 표현밖에 할 수 없는 그를 떠올리자 가슴엔 아릿한 고통이 일었지만.

"그렇게 하도록 하겠습니다."

차준은 억지스레 호의적인 목소리로 대답했다.

어차피 그는 내 인생의 쓰레기 같은 존재다. 인간 취급도 해 줄 필요 없는 더러운 개새끼다.

죄책감이 사라질 때까지 계속해서 속으로 되뇌고 되뇌며.

07.
우리는 여전히 과거에 갇혀 있다

"으음……."

요란한 알람음이 방 안을 채웠다.

이불에 둘둘 말려 있던 태오는 거칠게 손을 뻗어 휴대폰을 잡았다.

겨우 뜬 눈으로 알람을 끄고 현재 시간을 확인해 보니, 벌써 출근을 하고도 남았어야 할 11시 반.

"아, 망했다……."

놀란 태오는 이불을 박차고 벌떡 일어섰다. 어제 눕고 나서도 한참 동안 잠에 들지 못했던 탓에 기어이 늦잠을 자고 말았다.

한 번도 이런 적이 없었는데 정말 미치고 환장하겠네.

"알람은 왜 이제야 울리고 난리야!"

성질을 내며 황급히 옷장 문을 연 태오는 가장 먼저 잡히는 옷을 대충 주워 입었다. 그러고는 사정없이 뻗쳐 있는 머리를 감추기 위해 아무 모자나 푹 눌러썼다.

1분 만에 완성된 모습은 흡사 현상 수배 중인 범죄자와 다름없었으나 그에게는 전신 거울을 확인할 여유조차 없었다.

그렇게 번개 불에 콩 구워 먹듯 준비를 마치고, 거실로 나가 차키를 챙겨 들고.

현관문 앞까지 성큼성큼 걸어간 태오는 대충 운동화를 꺾어 신으며 잠금장치를 풀었다.

그런 뒤 현관문을 거칠게 열어젖히자.

"아……."

방긋 열린 문틈 새로 불어오는 한가로운 바람이 그를 맞이했다.

곧이어 그의 머릿속을 스쳐 지나가는 사실 하나는 모든 긴장감을 풀어 놓기에 충분했다.

"……오늘 주말이었지."

그걸 깨달은 순간, 잔뜩 굳어 있던 태오의 몸에선 순식간에 힘이 쫙 빠져나갔다. 힘없이 문고리를 놓아 버리는 손은 그야말로 축 늘어진 상태였다.

쾅―!

덕분에 현관문이 굉음과 함께 도로 닫혀 버리자 태오의 뒤통수는 얼얼하게 아파지기 시작한다.

아무래도 현실을 도피하느라 잠시 잊고 있었던 어제의 기억이 다시 뇌리에 꽂혀 들어온 모양이다. 흐려졌던 현실감각은 날카롭게 되살아나고 자신이 저지른 대담한 일들이 하나둘 주마등처럼 스쳐 지나간다.

'내가 얼마나 널 좋아했는지 아냐?'
'자그마치 9년이다. 우리 대학교 1학년 때 처음 만났을 적부터
지금까지 하루도 쉬지 않고 좋아했어.'
'정말 하루도 쉬지 않고…….'

그래, 어제 나는 너에게 9년 동안이나 묵혀 둔 마음을 구차하게
털어놓았고.

'왜…… 날 그렇게 버렸어?'
'왜 나한테는 사랑받을 기회도 안 줬어?'
'내가 뭘 잘못했다고…….'

끝내 사랑해 주지 않았던 그녀를 원망했고.

'……키스해도 되냐.'

감히 너를 끌어안고 멋대로 입술을 맞췄었다.
생각해 보면 입술'만' 탐했던 건 아닌 것 같다. 다시 되새기기도
낯부끄러운 일을 어제의 나는 거침없이 저질렀었다.
그 오랜 키스가 끝나고 너는 무슨 말을 했더라.

'저기…… 나는 이만 가 볼게!'

나봄의 당황한 얼굴이 떠오르자 태오는 푹 고개를 숙일 수밖에 없었다.

흔들리는 동공과 떨리는 목소리.

그건 명백히 겁에 질린 모습이었다. 아마 벽을 치는 걸로는 어느 누구 따를 자가 없는 그녀라면 앞으로 두 번 다시 그에게 먼저 다가오려 하진 않을 것이다.

그러니 이젠…….

"……다 끝이네."

모든 걸 때려치우겠다는 마음으로 나봄의 집까지 찾아갔던 태오였지만, 진짜 끝을 맞이하는 건 생각보다 더 힘겨운 일이었다.

애초부터 그녀와 뭘 해 본 적도 없으면서 뭐가 이리도 아쉬운지.

다 털어놓고 끝내면 그저 후련할 줄 알았건만 가슴에 돌덩이 같은 미련만 더 얹혀 버렸다. 이건 전부 어제 충동적으로 저질렀던 첫 키스 때문이다.

'그러니까 짐승 같은 짓은 왜 해서…….'

태오는 마음속에 울컥 차오르는 자책을 가까스로 삼켜 냈다.

후회조차 거부하는 건 어제의 일을 완전히 없었던 일처럼 묻어 버리기 위해서였다.

그래야 체면도 없이 쏟아 냈던 눈물이 잊히고, 애원이나 다름없던 고백도 잊히고. 그 어떤 사탕보다 달콤했던 너의 입술도 내 머릿속에서 완전히 사라져 버릴 수 있을 테니까.

"어제는…… 아무 일도 없었어."

태오는 복잡한 머릿속을 강제로 멈춰 두고 고집스러운 한 마디를 흘려보냈다.

그런다고 해서 잊어버리기엔 지난밤이 너무도 생생했으나, 태오는 끝까지 모르는 척 버텨 보기로 했다.

"아니, 처음부터 아무 일도 없었어……."

쿵— 쿵— 쿵—

그 말을 덧붙이며 태오는 닫힌 현관문에 머리를 찧었다.

고통이 강렬해지면 강렬해질수록 잡생각은 점차 흐려져만 갔다.

그렇게 스스로에게 고문 아닌 고문을 반복하고 있던 그때.

띵동—!

요란한 벨소리가 집 안에 울려 퍼졌다.

뜻밖의 인기척에 놀란 태오의 눈이 일순 휘둥그레졌다. 그래서 단번에 대답을 하지 못하고 그 자리에 가만히 얼어붙어 있자, 기차 화통을 삶아 먹은 듯한 목소리 하나가 현관문을 사이에 두고 터져 나왔다.

"단태오! 너 안에서 뭣하고 있냐! 마중 나온다며, 이 썩을 놈아!"

"뭐, 뭐야."

"뭐긴! 이제 니 어미 목소리도 못 알아들어?! 아이구, 참 효자 나셨다!"

"엄…… 마?"

멍한 정신으로 그녀임을 알아차린 태오의 눈빛이 다른 의미로 흔들리기 시작했다.

아, 이제야 기억났다. 토요일 낮에 알람을 맞춰 놓은 이유.

오늘은 전주에서부터 박 여사가 올라오는 날이었구나.

"빨리 문 열어! 반찬통 무거워 죽겠어!"

"잠깐, 나 지금 놀라서 문 여는 법을 까먹······"

"그리고 너 안에서 쿵쿵 소리 나던데 혹시 전셋집에다가 대못질하고 있냐!"

"아니, 그게 아니고······"

"너 거기다 대못질 하면 이사 가면서 그거 다 땜빵 해서 줘야 돼! 알아?!"

"아! 좀 시끄러워요! 정신 사나워서 문을 못 열겠네!"

그래, 맞아. 11시 반부터 마음의 준비를 해 놓으라는 소리였어. 박 여사가 오는 날은 아늑하고 고요하던 나의 보금자리가 아작 나는 날이니까 말이야.

＊　　＊　　＊

"입술 상태가······ 말이 아니네."

화장실 세면대 거울 앞에 선 나봄이 부어오른 입술을 만지며 중얼거렸다.

어제부터 왠지 붉어졌다 싶더니, 지금은 붕어나 다름없는 상태가 되어 버렸다. 나봄은 어떻게든 입술을 가라앉혀 보려 수도꼭지를 틀었다.

하지만 손끝에 차가운 물이 닿자마자 일순간 모든 동작을 멈춰 버렸다.

그녀의 머릿속을 스쳐 지나가는 날카로운 기억 때문이었다.

밝은 빛을 내며 돌아가던 노래방 조명. 코끝을 스치던 싸구려 방향제 냄새. 두 볼을 감싸던 따듯한 손길.

그리고…… 닿을 거라고는 상상해 본 적도 없던 입술의 감촉.

전혀 생각지도 못한 사람과 생각지도 못한 짓을 저질러 버린 어젯밤.

이성을 되찾은 나봄의 머릿속을 메우는 건 수많은 질문들이었다.

내가 뭘 한 거지? 무슨 소릴 들은 거지?

걔는 나한테 갑자기 왜 그런 거지?

나는 그걸 또 왜 뿌리치지 못한 거지?

물론 어느 것 하나 시원하게 답을 내리지는 못했다.

그녀의 입술 새를 집요하게 파고들었던 단태오의 혀끝을 떠올리기만 해도 온몸에 열이 달아올라서, 그녀는 도무지 자신에게 벌어졌던 일을 침착하게 정리할 수가 없다.

하지만 그런 와중에도 똑바로 기억하는 건 한 번도 보지 못했던 애달픈 눈빛으로 절박하게 꺼내 놓았던 그의 목소리였다.

'왜…… 날 그렇게 버렸어?'

'왜 나한테는 사랑받을 기회도 안 줬어?'

'내가 뭘 잘못했다고…….'

'그런데…… 니가 아직도 좋아.'

세상에서 가장 서러움 가득했던 고백은 나봄의 심장을 쥐고 흔들기에 충분했다. 전혀 예상치도 못했던 진심이라서, 그 마음을 고스란히 전달받는 나봄도 함께 달아오르는 기분이었다.

그 강렬한 감정 때문에 나봄은 입술이 떨어지자마자 도망치듯 태오의 품을 벗어날 수밖에 없었으나, 그래도 그가 건넸던 열기는 밤새도록 진정될 줄을 몰랐다.

마치 차준과 첫 키스를 나누었던 그 날처럼 어찌나 가슴이 저릿저릿하던지.

"후우……."

어젯밤의 키스를 떠올리자 그녀의 심장박동은 다시금 빨라지기 시작했다. 하지만 나봄은 도리도리 고개를 저어 모든 감정을 지워 버리려 했다.

'미, 미안해.'
'내가 잠깐 정신이 나갔었나 봐.'

그의 말대로 우린 어제 잠깐 정신이 나갔던 거니까.

애절했던 그의 고백도, 동요했던 내 마음도 한순간의 실수였던 거다. 키스가 끝난 후 계속해서 시선을 피하던 태오도 그렇게 생각하는 게 분명하다.

"정신 차리자. 정신 차려."

거울 속 제 얼굴을 보며 각오를 다진 나봄은 찬물을 틀어 세수했다.

이런다고 씻길 감정은 아니었으나, 두 뺨의 열기가 가라앉자 그녀를 혼란스럽게 만들던 잡생각도 조금은 줄어들었다.

그렇게 또렷한 정신으로 화장실에서 나온 나봄은 습관적으로 거실의 시계를 확인했다. 워낙 늦게 일어난 탓에 시간은 벌써 오후 1시 반.

"아, 점심 먹어야지."

사실 배는 그다지 고프지 않았지만 냉장고의 반찬에 손도 안 댄다면 한 사장이 서운해할 게 뻔했다.

그래서 먹는 시늉이라도 해놓기 위해 주방 쪽을 향해 몸을 돌린 그때.

"어?"

부엌 식탁 의자에 놓인 낯선 가방 하나가 그녀의 시선을 사로잡았다.

빈티지한 디자인의 까만 가죽 백팩은 떠올려 보건대 단태오의 것이 분명했다. 어제 그는 노래방에 갔다가 돌아올 줄 알고, 가방은 미처 챙기지 않았던 모양이다.

"중요한 서류라도 들어 있으면 어쩌려고……."

잠시 고민하던 나봄은 그의 가방을 열어 확인해 보기로 했다.

약간 뻑뻑한 감이 있는 지퍼를 열고 들여다본 내부는 그의 사무실 책상처럼 깔끔히 정리되어 있었다.

누가 워커홀릭 아니랄까 봐 가장 많은 분량을 차지하는 건 각종 업무 파일.

그 와중에 책갈피까지 꽂혀 있는 시집 한 권이 의외였다.

　[나를 사랑하지 않는 그대에게]

이리도 아련한 제목의 시집을 가방에 넣어 두고 다니는 걸 보니, 단태오는 제법 감성적인 사람인가 보다.

생긴 걸로 봐서는 사랑 얘기에 전혀 관심 없어 보이는데…….

이렇게 그의 색다른 면을 또 한 가지 발견한 나봄은 어느새 흥미 가득한 눈빛을 띠고 있었다.

나봄은 열심히 밑줄이 그어진 자료를 훑으며 태오가 주로 쓰는 펜이 파란색이라는 걸 알았고, 해야 할 일이 잔뜩 적힌 스케줄러를 보며 그날 일은 무슨 일이 있어도 그날 끝내 버리는 태오의 성격을 알았다.

그리고 업체 사람들의 전화번호가 적힌 연락처를 보며 그가 숫자 '8'을 눈사람 그리듯 쓴다는 사실을 깨달았다.

그저 가방 안만 살펴보았을 뿐인데 얻은 정보가 제법 많다.

"이건 또 언제 갖다 줘야 하나."

그렇게 구경할 거 다 구경하고 나니 슬슬 걱정되기 시작하는 건 그를 상대하는 일이었다.

가방을 전해 주기 위해선 태오와 만날 약속을 잡고 얼굴을 마주해야 하지만 아직은 그럴 마음의 준비가 되지 않았다.

"그냥 월요일에 태오 회사로 가서 직원 편으로 돌려줘야겠네."

어떻게든 태오를 피하기로 결심한 나봄은 가죽 가방을 다시 잠 가두려 했다.

그러나 순간 거짓말처럼 눈에 띈 A4용지 뭉치.

[월요일 오전 회의 자료. 주말 동안 읽어 둘 것!]

위쪽에 적힌 글귀는 별표 네 개까지 달고 있다. 그 안에 읽지 못 하면 그에게 큰일이라도 생길 것 같다.

"주말이면…… 지금 당장 필요한 거 아닌가?"

걱정에 휩싸인 나봄은 혼란 가득한 표정으로 잠시 굳어 버렸다.

나는 아직 단태오의 검붉은 입술을 다시 마주할 용기가 생기지 않았는데, 어째서 운명은 이리도 짓궂은 건지.

진정시켰던 얼굴이 다시 달아오른다. 외출 준비를 하기 전에 찬 물 샤워라도 하고 가야겠다.

* * *

"아, 내 가방……."

제 가방이 없다는 사실을 뒤늦게 깨달은 태오의 입에서 탄식이 흘러나왔다.

주말에 처리해야 할 밀린 일이 잔뜩인 이 와중에 가방이 없어지 다니. 이건 단태오의 업무에 노란 비상등이 켜진 것과 다름없었다.

"어째 되는 일이 하나도 없냐!"

태오는 온갖 신경질을 내며 차키를 들었다. 어디에 두고 왔는지 짐작 가는 곳은 있지만 그건 가장 마지막에 확인할 예정이었다.

못 할 짓을 저질러 버린 상대의 집에 가방을 두고 왔다는 건 너무 막 나가는 전개잖아. 절대 그런 일이 일어나선 안 돼.

"주차장 좀 내려갔다 올게요."

태오는 거실 소파에 앉아 있는 박 여사에게 말하며 신발을 챙겨 신었다.

물론 어제 대리 기사가 몰아 주는 차를 타고 오면서 가방을 봤던 기억은 없었다. 그러나 잔인한 현실을 피하기 위해선 일말의 희망에 기대를 걸어 보는 수밖에 없었다.

"뭐야, 배고파 죽겠는데 또 어딜 가?"

지금 막 점심을 차리려 했던 박 여사가 까칠하게 물었다. 그러자 태오는 신발을 신으며 되는 대로 대충 대답했다.

"가방 가지러."

"가방을 주차장에 놔두고 왔어?"

"아니, 차에 있겠지."

"있겠지는 또 뭐야. 너 혹시 가방 잃어버렸냐! 몇 살이나 먹었다고 벌써부터 깜빡깜빡……!"

"다녀오겠습니다."

태오는 박 여사의 목소리가 여기서 더 날카로워지기 전에 서둘러 현관문을 빠져나갔다. 한 번 잔소리를 시작하면 끝낼 줄을 모르는 박 여사의 성격을 누구보다 잘 알고 있기 때문이었다.

"저게 그냥 사람 말을 뚝 끊어 버리기나 하고!"

버럭 고함을 내지른 박 여사는 닫힌 현관문을 노려보았다.

저렇게 무뚝뚝해서야 어느 처자가 받아 줄는지. 저 성깔머리로
는 아마 장가도 제대로 못 갈 거다.

"하여간 귀염성이 없어. 귀염성이……."

박 여사는 한탄 섞인 혼잣말을 내뱉으며 냉장고를 마저 정리했
다. 태오가 잘 먹는 오이소박이를 잔뜩 해 왔는데 이건 분위기 봐서
도로 가져가 버릴 참이다.

한 번만 더 얄밉게 굴면 남아 있던 오이소박이마저도 뺏어 가야
지.

그렇게 불평을 하면서도 오이소박이부터 냉장고 안에 넣어 두고
있는데.

♩ ♪ ♬ — ♩ ♪ ♬ —

거실에서 요란한 휴대폰 벨소리가 울렸다. 박 여사가 좋아하는
최신 뽕짝 벨소리가 아닌 걸 보니 태오의 휴대폰이 분명했다.

아들 일에 딱히 신경을 쓰지 않는 박 여사는 첫 번째 전화를 못
들은 척 무시했다.

하지만 잠시 후 끊어지는가 싶었던 벨소리는 이내 다시 걸려 오
기 시작한다. 두 번이나 거는 걸 보니 어지간히도 급한 용건인가 보
다.

"아휴, 참…… 휴대폰을 왜 놔두고 다니는 거야."

슬슬 벨소리 듣는 것도 귀찮아진 박 여사는 거실로 걸어가 마지
못해 태오의 휴대폰을 들었다.

발신자 이름은 '한나봄'. 명백한 여자 이름이었지만 별다른 의심

은 하지 않았다. 박 여사는 목석보다 무뚝뚝한 단태오에게 여자 친구 따위 없을 거라 확신하는 중이니.

그러나 망설임 끝에 통화 버튼을 눌렀을 때.

—태, 태오야! 혹시 자고 있었니? 어제는 잘 들어갔는지 모르겠다. 휴일에 전화해서 미안한데, 다름 아니라 니가 우리 집에 가방을 놓고 가서 그거 돌려주려고 연락했어.

그녀가 첫 마디를 꺼내기도 전에 들려온 다급한 목소리는 굉장히 구구절절했다.

사실 나봄은 지금 너무 긴장되는 마음에 종이에 할 말을 적어 두고 읊는 중이었으나 박 여사가 그런 상황을 알 리가 없었다.

—주말까지 끝내야 할 자료도 들어 있던데, 니가 가방 잃어버렸다고 걱정하고 있을 까 봐…….

"……."

—아! 저기! 내가 일부러 니 가방 열어 본 건 아니야! 처음엔 우리 아빠 가방인 줄 알았거든!

"……."

—그래서, 저기…… 그게…….

그래서 대꾸할 타이밍을 찾지 못해 계속 듣고만 있으니, 전화를 받은 상대방이 태오의 어머니라는 걸 미처 인지하지 못한 나봄은 기어이 엄청난 말을 내뱉어 버리고 만다.

—무슨 말이라도 해 주면 안 될까. 나도 어제 노래방에서 있었던 일 무릅쓰고 용기 내서 먼저 전화한 건데…….

노래방에서 있었던 일!

그 한 마디를 들은 박 여사의 얼굴에 놀란 기색이 역력해졌다.

언뜻 듣기에도 수줍음 많아 보이는 이 처자가 하는 얘기로 봐선 어제 노래방에서 뭔가 심상찮은 일이 있었던 모양인데…….

그로 인해 불안해하는 나봄을 달래야 하는 건 박 여사의 소관이 아니었다. 그건 이 중요한 순간 자리를 비운 원수 같은 아들내미의 몫이 분명했다.

혹시나 그녀가 민망해질까 싶었던 박 여사는 잠시 깊은 고민을 했고.

─태오…….

뚝─

그녀가 또 무슨 말을 하기 전에 전화를 끊어 버렸다.

언뜻 보기엔 단순 무식한 행동이었으나 사실은 다방면으로 복잡하게 생각해 보고 결단을 내린 것이었다.

그녀의 말투를 들어 봤을 때 태오와 수수께끼의 처자는 아직 조심스러운 사이.

이럴 때 부모가 불쑥 끼어들었다간 처자에게 괜한 부담만 줄 게 뻔하다.

만약 아들의 여자 친구를 대하는 일이 익숙했더라면 부드럽게 상황을 풀어 나갔을 테지만, 안타깝게도 박 여사의 아들은 단 한 번도 그런 걸 연습해 볼 기회를 준 적이 없었다.

그러니 괜히 입을 열어서 호들갑을 떨 바에야 내가 아닌 척 한 마디 말도 않고 끊어 버리는 게 낫지.

물론 이대로는 둘 사이에 괜한 오해가 생겨 버릴 것을 알기에, 박 여사는 애프터서비스까지 확실히 해 주기로 했다.

헐렁하게도 제 생일로 비밀번호를 설정해 둔 태오의 메신저를 한 번에 열고 방금 전화를 건 한나봄의 이름을 찾은 뒤.

그녀는 빠르게 손가락을 움직여 간결한 문장들을 입력한다.

[알려 줘서 고마워^^ 보답으로 저녁을 대접하고 싶으니까
5시까지 우리 집으로 와 줬으면 좋겠어^^♡]

다정한 말투나 이모티콘은 단태오 성격에 안 쓸 것 같긴 하지만, 아무리 생각해도 쓰는 편이 좋을 것 같아 넣어 봤다.

자, 이제 남은 일은 자신이 이 자리에서 빠져 주는 것뿐인가.

태오의 휴대폰을 있던 자리에 그대로 내려놓은 박 여사는 서둘러 미처 정리하지 못한 반찬들을 냉장고에 넣어 두었다.

그러고는 서둘러 가방을 챙겼다.

전주에서 여기까지 고생해서 올라온 것에 비해 머물다 간 시간이 무척이나 짧았지만 억울하거나 아쉽지는 않았다.

박 여사가 또다시 서울에 올라올 일은 숱하게 있어도, 연애와 담 쌓은 단태오가 주말 데이트를 할 기회는 평생을 걸쳐 몇 없을 게 분명했다.

떠나기 전, 박 여사는 신발장 위에 놓인 방향제를 온 집 안에 칙 칙 뿌리는 것으로 마지막 마무리를 했다.

그러곤 뿌듯한 미소를 머금은 채 현관으로 향했다.

비록 성깔 있고 무뚝뚝한 게 흠이긴 하나, 제 사람 하나는 끔찍이

챙기는 태오는 기회만 잡으면 누구보다 잘할 것이다.

워낙 쓸데없이 진지하고 안 어울리게 순진한 애라, 그 기회 하나를 잡는 데까지 너무 시간이 오래 걸려서 그렇지.

그러니까 제발 연애 좀 해라, 아들. 엄마도 자식 결혼식장에 참석은 해봐야 될 거 아냐.

*   *   *

[오늘 못난 아들내미를 위해서 귀빈을 초대했으니까 정장 멋들어지게 차려입고 있어라. P.S 넌 오므라이스를 제일 잘하더라.]

박 여사에게서 문자 한 통이 도착했다. 그걸 확인한 태오의 눈썹이 한쪽만 노골적으로 구겨졌다.

차 안에 가방이 없다는 걸 확인하고서 착잡한 마음으로 돌아오니 감쪽같이 사라져 버린 그녀.

몇 번이나 전화를 걸어도 안 받길래 오만 가지 걱정을 다 했건만, 이제 와서 떡하니 보내 놓은 문자 내용이 아주 황당하다. 본인의 귀빈을 왜 내 집으로 부르는지도 모르겠고, 갑자기 정장을 갖춰 입으라고 하는 것도 이해되지 않는다.

태오는 뭐라고 한 마디라도 하기 위해 박 여사에게 전화를 걸었다.

쿵짜라 쿵짝 ♪ ― 쿵짜라 쿵짝― ♬

하지만 요란스러운 트로트 음악만 이어질 뿐, 그녀와는 끝까지 통화 연결이 되지 않았다.

"아, 진짜 사람이 왜 이렇게 제멋대로야."

답답해진 태오가 오직 할 수 있는 건 오만상을 쓴 채 통화 종료 버튼을 눌러 버리는 것뿐이었다.

"하여간 집에 들어오기만 해 봐라……."

태오는 툴툴거리면서도 격식 있는 옷으로 갈아입기 위해 드레스 룸으로 들어섰다.

옷장엔 얼마 입지 않아서 거의 새것과 다름없는 풀세트 정장이 두 벌이나 모셔져 있었지만, 태오는 그쪽으로 눈길조차 주지 않았다.

아무리 귀빈이라고 해도 평소에도 안 입는 정장을 꺼내 입는 건 오버스러워 보일 것 같아서였다.

그래서 선택한 까만 슬랙스와 그레이톤 와이셔츠. 그리고 평소엔 답답해서 절대 매지 않는 넥타이.

마지막으로 헤어스타일까지 매만지고 나니 옷장에 붙은 전신 거울 속 자신의 모습은 제법 그럴싸했다. 흡족해진 태오는 가벼운 손길로 옷장 문을 닫고 다시 거실로 걸어 나왔다.

때마침.

띵동―

귀청을 때리는 초인종 소리가 온 집 안에 울려 퍼졌다.

불쑥 찾아온 손님이 박 여사와 그녀의 귀빈일 거라 생각한 태오는 딱딱한 목소리로 인기척을 냈다.

"예, 나갑니다."

어떤 사람이 서 있을지는 모르지만 태오는 박 여사에게 서울 지리도 모르면서 어디 나간단 말도 없이 사라지면 어떡하냐고 한 소리 해 줄 예정이었다.

하지만 거칠게 현관문 잠금장치를 풀고 문고리를 열어젖힌 순간, 열린 문 틈새로 보이는 얼굴은 그를 굳어 버리게 만들기에 충분했다.

"아, 안녕."

"한…… 나봄?"

아니, 어째서 당신이 이곳에…….

"원래…… 집에서도 이렇게 차려입고 있어?"

상황 파악이 덜 된 태오에게 나봄이 먼저 물었다.

아직 그녀가 왜 자신의 집에 찾아왔는지 납득할 수가 없었던 태오는 그 어떤 대답도 못 하고 멀뚱히 서 있었다.

그러자 나봄은 크게 숨을 들이쉬며 할 말을 고르고는.

"괜찮으면 집에 들어가도 될까?"

이내 파격적인 한 마디를 꺼내 놓았다.

더욱 혼란스러워진 태오가 얼떨결에 현관문을 좀 더 열어젖혔더니, 나봄은 기꺼이 집 안으로 들어서서 스스럼없이 구두를 벗는다.

"우리 집이랑 너희 집, 지하철로 겨우 세 정거장 거리더라. 여기까지 오는데 30분밖에 안 걸렸어."

"아……."

"처음 초대받은 자리에 빈손으로 오는 건 실례인 것 같아서 비타민 음료 좀 샀는데……."

"초, 초대?"

"혹시 신 거 못 먹는 건 아니지?"

"아니, 뭐…… 잘 먹는데……."

"다행이다!"

혼란스러운 태오의 속을 알 리 없는 나봄은 해맑은 미소를 지어 보였다.

하지만 아직까지도 상황 파악이 안 된 태오는 마른침을 삼키며 목소리를 정리하고는 겨우 입술을 떼어 내 물었다.

"여긴 어떻게 왔어?"

"지하철 타고 왔다니까."

"지하철이 문제가 아니라…… 대체 왜 온 거야?"

"왜 왔냐니. 가방 가져다주러 왔지."

"……."

"그리고 니가 저녁 같이 먹자며."

'내가?'

곧바로 되물으려던 태오의 머릿속에 박 여사의 문자 메시지가 다시 떠올랐다.

못난 아들내미를 위해 귀빈을 초대했다더니. 그건 아무래도 한 나봄을 뜻하는 모양이다.

그녀에 대해서는 한 번도 말한 적이 없었는데…… 대체 어떻게 안 거지? 연락은 또 어떻게 했고?

뒤따르는 수많은 의문들은 태오의 관자놀이를 지끈지끈하게 만들었다. 그래서 이마를 짚은 채 옅은 한숨을 내쉬자 나봄은 걱정스러운 표정으로 물었다.

"혹시 내가 아직 준비 안 됐을 때 왔어?"

"어?"

"뭔가 곤란해 보여서……."

"아니, 아니야. 곤란하긴."

그냥 무책임한 박 여사와 천륜을 져 버리고 싶은 것뿐인걸.

가까스로 돌아가는 상황을 파악한 태오는 얼굴에 남아 있는 당황감을 애써 지워 냈다. 그러고는 이왕 찾아온 나봄이 편히 있을 수 있도록 부드러운 어조로 말했다.

"거실에서 TV 보면서 기다려. 저녁 금방 차려 줄게."

그런 뒤 남색 앞치마를 둘러매는 태오의 모습은 왠지 섹시해 보인다. 예상치 못한 구간에서 설레어 버린 나봄은 두근대는 심장 소리가 들릴까 싶어 씩씩하게 물었다.

"저, 저녁 메뉴는 뭐야?"

그러자 태오는 잠시 냉장고를 훑어보며 고민에 잠기는가 싶더니 이내 조곤조곤한 목소리로 물었다.

"내가 할 수 있는 요리들 중에서는 오므라이스가 가장 평이 좋은데…… 넌 오므라이스 좋아해?"

태오의 까만 눈동자가 다시 나봄에게 와 닿았다. 그와 시선을 마주친 게 오늘이 처음은 아닌데, 왠지 낯설면서도 기분을 들뜨게 만드는 감정이 나봄을 덮쳐 온다.

"허리선 예쁘다……."

그 분위기에 그대로 휩쓸려 내뱉고 만 솔직한 감탄사.

"어……?"

그걸 들은 태오의 눈동자가 크게 흔들렸다.

순간 정신이 돌아온 나봄은 깜짝 놀란 표정으로 손사래를 쳤다.

"앗! 미안!"

"뭐, 뭐가."

"허리를 너무 빤히 쳐다본 것 같아서……."

당황감을 수습하지 못한 채 내뱉는 말은 점점 상황을 이상하게 만들었다. 덕분에 얼굴이 눈에 띌 정도로 새빨개진 나봄은 얼굴을 푹 숙이며 그의 시선을 피할 수밖에 없었다.

그의 앞에서 곧잘 긴장하긴 했어도 이렇게 나사 빠진 것처럼 아무 말이나 막 뱉어 내지는 않았는데, 대체 왜 자꾸 바보같이 구는 건지.

아무래도 어젯밤 노래방에서 머릿속 나사 하나를 빠트리고 온 모양이다. 그렇지 않고서야 이리도 휘둘릴 수가 없다.

"아…… 고마워."

머지않아 태오의 어색함 가득한 음성이 이어졌다.

그런 반응이 더욱 부끄러웠던 나봄은 아예 그에게서 몸을 돌려 소파로 발걸음을 옮겨 버렸다.

그래서 미처 구경하지 못했다.

나봄보다 더 빨개져 있던 태오의 수줍은 두 귀를.

＊　　＊　　＊

"와, 진짜 맛있겠다!"

식탁에 앉은 나봄이 태오가 올려놓은 오므라이스를 보며 감탄사를 내뱉었다.

노란 계란 이불을 예쁘게 덮은 오므라이스는 태오의 투박한 손으로 만들었다고는 믿기 힘들 만큼 겉모양까지도 완벽한 요리였다.

그런 나봄의 반응이 쑥스러웠는지, 태오는 그녀의 맞은편 의자를 끌어당기며 딱딱하게 말했다.

"먹어 보지도 않고 어떻게 알아."

"안 먹어 봐도 알 수 있어. 이건 분명 내가 먹어 본 오므라이스 중에서 제일 맛있을 거야."

"참나……."

혀를 차고는 있지만 그의 눈가엔 웃음기가 어려 있다.

기뻐하는 그의 모습이 보기 좋았던 나봄은 두 눈동자를 더욱 빛내며 물었다.

"냄새가 정말 좋은데 혹시 무슨 비법이라도 있어?"

"밥을 버터에 볶아. 허브 솔트로 간하고."

"계란은 어쩜 이렇게 색이 예뻐?"

"섞을 때 잘 섞으면 돼. 위아래로 원을 그리듯이 빠르게."

"아아, 그렇구나."

나봄은 척척 대답하는 태오를 향해 고개를 크게 끄덕이고는 크게 한술을 떠 입 안에 넣었다.

아니나 다를까.

버터향이 솔솔 풍기는 단태오표 오므라이스는 그녀가 먹어 본 오므라이스 중에 최고라고 해도 될 만큼 맛이 뛰어났다.

"으음!"

나봄은 태오의 눈앞에서 곧바로 엄지를 세웠다.

그녀의 만족스러운 리액션에 한결 마음을 놓은 태오는 그제야 뒤늦은 첫술을 떴다. 피식, 흘러나오는 웃음은 그 어느 때보다도 편안해 보였다.

나봄은 그런 그를 살펴보다가 입 안에 든 음식물을 꿀꺽 삼킨 뒤 물었다.

"평소에 요리 좋아해?"

"아니."

"안 좋아하는 것치고는 되게 잘하는데?"

"대학생 때부터 자취했으니까. 굶어 죽지 않으려고 기본적인 요리 몇 개는 마스터했지."

"그랬구나. 나는 요리에는 영 소질이 없어. 그럭저럭 먹을만은 한데 엄청 맛있다는 생각은 안 들더라구."

나봄은 그리 말하며 그동안 실패했던 수많은 음식들을 떠올렸다.

막 만들어도 맛있다는 비빔밥부터 초등학생도 끓일 수 있다는 라면까지. 시도는 해 봤으나 만족스러운 결과물은 나오지 않아서 항상 실망했던 그녀였다.

"이러다 시집이나 갈 수 있을지 모르겠어."

나봄은 진담이 반쯤 섞인 농담을 흘려보냈다.

"뭐 그런 걱정을 해. 어차피 요리는 한 명만 맡아도 되는 거잖아."

그러자 곧바로 따라붙은 태오의 대답은 그녀의 심장을 쿵! 하고 두드린다.

"……어?"

지금 저 말이 왠지 요리 잘하는 본인이 있으니 걱정하지 말라는 것처럼 들리는데…… 기분 탓일까?

"아, 아…… 그러니까 꼭 요리 잘하는 사람 만나라고! 니가 못하면 신랑이라도 해야 하잖아."

"……."

"나야 그게 누군지는 모르지만……."

하아, 괜히 설레발치며 대답하지 않길 잘했다. 아무리 어제 그런 일이 있었다고 해도 저런 얘길 스스럼없이 꺼내 놓을 리가 없지.

"으, 응. 나도 요리 잘하는 사람 만나고 싶다."

"그래, 넌 먹는 걸 잘하니까."

"아, 내가 그래?"

"그렇지 않나. 아니면 말고, 뭐……."

"하하……."

살짝 오해할 뻔했던 상황은 두 사람의 분위기를 심상치 않게 만들어 놓았다.

오므라이스로 인해 겨우 풀어지나 싶었던 긴장은 서로의 존재를 의식하기 시작하면서부터 한층 더 심해졌다.

나봄은 두근대는 가슴이 진정되기를 기다렸다가 심장박동이 겨우 제 템포를 찾고 나서야 다른 대화를 이어 나갔다.

"아, 있잖아! 태오야! 혹시 대학 동기들이랑 아직까지 친해?"

"글쎄, 처음부터 친하다고 할 애들이 없어서."

"왜? 너 친구들 되게 많았잖아."

"내가?"

"응, 넌 항상 사람들 사이에 둘러싸여 있었던 것 같은데."

그리 말하며 나봄은 대학 시절의 태오를 떠올렸다.

언제 어디서나 패기 넘쳤던 태오는 특히 남자들에게 인기가 많던 사람이었다.

어딜 가나 주변에 남자 녀석들이 득실거렸던 그는 마치 늑대의 우두머리 같았지.

예전의 나봄은 그런 태오를 지레 겁을 무서워하며 피해 다녔었지만, 요즘은 그의 드센 성격마저도 달리 보는 중이었다.

비록 하고 싶은 얘기를 거침없이 내뱉고, 특히 일에 관해서는 불도저처럼 밀어붙이는 경향이 있긴 해도…….

"넌 예전부터 변함없이 당당했어. 누구한테 기죽지도 않고, 쉽게 주눅 들지도 않고."

"……."

"그래서 다들 널 따랐었나 봐."

나봄은 태오를 똑바로 마주한 채 진심 어린 칭찬을 꺼내 놓았다.

하지만 태오는 별다른 반응을 보이지 않았다. 아까 오므라이스를 추켜세워 줬을 때와 달리 그의 입가엔 조금의 미소조차 없었다.

"아니, 나 그런 사람 아니야."

그렇게 가만히 멈춰 있다가 그가 나직이 꺼내 놓는 말은 나봄의 평가에 대한 부정이었다.

이런 반응을 예상치 못했던 나봄의 시선이 그의 입술 위로 가만히 고정되었다.

그러자 옆에 놓인 물을 들이켜며 목소리를 가다듬은 태오는 이내 끊어졌던 뒷말을 단호하게 이었다.

"난 니 생각만큼 당당한 사람이 아니라서, 정말 중요한 순간 겁을 먹어 버려."

"……."

"그래서 인생에 한 번 올까 말까한 기회가 와도 서툴게 구는 바람에 다 망쳐 버리기 일쑤야."

그가 딱 이 대목까지 흘려보낸 순간, 나봄의 머릿속에선 왜 5년 전 그와의 첫 데이트가 떠오르는 건지.

아무래도 마주하고 있는 태오의 눈동자가 첫 데이트를 마친 뒤 내비쳤던 불안감과 비슷해서인 것 같다. 그래서 지금 그가 내뱉는 고백은 꼭 그날에 대한 해명처럼 느껴진다.

'한나봄, 남자 친구 있어?'

'아, 아니. 없는데…….'

'그럼 나 시켜 줘.'

어느 날 갑자기, 분위기에 휩쓸려 그와 사귀기로 한 지 일주일쯤 지났을까.

드디어 첫 데이트를 가지게 된 두 사람은 사랑스러운 분위기의 카페, 연인들이 득실대던 공포 영화 상영관, 그리고 야경이 정말 멋진 레스토랑을 차례로 들렀다.

물론 이 완벽한 데이트 코스는 모두 태오가 짜 온 것이었다.

거리와 시간이 딱딱 맞아떨어지는 걸 보며 나봄은 그의 세심한 준비성에 내심 감탄을 했었다.

하지만 그의 노력과 달리 그날에 대한 기억은 그리 좋게 남겨지지 못했다.

실패의 이유는 다양했다.

로맨틱한 카페의 분위기가 쓸모없게 느껴질 정도로 둘 다 말주변이 없어서.

나봄이 선천적으로 공포 영화를 못 보는 바람에 안 그래도 어색한 둘의 분위기가 더욱 경직되어 버려서.

레스토랑 예약이 꼬여 버린 바람에 제 시간에 갔어도 1시간이나 우두커니 기다리고 있게 되어 버려서.

안타까운 사실은 그중 태오의 잘못은 하나도 없다는 것이었다.

그 때문에 뭘 어떻게 개선해 보겠다는 생각도 하지 못한 나봄은 그냥 연애 자체가 자신과 적성에 맞지 않는다고 단정 지어 버렸다.

그래서 태오에게 이별을 말하는 일이 너무나도 쉬웠다.

'만약 그때, 조금 더 서로를 알아보기로 결정했더라면 우리의 인연은 지금과 달라졌으려나.'

감상에 젖은 나봄은 홀로 고민해 보았으나 이제는 모두 부질없는 짓이었다.

어차피 태오도 우리에 대한 얘기를 한 게 아니었을 텐데, 그의 한 마디 한 마디에 과한 의미를 부여하는 걸 보니 자신이 단태오를 필요 이상으로 신경 쓰고 있긴 한가 보다.

더 이상의 김칫국은 마시고 싶지 않았던 나봄은 멋대로 날뛰는 이성을 단단히 다잡기로 했다.

그래서 의식적으로 또렷이 치켜뜬 눈으로 태오를 마주 보고, 무슨 격려라도 꺼내 놓으려 하던 찰나.

불현듯 태오의 시선이 그녀에게 와 닿았다. 그의 두 뺨은 의식하지 못하고 있던 사이 나봄도 깜짝 놀랄 만큼 붉어져 있는 상태였다.

그렇게 동요한 모습을 하고서 태오는 보기 좋게 젖어 있는 입술을 떼어 낸다.

"맞아, 나 지금 니 얘기 하는 거야."

귀를 의심케 하는 고백에 나봄의 두 눈은 토끼처럼 휘둥그레졌다.

하지만 태오는 점점 기어들어 가는 흐린 목소리로 오랫동안 묵혀 놨던 고백을 이어 나간다.

"그래서 너랑 연애하는 짧은 시간 동안 잘해 주지 못했었다고……."

"……."

"계속 말해 주고 싶었어. 지금은 다 늦었지만."

순간 그가 털어놓은 진심보다 지금은 다 늦었다는 그 한 마디가 나봄의 마음에 더욱 깊게 박혀 버린 건 왜일까.

욱신거리는 가슴은 꼭 그의 말에 동의할 수 없다고 반박하는 듯하다. 무슨 말이라도 하지 않고는 못 배길 만큼 그녀는 답답하고 서운하다.

눈앞에 있는 태오를 따라 감정에 충실해진 나봄은 결국 제 할 말을 꺼내 놓고야 말았다.

"어차피 다 늦었다면서 왜 말하는 거야?"

"……어?"

"내가 지금 뭐라고 대답해 주길 바라는 건데?"

소극적인 나봄의 성격을 너무도 잘 알아서 태오는 전혀 준비하지 못하고 있던 노골적인 질문.

어떤 반응을 보여야 할지 혼란스러워진 태오의 눈동자가 옅게 떨려 왔다. 숨소리까지 잦아들어 버린 정적 속에서 들려오는 건 거세게 쿵쿵대는 그의 심장 소리뿐이었다.

아찔해지려던 이성을 가까스로 붙잡은 태오는 당황감 가득한 목소리를 내었다.

"니가…… 나에 대해서 안 좋게만 생각할까 봐…….."

겨우 당당해지나 싶었는데, 그녀 앞에서의 태오는 다시 유약해지고 말았다. 그녀의 눈동자와 마주칠 때마다 숨이 턱턱 막혀서, 지금 무슨 표정을 짓고 있는 건지도 모르겠다.

그때.

"그래. 안 좋게 생각했어."

너무나도 매정한 나봄의 대답이 툭 튀어나왔다.

가차 없는 그녀의 반응에 가슴이 철렁 내려앉은 태오는 괜히 오므라이스 그릇으로 시선을 끌어 내렸다.

그러나 나봄은 여전히 그에게서 눈을 떼지 않고 이 순간에만 할 수 있는 말을 차분히 이어 나갔다.

"하지만 지금은 아니야. 니가 얼마나 괜찮은 사람인지 요즘 들어 계속 느끼고 있어."

항상 삐딱한 말부터 내뱉을 만큼 서툴지만 중요한 순간마다 다정하고, 내 마음을 누구보다 잘 이해해 주고.

무엇보다 가장 필요할 때 내 손을 잡아 줬던 너니까.

"이제는 내 미움 살까 봐 걱정하지 않아도 된다는 걸…… 나도 언젠가부터 너한테 꼭 말해 주고 싶었어."

그 말을 하는 나봄의 심장은 요동치다 못해 터질 듯했다.

방금 그가 꺼내 놓은 멘트들은 아무래도 고백처럼 들려서, 자꾸만 온몸이 뜨거워지고 숨이 벅차 온다.

그러나 이상한 변명을 덧붙이지는 않을 생각이다.

군더더기 없이 솔직하게 속내를 털어놓는 일이 부끄럽기는 해도 후회스럽지는 않으니.

나봄은 일렁이는 눈빛을 태오에게서 거두고 멈춰 두었던 식사를 다시 시작했다.

하지만 태오에게로 곤두서 있는 신경은 그녀의 정수리로 향해 있는 그의 시선을 너무나도 쉽게 눈치챌 수 있었다.

그래서 오므라이스가 입으로 들어가는지, 코로 들어가는지조차 분간을 못하고 있자.

"밥 먹고 나서 뭐해."

태오가 긴장 가득한 목소리로 물었다. 나봄은 대답 대신 동그래진 눈동자로 태오를 바라보았다.

그러자 불긋한 혀끝으로 마른침을 삼킨 태오는 이내 조심스러운 목소리를 꺼내 두었다.

"시간 괜찮으면 우리 집에서…… 영화나 보고 갈래?"

*　　*　　*

밥은 다 먹어 가는데 둘 다 이대로 헤어지고 싶지는 않아서, 영화를 빌미로 나란히 소파에 앉아 있는 지금.

─넌 지구를 구할 수 있는 유일한 희망이야!

─좋아, 그럼 힘을 내 보겠어!

분위기상으로는 로맨스 영화를 보고 싶었으나, 수줍음이 많은 두 사람은 혹시 키스신이라도 나올까 싶어 감히 고르지 못했다.

그래서 적당한 히어로물로 타협을 본 둘은 긴장한 만큼 거리를 벌린 채 텔레비전 화면에 집중하고 있다.

모름지기 집 안에서 단둘이 영화를 보는 거면 달콤한 잡담이라도 주고받아야 제 맛이건만, 그러기엔 영화가 너무 흥미진진한 것도 문제라면 문제였다.

─조심해! 포탄이 날아오고 있어!

─퍼엉!

─안 돼! 피터!

그 순간, 조만간 닥쳐온 주인공의 위기는 나봄을 깜짝 놀라게 만들었다.

그래서 불현듯 어깨를 움츠리니 태오의 눈동자가 흘깃 그녀에게로 틀어졌다. 혹시라도 첫 데이트 때처럼 그녀가 너무 겁을 먹어 버릴까 걱정스러워서였다.

―괜찮아! 걱정하지 마! 난 멀쩡해!

―오오, 피터! 살았구나!

하지만 다행히도 위기를 무사히 모면한 주인공을 보자 그녀의 어깨는 다시 느슨해진다. 덕분에 한결 마음을 놓은 태오는 저도 모르게 안도의 한숨을 흘려보냈다.

"후우……."

그걸 놓치지 않고 들은 나봄의 눈동자가 불현듯 태오를 향했다. 어리둥절한 눈빛은 왜 영화를 보다 말고 한숨을 쉬냐고 묻는 표정이었다.

태오는 잠시 할 말을 고르다가 고개를 도로 텔레비전 쪽으로 틀며 대답했다.

"……피터 죽는 줄 알았네."

연기에 재능이 없는 그의 목소리는 굉장히 어색했다. 하지만 나봄이 느끼기에는 괜찮았는지 그녀는 장난스러운 미소를 지어 보였다.

"에이, 주인공인데 벌써 죽을 리가."

"너 방금 깜짝 놀라지 않았냐."

"노, 놀란 건 포탄 터지는 소리가 너무 커서 그런 거야."

"무슨."

"진짜거든!"

어쩌다 보니 핀잔을 주는 것처럼 되어 버렸지만 덕분에 분위기는 좀 더 편안해졌다. 이대로 대화를 이어 나가 보기로 한 태오는 여전히 시선은 화면에 고정시킨 채 괜한 장난을 걸었다.

"너 거짓말에 진짜 소질 없다."

"거짓말 아니라니까."

"그만해. 목소리에서부터 다 티 나."

"치, 그러는 너도 거짓말 못하면서."

나봄은 짓궂은 태오에게 입술을 삐죽였다. 그런 그녀가 귀여웠던 태오는 가벼운 웃음을 흘리며 대답했다.

"알아. 그래서 난 거짓말 안 하잖아."

"에이, 안 하기는."

하지만 그 말을 들은 나봄은 납득할 수 없다는 듯한 반응을 보였다. 정말 나봄을 속인 기억이 없었던 태오는 어리둥절한 표정으로 그녀를 바라보았다.

그러자 나봄은 특유의 해맑은 목소리로 그를 몹시 당황시켜 버린다.

"예전에 유리 씨가 말한 첫사랑이 나 아니라고 거짓말했잖아."

아, 맞다.

   '나…… 나 그거 아니야.'
   '너한테 관심 가졌던 적 한 번도 없어.'
   '정말이야. 너랑 만나기 며칠 전에 딱 2주 사귀고 헤어진 사람

이 있었어.'

그때 도망치는 나봄을 어떻게든 달래 보려고 그런 말을 했었지.

'그걸…… 어떻게 알았지. 아니라고 거짓말까지 했는데.'
'거짓말은 왜 하신 거죠?'
'……날 더 피할까 봐.'

하지만 머지않아 바보같이 들켜 버렸어. 지금 다시 생각해 보니까 그 전개 진짜 이상하잖아.

"흠흠!"

태오는 당혹스러운 마음을 애써 추스르기 위해 헛기침을 했다. 그러고는 최대한 아무렇지 않은 표정으로 정말 묻고 싶었던 질문을 던졌다.

"그게 거짓말인 건 어떻게 알았어?"

"응?"

"허유리한테 들었냐."

"아, 그게 레스토랑 위에서……."

니가 니 입으로 말했었잖아, 라고 말하려던 나봄은 가까스로 입술을 닫아 두었다.

태오는 지금까지도 그날 레스토랑 이벤트의 주인공이 자신이라고 철석같이 믿고 있을 텐데, 편지까지 새로 써 준 마당에 이제 와서 전부 오해였다고 털어놓을 수 없었다.

결국 나봄은 얼렁뚱땅 상황을 모면해 보기로 했다.

"딱 보면 알아."

"뭘 딱 보면 알아."

"말했잖아. 너도 거짓말 못해서 다 티 난다고."

그녀의 말을 들은 태오는 더 이상 아무런 말대꾸도 하지 않았다.

나봄은 그 순간 자신의 거짓말이 통했다는 사실에 기뻐했으나, 흔들리는 태오의 눈빛을 보고는 그게 중요한 게 아니라는 걸 깨달았다.

그녀가 방금 내뱉은 하도 티가 나서 딱 보면 안다는 말.

이제 보니 그건 어제 처음으로 알게 된 태오의 진심을 이미 예전부터 눈치채고 있었다는 소리와 다름이 없다.

"진작 알고 있었다고?"

"어, 어?"

"그런데 그렇게 시치미를 뗐어?"

"아…… 그게…….."

순간 태오의 눈빛이 날카롭게 번뜩였다. 지금 그의 머릿속에는 그간 마음을 숨겨 보겠답시고 고군분투했던 시간들이 슬픈 주마등처럼 흘러가고 있었다.

태오의 그런 심상찮은 분위기를 읽어 낸 나봄은 어색하게 웃으며 말했다.

"확실히 알았던 건 아니고!"

"……."

"대충 짐작만 하고 있었다고 해야 하나…….."

하지만 그녀의 얘기를 듣고 있는 태오는 여전히 까칠한 분위기를 띠고 있었다.

그래서 결국 아무 말도 하지 못하고 있자, 태오는 다시 시선을 텔레비전 화면 쪽으로 돌리며 무심한 목소리를 낸다.

"거짓말 다 티 난다니까."

그 뼈 있는 한 마디에 더욱 난처해진 나봄은 다른 해명을 덧붙여보려 했다.

하지만 입술을 떼기도 전에 얼어붙고 말았다.

여전히 정면만 향해 있는 태오의 선 고운 옆얼굴.

시끄러운 영화 소리가 무색할 정도로 선명하게 들려오는 나른한 숨소리.

마른침을 삼킬 때마다 자극적으로 움직이는 섹시한 목젖.

그 모든 것이 의식되는 와중에 부드럽게 그녀의 손을 감싸 쥔.

"……못되게 군 벌이다."

단태오의 따뜻한 손길 때문에.

*   *   *

우드레일 본가, 평창동 저택.

굳게 닫혀 있던 대문이 열리고 드넓은 정원으로 예상치 못한 사람이 들어섰다.

경호원들의 놀란 시선을 한 몸에 받고 있는 그는 오랜 시간 본가에 발길을 끊고 살았던 차준이었다.

"이사님 오셨습니까. 미리 오시겠다고 말씀해 주셨더라면 제가 모시러 갔을 텐데요."

저택 안에 머물고 있던 경호실장은 한걸음에 달려 나와 그를 맞이했다.

하지만 차준은 그에게 눈길조차 주지 않고 건조한 목소리로 용건만 물었다.

"회장님이 말씀하신 창립기념회 파티 예산 계획서는 어디 있습니까."

"아, 비서실장님이 보관 중이십니다."

"김 실장은 어디 계신데요."

"잠시 외출 중이신데 30분 안에 돌아오신다고 하셨습니다. 잠시 기다려 주실 수 있겠습니까?"

"뭐…… 30분 정도라면."

시종일관 차준에게 깍듯이 대하던 경호실장은 현관 앞에 다다르자마자 손수 문을 열어 주었다.

그 순간 열린 문틈 새로 새어 나오는 인조적인 장미향은 안 그래도 불쾌하던 차준의 기분을 더욱 엉망으로 만들어 놓았다.

"들어가시죠, 이사님."

하지만 굳이 내색은 하지 않고, 차준은 경호실장의 안내를 따라 순순히 집 안으로 들어섰다.

소름 끼치게 고요한 내부는 여전히 끔찍했다. 값나가는 물건들이 공간을 가득 채우고 있음에도 불구하고 공허하게 느껴지는 집 안 분위기는 차준의 숨통을 조이는 듯하다.

"하아."

차준은 옅은 한숨으로 역겨운 감정들을 정리했다. 그리고 응접실로 향하는 복도에 첫발을 내딛으니, 정면으로 마주한 상대는 그의 사지를 얼어붙게 만들기에 충분했다.

"차준아……."

유리창으로 그를 보자마자 반가운 마음에 뛰쳐나온 사람.

"안 그래도 너무 보고 싶었는데……."

"……."

"정말 잘 왔어."

휠체어 위에 앉아 있는 태준이 반가움을 숨기지 못하고 웃었다.

그 모습을 본 차준은 온몸에 벌레가 기어 다니는 듯한 불쾌감에 휩싸였다. 잘 왔다며 웃는 모습조차도 구역질 나게 보기 싫다.

그 속내를 태준이 모르지는 않을 텐데 그는 좀 더 차준에게 다가오며 살갑게 물었다.

"밥은 먹었어?"

끼릭— 끼릭—

듣기 싫은 휠체어 바퀴 소리.

차준은 저도 모르게 미간을 구겼다. 그러고는 그에게 더 이상 다가오지 말라는 의미로 몸을 돌렸다.

때마침 경호실장은 차준을 따라 막 들어서고 있었으나 그는 싸늘한 목소리로 말했다.

"계획을 바꿔야겠습니다."

"네?"

"회장님이 부탁하신 자료는 김 실장이 직접 전하게 하세요. 저는 다시 사무실로 돌아가 보도록 하죠."

경호실장에게 일방적인 명령을 내린 차준은 기어이 발걸음을 옮겼다. 저택을 빠져나가는 그의 뒷모습은 차마 붙잡을 수도 없이 매정했다.

"이사님, 잠시……!"

난처해하던 경호실장은 이내 차준의 뒤를 따라나섰다.

하지만 그에게 가까이 따라붙기도 전에.

우당탕―!

무언가 뒤엎어지는 소리가 현관 근처에서 들려왔다. 순간 등골이 싸늘해진 차준이 시선이 본능적으로 뒤편을 향했다.

그러자 그의 눈에 곧바로 들어찬 광경은 짐작했던 대로 처참했다.

"아……."

현관문 앞 계단 밑으로 떨어져 버린 몸뚱이. 순식간에 더러워져 버린 하얀 바지. 뒤집힌 채 바퀴만 돌아가고 있는 휠체어.

그리고 감히 바라볼 수 없을 만큼 안쓰러운 당신.

욱신―

순간 차준의 가슴에 익숙한 고통이 일었다. 그게 더 화가 났던 그는 분노 서린 눈빛으로 입술을 꾹 깨물었다.

하지만 태준은 고개를 들어 그의 날 선 시선을 온몸으로 받아들였다. 그런 뒤 겨우 흘려보내는 목소리는 참 투명하게 슬펐다.

"와 줘서 고맙다는 말을 하고 싶어서……."

난 배웅조차 제대로 하지 못하는 지금의 니가 불쌍해. 너무 불쌍해서 미워하기가 힘들어.

그래서 난 니가 미치도록 혐오스러워.

"그 꼴로 살고 싶냐."

"……."

"차라리 뒈져 버리지 그랬어."

차준은 이번에도 어김없이 자신을 무너트리는 태준에게 칼날 같은 독설을 퍼부었다.

그 독기에 물들어 버린 태준의 가슴은 견디지 못할 만큼 아파 왔지만 그는 고개를 떨궈 고통을 숨겼다.

아직 무너지지 않은 척, 더 참을 수 있는 척 굴어야 넌 좀 더 상처를 주기 위해서라도 나를 찾아올 거잖아.

"……나중에 형이 꼭 놀러 갈게."

태준은 끝끝내 차준을 바라보지 못하고 부질없는 약속만 내뱉었다.

푹 숙인 그의 얼굴에선 투명한 무언가가 툭 떨어졌으나 차준은 그걸 보고서도 외면해 버렸다. 선우태준이 가진 잔혹한 무기는 바로 동정심이라는 걸, 차준은 누구보다 잘 알고 있다.

한동안 말없이 서 있던 차준은 이내 가엾은 그에게서 등을 돌렸다.

저도 모르게 붙잡혔던 발걸음을 다시 옮기자 그제야 태준의 시선이 다시 느껴지기 시작했다.

예전엔 나에게 닿는 그의 따듯한 눈빛이 좋았는데. 나의 우상과 다름없었던 그가 내게 관심을 주는 게 정말 기뻤는데.

이젠 도망치고만 싶다.

안타까운 그에게서. 그리고 애초부터 둘 다 행복할 수는 없었던 우리의 지긋지긋한 운명으로부터.

끼이이익—

힘주어 저택의 대문을 열자, 듣기 싫은 쇳소리가 고막을 찔렀다. 덕분에 겨우 다잡은 정신은 마음속에 자라난 죄책감을 도려냈다.

그러나 그 자리에 생겨나 버린 커다란 공허함은 어찌할 도리가 없었다.

이럴 때 생각나는 사람은 모든 고통을 달래 줄 단 하나의 진통제, 나의 첫사랑.

그녀를 떠올리자 질식할 듯 조여 오던 숨통이 한결 느슨해졌다.

지금 그녀가 딱 한 번만 꽉 안아 준다면 오늘의 악몽은 새까맣게 지워 버릴 수 있을 것 같다.

'아무래도 지금 당장 너에게로 가야겠어.'

그리 결심한 차준은 저택 앞에 세워 둔 하얀 벤츠에 망설임 없이 몸을 실었다. 지독하게 외로운 순간 찾아갈 수 있는 사람이 있다는 건 정말 다행인 일이었다.

비록 요즘 들어 멀게 느껴지는 그녀지만 오늘은 전보다 더 단단하게 쐐기를 박아 놓을 생각이다.

내게서 떠나가려 하지 말라고. 내 곁에 영원히 머물러 있어 달라고.

이번엔 제발 피하지 말고, 고개라도 끄덕여 주길 바란다. 그리고 그 누구처럼 내 손을 놓아 버리지 않고 끝까지 나와 함께해 주길 바란다.

*　　*　　*

"단태오라고 했겠다……."

태오의 이름을 입에 담은 소라의 눈이 가늘어졌다.

선우차준 이후로 남자와는 담 쌓은 것처럼 살던 한나봄.

그런 그녀 곁에 나타난 의문에 남자 단태오는 그야말로 신선한 충격이었다. 나봄을 바라보는 눈빛이 어찌나 애절하던지, 그의 순애보를 먼저 눈치채 버린 소라는 온몸이 간지러워 죽을 뻔했다.

나봄의 반응을 보면 마음이 없었던 것도 아닌데, 왜 그동안 나에게는 말 한 마디 안 했던 걸까?

심상치 않은 분위기의 두 사람을 노래방에 놔두고 먼저 나와 버린 소라는 뒷얘기가 궁금해서 참을 수가 없었다.

나봄 성격상 며칠 내에 알아서 결과 보고를 해 주겠지만, 그 며칠도 참기 힘들었던 소라는 곧바로 휴대폰을 찾아들었다.

"한나봄 이 기지배, 나한테 비밀이나 만들고 말이야."

소라는 툴툴거리면서도 흥미 가득한 눈으로 나봄의 전화번호로 전화를 걸었다.

통화연결음이 들린 지 얼마 되지 않아.

—응, 소라야!

유난히 상기되어 있는 나봄의 목소리가 들려왔다. 소라는 반가움 가득한 첫 마디를 씩씩하게 내뱉었다.

"야! 이 언니가 눈치껏 자리를 피해 줬으면 이렇다 할 경과보고가
있어야지!"

―으, 응?

"단태오한테 고백받았지! 그치! 사귀기로 했어? 응?"

―소, 소라야. 목소리를 조금만······

"썸은 대체 언제부터 탄 거야!"

―그, 그런 거 아니야!

나봄은 당황한 듯 보였으나 소라는 쉽사리 홍분기를 가라앉히지
못했다.

"이제 단태오가 니 남자 친구야?!"

그래서 좀 더 소리를 높여 우렁차게 외쳐 버린 질문.

뚝―

그와 동시에 나봄과의 전화는 맥없이 끊겨 버렸다. 처음엔 실수
로 끊어진 거라 생각하고 다시 전화를 걸어 봤지만 이번엔 아예 받
지조차 않았다.

"엥? 뭐야, 대체."

소라는 한 번도 본 적 없던 나봄의 반응에 고개를 갸웃거렸다.

엄청 당황하는 걸 보면 분명 뭔 일이 있었던 것 같긴 한데······.

그게 뭔지 알아내려다 보니 상상의 나래만 자꾸 커진다. 이리 수
상쩍게 구는 걸 보니 순순히 말하기 부끄러운 짓이라도 저지른 것
같다.

[뭐야! 이따 전화해서 제대로 상황 보고 해 줘! 궁금해 죽
겠으니까!]

나봄에게 호기심 가득한 메시지를 보내 놓은 소라는 제 방 침대
에 벌러덩 드러누웠다.

"에휴, 나만 빼고 다 연애모드구만."

한숨과 함께 신세 한탄을 하면서도 싱글벙글한 소라의 표정.

사실 그녀는 지금 첫 남자에서 벗어난 나봄을 진심으로 응원하
는 중이다.

아무리 선우차준이 완벽한 벤츠남이었다고는 해도, 딱 한 번뿐
인 인생에 한 남자만 보고 사는 건 재미없잖아.

*　　　*　　　*

한편, 통화 소리가 다 들릴 만큼 고요한 태오의 차 안.

"아…… 저기……."

새빨갛게 얼굴을 붉히고 있던 나봄이 어렵게 입을 열었다. 하지
만 떨리는 목소리는 쉽사리 이어지지 않았다.

그래서 꿀꺽 마른침을 삼키며 고개를 푹 숙이니.

"나…… 아무것도 못 들었는데."

태오가 나봄의 쪽으로 시선도 두지 못한 채 차마 그녀가 묻지도
못했던 질문에 대해 대답했다. 아무래도 그는 소라와의 통화 내용
을 다 들어 버린 모양이다.

"그, 그랬구나."

"......."

"......."

"좀 춥네……."

어떡해! 단태오가 엄청 어색해하고 있어!

나봄은 아주 조심스러운 눈길로 운전석에 앉아 있는 태오를 훔쳐봤다. 차량 에어컨을 조절하는 그의 얼굴은 한눈에 알아챌 수 있을 정도로 붉게 물들어 있었다.

그런 모습에 반응하기 시작하는 건 나봄의 심장이었다.

두근— 두근— 두근— 두근—

태오를 의식하기 시작하자마자 빠르게 뛰는 심장박동 소리는 그의 귀에도 들어갈 것 같아 걱정스럽다.

그래서 괜히 손끝만 만지작거리고 있던 그때.

"있잖아, 한나봄."

고요하게 흘러나온 태오의 목소리가 나봄의 귀를 사로잡았다. 그녀는 잠시 끊어진 그의 뒷말을 기다리며 조금 더 그를 향해 고개를 틀었다.

"……아니다."

하지만 태오는 잠시 인상을 찡그리는가 싶더니 이내 하려던 말자체를 멈춰 버렸다. 꾹 다문 입술은 금세 다시 열릴 것 같지도 않았다.

'이렇게 대화가 끊어진다면 분위기만 더 어색해질 것 같은데…….'

나봄은 무슨 말이라도 해 보기 위해 괜찮은 대화거리를 생각해 내려 애썼다.

머리를 한참 굴려 본 결과, 그가 흥미로워할 만한 주제는 딱 하나밖에 떠오르지 않았다. 그걸 찾아낸 나봄은 한결 편안해진 미소와 함께 말문을 열었다.

"저기, 태오야. 'Lily' 라인에 추가된 가구 제품들 중에서 필요한 추가 시안들이 뭔지 정리해 봤거든?"

"어."

"딱히 잠금장치가 쓰일 것 같지는 않아서 도어락보다는 가구 손잡이랑 도어레일 위주로 추가 구성해 보려고 해."

"그래?"

"응! 안 그래도 큰 변화는 없을 것 같다고 말해 주려고! 추가 시안도 다음 주까지는……."

딱 거기까지 얘기했을 무렵, 나봄은 중요한 사실 한 가지를 깨달았다.

'일 얘기를 하려던 건 아니었는데!'

어색한 분위기를 무마해 보려다 오히려 사무적인 분위기를 만들어 버렸다. 무덤덤한 태오의 표정도 이런 흐름을 바란 것 같지는 않았다.

결국 나봄은 부자연스럽게 끊어진 뒷말을 더 이상 잇지 못하고 살포시 입술을 닫았다.

덕분에 한순간에 조용해진 분위기.

"집 다 왔다."

익숙한 골목을 들어서며 태오가 말했다.

"아, 응…… 데려다줘서 고마워."

겨우 꺼내 놓은 나봄의 목소리는 다시 어색하기 그지없었다.

철컥—

조수석 문을 열고 밖으로 나서며 나봄은 들리지도 않을 한숨을 내쉬었다.

어째서 단태오 앞에서는 계속 어쩔 줄 몰라 하는 것밖에 할 수가 없는 건지.

계속 어색하게 굴다가 분위기만 이상하게 만들어 버리는 꼴은 스스로가 생각해 봐도 답답하기 그지없었다. 이런 모습이 그에게 어떻게 보일지, 나봄은 어림짐작하고 싶지도 않다.

"그럼 난 들어가 볼게! 오늘 오므라이스 맛있었어!"

자신이 생각하고 있는 것보다 훨씬 더 태오를 의식하고 있는 나봄은 혼란스러운 감정은 모두 숨긴 채 씩씩하게 인사했다.

"어, 뭐. 그래."

때마침 막 운전석에서 몸을 내린 태오는 짧게 대답했다. 나봄은 그 모습을 끝으로 작별인 줄 알고 대문 쪽으로 발길을 돌렸다.

그 순간.

"저…… 한나봄."

태오의 낮은 목소리가 그녀를 붙들었다. 가방에서 막 열쇠를 꺼내 들었던 나봄은 곧장 뒤를 돌아보았다.

그제야 또렷하게 담겨 오는 태오의 얼굴은 여전히 수줍은 기색이 역력하다.

밝은 가로등 불 아래서 더욱 붉게 물들어 있는 홍조부터, 파도처럼 일렁이고 있는 눈빛까지.

그의 혀끝에 맺힌 말은 아무래도 쉽게 꺼내 놓기 어려운 모양이다.

나봄은 혹시 아까 미처 건네지 못했던 얘기를 하려나 싶어 가만히 그의 입술만 바라보았다.

그러자 태오는 더욱 긴장한 표정으로 마른침을 삼켰고 머지않아 말문을 열었다.

"저기……."

"……."

"잘 들어가라고."

이번에는 끝까지 제대로 흘러나왔으나 나봄이 기다리고 있던 얘기는 아니었다. 조금 더 그를 마주한 채 기다려 봐도 다른 말은 끝끝내 이어지지 않았다.

"……응, 너도 운전 조심히 해!"

나봄은 하는 수 없이 적당한 작별 인사만 남겨 둔 채 다시 대문 쪽으로 몸을 틀었다.

열쇠는 벌써 손에 쥐고 있으니 대문 손잡이 밑에 도어락만 연다면 오늘 밤은 이대로 끝.

처음으로 단태오와 손까지 잡아봤는데도 남은 건 아쉬움뿐이다. 특별한 하루를 보내 놓고서 이런 식으로 평소와 다를 바 없는 안녕을 고하는 건 왠지 억울하고 분하다.

이 상태로 집에 들어가고 싶지 않았던 나봄은 대문을 열기가 무섭게 또 한 번 뒤를 돌았다.

"단태오!"

그리고 씩씩하게 그의 이름을 외쳐 불렀다.

물끄러미 그녀의 뒷모습을 지켜보고 있던 태오의 눈동자가 순간 휘둥그레졌다.

정면으로 와 닿은 그의 시선은 나봄을 더욱 긴장하게 만들었지만, 그녀는 아랑곳 않고 대차게 입을 열었다.

"아까 계속 하려던 말이 뭐야?!"

"어?"

"무슨 말 하려고 했잖아."

"……."

"두 번이나!"

일부러 '두 번이나' 부분에서 힘을 주었다.

그와 마주하고 있는 얼굴은 점점 더 뜨거워졌으나, 나봄은 그래도 눈을 피하지 않기로 했다.

하지만 그런 그녀 때문에 덩달아 온몸에 화악 열이 올라 버린 태오는 그 자리에 그대로 굳었다.

지금 그의 머릿속을 헤집어 놓고 있는 고민은 단 하나.

말해도 될까. 내가 하려던 얘기를 너에게 전해도 될까.

"그게……."

쉽게 결단을 내리지 못한 태오는 괜히 시간만 끌었다.

그러나 나봄은 집요하게 그의 대답을 기다렸다. 다시 들어 올린 얼굴은 사뭇 비장해 보이기까지 했다.

그런 그녀를 무시할 수도 없게 되어 버린 태오는 결국 솔직한 얘기를 털어놓기로 했다.

"남자 친구……."

"응?"

"……까지는 아니지만 썸남 정도는 되지 않냐."

"…….'

"……나 말이야."

띄엄띄엄 끊어 나온 질문은 소라와의 통화를 의식한 것이 분명했다. 아까 안 들었다고 하더니 역시나 다 듣고 있었던 모양이다.

당황한 나봄은 하느니 마느니 한 되물음만 건넸다.

"그, 그래?"

"그래야 될걸. 안 그러면 우리 집에 와서 손잡고 영화 본 게 이상해지니까."

"아…… 그건 또 그렇네. 하하."

그 대답을 들은 태오의 눈동자가 일순 반짝 빛났다. 머지않아 벌어진 입술 틈새로 새어 나오는 건 조금 더 당찬 목소리였다.

"좋아, 그럼 이제부터 누가 썸 언제부터 탔냐고 물어보면 오늘부터 탔다고 해."

"아…….'

"안 그러면 나 삐진다."

그리 말하는 태오의 눈썹은 살짝 찌푸려져 있었다. 애써 태연한 척하고 있었어도 나봄이 소라에게 썸을 부정했던 게 내내 찜찜했던가 보다.

나봄은 그런 그를 향해 재차 고개를 끄덕이고는 싱긋 웃어 보였다.

"저기……."

"왜, 왜."

"아무것도 아니야."

그리고 방금 전의 태오처럼 무슨 말을 하려다 멈춰 버렸다. 인내심 좋은 나봄과 달리 성질 급한 태오는 곧장 사납게 따져 물었다.

"아, 뭐야! 난 다 말했잖아! 너도 하려던 말 하고 가!"

하지만 나봄은 그 말을 듣고도 느긋하게 대문을 열었고, 여전히 생글생글 미소를 띤 채 마당으로 들어섰다.

그렇게 문이 닫혀 버리나 싶어, 태오의 애가 닳아 없어지려던 그 순간.

빼꼼—

나봄이 열린 문틈으로 얼굴을 내밀었다.

곧이어 복숭아 빛 그녀의 입술에서 툭 꺼내진 말은 단태오 인생을 통 틀어 몇 번 들어 본 적 없던 말이었다.

"너 되게 귀엽다."

그 한 마디를 듣자마자 태오의 머리는 띠잉—

수줍은 나봄이 힘주어 닫아 버린 파란 대문은 콰앙!

말로는 형용할 수 없는 달달함이 홀로 남은 태오를 휘감았다.

내가 귀엽다니. 험악한 인상 때문에 사람들한테 이런저런 오해만 사고, 괜히 겁만 줬던 내가 심지어 되게 귀엽기까지 하다니.

"내, 내가 그런가……."

태오는 뜨거운 뺨을 두 손으로 쓱쓱 문질렀다. 그녀가 던진 칭찬을 두고두고 되풀이하는 그는 마치 꽃밭을 거니는 느낌이었다.

까만 하늘엔 새하얀 달 대신 피어난 건 노란 달맞이꽃. 구질구질했던 골목을 붉게 물들인 건 짙은 향기가 밴 장미꽃.

그리고 방금 전 그녀가 사랑스러운 모습으로 사라진 대문은 형형색색의 꽃들로 화려하게 꾸며진 아름다운 플라워게이트.

달콤한 향기에 취해 버린 태오는 깊은 심호흡으로 터질 것 같은 심장을 달랬다.

그래도 요동치는 감정은 쉽사리 추슬러지지 않았다. 하도 다쳐서 너덜너덜해졌던 마음에 몽글몽글한 행복이 잔뜩 달라붙은 것 같다.

그래서 누구보다 기쁜 미소를 띠고 돌아가는 길.

늘 슬프기만 했던 태오의 밤은 오늘따라 눈이 부시도록 밝았다.

"하아……."

어둔 골목 한편.

간절히 기다리던 사람 앞에 차마 나타나지 못하고 그림자가 되어 버린 그 남자와 달리.

＊　　　＊　　　＊

우드레일 본사 로비.

풀세트 정장을 깔끔하게 차려입은 차준이 빠른 걸음으로 들어섰다. 그를 알아보는 직원들에게 고갯짓으로 인사하는 차준의 표정은 오늘따라 건조했다.

그런 그의 시선 끝에 한 사람이 걸려 들어왔다.

"프로젝트 총 회의 16층 세미나실에서 열리는 거 맞나요?"

"네, 맞습니다. 이쪽 엘리베이터를 이용해 주세요."

"아, 네. 감사합니다!"

프로젝트 총 회의에 참석하기 위해 본사에 찾아온 나봄이었다.

길지 않은 머리를 단정하게 묶고, 몸집에 비해 큰 가방을 어깨에 걸친 그녀는 오늘도 어김없이 사랑스러웠다.

하지만 차준은 그녀를 단번에 알아봤음에도 불구하고 좀 더 다가가지 못한 채 걸음을 멈추었다.

그것도 모자라 나봄이 엘리베이터에 몸을 실을 때까지 숨죽이고 있는 그는 오늘도 어김없이 그림자가 되어 버렸다.

차마 그녀의 앞에 나타지 못하고 어두운 구석에 숨어 홀로 무너져 내렸던 그날 밤처럼.

생각해 보면 난 항상 그녀의 눈앞에 머물러 있던 사람이었다.

잠시 등을 보이고 있던 순간에도 그녀의 시선은 내게서 떠나지를 않았고, 다시 찾아왔을 때에도 두 눈동자는 분명 나를 보고 있었다.

그런데 언제부터였을까. 너의 시선이 옮겨가 버린 건.

어째서 그 남자였을까. 그는 분명 너의 눈에 띄어 보려고 아무리 발악을 해도 관심조차 받을 수 없던 비참한 존재였잖아.

'그럼 이제부터 누가 썸 언제부터 탔냐고 물어보면 오늘부터

탔다고 해.'

'아…….'

'안 그러면 나 삐진다.'

문득 그녀의 눈빛을 일렁이게 만들었던 그 남자가 떠올랐다.

그녀의 그런 표정은 오직 자신만을 위한 것이라 생각했던 차준은 제 자리를 빼앗겨 버린 것 같은 기분에 참을 수 없이 절망스러워졌다.

마음 같아서는 다시 나를 봐 달라고, 그 사람이 아닌 나를 사랑해 달라고 애원하고 싶은데. 마음이 약해서 너라면 끝내 뿌리치지못할 것도 잘 아는데.

도저히 그럴 수 없는 이유는…….

니가 사랑했던 나는 언제나 밝고 따뜻하고 선한 사람이었기 때문이다. 너의 첫사랑은 지금의 나로서는 절대 돌아갈 수 없는, 상처하나 나지 않았던 완벽한 선우차준이었다.

아직 나봄에게 부서진 제 삶을 들키고 싶지 않았던 차준은 서둘러 폐허가 되어 버린 마음을 정리했다.

"이사님, 안녕하십니까!"

"네, 안녕하세요. 오늘도 좋은 하루 보내세요."

"아, 이사님! 좋은 아침입니다!"

"좋은 아침입니다. 지난번 기획서 흥미롭게 봤어요. 앞으로도 수고해요."

그리고 그를 알아보는 사람들마다 기꺼이 상대해 주며 완벽해 보이는 미소를 필사적으로 연습했다.

사람들의 시선에 평소와 같은 동경이 어려 있는 걸 보니, 무리해서 들어 올린 입꼬리는 다행히 보기에 어색하진 않은 모양이었다.

이대로라면 나봄도 그의 가슴에 깊이 팬 균열을 눈치채지 못할 터.

이제 남은 일은 그녀의 눈앞에서 그녀가 좋아하는 선우차준이 되어 마음을 되가져 오는 것뿐이다.

"안녕하세요, 단 팀장님!"

"네, 오랜만입니다."

"총 회의 때문에 오셨나요?"

"그렇죠, 뭐."

때마침, 익숙하지만 불편한 음성이 들려왔다. 덕분에 차준의 근처에 있던 직원들의 시선은 그 남자에게로 옮겨 갔으나.

"……그럼 전 이만."

차준은 끝내 돌아보지 않고 두 발을 재촉했다.

겨우 붙잡아 놓은 세계가 다시 위태롭게 흔들릴세라 발목이 뻐근해질 만큼 무리해서 힘을 준 발걸음이었다.

*　　*　　*

우드레일 본사에서 이뤄지는 'Lily' 프로젝트 총 회의 전.

낯선 이들 틈에서 잔뜩 긴장한 그녀가 주변의 눈치를 살폈다. 회의라고 해 봤자 그녀가 할 일은 가만히 내용을 듣는 것밖에 없었지만 그래도 본사에서 이뤄지는 회의는 언제나 중압감이 컸다.

"시작하려면 몇 분 남았는데 커피나 뽑아 올까……."

본격적인 회의가 시작되기 전, 잠깐 밖에서 숨이라도 돌리고 올까 싶던 그때.

"나봄 씨, 일찍 오셨네요."

부드럽고도 나직한 목소리가 들려왔다. 그 음성의 주인공을 단번에 알아차린 나봄이 두 눈을 동그랗게 뜬 채 옆을 돌아보았다.

아니나 다를까. 그의 앞에서 예쁘게 웃고 있는 사람은 다름 아닌 선우차준이었다.

요즘 따라 잘못한 것도 없이 미안해지고, 그래서 웃는 얼굴로 마주하기 어려운 사람.

"아…… 본부장님."

나봄은 얼어붙은 와중에도 겨우 그에게 아는 체를 했다.

그러자 차준은 입가에 미소를 더욱 퍼트리며 밝은 목소리를 이어 나갔다.

"주말엔 잘 쉬었어요?"

"네, 본부장님은요?"

"나도 뭐 그럭저럭. 주말에 나봄 씨한테 데이트 신청이나 할까, 하다가 참았어요."

데이트 신청이라는 말을 아무렇지 않게 꺼내 놓는 차준은 오늘도 여전히 천진난만했다.

하지만 그 얘기를 들은 나봄의 눈빛은 잔뜩 움츠러든 채 주변을 살폈다. 혹시나 근처 직원들이 이런 의미심장한 분위기를 눈치채 버렸을까 싶어서였다.

다행히 이쪽을 신경 쓰는 사람은 없다는 걸 확인한 나봄은 어색한 웃음으로 대화를 수습해 보려 했다.

"하하, 농담도 참······."

그녀가 그어 두는 선은 차준의 눈에도 또렷이 보였다. 하지만 그는 오히려 목소리를 한 톤 더 높여 또렷하게 대답했다.

"농담이 아닌 건 니가 제일 잘 알잖아."

"네, 네?"

"회사라고 해서 굳이 숨길 필요 있어?"

원래 회사에서는 조금 더 공적으로 대하던 사람 아니었나.

그런 의문이 나봄의 뇌리를 스쳐 지나갈 때쯤.

드륵―

나봄의 바로 옆자리에서 의자 빼는 소리가 들려왔다.

갑작스러운 기척에 놀란 고개를 돌리니, 가죽 백팩부터 의자에 척 내려놓은 태오가 나봄의 시선을 사로잡았다.

유난히 딱딱하게 굳은 입꼬리와 사정없이 흔들리는 눈동자.

아무래도 그는 차준의 말을 다 들어 버린 모양이다. 가방끈을 꽉 쥐고 있는 그의 손엔 불편한 기색이 역력하다.

그런 태오에게 차준은 아무렇지 않게 인사를 건넸다.

"안녕하세요, 단 팀장님. 우리 되게 오랜만에 뵙는 것 같네요."

"······안녕하십니까."

그 인사에 억지로 화답하는 태오의 목소리는 한없이 건조했다.

차준은 그럴수록 더욱 여유로운 눈웃음을 지어 보였고, 이내 태오를 자극해 보려는 의도가 분명한 말을 거침없이 내뱉었다.

"단 팀장님은 끼어드는 걸 참 좋아하시나 봐요."

"……."

"내가 나봄 씨랑 얘기하는 게 아니꼬운 거예요? 아니면 불안한 거예요?"

그 말에 더욱 난처해지는 건 나봄이었다.

본의 아니게 기 싸움의 화근이 되어 버린 지금, 그녀가 가장 걱정하고 있는 건 태오의 인내심이었다. 이미 심기가 불편할 대로 불편해진 태오는 이쯤에서 버럭 소리를 내지르고도 남을 테니.

그걸 아는 나봄은 어떻게든 상황을 진정시켜 보려 애를 썼다.

"그나저나 오늘 날씨가……."

하지만 다른 화제를 꺼내 놓기가 무섭게.

"둘 다입니다."

담담한 태오의 목소리가 그녀의 귀를 자극했다.

"태, 태오야……."

뜻밖의 솔직한 대답을 들은 나봄은 곧바로 태오에게 눈길을 두었다.

그 순간, 차준의 시선은 태오가 아닌 나봄을 향했다.

이번에도 어김없이 나에게서 돌아서 버린 눈빛. 다른 사람으로 인해 요동치는 심장박동.

그 모든 걸 한 번 더 확인 사살당하는 건 결코 유쾌한 일이 아니었다. 가슴엔 욱신거리는 통증이 일고, 새까만 절망이 다시 그를 집어삼킨다.

하지만 여기서 무너지지 않을 수 있는 이유는 지금 막 발견된 새로운 희망 덕분이었다.

"그래서 자꾸 눈치 없는 새끼처럼 끼어드는 거니까⋯⋯."

"⋯⋯."

"앞으로도 계속 양해 부탁드립니다."

니가 한 마디 한 마디 이어 나갈 때마다 일렁이는 그녀의 눈빛은 설렘이 아니다.

한때 그녀의 모든 것이었던 내가 똑똑히 기억하건대, 지금 그녀가 너에게 느끼는 감정은 나를 향했던 감정과 확실히 다르다.

아아, 이제 알겠다. 그녀가 왜 너에게 휘둘리는지.

어떤 존재감도 없었던 니가 어떻게 그녀의 머릿속을 휘저어 놓았는지.

'그런 식이라면⋯⋯ 나도 자신 있어.'

차준은 굳어 버릴 뻔했던 입꼬리를 다시 들어 올렸다. 그리고 의미심장한 말을 이었다.

"나봄이랑 중요하게 할 말이 있었는데⋯⋯ 그건 나중에 날 잡아서 해야겠네요. 단 팀장님이 못 끼어드실 때."

그 한 마디에 휘둘리는 태오의 눈빛은 차준에게도, 나봄에게도 또렷이 보였다.

하지만 시선을 내리깔지는 않는 걸 보니, 아무래도 그는 자신의 나약한 감정이 밖으로 다 새어 나와 버린다는 것을 모르는 모양이다.

가지고 있는 무기는 오직 동정심뿐인 주제에.

차준은 그런 그에게 마지막으로 보내는 눈웃음만을 남겨 두고 이내 차분한 걸음을 떼어 냈다. 돌아서는 뒷모습엔 쓸쓸함이 배어 있었지만 일부러 수습하지 않았다.

오히려 더욱 지친 걸음으로 쓰린 숨을 내쉬며 차준은 그녀의 시선을 자극한다.

이렇게 해야 눈길을 주는 그녀라는 걸 깨달아 버린 이상, 더는 완벽한 모습만 고집하진 않을 생각이다.

물론 산산이 부서진 나의 삶은 나를 나약하게 만들고, 나는 그들 앞에서 무너져 내리는 게 죽기보다 싫지만…….

하지만 설렘보다 너를 더 흔들리게 하는 것이 동정이라면 여기서 더 밑바닥으로 내동댕이쳐져도 좋아.

나는 너를 위해 얼마든지 더 불쌍해질 수 있어.

*   *   *

'그 꼴로 살고 싶냐.'
'차라리 뒤져 버리지 그랬어.'

그가 내뱉은 말들이 마음에 서러운 상처를 낸다.

'……나중에 형이 꼭 놀러 갈게.'

간절히 매달려 봐도 돌아오는 건 끝내 차가운 시선뿐이었다.

벌써 몇 년이나 반복된 고통의 굴레.

그 아이는 내게 무리해서 상처를 내고 나는 무리해서 그 상처를 모두 받는다. 이제 더 이상 형제라고 부를 수도 없는 우리 관계는 어디서부터 풀어내야 할지도 모를 만큼 뒤틀려 있다.

'형! 언제 돌아온 거야? 연락은 왜 안 했어!'

'귀국하자마자 바로 너희 집부터 들렀다. 밥은 잘 챙겨 먹고 있어?'

'하하, 당연하지. 이제 내 키가 형 뛰어넘으려고 하잖아.'

분명 우리에게도 행복한 시절쯤은 있었는데…….

"후우……."

차준을 떠올리자, 태준에게서는 버릇처럼 깊은 한숨이 새어 나왔다.

그가 던진 모진 말들보다, 그가 건넨 매정한 눈길보다, 태준의 마음을 더욱 아프게 만든 건 전보다 더 불안정해 보이는 차준의 상태였다.

지금은 눈만 마주쳐도 피하려 들지만, 사실 처음부터 이 정도로 적대감이 심했던 건 아니었다.

'사실…… 스스로 떨어진 거야.'

'스스로 떨어지다니? 뭐가?'

'7년 전 그날…… 사고가 아니라 전부 끝내 버리고 싶어서 떨어진 거였다고. 죽을 생각으로.'

추락 사고의 진실을 알았을 때.

'그럼…… 왜 그때 말하지 않았어?'

차준은 혼란 가득한 눈빛으로 대답할 면목조차 없는 질문을 꺼내 놓더니.

'그렇게 많이 힘들면…… 나한테 기대지 그랬어.'

결국 애써 씁쓸하게 웃으며 다정한 대답을 흘려보냈다.
이내 고개를 떨구긴 했지만 그때까지만 해도 그 아이는 어떻게든 버텨 내려 했다. 그 뒤로 한동안은 무리해서 예전처럼 대해 보려고도 노력했었다.
그러다 더는 웃는 낯으로 버티기가 힘들었는지, 점차 웃음기를 잃어 가는가 싶더니.

'차준아, 감기 걸렸었다면서. 아픈 건 좀 어때?'
'……'
'아직도 열이 많이 나?'
'……'

'약은 제대로 먹었던 거야?'
'······.'

어느 날부터는 급격히 말수가 줄어들었다.

몇 번이나 같은 안부를 물어봐도 아주 한참 머뭇거리고 나서야 겨우.

'······응. 괜찮아. 걱정 마, 형.'

그뿐이었다. 전혀 괜찮지 않은 얼굴로.

녀석이 무리하고 있다는 걸 알면서도 눈을 감고 귀를 닫고, 그렇게 서로의 상처가 곪아 가도록 방치해 둔 게 몇 년.

"차준아······."

태준은 몇 번을 불러도 거리감이 좁혀지지 않는 그 이름을 한 번 더 힘주어 내뱉었다.

그러고서 긴 눈꺼풀을 내리감으니, 앳된 얼굴의 동생이 티 없이 해맑은 미소와 함께 손을 흔들며 대답했다.

'형! 왜 이제야 왔어!'

이젠 이렇게밖에 볼 수 없는 동생의 환한 모습.

그 그리운 얼굴을 떠올리며 애써 마음의 안정을 찾고 있던 그때.

똑똑—

깊어지는 고민에 잡아먹히기 직전, 누군가의 노크 소리가 들려왔다.

태준은 착잡한 눈빛을 정돈하고 나직이 대답했다.

"네, 들어오세요."

그 말이 끝나기가 무섭게 문을 열고 들어오는 사람은 비서실장이었다. 사무적인 표정의 그는 태준의 얼굴을 마주하자마자 고개를 숙여 예의를 갖추었고, 이내 달갑지만은 않은 소식 하나를 전달했다.

"회장님께서 완전히 의식을 되찾으셨습니다."

"네, 그 소식은 들었습니다."

"그리고 회장님께선 돌아오는 창립 기념행사 때, 본가 사람들 중에서 오직 선우차준 이사님만 참석하기를 원하십니다."

"저를 거부하시는 건 어느 정도 예상하고 있었지만…… 어머니까지도요?"

"네."

김 실장의 사무적인 보고에, 태준은 드러내 놓고 비참해질 수도 없었다.

어차피 그런 자리야 이 몸을 이끌고 참석하고 싶지도 않았지만 문제는 서재균 회장의 거센 적대감이었다.

의식을 찾았으니 기본적인 재활 치료가 끝나는 대로 이 숨 막히는 저택에 돌아오겠구나. 그런 뒤에 그가 가장 먼저 할 일은 나를 이 골방에서조차 끌어내는 것이겠지.

태준은 흔들리던 시선을 애써 다잡았다. 그리고 흐린 목소리로 물었다.

"차준이 반응은 어때요?"

"어떤 반응을 말씀하시는 겁니까."

"그 안에서 그 애가 제정신으로 버텨 줄 것 같나요?"

그 말에 김 실장은 얼마 전 경호실장으로부터 보고 받았던 내용을 떠올렸다.

본가에 오자마자 태준을 보고는 곧바로 뒤돌아 나가 버렸다는 소식은 그에게 아직도 극복하지 못한 심리적인 문제가 있음을 뜻했다.

상황이 이렇기에 비서실장은 더욱 확신해서 대답할 수 있었다.

"만일 창립 기념행사에서 아무 일도 일어나지 않는다면 그분도 노련하게 잘 감당해 내실 겁니다."

"……."

"하지만 서 대표님 성격으로 봐서 아무 일도 일어나지 않을 리 없지요. 서 대표님은 분명 행사장을 찾아가실 거고, 그때 분명 도련님의 얘기를 꺼내실 겁니다."

"……."

"그 순간에 선우차준 이사님은 또 다시 무너지시겠죠. 도련님은 선우차준 이사님의 약점이니까요."

매정하지만 모든 상황을 알고 있기에 정확하게 내릴 수 있는 판단.

"하아……."

그에 전적으로 동의하는 태준은 깊은 한숨을 내쉬었다. 최근 들어 더욱 불안정해진 차준의 상태로는 자신의 존재로 그를 흔들려는 서 대표를 감당하지 못할 것이다.

　　'아아, 선우차준이 수작을 부려 놓은 모양이네.'
　　'이유야 뻔하지 않겠어? 한나봄 때문이겠지.'

　이런 상황에서 떠오르는 건 전혀 예상치 못했던 단 한 사람이었다.
　비록 한 번밖에 마주친 적이 없지만, 차준과 어떤 관계인지도 정확치 않지만.

　　'……10년 전 첫사랑에 목매달고 있는 꼴도 한심스럽기 그지없어.'

　그래도 당신밖에는 없다. 그 애가 살기 위해 붙잡고 있는 끈은.
　"김 실장님."
　잠시 고민하던 태준은 다시 고개를 들어 김 실장을 불렀다. 그리고 이어 내는 말은 김 실장조차 짐작하지 못하고 있던 것이었다.
　"한봄 도어락에 찾아가야겠어요."
　"한봄…… 도어락 말씀이십니까?"
　"네, 물론 서 대표님께는 말씀 드리지 말아 주세요. 부탁드려요."
　그 부탁은 서 대표의 밑에서 일하는 김 실장으로서는 무리한 내용이었다. 그러나 태준의 고집 또한 만만치 않다는 걸 알고 있는 김 실장은 일단 고개부터 끄덕이며 대답했다.

"며칠 내로 데려다 드리도록 하겠습니다."

하지만 그의 수락을 들은 태준은 곧바로 드레스룸 쪽으로 휠체어를 움직이며 재촉했다.

"아니요, 지금 당장요."

그리 말하는 태준의 눈빛은 오랜만에 선명한 빛을 띠고 있었다.

그저 숨이 붙어 있기에 사는 듯했던 그에게 꼭 하고 싶은 일이라도 생긴 모양이었다.

*　　　*　　　*

유달리 길고 길었던 회의가 끝이 났다.

오고 간 안건은 무척 중요한 부분이었지만 내용이 진지해지면 진지해질수록 지루하게 느껴지는 건 어쩔 수 없었다.

나봄은 회의 자료 귀퉁이에 필기해 놓은 프로젝트 중요 일정을 스케줄러에 옮겨 적었다.

"23일 5차 총회의. 24일 수정안 보고…… 좋아, 다 했다."

그러고 나서 뿌듯한 표정으로 고개를 들자 옆에 앉아 있던 태오가 픽 웃었다. 그녀를 바라보는 눈빛에 장난기가 가득한 걸 보니 또 놀림거리 하나를 찾은 모양이었다.

"왜 웃어?"

괜히 찔린 나봄은 그를 흘겨보며 물었다. 그러자 태오는 여전히 미소 띤 얼굴로 대답했다.

"한나봄 스케줄 브리핑 잘 들었다."

내가 이걸로 시비 걸 줄 알았어. 어쩐지 아까부터 자꾸 실실 웃더라니.

"안 그러면 어디까지 썼나 까먹으니까 그렇지."

"누가 뭐래."

"뭐라고 했잖아, 방금."

나봄은 짓궂은 태오에게 투덜거렸다. 그러자 태오는 검지 손가락을 굽혀 그녀의 뾰로통한 입술을 툭 건드는가 싶더니.

"귀여워한 건데요."

이내 심장을 저격하는 한 마디를 무심하게 툭 던져 놓았다.

하지만 그가 가볍게 던진 말에 맞아 숨이 멈출 뻔한 나봄은 두 눈만 휘둥그레 뜬 채 가만히 굳어 버렸다.

'어떡해. 얼굴이 또 빨개져 버릴 것 같아!'

사람 마음을 훅 치고 들어와 놓고서도 그저 태연하기만 한 단태오는 가죽 백팩을 챙겨 들고 자리에서 일어섰다.

"시간 괜찮으면 커피 마시고 가. 내가 살게."

이 와중에 태연하게 커피 타령이라니.

나봄은 요즘 들어 그에게 너무 많이 휘둘리는 자신이 걱정스럽지만, 그래도 뿌리치고 싶지는 않았다.

내 마음은 이제 나도 잘 모르겠다.

"가장 비싼 걸로 시킬 거야. 벤티 사이즈로!"

"그래라."

"케이크도 두 개 먹을 거야. 배고프니까."

"알았어."

"초콜릿도 엄청 사야지."

"와, 한나봄 때문에 나 파산 신청 하게 생겼네."

나봄은 순순히 태오를 따라나서면서도 괜히 억울한 마음에 심술 아닌 심술을 부렸다.

그렇게 꿍냥거리며 고요한 세미나실을 빠져나가려던 그 순간.

"나도 합류해도 될까요?"

세미나실 앞쪽 단상에서부터 차준의 목소리가 들려왔다. 예상치 못한 그의 등장에 놀란 그녀는 걸음을 멈추고 뒤를 돌아보았다.

"보, 본부장님……?"

"피곤해서 커피 한 잔 마시려구요. 괜찮죠?"

차준은 싱긋 웃는 얼굴로 두 사람에게 가까이 다가왔다. 반면 그와의 거리감이 좁혀지면 좁혀질수록 태오의 미소는 싸늘하게 식어 갔다.

그의 올라간 입꼬리와 달리 딱딱하게 굳은 눈동자는 뭔가 기분 나쁜 의도가 있는 것 같아서 불편하다. 태연한 목소리도 억지로 꾸며 낸 것 같아서 듣기 싫어 죽겠다.

"커피 마시다 체할 일 있습니까."

성질을 참지 못한 태오는 가슴속에 끓어 넘치는 적대감을 필터링 없이 그대로 표출했다.

그러자 차준의 눈웃음은 더욱 짙어졌다. 하지만 머지않아 흘러나온 목소리는 잘 갈린 칼날처럼 날카로웠다.

"뭘 그렇게 경계하고 그러세요. 그냥 셋이 커피 한잔하자는 건데."

"……."

"꼭 엄마 뺏길까 봐 전전긍긍하는 어린애 같네요."

차준이 농담조로 건넨 말은 결코 웃자고 한 소리가 아니었다.

그래서 태오의 미간에 깊은 주름이 패자 그걸 본 나봄은 난처함
가득한 표정으로 두 사람을 중재했다.

"왜 이래요. 다들……."

"난 아무 짓도 안 했어요. 한나봄 팀장님. 그냥 커피 같이 마시자
고 한 것뿐인데, 뭐."

"알았으니까 그만하세요."

"저도 아무 짓 안 했습니다. 그냥 싫어서 싫다고 대답한 거지."

"태오야, 너도 그만!"

고래 싸움처럼 살벌한 두 남자의 기 싸움에 등이 터져 버릴 지경
이 된 나봄은 일부러 둘 사이를 막아섰다.

그녀가 태오를 바라본 채 그의 가슴팍을 손으로 막자 그 뒤에 숨
겨진 차준의 입술 새로 노골적인 웃음이 샜다.

"그래요. 긴장 풀어요, 단 팀장님. 나봄 씨 겁먹잖아요."

저 재수 없는 새끼가 보자 보자 하니까……!

태오의 주먹에 불끈 힘이 들어갔다. 참아 보려고 해도 한계를 자
극하는 그는 아무래도 제대로 맞붙어 줘야 저 입을 다물고 있을 것
같다.

태오는 이글거리는 눈빛을 띠고 서슬 퍼런 막말을 장전했다.

바로 그 타이밍에.

♪♫♪♪♫—

난데없이 휴대폰 벨소리가 세미나실을 울렸다. 서로를 향해 있던 태오와 차준의 살벌한 시선이 동시에 소리가 나는 쪽으로 향했다.

"아…… 잠깐 전화 좀 받겠습니다."

그들 사이에 끼어 있던 나봄이 가방에서 요란하게 우는 휴대폰을 꺼내 들었다.

덕분에 잠시 중단된 기 싸움.

그러나 휴전인 와중에도 태오는 차준을 계속 잡아먹을 듯 노려보았다. 차준 역시 그런 태오를 시종일관 눈웃음 띤 얼굴로 마주하며 쉬지 않고 도발했다.

바로 그때.

"예? 누가 와요? 아니, 그분이 왜…… 일단 알았어요. 곧장 갈게요."

왠지 불길한 방향으로 흘러가는가 싶던 나봄의 통화 내용이 끝을 맺었다.

이내 당황한 표정의 나봄에게서 전해지는 건 두 남자의 열띤 싸움을 무색하게 만드는 비보였다.

"아…… 저, 중요한 손님이 저희 회사에 찾아오셔서 지금 바로 가봐야 할 것 같아요."

"어?"

"뭐?"

"미안. 우리 커피는 나중에 마셔요."

둘 중 하나가 붙잡아 볼 새도 없이 나봄은 뛰쳐나가듯 다급한 걸음으로 세미나실을 벗어났다. 그 뒤를 쫓는 건 한순간에 뒤바뀐 그녀의 분위기를 알아챈 태오의 걱정스러운 시선이었다.

무슨 안 좋은 일이라도 생겼나. 분명 전화를 받고 많이 놀란 표정이었는데…….

태오는 혹시나 싶어 그녀를 따라가려 했다. 하지만 한 걸음을 미처 떼어 내기도 전에 놀랄 만큼 싸늘한 음성이 그를 붙잡았다.

"잠깐 나 좀 보죠?"

"……."

"할 얘기가 있는데."

잠시 애먼 곳으로 향해 있던 태오의 시선이 차준에게로 되돌아갔다. 다시 바라본 그의 표정은 언제 웃고 있었냐는 듯 딱딱하게 굳어 있었다.

태오는 나봄이 사라지고 나서야 본색을 드러내는 차준을 물끄러미 바라보았다.

"잘됐네. 나도 막 할 말이 생긴 참인데."

그러다 꺼내 놓는 목소리는 차준 못지않게 한기가 서린 상태였다.

이젠 가운데서 말려 줄 사람도 없어진 지금.

땡땡—

두 남자의 주변으로 쩌렁쩌렁한 복싱 타임벨 소리가 울렸다. 누가 먼저 나가떨어질 때까지 격렬하게 이어질 치정 싸움의 시작을 알리는 신호였다.

　　　　　*　　　　*　　　　*

　"쓰리 샷 아이스 아메리카노 한 잔, 과테말라 안티구아 한 잔 나왔습니다."

　이름은 다르지만 쓰디쓴 정도는 비슷한 커피가 테이블 위에 놓였다. 고요한 숨만 내쉬며 서로를 외면하고 있던 두 남자의 시선이 그제야 한곳에 모였다.

　종업원이 건네주기 전에 직접 아메리카노 잔을 든 태오는 속이 타들어 가는 만큼 커피를 시원하게 들이켰다.

　그 모습을 본 차준이 피식 웃음을 흘렸다.

　"천천히 마셔요. 누가 쫓아오는 것도 아닌데."

　"그래야 빨리 본론 얘기하고 각자 갈 길 갈 거 아닙니까."

　그리 대답하는 태오는 조금도 물러날 기미를 보이지 않았다.

　하지만 차준은 그런 태오가 흥미롭다는 듯 더욱 여유로운 목소리를 이어 나갔다.

　"나한테 그렇게 적대적인 이유가 뭐예요?"

　"그걸 몰라서 묻습니까."

　"아니요, 저는 아는데 단태오 씨가 모르시는 것 같아서 확인해 보려고 묻는 거예요."

　"……."

　"사실 단태오 씨도 알고 있는 거죠? 어차피 무슨 발악을 해도 나한테는 안 된다는 거."

차준의 도발은 태오의 심기를 노골적으로 후벼 팠다. 사정없이 흔들리는 태오의 눈빛은 불같은 그의 성미답게 벌써 분노가 들끓고 있었다.

그러나 차준은 그걸 똑바로 보고 있으면서도 한결같이 미소를 잃지 않았다. 그런 뒤 뒤이어 그가 꺼내 놓는 이야기는 다름 아닌 나봄에 관한 것이었다.

"예전부터 나봄이는 동정심이 많아서 길고양이 한 마리도 그냥 못 지나치던 애였어요."

"……."

"고양이를 좋아하는 편도 아니면서 밥을 챙겨 주고, 물을 챙겨 주고……."

"……."

"그래도 끝까지 키우지는 않았어요. 어쨌든 모든 건 사랑이 아니라 동정심이었으니까."

태오는 그 말이 무엇을 의미하는지 알고 있었다. 하지만 아무런 반응도 하지 않았다. 동요하는 모습을 보일 필요가 없다고 생각해서였다.

그의 그런 마음까지도 전부 꿰뚫고 있는 차준은 이내 날카로운 눈빛을 띤 채 잔인한 본론을 찔러 넣었다.

"나는 니가 나봄이한테 딱 그런 존재밖에 안 된다고 생각해."

"……."

"그러니까 헛된 기대는 접는 게 좋을 거야."

예의를 툭 잘라 버린 말투처럼 가차 없이 단호한 명령.

그의 사나운 경계심을 맞닥뜨린 태오는 미간을 좁혔다. 그건 얼핏 분노하고 있는 것처럼 보였으나 머지않아 그의 입가에 맺히는 건 노골적인 비웃음이었다.

"그 얘기 하려고 부르셨습니까?"

"그렇다면?"

"전보다 거칠게 나오는 걸 보니까 불안해하고 있는 건 그쪽인 것 같은데……."

그리 말하는 태오는 더 이상 차준의 앞에서 작아지고 나약해지지 않았다. 오히려 감정이 북받쳐 오르는 만큼 침착한 눈빛으로 흔들림 없는 목소리를 이어 나갈 뿐.

"한나봄이 길고양이를 데려가서 키웠든 말았든, 그건 내 알 바 아니고."

"……."

"내가 동정심 느껴질 만큼 불쌍하게 개한테 휘둘렸던 건 나도 잘 알고 있는 사실이고."

"……."

"그래서 어쩌라는 건지 전혀 모르겠습니다. 이만하면 적당한 반응입니까?"

처연하게 맞받아치는 태오는 차준의 심기를 할퀴어 놓기에 충분했다. 그래서 차준이 어떠한 대답 대신 한기 서린 시선만 되돌려 주고 있으니, 태오는 돌연 입가에 머금고 있던 웃음기를 싹 거두었다.

그러고는 싸늘한 눈빛으로 차준을 노려보며.

"이제 내가 말할 차례인데……."

"……."

"니가 먼저 말 깠으니까 나도 깐다. 불만 있어도 닥치고 들어."

이윽고 계급장마저 떼어 낸 거침없는 선전포고를 겨누었다. 칼날처럼 서슬 퍼런 독기에 차준의 미간이 노골적으로 구겨졌다.

하지만 그보다 더 사나운 눈빛을 띤 채, 태오는 웃음기 가신 입술을 떼어 냈다.

"예전에 그랬었지. 싫다는 사람 붙잡고 매달리지 말라고."

"……."

"말이 좋아 짝사랑이지, 질병 수준의 망상이라며."

그 얘길 했던 때는 차준도 똑똑히 기억하고 있었다. 그는 나봄의 눈에 띄기 위해 온갖 발악을 서슴지 않던 태오에게 분명 단호한 말투로 그리 말했었다.

"그때 그렇게나 퍼부어 놓고서 지금 이게 뭐하는 짓이냐. 불편해하는 사람한테 매달리는 거, 충분히 민폐란 생각 안 들어?"

그렇다고 해서 태오의 다그침엔 결코 동의할 수 없었다.

그 애는 나를 불편해하지 않는다. 그저 우리 사이에 생겨난 오랜 공백을 의식해 예전처럼 다가오지 못하고 있는 것일 뿐.

차준은 흔들림 없는 시선으로 태오를 마주한 채 가라앉은 목소리를 냈다.

"너랑 나를 동급 취급 하지 마. 난 너처럼 아무 의미도 되지 못한 하찮은 존재가 아니야."

"하찮은 존재?"

"그래, 하찮은 존재. 오늘 이 시간부로 갑자기 끊어진다 해도 전혀 상관없을 그저 그런 인연."

그리 단언하는 차준에게 태오는 헛웃음을 쳤다. 예전 같았으면 충분히 휘둘리고도 남았을 말이었으나 오늘만큼은 아무런 동요도 없었다.

이 순간 그의 여린 마음이 흔들리지 않도록 단단히 붙들어 주는 건 요즘 들어 그녀가 곧잘 지어 보이는 밝은 미소였다.

한때 나봄의 불편한 상대였던 태오는 그녀가 도망치고 싶을 때 어떤 표정을 짓고 있는지 잘 알고 있다.

입꼬리는 딱딱하게 굳고, 마주한 눈빛은 불안하게 흔들리고.

진심을 숨기지 못하는 나봄은 그를 불편해하는 동안 단 한 번도 밝게 웃어 준 적이 없었다.

"지금까지 그 애가 다른 누구한테 너에 대해서 얘기한 적이 있어?"

아니, 한 번도 없었지. 얼마 전 만났던 그녀의 친구도 나에 대해 처음 듣는 눈치였으니까.

"널 전 남자 친구라고 인정한 적이라도 있어?"

그건 가당치도 않은 바람이야. 꼴랑 2주 만에 차여 버린 난 연애 상대로 치지도 않았을걸.

"전혀 없잖아."

"……."

"넌 딱 그 정도 의미밖에 안 됐던 거야."

맞아. 난 딱 그 정도 의미밖에 안 됐어. 그런 나이기에…….

'울다가 웃으면 엉덩이에 뿔이 난다고 하던데, 너 때문에 큰일이야.'

늘 닫혀 있던 그 사람의 마음이 처음으로 열렸던 순간을 알아.

'니가 얼마나 괜찮은 사람인지 요즘 들어 계속 느끼고 있어.'
'이제는 내 미움 살까 봐 걱정하지 않아도 된다는 걸…… 나도 언젠가부터 너한테 꼭 말해 주고 싶었어.'

이젠 더 이상 나를 두려워하지 않는 그 사람의 진심을 알아.
"선우차준."
차준의 말을 가만히 듣고 있던 태오가 낮게 그의 이름을 불렀다. 순간 차준의 눈에 어린 한기는 한층 더 거세졌다.
태오는 그럴수록 눈빛을 강렬하게 불태우며 단호한 목소리를 흘려보냈다.
"넌 아직도 과거에 머물러 있지."
"……."
"난 지금 현실을 나아가기에도 바빠."
한 마디 한 마디 힘주어 내뱉어지는 그의 말은 차준의 정곡을 찔렀다. 단번에 그의 의도를 파악한 차준은 적의를 띤 채 태오를 노려보았다.
"그 입 당장……"
"니가 얼마나 소중한 존재였든, 내가 얼마나 하찮은 존재였든 그게 과거형인 이상 나한테는 개뿔 아무 상관도 없어."

"뭐?"

"그러니까 지금 이 순간을 봐."

"……."

"정말 주제 파악 똑바로 하고 꺼져 줘야 할 사람이 누군지, 니 눈에도 똑똑히 보일걸."

말을 마친 태오는 차가운 아이스 아메리카노 잔을 움켜쥐었다. 그러고선 단숨에 머리가 찡해지도록 꿀꺽꿀꺽 들이켜기 시작했다.

커피는 써디썼지만 가슴 속은 시원해진다. 꽉 막혀 있던 숨통이 이제야 뻥 뚫리는 느낌이다.

쾅—!

머지않아 다 비운 잔을 요란스레 내려놓은 태오는 소매 끝으로 입가를 쓰윽 닦아 냈다.

"계급장은 내일부터 붙일 거니까 오늘은 어지간해선 건드리지 마라."

살벌한 인사를 끝으로 자리에서 벌떡 일어서 버리는 태오의 표정은 하염없이 후련했다. 곧이어 떨어지는 발걸음엔 지금껏 보여 왔던 서러움도 담겨 있지 않았다.

"하……."

그런 그를 바라보는 차준의 입술이 비틀려 올라갔다.

확신을 가진 자만이 내비칠 수 있는 자신감. 그건 분명 얼마 전까지만 해도 차준이 쥐고 있던 것이었다.

하지만 그 시절이 모두 그만의 헛된 망상이었던 듯, 나봄을 향한 확신은 온데간데없이 사라지고 새까만 불안만이 그를 집어삼킨다.

오늘 차준을 정말 비참하게 만들었던 건 나봄의 불안한 시선도, 태오의 무례한 언행도 아니었다.

애 닳도록 품고 있던 과거가 한낱 쓰레기로 치부되어 버리던 순간.

차준은 순순히 고개를 끄덕일 뻔했고 그건 본인에게 고스란히 상처로 남았다. 애써 외면하고 있던 진실이 강제로 머릿속에 구겨 넣어지는 것 같은 느낌이다.

기분 더럽게도.

*   *   *

"저기…… 커피 괜찮으십니까?"

달달 떨리는 손으로 커피 잔을 쥔 한 사장이 잔뜩 긴장한 목소리로 물었다.

전동 휠체어에 앉아 한봄 도어락 카탈로그를 읽고 있던 태준은 곧장 고개를 들어 대답했다.

"아, 괜찮습니다. 저는 신경 쓰지 마세요."

신경을 안 쓰기엔 그의 존재감이 한 사장에겐 너무 부담스러웠다.

10년 전, 갑작스러운 추락 사고로 세상을 떠들썩하게 만들었던 우드레일의 후계자.

그의 절망을 모두가 한마음으로 안타까워했을 만큼 유난히 빛을 발하던 과거의 유명 인사.

지금까지도 종종 신문 특별 기사란에서 안타까운 인재로 회자되고 있는 그가 왜 누추한 한봄 도어락까지 찾아와 나봄을 찾는지, 한 사장으로서는 도저히 이해 못 할 일이었다.

"저…… 한나봄 팀장은 금방 도착하긴 할 겁니다. 택시 타고 온다고 했으니까요."

한 사장은 벌써 30분째 그녀를 기다리고 있는 태준에게 조심스러운 목소리로 말했다.

불편한 몸이 무색할 정도로 고귀한 기품이 흐르는 태준은 아무리 나이 많은 한 사장이라도 쉽게 대할 수는 없는 상대였다.

그런 그의 불편한 기색이 어쩐지 미안하게 느껴졌던 태준은 조금 더 부드러운 미소를 띠며 대답했다.

"제가 불쑥 찾아와서 괜한 민폐를 끼치고 있네요."

"아니요, 민폐라니요! 같이 협업하는 관계인데 충분히 찾아오실 수 있죠!"

"저는 우드레일 직원도 아니고, 업무적인 문제로 찾아온 건 더더욱 아닌데요, 뭐."

"그럼 대체 무슨 이유로 우리 나봄이를 찾는지……."

바로 그 점이 내내 궁금했던 한 사장이 때를 틈타 물었다.

태준은 잠시 대답을 망설이는가 싶더니, 이내 생각지도 못한 이름 하나를 꺼내 놓았다.

"선우차준…… 아세요?"

"알다마다요! 우드레일 'Lily' 프로젝트를 총괄하시는 본부장님!"

"네, 그 녀석이 제 동생이에요. 저는 지금 동생 일 때문에 나봄 씨를 만나러 온 거구요."

동생?

뜻밖의 관계를 들은 한 사장의 눈동자가 휘둥그레졌다.

태준은 한때 우드레일 후계자로 거론되었던 서재균 회장의 친손자. 그런 그의 동생이 선우차준이라는 얘기는 차준도 서 회장의 핏줄이라는 것을 뜻했다.

하긴 '선우'라는 성이 흔하지는 않지.

홀로 생각을 정리하고 있던 한 사장에게 태준이 말했다.

"나봄 씨가 차준이한테 많은 힘이 되어 주고 있다고 들었어요."

그 얘긴 한 사장도 익히 알고 있는 부분이었다.

나봄이 한동안 잊지 못하고 힘들어했던 첫사랑도 차준이었고, 10년 만에 나타나서 다시 그녀를 흔들어 놓은 사람도 차준이었고, 얼마 전 술이 떡이 된 나봄을 데리고 들어온 흑기사도 차준이었으니까.

둘 사이를 심상치 않게 보고 있는 한 사장은 천천히 고개를 끄덕이며 말했다.

"아무래도 그렇겠죠. 둘 다 아직 호감을 갖고 있는데."

"두 사람 연인 사이인가요?"

"나봄이 말로는 아니라고 하는데, 또 모르죠. 다 큰 딸내미가 그런 거 시시콜콜 보고하는 거 봤나?"

그 소린 확실히 단정 짓지는 못해도 연인 비슷한 사이쯤은 된다는 의미였다.

이미 그런 쪽으로 짐작하고 있었던 태준은 그제야 한결 편안해진 미소로 안도 섞인 반응을 내비쳤다.

"그럼 나봄 씨가 확실히 도와줄 수 있겠네요."

"우리 애가 뭘 도와줘야 합니까?"

"네, 지금 차준이한테는 나봄 씨가 꼭 필요해요."

정확한 사정은 아직 듣지 못했어도 분명히 느껴지는 절실함. 그걸 눈치챈 한 사장은 의아한 시선으로 태준을 바라보았다.

얼마 전 우연찮게 만났던 차준은 아무 탈이 없어 보였는데, 무엇이 저리도 걱정스러운 건지.

개인적인 사정까지 물어보긴 힘들었던 한 사장은 홀로 고민에 잠겼다.

바로 그때.

끼익—

한봄 도어락 주차장으로 택시 한 대가 멈춰 섰다.

"감사합니다! 잔돈은 됐어요!"

그 안에서 급하게 몸을 내리는 사람은 그들이 그토록 기다리고 있던 나봄이었다.

"나봄아! 얼른 와라! 손님 기다리신다!"

그제야 한시름을 놓을 수 있게 된 한 사장은 사무실 창문을 열고 그녀의 이름을 크게 외쳤다.

토끼 같은 나봄의 눈동자가 단번에 사무실을 향했다.

떨리는 그녀의 시선 끝에 똑똑히 비치는 사람은 이전에 딱 한 번 우드레일 본사 앞에서 마주쳤었던, 차준과 꼭 빼닮은 이목구비의 그 남자였다.

"선우태준⋯⋯."

그를 단번에 알아본 나봄이 숨소리처럼 작은 음성으로 그의 이름을 흘려보냈다.

그런 그녀를 마주 보고 있는 태준은 곧바로 싱긋 웃어 보였다.

차준이 늘 짓고 있는 부드러운 눈웃음과 몹시도 닮은 미소.

하지만 오늘도 그의 미소는 차준의 것보다 훨씬 자연스러웠다. 그가 차준을 닮은 것이 아니라, 차준이 그를 닮은 것이라 해도 과언이 아닐 만큼.

* * *

한봄 도어락 근처 해장국집.

"죄송해요. 모실 곳이 이런 데밖에 없어서⋯⋯."

태준과 마주 보고 앉은 나봄이 멋쩍은 표정으로 말했다. 그러자 제 앞에 놓인 순댓국에 간을 맞추고 있던 태준은 고개를 저으며 대답했다.

"아니에요. 저 한식을 제일 좋아해요."

"그래도⋯⋯."

"게다가 원래 휠체어가 편히 들어갈 만한 가게는 거의 없어요. 이렇게 널찍하고 계단 없는 곳 찾느라 고생 많았어요, 나봄 씨."

말이 끝날 때마다 살가운 눈웃음을 덧붙이는 건 차준도 가지고 있는 버릇이었다.

태준의 얼굴은 차준보다 성숙한 느낌이지만 웃을 때 장난스럽게 휘어지는 눈꼬리는 둘이 형제라는 걸 증명해 주듯 꼭 닮아 있다.

그래서 나봄은 그가 생각보다 어색하지 않다.

"본부장님이랑 정말 많이 닮으셨어요."

나봄은 웃음기 어린 얼굴로 태준을 바라보며 솔직한 감상을 털어놓았다. 그러자 태준의 눈꼬리는 한층 더 부드럽게 휘어졌다.

"그래 보여요?"

"네, 지나가다가 우연히 만나도 본부장님 형이라는 걸 한 번에 알아차릴 수 있을 정도예요."

"그것참 다행이네요. 차준이 정말 잘생겼잖아요."

그리 말하는 태준은 진심으로 기뻐 보였다. 아무래도 그는 차준을 몹시 아끼는 모양이었다.

하긴 자신의 가족에 대해서 한 번도 말해 준 적 없던 차준도 형에 대해서만큼은 종종 얘기해 주곤 했었지.

물론 10년도 더 된 일이긴 하지만.

"그런데 저한테는 무슨 일로……."

나봄은 조심스레 본론을 물었다. 그러자 태준은 물 한 모금을 들이켜더니 이미 예상하고 있던 대답을 꺼내 놓았다.

"차준이 일로 찾아왔어요."

"아, 그건 알고 있어요."

"나봄 씨가…… 우리 차준이를 도와줬으면 좋겠어요."

하지만 뒤에 이어진 간절한 한 마디는 생각지도 못했던 도움 요청이었다. 나봄은 오늘까지만 해도 멀쩡해 보였던 차준을 떠올리며 의아한 표정으로 되물었다.

"본부장님한테 무슨 일이 생기셨나요?"

"무슨 일이 생긴 지는 좀 오래됐어요. 차준이는 보기보다 상처가 많은 녀석이거든요."

"……."

"나봄 씨한테 그걸 드러냈는지 잘 숨기고 있었는지는 모르겠지만, 제가 아는 그 애는 금방이라도 무너질 것처럼 위태로운 상태예요. 그래서 저는 나봄 씨가 차준이를 꼭 붙잡아 줬으면 좋겠어요."

절절한 태준의 눈빛은 이 부탁이 얼마나 진심인지를 여실히 드러내 주고 있었다.

그러나 어떤 도움이 필요한 건지 짐작할 수도 없었던 나봄은 그저 불안해지기만 할 뿐이었다.

"대체 무슨 일인데 그래요?"

그래서 조금 더 자세히 물으니, 태준은 어렵게 입을 열었다.

"들어 줄 수 있겠어요? 조금 무거운 얘기인데……."

나봄은 그의 눈을 똑바로 마주한 채 천천히 고개를 끄덕였다.

그제야 태준은 흔들리는 눈빛을 정돈했고, 그 누구에게도 털어놓은 적 없던 비밀을 꺼내 놓았다.

"사실…… 제 원래 이름은 강태준이에요. 차준이랑은 아버지가 다르죠."

"아버지가 다르다니요?"

"제 친아버지는 어머니가 살면서 유일하게 사랑했던 사람이었는데, 제가 태어난 지 얼마 되지 않아서 돌아가셨어요. 어머니는 그 뒤에 회장님의 성화를 못 이기고 곧바로 재혼하셨구요."

"……."

"그때부터 제 이름은 선우태준이 됐어요. 회장님이 새아버지 성을 따라야만 저를 호적에 넣어 주신다고 하셨거든요."

"아……."

그의 말을 들은 나봄의 눈동자가 옅게 흔들렸다.

나봄은 이런 은밀한 가정사를 자신이 들어도 되나 싶었으나, 태준은 곤란해하는 그녀의 표정을 알아챘으면서도 고집스럽게 뒷이야기를 이어 나갔다.

"하지만 어머니께선 선우라는 성이 싫으셨나 봐요. 그날 이후로 단 한 번도 절 부르실 때 성을 붙이신 적이 없어요."

"……."

"그땐 그저 어머니께서 돌아가신 아버지를 많이 그리워하는 거라고 생각했는데…… 철이 들 무렵부터 깨달았어요. 어머니는 저에게서 아버지의 모습을 찾고 있는 거라는 걸."

"……."

"여기까지가 지금도 강태준으로서 사랑받고 있는 저의 이야기."

그리 말하는 태준의 표정은 무척이나 씁쓸했다. 그에 비해 처연한 목소리는 그가 얼마나 오래도록 인고의 시간을 보냈는지 짐작케 할 뿐이었다.

하지만 슬픔을 애써 미소로 덮어 낸 그는 부드러운 음성을 이어 나갔다.

"차준이는 새아버지하고 어머니 사이에서 태어난 자식이에요.

처음 그 애가 생긴 걸 아셨을 때, 어머니는 한동안 식음까지 전폐하셨어요."

"아이를 가졌는데 왜요……?"

"사랑하는 사람의 죽음을 잊지도 못한 상태에서 강제적으로 진행된 결혼이었고, 무리하게 가진 아이였으니까요. 그 애에게 모성애를 느끼기엔 주변 상황들이 좋지 않았어요."

인간적으로 충분히 이해할 수 있는 상황에, 나봄은 차마 그녀를 탓할 수도 없었다. 하지만 뒤따라온 태준의 고백은 그보다 더 잔혹하고 끔찍했다.

"심지어는 뱃속의 아이를 유산시키기 위해서 고의적으로 계단에서 굴러떨어지신 적도 있어요. 하지만 차준이는 씩씩하게 이 세상에 태어났고……."

"……."

"어머니는 아무것도 모른 채 방긋 웃는 그 아이를 내내 증오했어요. 그럴 이유가 없다는 걸 본인도 잘 알면서."

그동안의 차준에게선 전혀 짐작조차 할 수 없었던 비극.

그걸 조금도 눈치채지 못했던 나봄은 언제나 웃는 얼굴만을 고집하던 차준이 안쓰러워 견딜 수가 없었다.

한 번도 상처받지 않은 사람처럼 살기 위해서 얼마나 많은 아픔을 견뎌 내야 했을지. 지금의 그녀로서는 감히 헤아릴 수도 없다.

"이런 얘기 듣기 힘드시죠?"

심란하게 가라앉은 나봄의 표정을 살핀 태준이 미안한 기색으로 물었다. 나봄은 그런 그를 향해 괜찮다는 뜻으로 고개를 저었고 애써 침착한 목소리로 대답했다.

"조금 놀라긴 했어요. 생각지도 못한 얘기라……."

"남과 다름없는 우리 사이에 행복하지도 않은 가정사를 털어놓는 게 얼마나 무례한 일인지 알아요."

"……."

"하지만 차준이는 분명 이런 얘길 하지 않았을 테니까…… 혼자 견디기만 하다가 무슨 일이라도 생길까 걱정스러워요."

태준의 얼굴이 짙게 드리워진 그림자는 이제 보니 모두 차준을 향하고 있었다.

그제야 지금까지 들었던 모든 비극이 차준의 삶과 연관되어 있다는 걸 깨달은 나봄은 조심스레 물었다.

"그럼…… 어머님과 차준 오빠의 관계는 아직도 좋진 않겠네요?"

"좋지 않은 정도가 아니라 어머니는 그 애를 거의 투명인간처럼 취급하셨죠."

"아……."

"처음엔 어머니한테만 외면당했던 차준이는 머지않아 회장님께 외면당하고, 그 다음엔 친아버지에게 외면당하고…… 결국 모두에게 버려지는 데까지는 채 10년도 걸리지 않았어요."

"……네?"

뒤이어 흘러나온 대답은 나봄으로서는 쉽사리 이해가 되지 않는 부분이었다.

차준의 어머니인 서 대표야 심신이 불안정해서 그럴 수 있다고 해도, 강압적으로 결혼을 밀어붙인 서 회장과 그의 친부는 차준을 외면할 이유가 없었다.

"다른 가족들은 왜 외면한 거예요?"

나봄은 혼란스러운 표정을 숨기지 못하고 되물었다.

그러자 깊은 한숨을 내쉬는 것으로 떨리는 눈빛을 정리한 태준은 이내 쓸쓸함이 묻어 나오는 목소리를 꺼내 놓았다.

"전부 저 때문이에요."

"태준 씨 때문이요?"

"제가 그 애를 사람들의 시선이 닿지 못할 밑바닥으로 떨어트렸으니까."

그의 고개가 다시 들어 올려졌다. 일그러진 그의 시선은 쓰라린 고통을 품고 있었다. 하지만 그 대답의 의미를 알아차릴 수 없었던 나봄은 숨죽인 채 덧붙여질 설명을 기다렸다.

"그 애한테는 제가 가장 나쁜 사람이었어요."

"……."

"그 애도 이걸 알고 있는 이상…… 저는 용서받지 못할 거예요. 절대로."

그러나 재차 이어지는 고해성사는 여전히도 추상적이었다.

분명 그의 눈빛은 짐작하지도 못할 깊은 얘기를 담고 있는데, 꾹 닫혀 버리는 그의 입술은 아직 털어놓을 용기가 없는 모양이었다.

태준의 속내를 강제로 들여다보고 싶지 않았던 나봄은 머릿속에 떠오르는 의문들을 전부 묻어 두었다.

"차준 오빠는 그렇게 생각 안 할 거예요."

그런 뒤 그녀가 꺼내 놓는 위로는 과거의 차준을 아직까지 기억하고 있기에 가능한 말이었다. 지친 기색 가득한 태준의 눈동자가 다시 한 번 그녀에게로 들어 올려졌다.

"……네?"

"제 기억 속 차준 오빠는 태준 씨를 참 좋아했거든요. 다른 식구들 얘기는 한 번도 안 했지만 형 자랑은 정말 많이 했어요."

그리 말하는 나봄은 10년 전의 차준을 떠올리고 있다.

'다섯 살 차이 나는 형이 있어.'

'지금은 미국에서 유학 중인데, 이번 방학에 한국 놀러 오면 너한테도 소개시켜 줄게.'

태준에 대한 얘기를 할 때마다 지어 보였던 미소는 진심으로 기뻐 보였다. 그가 얼마나 형을 아끼고 있는지, 단번에 알아차릴 수 있을 만큼.

"집안 상황이 어떻든 간에, 태준 씨는 그 사람 곁에 있어 줬던 거죠?"

나봄은 확신 어린 질문을 흘려보냈다.

태준은 순간 두 눈동자를 일렁이는가 싶더니, 이내 테이블 위로 시선을 떨어트리며 고개를 끄덕였다.

"그랬었죠……."

"……."

"누가 뭐래도 내 동생이었으니까요."

확실히, 그는 그 아이의 곁에 있었다. 동정할 수밖에 없는 그 아이를 진심으로 아끼고 사랑했었다.

그 애틋함이 커지면 커질수록 솟구치는 자기혐오감에 짓눌려서 결국엔 그 아이의 손마저 놓아 버리고 말았지만.

'차준아. 무서워하지 마.'
'형이 지켜 줄게.'

그래도 한때 그는 차준의 곁에 영원히 머무를 것처럼 남아 있었다.

"……나봄 씨."

한동안 말이 없던 태준은 나봄의 이름을 힘주어 불렀다. 그런 뒤 그가 이어 내는 말은 처음 꺼내 놓았을 때보다 간절했다.

"제발 우리 차준이 곁에 있어 주세요."

"……."

"그 사람들이 그 애를 더 비참하게 무너트리지 못하도록…… 나봄 씨가 지켜 주세요."

더 이상 버티지 못하고 뜨겁게 타들어 가는 그의 음성.

애타는 부탁을 건네받은 나봄의 눈동자가 파르르 떨려 왔다. 그가 꺼내는 한 마디 한 마디는 그녀가 감당하기엔 너무도 무거워서, 어깨가 내려앉아 버릴 지경이었다.

나봄은 깊이 숨을 들이마셨고 흐린 한숨으로 내뱉었다.

"나봄 씨……."

다시 한 번 와 닿은 태준의 눈동자는 절망을 닮아 있었다.

그래서 그녀는 어떤 대답도 할 수가 없었다.

그저 버릇처럼 입술만 꾹 깨물고 있을 뿐.

*　　　*　　　*

얼마 뒤에 열릴 창립 기념회.

태준은 그날이 걱정스럽다고 했다. 그는 참석하지 못할 곳에서 차준이 얼마나 난도질당하게 될지, 생각하는 것만으로도 두렵다고 했다.

　　'그러니까 그날…… 나봄 씨가 곁에서 그 애를 붙잡아 줘요.'

태준은 좀 더 노골적으로 그녀에게 매달렸지만 나봄은 쉽게 고개를 끄덕이지 못했다.

그건 순전히 대답하기도 전에 이어진 뒷말 때문이었다.

　　'저는 차준이가 자신을 아끼고 사랑해 주는 사람과 행복했으면 좋겠어요.'
　　'이제부터라도…… 제발……'

그를 아끼고 사랑해 주는 사람. 나는 그에게 그런 존재가 될 자신이 없었으니까.

마음이 예전 같지 않다는 걸 깨달은 지는 꽤 오래됐다. 차준이

다시 시작해 보자고 제안했을 때에도, 애달픈 진심을 고백했을 때에도, 그녀의 심장은 예전처럼 기분 좋게 두근거리지 않았다. 오히려 질식할 것처럼 옥죄기만 했을 뿐.

하지만 그걸 순순히 인정해 버리기엔 그리워한 세월이 너무 아쉬워서 확실히 밀어내지도 못하고 있던 지금까지의 나날들.

그동안 차준은 나로 인해 상처를 입었을까.

외면 받는 느낌이라면 누구보다 예민하게 알아차렸을 텐데, 받아 주지도 않을 거면서 거절도 못 하는 나 때문에 불안해하고 있었을까.

나봄은 그를 똑바로 바라보기 힘들었던 이유를 오늘에서야 깨달았다. 그에게 반드시 해야 할 대답도 오늘에서야 결정 내릴 수 있었다.

"후우."

짧은 한숨으로 심란한 마음을 정리한 나봄은 휴대폰을 들었다. 망설임 없이 손가락을 움직여 적어 낸 문장은 담담하고도 비장했다.

[차준 오빠. 만나서 할 이야기가 있어요. 이번 주 중으로 괜찮은 시간 알려 주세요.]

전송 버튼을 누르는 순간 가슴이 답답하게 조여들기 시작했다. 낮에 태준에게 들었던 모든 얘기들이 비수처럼 박혀, 모질어지려는 그녀를 막아서는 기분이다.

하지만 그의 삶을 동정하는 만큼 단호하게, 위로해 주고 싶은 만큼 냉정하게.

나봄은 차준을 밀어낼 생각이다.

그래야 그에게 건네는 도움의 손길이 또 다른 상처가 되지 않을 테니.

08.
제발 나를 떠나지 마

"아, 겨우 도착했네……."

우드레일 본사 앞.

불만 가득한 표정의 유리가 모습을 드러냈다. 요즘 들어 업무가
부쩍 늘어난 그녀는 현장과 본사를 오가느라 정신이 없었다.

이왕 여기 올 거 태오의 본사 스케줄이랑 겹치면 좋으련만.

운은 지지리도 따라 주지 않아서 늘 그와는 따로 놀았다. 게다가
본사 스케줄은 하루의 대부분을 통째로 잡아먹는 경우가 많아서,
이곳에 오는 날은 보통 태오의 얼굴을 구경조차 하지 못하는 날이
되기 일쑤였다.

"그래도 오늘은 어떻게든 빨리 해치워 버려야지."

유리는 어깨에 멘 가방을 고쳐 들며 그의 퇴근 시간 전까진 어떻

게든 현장으로 돌아가겠다고 다짐했다.

그러고는 야무진 발걸음을 떼어 내려던 그때.

"……어?"

아주 익숙한 얼굴이 그녀의 시선에 걸려 들어왔다. 조금 먼발치에서부터 바삐 걸어오고 있는 그는 다름 아닌 선우차준이었다.

최근 들어 그에게 묘한 동질감을 느끼고 있는 유리는 반가움 어린 눈빛으로 그를 지켜보았다.

어차피 이 길로 쭉 오다 보면 그와 정면으로 마주칠 테니 유리는 그 기회를 빌어 나봄과의 진척도를 물어볼 생각이다.

하지만 그대로 가까워지나 싶었던 차준은 한 블록 떨어진 카페 앞에서 우뚝 발길을 멈춰 세웠고, 이내 무거운 문을 열고 안으로 들어섰다.

순간 김이 확 샌 유리는 의식적으로 짓고 있던 미소를 풀어 내며 중얼거렸다.

"커피 드시려나 보네. 시간도 남았는데 나도 가 볼까?"

잠시 고민하던 유리는 곧 차준이 들어간 카페로 거침없는 발걸음을 옮겼다. 태오의 체념을 앞당기기 위해선 차준과 나봄의 관계를 제대로 파악하는 것이 무엇보다 중요했다.

하지만 문 앞에 다다르기도 전, 카페 통유리에 비친 얼굴은 그녀를 제자리에 잠시 멈춰 서게 만들었다.

"한나봄……?"

지금 그녀의 눈에 보이는 건 막 들어선 차준을 반기는 나봄의 모습.

차준은 그런 그녀에게 유리가 한 번도 본 적 없던 부드러운 미소를 지어 보였다. 그러자 수줍은 듯 눈을 피하는 나봄은 영락없이 갓 시작된 연인을 대하는 태도였다.

두 사람의 밀회를 멀찌감치 지켜보는 유리의 입가에 비웃음이 어렸다.

"역시 그럴 줄 알았어……."

오늘 태오에게 이 장면을 그대로 전한다면 그는 어떤 표정을 지을까.

아마 일말의 미련마저 산산이 부서져 버릴 것이다.

유리는 곧 한나봄이라면 학을 떼게 될 그가 벌써부터 기대되어 미칠 지경이다.

                    *   *   *

우드레일 본사 근처 카페.

"오래 기다렸어?"

나봄의 맞은편에 자리를 잡으며 차준이 물었다.

오늘따라 더욱 다정한 그의 시선을 애써 피하고 있던 나봄은 어색하게 입꼬리를 들어 올린 채 고개를 저었다.

"아니요. 별로 안 기다렸어요."

그러자 차준은 그런 그녀를 보며 씨익 웃어 보이고는 테이블 위에 놓인 커피를 톡톡 건드렸다.

"카페라테네."

"네, 카페라테 좋아하셨던 것 같아서……."

"응. 제일 좋아해."

사실 그건 10년 전의 얘기였다.

요즘은 쓰디쓴 핸드드립 커피를 가장 즐겨 마시는 차준이지만, 이 순간만큼은 카페라테를 가장 좋아해 볼 생각이다. 난 그녀의 기억대로 남아 있어 줄 거니까.

차준은 부드러운 카페라테를 한 모금 들이켰다.

"밤에 갑자기 연락이 와서 깜짝 놀랐어. 무슨 얘길 하려고 그래?"

그런 뒤 꺼내 놓는 질문은 하염없이 밝았다. 마치 어떤 얘기가 나올지 전혀 짐작도 못 하는 사람처럼.

그럴수록 초조해지는 건 나봄이었다. 눈치 빠른 그라면 어느 정도 예상은 할 줄 알았는데, 아무것도 모른다는 차준의 태도는 그녀를 더욱 부담스럽게 만들었다.

하지만 이런 마음이라면 어제 밤새도록 다잡고 다잡았으니, 그녀는 준비해 둔 매정한 얘기를 지체 없이 꺼내 놓기로 했다.

"우리…… 다시 시작하는 건 안 될 것 같아요."

잔뜩 긴장한 듯 떨리는 목소리에 비해 담담한 눈빛.

차준의 눈꼬리가 잠시 굳었다. 하지만 이내 다시 웃음기를 되찾은 그는 나직한 목소리로 되물었다.

"왜?"

이유라면 간단하다. 차준에게는 좀 더 아픈 진실이겠지만.

"제 마음이 예전 같지 않아요. 행복했던 그 시절로 돌아갈 자신도 없구요."

"……."

"오랜 시간 고민해 보고 내린 결정이에요. 이해해 주셨으면 좋겠
어요."

쿵—

그녀가 내뱉은 그 한 마디는 차준의 심장을 밑바닥까지 내려앉
게 만들었다. 그 고통은 너무나도 강렬해서 차준은 호흡조차 제대
로 할 수 없을 지경이다.

하지만 부드러운 미소를 유지한 채, 그는 조용히 말했다.

"내가 잘할게."

구차한 매달림이었다. 차준을 바라보는 나봄의 눈동자가 옅게
일렁이기 시작했다.

"본부장님……."

"그때로 돌아갈 수 있게 내가 너한테 최선을 다할게."

"……."

"니가 뭘 걱정하고 있는지 알아. 하지만 10년 전처럼 널 두고 떠
나는 일은 없을 거야."

"……."

"날 믿어 줘, 제발."

차준은 믿어 달라 말했으나 이건 신뢰에 관한 문제가 아니었다.
그가 매달릴수록 마음만 무거워지는 나봄은 그를 향한 감정이 확
실히 사랑은 아님을 실감하는 중이다.

나봄은 조용히 숨을 들이마셨고 이내 단호한 목소리로 내뱉었
다.

"전 지금 뭘 걱정하고 있는 게 아니에요. 우리는 다시 시작할 수 없다고 대답해드리는 거예요."

"나봄아……."

"본부장님도 알고 계시잖아요. 과거는 과거일 뿐이라는 거."

과거, 과거…… 그 빌어먹을 놈의 과거.

"우리의 행복했던 과거는…… 전부 추억으로만 남겨 놔요."

나는 그곳에서 아직까지 떠나질 못하고 있는데. 나에게는 여전히 그때가 전부인데.

왜 자꾸 다들 떠나보내야 한다고 말하는지 모르겠다. 돌아갈 현실이 없는 차준은 그 말이 미치도록 서럽다.

더 이상 그녀가 주는 고통을 견딜 수 없었던 차준은 그녀의 말을 가로막아 버리기로 했다.

"너무 조급하게……."

하지만 한 마디를 제대로 꺼내기도 전에, 그녀가 이어 낸 말은 거부할 수 없이 달콤했다.

"본부장님은 제가 절대 잊지 못할 첫사랑이었어요. 저는 그때 본부장님을 정말 제 모든 걸 다 바쳐 사랑했어요."

그건 그녀의 사랑을 받은 차준이 제일 잘 알고 있다. 그렇기에 그녀가 마음만 열어 준다면 다시 예전처럼 사랑하는 사이가 될 자신도 있다.

그러나 '사랑'이란 단어에 비해 무척이나 쓸쓸한 눈빛을 띠고 있던 나봄은 이내 아픈 고백을 이었다.

"그래서 지금은 남아 있는 마음이 없어요. 그러니까 지나간 인연은 이대로 가슴에 묻어 두고…….”

“…….”

“앞으로 나아가요, 우리.”

제발. 나를 떠나겠다는 말만큼은 제발…….

간신히 붙잡고 있던 이성이 와르르 무너졌다. 그녀를 향해 들어 올려진 차준의 시선은 폐허처럼 황폐했다.

하지만 그가 마주한 나봄의 눈동자는 미안한 기색만 가득할 뿐, 조금도 흔들리지는 않았다. 어떻게든 붙잡아 보고 싶어도 그녀에게 선 그럴 여지가 전혀 보이지 않는다.

차준은 입술 새로 흐리디흐린 숨을 내쉬었다.

지금 그의 혀끝에 맺힌 말은 마음 약한 그녀를 흔들 수 있을 법한 애원이었다.

그녀는 사랑보단 동정심을 따르는 사람이니까.

내가 그 남자보다 더 불쌍해지면 돼. 그럼 다시 나를 바라봐 줄 거야.

마음을 정한 차준은 오늘 이 시간 그녀의 앞에서 마음껏 무너져 내리기로 했다.

타인의 앞에서 나약함을 드러내는 건 죽기보다 싫은 일이었으 나, 이곳이 스스로를 가둬 놓은 캄캄한 방이라고 생각하면 못할 것 도 없었다.

차준은 떨리는 시선을 들어 올렸고, 똑바로 나봄을 바라보았다.

그리고 가엾은 목소리를 흘려보내려던 그때.

“본부장님…….”

이미 동정이 가득한 그녀의 눈빛이 먼저 그에게로 와 닿았다.

그걸 알아채 버린 그 순간, 어째서 숨이 턱 막히고 오기가 생겨나는 건지.

"아……."

"……."

"그러니까, 나봄아……."

무너진 나를 적나라하게 드러내기는커녕, 어떻게든 그녀가 발견하지 못하도록 숨겨 버리고만 싶다. 건네줬던 동정심마저 거두어갈 만큼 겉으로라도 완벽해 보이고 싶다.

그래야 나의 어느 부분이 어떻게 망가져 버렸는지 내보이지 않아도 되잖아.

한동안 멈춰 있던 차준의 입술이 천천히 움직였다.

"……너의 마음은 잘 알았어."

그런 뒤 꺼내 놓는 대답은 그의 진심과 딱 반대되는 말이었다.

그건 스스로를 갉아먹는 거짓말이었으나 차준은 뒤따르는 고통조차 무시한 채 계속 부드러운 목소리를 이어 나갔다.

"내가 일방적으로 고백해서 정말 많이 난처했겠다. 넌 아쉬운 소리도 잘 못하는 성격인데……."

"……."

"솔직하게 대답해 줘서 고마워. 쉽진 않겠지만 나도 내 마음을 정리해 볼게."

그 말을 끝으로.

웃어, 라고 스스로에게 명령했다.

하지만 웃는 법을 잊어버려서, 차준은 억지로 입꼬리를 들어 보려 했다.

그런데도 미소는 지어지지 않았다. 새까만 절망이 벌써부터 낯빛에 스며든 모양이다.

차준은 하는 수 없이 낚시 바늘에 입술 끝이 꿰어지는 상상을 했다. 그 상태로 누가 잡아당긴다고 생각하니 웃는 얼굴과 비슷한 표정이 완성되었다.

"정말…… 괜찮아요?"

그리 되묻는 그녀의 눈엔 어떻게 보이는지 모르겠지만.

차준은 고개를 두어 번 끄덕였다. 그렇게 멀쩡한 척 연기를 하자 이번엔 꽉 조여드는 숨통이 말썽이었다.

그는 혹시나 상상 속 낚싯줄이 끊어져 버릴까 싶어, 먼저 자리를 뜨기로 했다.

"난 병문안을 가 봐야 돼서 먼저 일어나 볼게."

물론 그 약속은 아직 몇 시간이나 남았지만.

"스케줄이 하도 빠듯해서 점심 식사도 같이 못 하네. 그래도 본사는 또 올 거니까, 그렇지?"

"아, 네……."

"그때는 여유롭게 밥이나 먹자. 연인이 아니더라도 그 정도는 할 수 있잖아."

평소처럼 너스레를 떠는 그는 나봄의 눈에 정말 멀쩡해 보였다. 덕분에 한결 마음을 놓은 나봄은 그를 따라 가벼운 미소를 지어냈다.

"그래요, 본부장님."

그녀의 대답을 들은 차준이 한 번 더 깊은 눈웃음을 건넸다.

이내 등을 돌려 걸음을 옮기는 그의 뒷모습은 평소처럼 여유롭고 태연했다. 그가 그녀의 얘길 받아들일 수나 있을까 걱정했던 지난밤이 부질없게 느껴질 만큼.

"하아……."

나봄은 차준이 온전히 사라지고 나서야 짧은 한숨을 흘려보냈다.

미뤄 왔던 어려운 숙제를 겨우 끝낸 것 같은 지금, 속 시원하다고 하기엔 마음이 무거웠고 안타깝다고 하기엔 후련했다.

그래서 어떤 표정을 짓고 있어야 할지 혼란스러운 이 순간.

'쉬고 싶어.'

라는 생각이 들자마자 불현듯 떠오르는 건 태오의 얼굴이었다.

입가에 어린 미소와 달리 불안하게 떨리던 차준의 눈빛이 걱정스러워진 그녀는, 사나운 이목구비가 무색할 정도로 순수한 태오의 미소가 문득 보고 싶어졌다.

*   *   *

[빅뉴스! 이따 술 먹으면서 얘기해 줄게! 물론 너한테는 좋은 소식이 아니겠지만 꼭 알아야 할 것 같아서!]

횡설수설거리는 유리의 문자에 태오가 미간을 좁혔다. 업무 중에 쓸데없는 일로 귀찮게 하는 걸 제일 싫어하는 태오는 답장으로 유리에게 짜증 섞인 대꾸를 보낼까 하다가 관두었다.

"또 무슨 쓸데없는 가십거리 하나 물어 왔나 보네."

오늘따라 일이 잔뜩 밀려 있는 태오는 그냥 유리를 무시해 버리기로 했다. 수다스러운 그녀는 바쁘면 바쁠수록 피해 가야 하는 상대였다.

태오는 휴대폰을 멀찍이 떨어트려 놓고 다시 컴퓨터 모니터 화면에 온 신경을 집중시켰다.

"내가 어디까지 했더라⋯⋯."

살짝 흐트러진 정신을 끌어모으기가 무섭게 긴 진동이 울렸다.

유리의 전화일 거라 여긴 태오는 진동음을 감추기 위해 일부러 보고서를 소리 내어 읽었다.

"내구성은 기존 제품보다 강화되었으며 디자인 역시 전 연령을 아우르도록⋯⋯."

지이이잉— 지이이잉—

"아우르도록⋯⋯."

지이이잉— 지이이잉—

"아, 이게 진짜."

쉽게 끊길 줄 모르는 전화는 태오의 신경을 제대로 건드렸다.

결국 성질이 제대로 난 태오는 여전히 두 눈을 모니터에 고정시킨 채 손만 뻗어 휴대폰을 꺼 버렸다. 이로써 업무에 관한 연락까지 못 받게 생겼지만 지금은 그게 중요한 게 아니었다.

나 이 보고서 한 시간 만에 다 끝내고 보내 줘야 한단 말이야.

"내구성은 기존 제품보다 강화되었으며, 디자인 역시 전 연령을 아우르도록 개선되었다."

태오는 머리를 쥐어 싸맨 채 쓰고 있던 문장을 또 한 번 읽어 내려가기 시작했다.

아까부터 자꾸 눈에 들어오지 않았던 문장은 역시 마음에 들지 않았다. 개선점은 조금 더 세련된 문장으로 표현하고 싶은데…….

"개선되었다 말고 다른 단어 뭐 없나."

작문에 취약한 머리를 힘겹게 굴리며 고민하고 있던 그때.

똑똑똑―

이번엔 누군가가 사무실 문을 재차 두드렸다. 방문객이 본사로 간 유리일 리는 없었지만 계속되는 방해 자체가 짜증났던 태오는 성질껏 대답했다.

"아, 또 누굽니까. 바빠 죽겠는데."

그러자 잠깐 조용해지나 싶던 문은 머지않아 조심스럽게 열리더니.

"미안해. 점심시간인 줄 알고 왔는데 바빴구나!"

전혀 예상치 못한 사람을 사무실 안으로 들여보냈다.

"한나…… 봄?"

어떤 스케줄도 없이 찾아온 그녀를 본 태오의 눈동자가 기분 좋게 일렁였다.

* * *

태오의 사무실 한구석에 앉아 있는 나봄은 일에 열중한 그를 지켜보고 있었다.

심각하게 구겨진 눈썹, 쓰던 문장을 중얼거리는 낮은 목소리, 그리고 키보드를 타닥타닥 두드리는 긴 손가락을 물끄러미 관찰하고 있다.

단태오의 얼굴을 본 세월이 한두 해는 아닌데 요즘 따라 왜 이렇게 새롭게 다가오는 건지.

항상 사납게만 보이던 눈매는 긴 속눈썹 때문에 분위기 있어 보이고, 살벌한 이미지를 더하던 눈썹의 흉터는 어쩐지 섹시하게 느껴진다.

게다가 양 옆으로 쭉 뻗은 어깨. 저건 원래 저렇게 넓었었나. 목선으로부터 이어지는 골격이 참 예술이다.

그것 말고도 새롭게 발견되는 그의 매력은 무궁무진해서 나봄은 쉽사리 시선을 떼어 낼 수가 없었다.

"아, 겨우 끝냈네."

그때, 드디어 보고서를 끝마친 태오가 고개를 들었다. 나봄은 은밀한 감상이 들통날까 싶어 재빨리 애먼 곳으로 눈길을 옮겼다.

"다, 다 했어? 수고 많았어! 이제 밥 먹으러 가자!"

그러고는 수상쩍을 만큼 허둥지둥거리며 자리에서 일어나자, 태오는 장난기 가득한 목소리로 말했다.

"너 때문에 정신 사나운 거 억지로 참고 끝냈다."

"내가 왜?"

"내 얼굴을 너무 빤히 쳐다보고 있어서."

태오의 검붉은 입술이 피식 비틀려 올라갔다. 다 들켜 버린 와중에도 그 모습은 충분히 매력적이어서 나봄은 순식간에 얼굴이 붉어져 버리고 말았다.

"내, 내가 언제……."

"언제긴. 들어와서부터 계속 그랬지."

"아……."

"아, 어디 구멍 안 났나 몰라."

발뺌을 하려 했으나 그럴수록 빈정대는 태오는 오늘 나봄을 놀리기로 작정한 모양이었다.

얼마 전까지만 해도 분명 눈도 잘 못 마주치던 녀석이었는데, 키스 후에 자신감이 붙었는지 과감한 멘트나 행동도 서슴지 않는다.

왠지 그에게는 혼자만 당하고 싶지 않았던 나봄은 실실 웃는 태오의 얼굴을 물끄러미 바라보았다.

태오의 약점이라면 알고 있다. 사춘기 소년처럼 수줍음이 많은 그는 달콤한 돌직구를 날릴 때 무기력해진다.

"니가 섹시하게 생겨서 그래."

나봄은 오직 전세를 역전하고 싶다는 일념만으로 소심함마저 무릅쓰고 말했다.

"……뭐?"

그 한 마디에 태오의 눈이 바람 앞 촛불처럼 일렁이기 시작했다. 곧이어 귀까지 빨갛게 물들여 버리는 그는 나봄보다 더 당황한 눈치다.

"아, 너무 잘생겼다."

"그, 그만해라."

"단태오 씨는 누구 닮아서 그렇게 잘생기셨나."

"그만하라니까! 진짜!"

부끄러움을 참다못한 태오가 버럭 언성을 높였다. 순간 나봄은 토끼처럼 두 눈을 동그랗게 뜨고 물었다.

"왜? 싫어?"

"……."

"영원히 칭찬하지 말까?"

한나봄이 이렇게 능글맞은 성격이었나. 어떻게 반응해야 할지 하나도 모르겠어.

태오는 떨림을 진정시키기 위해 마른침을 꿀꺽 삼켜 넘겼다.

그런 뒤 수줍게 시선을 피하며 꺼내 놓는 대답은 자신이 생각해도 참 모양 빠졌다.

"누가 영원히 하지 말랬나……."

"……."

"아, 뭐. 정 못 참겠으면 하루에 한 번씩 하든가."

일렁이는 눈빛을 숨기기 위해 일부러 툴툴대며 흘려보내는 목소리.

그래도 무슨 감정을 느끼고 있는지 다 드러나 버리는 그는 꼭 청정 구역 같다. 덕분에 그의 곁에선 나봄의 마음도 순수해지는 기분이다.

나봄은 다시 배시시 웃는 얼굴로 태오를 바라보았다. 그리고 가방을 챙겨 들며 기분 좋게 말했다.

"먹고 싶은 거 있어? 오늘은 내가 불쑥 찾아온 거니까 내가 살게."

그러자 태오의 커다란 손이 그녀의 뺨을 톡 건드렸다.

"벼룩의 간을 빼먹지."

두근—

순간 왜 가슴이 멋대로 요동치는 건지.

애써 진정시켜 놓았던 심장박동이 미친 듯이 빨라진다. 자꾸 이런 식이라면 머지않아 빵! 하고 터져 버릴지도 모르겠다.

*　　　*　　　*

서 회장이 머물고 있는 VVIP 개인 병실 앞.

"무슨 소리야! 내가 못 들어간다니!"

경호원들에게 면회를 제지당한 서 대표가 날카롭게 따져 물었다.

하지만 그녀가 이곳에 오기 전, 이미 서 회장으로부터 제지 명령을 받은 경호원들은 완강한 목소리로 대답했다.

"회장님께서 대표님 뵙기를 원치 않으십니다."

"하, 뭐?"

"아직은 심신을 안정시키셔야 할 상태이니, 이만 돌아가 주시기를 바랍니다."

"이것들이 감히……."

서 대표는 들고 온 과일 바구니를 거칠게 집어 던졌다. 의식을 되찾은 서재균 회장으로부터 아무런 소식이 없을 때부터 예상은 하고 있었지만, 막상 면전에서 거부당하니 분노를 감출 길이 없었다.

그 늙은이, 아예 천륜마저 끊어 낼 생각인 건가.

거친 숨을 몰아쉬던 서 대표는 짧은 머리를 쓸어 넘겼다. 그러고는 병실 안에 서 회장에게도 똑똑히 들릴 만큼 큰 목소리로 엄포를 놓았다.

"이런 식으로 나오신다면 나도 가만히 못 있어! 선우차준이 태준이를 대신할 수 있을 것 같아?!"

"……."

"천만에! 하도 무능하고 미련해서, 멀쩡한 몸뚱이 가지고도 할 줄 아는 게 아무 것도 없는 놈이야! 본인의 감정 하나 제대로 추스르지 못해서 빌빌거리기나 하지!"

"대표님, 언성을……."

경호원들은 점점 격해지는 서 대표를 붙잡으려 했다.

하지만 모든 손길을 거칠게 뿌리친 그녀는 확신에 찬 눈빛으로 뒷말을 이어 나갔다.

"다시 인정하게 될 거야. 우리 태준이를."

"……."

"내 아들은 당신들이 앉혀 놓은 꼭두각시랑 근본부터가 달라."

조용한 병실의 복도를 메우는 그녀의 서슬 퍼런 목소리. 그래서 더욱 잦아들 수밖에 없는 숨소리.

"아마…… 금방 드러날걸?"

누굴 노리고 던진 칼날인가는 전혀 상관없이.

"진짜 약해 빠진 쓰레기가 누군지."

단 한 사람에게만 찾아오는 숨도 못 쉴 만큼 강렬한 고통.

폭언을 마음껏 쏟아 낸 서 대표는 그대로 등을 돌려 성급한 걸음을 옮겼다.

규칙적인 하이힐 소리가 또각또각 멀어지자, 병실을 지키던 경호원들은 그제야 숨을 돌렸다.

그러나 병실 안, 서 회장의 곁을 지키고 있던 그는 오히려 질식해 버리기 일보 직전이었다.

"차준아, 신문 좀 이리 가져다주거라."

서 회장이 아무것도 듣지 못한 사람처럼 태연히 명령했다.

표정을 감추기 위해 제 손끝만 바라보고 있던 그는 그제야 고개를 들어 올렸고, 다시 양 입꼬리 끝을 낚싯줄에 꿰맸다.

"……네, 회장님."

그렇게 완성된 미소는 세상에서 가장 비참했다. 스스로가 어떤 모습인지 상상하고 싶지도 않을 만큼.

*　　*　　*

"니가 왜 그 집을 좋아하는지 알겠어. 내가 먹어 본 크림 스파게티 중에 제일 맛있더라."

화기애애한 점심 식사를 마치고 돌아오는 길.

잔뜩 신이 난 표정의 나봄이 들뜬 목소리로 말했다.

그녀의 마음에 쏙 드는 점심을 대접한 것으로 만족한 태오는 가벼운 미소를 띤 채 대답했다.

"나중엔 더 분위기 좋은 데로 데려가 줄게."

"좋은 식당은 쫙 꿰고 있나 봐?"

"원래 요리 좀 하는 사람들이 그래."

"하하, 그럼 엄청 기대하고 있어야겠다."

이제 다음 약속 잡는 일쯤이야 자연스러워진 두 사람의 관계.

이건 그야말로 장족의 발전이 아닐 수 없었다.

얼마 전까지만 해도 가벼운 대화조차 나누지 못하던 사이었는데, 우린 언제 이렇게나 가까워진 걸까.

태오는 그 시작이 노래방에서의 눈물 섞인 첫 키스부터라고 감히 생각해 본다. 확실히 우리의 온도는 그때를 기점으로 달아오르기 시작했다.

"태오야."

"……."

"단태오."

"어?"

그때 나봄이 태오의 이름을 불렀다. 잠시 딴생각에 잠겨 있던 태오의 시선이 곧바로 그녀를 향했다.

그러자 그녀가 여전히 미소 띤 얼굴로 전하는 얘기는 조금 섭섭했다.

"나 이제 들어가 봐야 될 것 같아서."

"벌써?"

"벌써라니. 점심시간도 다 끝났잖아."

태오는 그녀의 말에 서둘러 손목시계를 확인했다.

뭘 했다고 시간은 벌써 업무 복귀 10분 전.

보고서 쓰고 점심 먹느라 충분히 얘기를 나눠 보지도 못했는데, 이대로 그녀를 보내 버리게 생겼다.

그것만큼은 피하고 싶었던 태오는 일단 그녀를 붙잡아 보기로 했다.

"커피라도 마시고 가. 나 오후에는 좀 한가해."

하지만 나봄은 그의 제안을 받아들이지 못하고 고개를 저었다.

짧은 만남이 아쉬운 건 나봄도 마찬가지였지만 오늘 그녀의 스케줄은 오후부터 본격적으로 바빠질 예정이었다.

"오늘 월말 회의가 있어. 적어도 세 시까지는 회사로 복귀해야 돼."

"아…… 그러냐?"

"대신 나중에 또 놀러 올게. 아, 다음 주쯤에 어차피 이쪽으로 출근해야 되잖아!"

나봄은 다행이라는 듯 말했지만 다음 주는 태오에게 너무나도 먼 시간이었다. 그래서 순순히 고개를 끄덕일 수는 없었던 태오는 그가 낼 수 있는 가장 빠른 시간을 꺼내 보기로 했다.

더 미룰 것도 없이, 바로 오늘 밤.

"한나봄. 혹시 퇴근하고……"

태오는 망설이지 않고 곧바로 입술을 떼어 냈다. 하지만 그의 본론을 막아서는 건 뒤편에서 터져 나온 익숙한 목소리였다.

"어이! 단태오!"

그 음성의 주인이 누군지는 나봄도 알아차릴 수가 있었다.

그래서 태오와 함께 뒤를 돌아보니, 빠르게 다가오다가 나봄의 얼굴을 확인하고는 잠시 멈춰 버리는 유리가 모습을 드러냈다.

잘못 본 게 아니라면 잠깐 마주친 시선이 곱진 않았던 것 같은데……

그걸 파악할 새도 없이, 유리는 다시 쿨한 미소로 본심을 뒤덮었다.

"누구랑 걸어가고 있나 했더니 나봄 씨였구나."

"아, 안녕하세요. 유리 씨."

"여기는 어쩐 일이에요?"

"잠깐 시간이 나서 그냥……"

그리 대답하는 나봄은 유리에게 거리감을 느끼고 있다.

예전에 태오에게 줄 편지를 제대로 전해 주지 못했던 것도 그렇고, 얼마 전에 강제로 술을 먹여서 그녀를 차준의 편에 보내 버렸던 것도 그렇고.

유리를 편히 생각하기엔 마음에 걸리는 일들이 너무 많다. 하지만 그런 불편함을 드러내고 싶지 않았던 나봄은 애써 밝은 목소리를 꺼내 놓았다.

"유리 씨도 점심 먹고 돌아오는 길이에요?"

"아니요, 회의가 있어서 본사 갔다 왔어요. 태오랑 점심 먹으려고 빨리 들어왔는데 이미 둘이 먹고 왔나 보네."

아쉬움이 잔뜩 묻어 나오는 유리의 말은 나봄을 난처하게 만들었다. 그래서 어색한 미소만 짓고 있으니, 그걸 눈치챈 태오는 중간에서 대화를 가로막았다.

"점심 같이 먹자는 말도 없었잖아."

"너 휴대폰이 꺼져 있는데 어떻게 말해."

"아직 안 켰었나?"

"그래. 방금 전까지도 꺼져 있더라. 하여간 정신 빼놓고 다니기는."

유리는 핀잔과 함께 태오의 머리를 흩트렸다.

"아, 미쳤나."

태오는 그 손길을 질색하며 뿌리쳤으나 나봄의 눈엔 그저 두 사람이 친근하게 비쳐 보일 뿐이었다.

하지만 원래 오래 알고 지냈던 사이였으니까 너무 신경 쓰지는 말자, 그렇게 애써 마음을 달래고 있던 그때.

"그런데…… 나봄 씨는 오전에 본부장님이랑 데이트하고 있지 않았나?"

갑자기 꺼내진 유리의 질문이 나봄을 당황스럽게 만들었다.

차준과의 일은 그다지 밝히고 싶지 않았던 나봄은 두 눈을 휘둥그레 뜬 채 고개를 저었다.

"아, 아니요! 데이트라니요!"

"에이, 본사 근처 카페 지나가다가 본부장님이랑 사이좋게 마주 앉아 있는 거 다 봤는데 뭘."

"아……."

"사귀는 거 맞죠? 그 분위기는 아무리 봐도 연인 사이던데?"

그…… 분위기?

유리의 예상과는 전혀 다르게, 차준과 가슴 아프도록 무거운 시간을 보냈던 나봄은 한 번 더 완강히 부인했다.

"그런 거 아니에요."

그러나 곧바로 뒤따라온 유리의 말엔 은근한 뼈가 있었다.

"그런 게 아니면 더 이상해져요. 어장관리 하는 것도 아니고."

"네?"

"본부장님이랑 썸은 워크숍 때부터 쭉 타고 있었잖아요. 게다가 전에 술 엄청 취했을 땐 본부장님 차 타고 같이 사라졌고."

"아……."

"앤조이 아니라면 거기까진 너무 심하지."

유리가 그리 말했을 때쯤, 나봄은 저도 모르게 태오의 눈치를 살폈다.

그녀가 멋대로 풀어놓고 있는 망상들도 문제라면 문제였지만 가장 이상하게 들리는 건 술 취한 나봄이 차준과 함께 사라졌다는 내용이었다.

나봄은 오해를 풀기 위해 한 번 더 확실히 부인하려 했다. 그러나 유리는 그럴 틈도 주지 않겠다는 듯 단호한 뒷말을 덧붙였다.

"그런 걸 연애라고 하는 거예요. 나봄 씨는 태오를 이성적으로 대한 적 단 한 번도 없잖아."

"……."

그제야 눈치 없는 나봄의 눈에도 그녀의 의도가 훤히 보인다.

태오와 차준을 멋대로 구분 짓고 있는 그녀는 지금 나봄이 아닌 태오를 상대로 얘기하는 중이다.

절대 착각하지 말라고.

"딱 한 사람…… 본부장님 앞에서만 여자가 되는 거지."

너는 절대로 선우차준 같은 존재가 될 수 없다고.

"……허유리, 그 입 좀 다물어라."

태오는 유리의 말을 가로막았다.

하지만 아까보다 굳어 있는 눈빛은 동요한 심정을 여실히 드러내 주고 있었다. 이미 다 들어 버린 말은 애써 외면한다고 해서 털어 내 버릴 수 있는 게 아니었다.

바로 그런 반응을 원했던 유리는 돌연 사람 좋은 미소를 지으며 얘기했다.

"나는 그냥 누가 연애하는 거 보면 부러워서. 아, 그나저나 점심시간 다 끝났다! 단태오 얼른 들어가자!"

"……"

"그럼 나중에 봐요, 나봄 씨!"

그러고는 저 혼자만 후련한 표정으로 서둘러 상황을 마무리 지었다. 나봄보다 더욱 가까이 태오에게 다가서는 그녀에게선 절대 빼앗기지 않겠다는 오기까지 느껴졌다.

이 모든 상황이 갑작스러웠던 나봄은 순간 머릿속이 새하얘지고 말았다.

이게 뭐하는 건지도 모르겠고, 화를 내야 할 상황이 맞는 건지도 모르겠다. 지금 태오는 무슨 생각을 하고 있을지, 그것조차 제대로 짐작할 수가 없다.

하지만 이 와중에도 확실히 알고 있는 것 하나는.

"……."

흔들리는 눈빛을 추스르지 못하는 태오를 위해 지금 당장 그녀가 해야 하는 일이었다. 진심조차 제대로 표현하지 못하고 바보같이 얼어붙어 있는 건 소중한 사람에게 상처만 줄 뿐이니.

"유리 씨."

말해야 한다. 아무리 싸우고 싶지 않아도.

"전 아니라고 분명히 말씀 드렸어요."

확실히 밝혀내야 한다. 무엇이 옳고 그른지.

"으, 응?"

"본부장님은 개인적으로 꼭 해야 할 이야기가 있어서 만났고, 유리 씨가 생각하는 것처럼 즐거운 분위기는 아니었어요."

그리 말하는 나봄은 처음으로 단호했다. 마주한 눈빛엔 긴장한 기색이 역력했지만 적어도 목소리는 떨리지 않았다.

급변한 그녀의 분위기를 단번에 읽어 낸 유리는 최대한 두루뭉술하게 대화를 끝마쳐 보려 했다.

"정 그렇게 말한다면 그런 거지, 뭐."

키워 놓은 오해에 비해서 가볍디가벼운 대꾸.

그 순간, 가슴 속에서 화악 불이 일었다. 덕분에 자신의 소심한 성격마저 모두 불태워 버린 나봄은 본능적으로 태오의 손을 붙들었고 제 쪽으로 힘주어 끌어당겼다.

그런 뒤 내뱉는 목소리는 어느 때보다도 또렷했다.

"그리고 태오는 제가 보고 싶어서 찾아왔어요."

"......"

"전 연애하고 싶은 사람한테 이렇게 대하거든요."

유리의 입가에서 미소가 싸악 사라졌다.

이로써 나봄을 바라보는 그녀의 눈빛은 선명한 적대감을 띠게 되었지만 이상하리만큼 나봄에게는 아무 상관없게 느껴졌다.

"한나봄......"

오직, 나로 인해 상처받았던 너의 마음만 괜찮아질 수 있다면.

*　　*　　*

아니라고 여러 차례 말해도 계속 오해 쌓일 말만 해 대던 유리에게 살짝 화가 났던 것 같기는 한데.

어떤 정신으로 무슨 말을 쏟아 냈는지는 모르겠다.

하지만 확실한 건 쌓인 분노를 전부 쏟아 내고 나자, 유리의 눈빛은 급속도로 차가워졌고, 태오의 눈빛은 하염없이 흔들렸다는 것이었다.

하도 두 사람의 반응이 상반돼서 그리 쏘아붙인 게 잘한 일인지 잘못한 일인지는 모르겠지만.

"내가 너희 회사까지 데려다줄까?"

일단 태오의 불안이 가신 건 분명했다. 아직 붉은기가 가시지 않은 얼굴로 물어보는 태오는 어쩐지 평소보다 텐션이 높다.

나봄은 그런 태오에게 고개를 저으며 대답했다.

"아니야, 버스 정류장까지 데려다준 걸로도 고마워."

"그래도 버스보다는 자가용이 편하지."

"괜찮다니까. 너도 이제 들어가서 일해야지."

태오는 부드럽게 타이르는 나봄을 애타는 눈길로 바라보았다.

사실은 이렇게 헤어지고 싶지가 않은 건데 이 눈치 없는 여자는 그 마음을 조금도 몰라준다.

어떻게든 조금 더 오래 있어 보려 해도 웃는 낯으로 거절해 버리니, 눈치 없이 커져 가는 건 미련뿐이었다.

'무턱대고 잡아 볼까.'

태오는 잠시 생각했지만 역시 그건 무리였다. 아직은 공식적인 연인 관계도 아닌 상태에서 너무 부담스럽게 굴었다간 겁 많은 나봄이 도망갈까 걱정스러웠다.

사실 요즘의 태오는 그녀와 하고 싶은 일이 부쩍 늘었다.

처음엔 그저 눈앞에 있는 걸로도 만족했었고 우연찮게 대화라도 나누는 날엔 감격해서 어쩔 줄을 몰랐었는데.

이제는 그녀가 태오를 먼저 찾아와 줘도 아쉽고, 같이 데이트를 해도 아쉽고, 아까처럼 갑작스레 호감을 표현해 줘도 뭔가가 아쉽다.

이제는 어지간한 걸로는 성에 차지도 않으니 태오는 조금 더 이런저런 은밀한 시간들을 그녀와 나누고 싶다.

만나자마자 자연스럽게 손부터 맞잡기. 시도 때도 없이 입을 맞추기. 숨도 못 쉴 만큼 꽈악 끌어안아 주기. 혀가 닳아 없어지도록 사랑을 고백하기.

그리고 그 누구도 갖지 못할 은밀한 시간에 나만 볼 수 있는 표정을 지켜보기.

욕심이 거기까지 닿자 태오는 끓어넘치는 감정을 주체할 수가 없었다. 순식간에 뜨거워진 온몸은 본능까지도 아찔하게 달아오르게 만들었다.

'지금 확 연애나 하자고 말해 버릴까. 한나봄도 아까 그러고 싶다고 했었잖아.'

성질 급한 태오는 찰나의 시간 동안 어느 때보다 격렬하게 고민했다. 아무래도 성공할 것 같은 지금, 무턱대고 미뤄 놓는 건 왠지 부질없게 느껴졌다.

결심이 선 태오는 정류장으로 향하던 발걸음을 돌연 멈추었고, 나봄에게로 몸을 돌렸다.

"한나봄."

그러고선 잔뜩 분위기 잡은 목소리로 그녀의 이름을 부르니, 나봄이 동그란 눈동자를 그에게로 가져다 두었다.

"응?"

"우리······."

"우리?"

"그러니까 우리······."

하지만 쉽사리 움직이지 않는 입술은 그의 양심을 건드리고 있다.

이미 5년 전, 변변찮게 고백했다가 변변찮은 일로 차였었는데.

이번에도 이렇게 분위기에 휩쓸려서 사귀자고 해 버리면 그녀는 또다시 가볍게 받아들이지 않을까, 그래서 머지않은 훗날 아주 사소한 일로 이별을 고하진 않을까 문득 두려워진다.

"우리 뭐?"

"아니, 이건 지금 이런 분위기에서 할 얘긴 아니고."

더 이상 그녀에게 그런 존재가 되고 싶지 않았던 태오는 거의 꺼내 놓았던 질문을 되가져 갔다.

하지만 이대로 하고 싶은 말을 참는 것도 성에 안 차는 일인지라, 그는 어떤 대답도 필요 없는 일방적인 고백을 흘려보내기로 했다.

"나 너한테 특별한 사람이 되고 싶어."

"특별한 사람?"

"남자 친구…… 라든가."

마음의 준비는 충분히 했다고 생각했는데 얼굴이 후끈 달아올랐다.

태오는 떨리는 목소리를 진정시키기 위해 마른침을 삼켜 넘겼고 한 번 더 설렘 가득한 고백을 내뱉었다.

"그러니까 조만간 각 잡고 고백하려고."

"……."

"난 참을성이 없어서 생각할 시간 같은 거 못 줘. 그러니까 지금부터 결정해 놔."

"무슨 결정을……."

"나랑 또 한 번 연애할 건지, 말 건지."

그 말에 두 볼에 홍조가 피어나는 건 나봄 역시 마찬가지였다. 똑바로 닿은 태오의 시선은 어느 때보다 진지해서 그녀는 저도 모르게 대답을 해 버릴 뻔했다.

연애라면 지금도 하고 있는 기분인데 무슨 소리냐고.

"난 분명 선전포고 했다."

태오가 다시 한 번 비장한 눈빛으로 말했다. 나봄은 쿵쾅대는 심장을 감추기 위해 살짝 고개를 숙인 채 두어 번 끄덕였다.

그러자 정수리 위쪽에서부터 새어 나오는 건 태오의 기쁜 실웃음이었다.

나봄은 이 순간 굳이 고개를 들지 않아도 알 수 있었다. 그가 얼마나 예쁘게 웃고 있는지.

"한나봄."

그가 나긋이 그녀의 이름을 불렀다.

그녀는 조심스레 뜨거운 숨을 내쉬고는 천천히 고개를 들었고 예상대로 예쁜 미소를 짓고 있는 태오의 달콤한 시선을 마주했다.

"내가 너 진짜 많이 좋아한다고."

벌써 몇 번을 깨닫는 건지 모를 그의 마음은 오늘도 어김없이 따듯하고 애틋했다.

그래서 나봄은 오늘도 어김없이 동요해 버리고 만다. 이쯤 되면 이 녀석을 좋아하는 건 나도 마찬가지라고 인정해 버릴 수밖에 없다.

그러지 않고서야 같이 있는 이 시간이 그가 사랑을 말해 주는 이 순간이 지나가는 게 이토록 아쉬울 리 없잖아.

*　　*　　*

우드레일 퍼니처팩토리의 오후 업무 시간.

유리는 억지로 쳐다보고 있던 자료에 도저히 집중하지 못하고 책상 위로 내팽개쳐 버렸다.

그 살벌한 기운에 팀원들의 이목이 집중되었지만, 그녀는 딱히 숨길 생각도 없는지 분에 찬 표정을 감추지 않았다.

지금 그녀가 쿨한 이미지 관리보다도 더 신경 쓰고 있는 건 감히 주제도 모르고 도발을 한 한나봄이었다.

'전 아니라고 분명히 말씀 드렸어요.'
'본부장님은 개인적으로 꼭 해야 할 이야기가 있어서 만났고,
유리 씨가 생각하는 것처럼 즐거운 분위기는 아니었어요.'

유리는 그리 말하던 나봄의 또렷한 눈빛을 잊을 수가 없다.

'그리고 태오는 제가 보고 싶어서 찾아왔어요.'
'전 연애하고 싶은 사람한테 이렇게 대하거든요.'

그때 유리는 예상치도 못한 나봄의 반격에 당황한 나머지 아무 대꾸도 하지 못했고 그건 고스란히 울화통으로 남아 버렸다.

태오의 마음을 이미 가진 것처럼 구는 그 태도는 도저히 참고 봐 주지를 못하겠다.

"한나봄, 이 여우 같은 년을……."

나봄을 향해 이를 갈고는 있지만 사실 그녀에게 직접적인 상처를 준 건 따로 있었다.

한나봄이 제 절친한 친구에게 사나운 말을 퍼붓는 동안, 얼빠진 표정으로 그녀의 얼굴만 바라보고 있었던 단태오.

그 일렁이는 눈빛은 유리를 미칠 듯한 불안감으로 몰아넣었다. 물론 그 꼴을 오늘만 엿본 건 아니었으나 문제는 그 꼴이 예전처럼 가엾어 보이지 않는다는 것이었다.

'이러다 진짜 둘이 사귄다고 나오는 거 아니야?'

유리는 미간을 사정없이 좁힌 채 잠시 생각했지만 이내 머릿속에서 깔끔히 지워 버렸다. 말이 씨가 된다고 했으니 그녀는 상상으로조차 그 둘을 이어 주지 않을 참이다.

그때, 호랑이도 제 말 하면 온다 했던가.

"안녕하십니까, 단 팀장님."

"팀장님, 식사는 잘 하고 오셨어요?"

나봄을 따라 사라졌던 태오가 회사로 돌아왔다. 팀원들은 그가 들어서자마자 저마다 고개를 숙여 인사했으나 유리는 도저히 그럴 기분이 아니라 시선을 피했다.

그걸 본 태오는 잠시 유리에게 눈길을 두는가 싶더니 늘 그렇듯 짧은 대꾸만을 남겨 두었다.

"아, 네. 남은 업무도 수고하세요."

그러고 나서 떨어지는 발걸음엔 미련조차 느껴지지 않았다.

사람 속은 새까맣게 태워 놓은 주제에 싸늘한 이쪽의 분위기가 신경 쓰이지도 않나 보다.

그런 반응이 허탈하게 느껴졌던 유리는 피했던 고개를 들어 태오의 뒷모습을 날카롭게 노려보았다.

매번 이런 식이었다. 그는 나에게.

오늘도 어김없이 멀어지기만 하는 그는 나와의 인연은 어찌되든 상관없다는 태도다.

혼자 불안해하기도 이골이 난 유리는 가라앉은 한숨을 내뱉었다.

차라리 나도 관심을 꺼 버린다면 좀 나을까.

차마 실천으로 옮기지도 못할 생각만 하고 있던 그 순간.

지잉—

그녀의 휴대폰이 짧은 진동음을 울렸다. 곧바로 옮겨 간 눈동자에 들어온 메시지는 다름 아닌 태오가 보낸 것이었다.

[잠깐 흡연실에서 보자.]

본론은 들어 있지도 않았지만 그가 무슨 얘길 꺼내려는지에 대해선 충분히 직감할 수 있었다.

'그 여자에 대해서라면 나도 할 말이 많지.'

독기를 되찾은 유리는 답신을 보내는 대신 곧바로 자리에서 일어났다.

그녀의 표정은 온도만 낮을 뿐 다소 태연한 편이었으나, 담배를 챙기는 손에는 긴장감이 가득했다.

잔뜩 퍼부으러 가는 와중에도 우리 사이가 틀어질까 걱정하는 나는 아무래도 구제불능인가 보다, 라는 생각과 함께.

우드레일 퍼니처팩토리 야외 흡연부스.

"뭐야, 나올 거면 나온다고 대답을 하지."

조금 늦게 도착한 태오가 부스에 들어서며 핀잔을 주었다.

평소 같았으면 그 말을 장난스럽게 받아쳤을 유리였지만 오늘은 그저 딱딱하기만 한 목소리로 짧은 되물음만 던졌다.

"그래서, 무슨 얘길 하려고?"

유난히 쌀쌀한 그녀의 분위기를 확인한 태오는 옅은 한숨부터 내쉬었다. 그러고는 그녀가 앉아 있는 의자 맞은편에 자리를 잡고 유리의 눈을 물끄러미 마주하며 말했다.

"너 한나봄한테 악감정 있냐."

아, 역시 이 얘기일 줄 알았어. 하긴 그 정도로 기 싸움을 했는데 아무리 바보라도 이상한 낌새는 알아차렸겠지.

그 문제에 대해선 발뺌하고 싶지도 않았던 유리는 솔직하게 대답했다.

"어, 난 걔 비호감이야."

"그러냐."

"그래. 넌 제대로 대답한 적도 없지만 다 알고 있어. 그 여자, 너한테 트라우마나 다름없는 그 첫사랑이잖아."

또렷하게 터져 나온 그녀의 음성에 태오는 부인할 생각도 없는지 잠자코 입술을 닫고 있었다. 그럴수록 속만 들끓었던 유리는 조금 더 날을 세운 채 그를 쏘아붙였다.

"그걸 알고 있는데 내가 걜 어떻게 곱게 봐. 난 니가 너무 휘둘리는 것 같아서 걱정스러워."

그래, 걱정스러워서 그러는 거야.

그 말을 내뱉을 쯤 유리는 진심으로 그렇게 유리는 생각했다. 태오도 이 심정을 조금이라도 이해한다면 아마 그녀를 탓하진 못할 것이다.

그래서 그를 다그치는 게 떳떳하게까지 느껴지던 그때. 굳게 닫혀 있던 태오의 입술이 낮은 목소리를 내보냈다.

"잘 모르겠어."

"뭘 모르겠는데?"

"그걸 왜 걱정하고 있는지."

표정을 보아하니 태오는 유리가 왜 화를 내는 건지 전혀 이해하지 못한 듯했다.

그게 답답해진 유리는 신경질 난 손길로 짧은 머리를 흩뜨렸고 보다 언성을 높여 말했다.

"당연히 걱정되지, 왜 안 돼. 휘둘리기만 하다 또 내버려질 게 뻔하잖아. 오늘 아침에도 봤지만, 선우차준 본부장님이랑 한나봄 제대로 정리도 안 된 상태라고."

"아니라잖아."

"너는 그 말을 믿니? 그러니까 항상 그런 애한테 당하기만 하는 거 아니야."

바보도 알아들을 수 있을 만한 날카로운 말.

그걸 가만히 듣고 있는 태오의 표정은 어떤 감정인지 쉽사리 파악할 수 없었다. 시원시원하게 대꾸라도 해 주면 좋으련만 그는 그저 물끄러미 유리를 마주하고 있을 뿐이었다.

그런 태오에게 유리는 한 번 더 정곡을 찔렀다.

"순진한 척하는 거, 어지간한 사람 눈엔 다 보여."

"……."

"그러니까 구질구질하게 청승 떨지 말고 제발 좀 정신 똑바로 차려. 친구로서 해 주는 조언이야."

마지막 한 마디는 일부러 더 힘주어 말했다. 그건 태오의 심기를 거스르기에 충분했으나 이때가 아니면 답답한 속내를 털어놓을 기회도 없었다.

하지만 그런 얘기를 듣고도 태오의 눈빛은 딱히 화난 기색을 띠지 않았다. 오히려 더욱 차분하게 가라앉기만 할 뿐.

"아직도 내 말이 이해가 안 돼?"

유리는 그런 그에게 날 선 목소리로 물었다. 그러자 태오는 굳게 닫혀 있던 입술을 벌려 긴 한숨을 흘려보냈고.

"어, 이해 안 돼."

여전히 마뜩잖은 대답만 꺼내 놓았다. 순간 유리의 얼굴엔 짜증이 잔뜩 배어들었지만 태오는 여전히 태연한 표정으로 제 할 말을 이어 나갔다.

"한나봄이 나한테 상처 줬던 사람인 건 알아. 그래서 내가 한동안 힘들어했던 것도 기억해."

"그래, 알면서 왜……."

"그런데 그게 너랑 무슨 상관이야?"

"……뭐?"

"나도 지금 신경 안 쓰는 지난 일을 왜 니가 걱정까지 하고 있는 거냐고 물었다."

이제 보니 태오의 눈동자는 화난 기색은 없어도 매정하리만큼 단호했다.

뒤늦게 태오의 본론을 알아챈 유리는 일순 머릿속이 새하얘져 버렸다. 그가 지금 꺼낸 말은 모질게 반박하는 것보다 잔인해서 그녀는 호흡마저 멈춰 버리는 기분이었다.

그러나 태오는 더욱 더 냉정하게 끊어졌던 말을 이어 나갔다.

"내 말이 서운하게 들릴 거 알아. 친구니까 그런다는 말도 어느 정도 이해해."

"……."

"하지만 선을 넘는다는 느낌은 안 들었으면 좋겠다."

"단태오……."

"신경 쓰지 않아도 될 사적인 일은 신경 쓰지 마."

그 말을 끝으로 태오는 맞은편 벤치에서 일어섰다. 떠나는 발걸음에 미련조차 없는 걸 보면 할 얘기는 정말 그게 전부인 듯했다.

유리는 그런 그를 떨리는 눈동자로 지켜보며 남몰래 이를 꽉 물었다. 부들부들 떨리는 손은 가져온 애꿎은 담뱃갑만 잔뜩 구겨 놓고 있었다.

"아, 맞다. 허유리."

흡연부스를 빠져나가기 직전, 그가 유리를 불렀다.

계속 태오를 향해 있던 유리가 대답 대신 미간을 좁히자 그는 마지막까지도 그녀의 가슴을 후벼 파는 부탁을 건넸다.

"내가 내버려졌던 건, 나한테 마음을 안 준 한나봄 잘못이 아니라 사랑받지 못한 내 잘못이야."

"……."

"나 이번엔 실수 없이 사랑 좀 얻어 보려니까 한나봄 미워할 시간에 나 응원이나 해 줘라."

"……."

"친구로서."

마음 같아서는 거절하다 못해 화를 내고 싶었다.

하지만 끝내 그러지 못하고 고개를 돌려 버린 건, 순전히 단태오 때문이었다.

사랑해 주지 않은 사람에겐 잘못이 없다. 모든 건 사랑받지 못한 사람의 잘못이다.

그 말은 꼭 너와 나 사이에도 해당되는 것 같아서.

나는 너에게 잘못을 빌어야 하는 처지인 건가 진심으로 고민스러워진다.

아직까지 내 마음속엔 질투와 분노만이 뒤엉켜 있는데도.

*   *   *

텅 빈 타워팰리스. 넓어서 더욱 외로운 공간.

차준은 홀로 식사를 하고 있었다.

식사라고 해 봤자 식탁 위에 차려진 건 몇 숟가락밖에 안 되어 보이는 찬밥과 물 한잔이 전부였지만, 그것도 차준에게는 과한 밥상이었다.

냉장고엔 가정 관리사가 구비해 둔 음식들이 가득 차 있었으나, 어떤 음식도 넘어가지 않아 손도 대지 않았다.

보통 집에 있을 땐 끼니를 거르기가 다반사인 그는 순전히 살기 위해 밥알을 씹어 삼키는 중이다.

어차피 지금 끝내 버린다 해도 별 상관없는 인생, 억지로 붙들고 있는 이유는 오직 단 한 가지였다.

'차준아…….'

'도와줘…….'

'제발…… 도와줘, 차준아.'

그는 죽음에 실패한 사람의 말로가 얼마나 비참한지 누구보다 잘 알고 있다. 새장에 갇힌 새에겐 애초부터 죽을 자유도 없었던 거다.

그러니 지옥 같은 현실에서 하루를 더 보내기 위해 기계적으로 음식을 집어넣고, 이렇게 또 버텨 나갈 수밖에.

차준은 힘없이 들고 있던 숟가락을 내려놓았다. 그리고 물 한 잔으로 마른 입술을 축였다.

눈앞이 핑 돌 만큼의 허기가 고작 이것으로 가라앉았다. 살아남는 게 죽을 만큼 힘든 것에 비해 살아가는 건 이렇게나 쉬웠다.

이것으로 형편없는 식사를 마친 차준은 식탁에서 일어섰다. 출근 준비를 하려면 분주히 움직여야 했지만 지금의 그에게는 그럴 기력도 없었다.

그래서 하염없이 느린 걸음을 드레스룸 쪽으로 떼어 내던 그때.

지이이잉— 지이이잉—

카디건 주머니에 되는 대로 넣어 두었던 휴대폰이 진동했다. 이제 기다리는 사람도 없어진 차준은 빈껍데기 같은 눈빛으로 휴대폰을 꺼내 발신자도 확인하지 않고 통화 버튼을 눌렀다.

"네."

―좋은 아침입니다. 이사님.

머지않아 들려오는 건 서 대표의 최측근이자 비서실장의 목소리였다.

그에게만은 흔들리는 감정을 들키고 싶지 않았던 차준은 마른침을 삼키는 것으로 목소리를 정돈했고, 이내 사무적인 대답을 뱉어 냈다.

"무슨 일로 이렇게 일찍 전화하신 겁니까. 김 실장님."

―우드레일 창립 기념파티 건으로 연락드렸습니다. 2주 뒤로 잡혀 있는 파티는 서 회장님의 건강과 상관없이 예정대로 진행된다는 거, 알고 계신지요.

"네, 알고 있습니다."

―그날 한봄 도어락 한나봄 팀장님이 해 주셔야 할 일이 있습니다.

"……."

―한봄 도어락을 둘러싼 의혹에 대한 해명이요.

김 실장의 의미심장한 말에 차준의 눈빛이 날카로워졌다.

그의 싸늘한 기운은 새어 나오는 숨소리에서도 분명히 느껴졌으나 김 실장은 특유의 건조한 목소리로 말을 이었다.

―예전부터 한봄 도어락의 협업 업체 선정에 대해선 내부에서 말이 많았습니다. 아시다시피 우리 우드레일은 케이 도어락과 긴밀한 관계를 맺고 있었으니까요.

"그래서요."

―아무래도 계속 내부적인 불만이 들려오는 걸 보니 회장님께서도 심기에 거슬리셨나 봅니다. 그러니 이번 기회에 해명의 시간이라도 가져 볼까 합니다.

김 실장이 그리 말할 때쯤 차준은 서 회장의 말을 떠올렸다.

    '오랜 시간 협업해 온 케이 도어락 대신 영세한 업체를 고집한
    이유가 뭐지?'

의식이 돌아오자마자 차준을 불러낸 서 회장은 차준이 일방적으로 계약을 체결한 한봄 도어락에 대해 탐탁지 않은 반응을 내비쳤었다.

그에 대해 차준은 호언장담했었던 걸로 기억한다.

    '문제 삼으신 한봄 도어락과 협약을 맺는 것이 옳은 판단이라
    생각했기 때문입니다.'

'그건 혼자만의 판단이지 않나.'

'혼자만의 판단을 모두의 수긍으로 만드는 것이 이제부터 제가 해내야 할 역할 아니겠습니까.'

그러자 소름 끼칠 만큼 차가운 목소리로 서 회장이 꺼낸 말은.

'좋아, 나까지 수긍시킬 수 있나 기대해 보도록 하지.'

'내 몸의 회복 상태와 상관없이 창립 기념회는 계획대로 진행할 예정이다. 'Lily' 프로젝트 론칭 발표 역시 그 자리에서 이뤄질 거야.'

'그때, 날 실망시키는 일은 없었으면 좋겠구나.'

그건 언뜻 엄포처럼 들렸지만 사실은 자신의 기대를 충족시켜 주지 못할 시, 계약이고 뭐고 한봄 도어락을 잘라 내 버리겠다는 협박이나 다름없었다.

그러니 2주 뒤 열릴 창립 기념회는 단순한 행사가 아니라 시험대인 셈.

—브리핑이 끝나면 고위 관계자분들이 한봄 도어락의 한나봄 팀장을 불러낼 것입니다. 그때 쏟아질 질문들은 도어락 파트가 아닌 청탁 의혹에 대해서겠죠.

"……."

—물론 분위기는 살벌하겠지만 한봄 도어락은 청탁이 아닌 정정당당한 심사로 선정된 업체이니 별문제는 없을 거라고 생각합니다.

김 실장은 그리 말했으나, 순전히 빈말이라는 건 누구보다 잘 알수 있었다. 애초부터 정말 아무 일이 없을 거였다면 이리 예고하지도 않았을 터였다.

하지만 닥쳐올 불행을 짐작하고 있다 해도 서 회장의 시험대 위에 올려진 이상 벗어날 수 있는 방법은 없었다.

"하아……."

차준은 긴 한숨을 내쉬었고 한 손으로 얼굴을 감싸 쥐었다.

그리고 필사적으로 고민했다. 자신도 두려워하고 있는 자리에서 그녀를 지킬 수 있는 방법을.

'우리의 행복했던 과거는…… 전부 추억으로만 남겨 둬요.'

하지만 차준의 뇌리에 떠오르는 건 이별을 말하던 그녀의 얼굴뿐이었다. 긴장한 기색이 역력했던 그녀는 마음을 거두어 갈 때만큼은 어느 때보다 단호했다.

*'지금은 남아 있는 마음이 없어요. 그러니까 지나간 인연은 이
대로 가슴에 묻어 두고…….'*
'앞으로 나아가요, 우리.'

스스로 납득하기도 전에 수긍해 버린 이별.

그건 아직까지도 되돌리고 싶다는 마음만 간절하다. 다시 너를 가질 수만 있다면 난 무엇이든 할 텐데.

'다시 니가 나를 필요로 해 줬으면 좋겠어.'

그녀를 구하겠다는 다짐이 변질되어 갈 때쯤, 차준은 본인조차도 속일 수 있을 만한 변명거리를 억지로 찾아 붙였다.

'그날 포식자들의 틈에서 살아남기 위해서라도 너에겐 내가 필요해.'

그리 머릿속을 정리하고 나니 불안하던 눈빛이 냉정하리만큼 차분해졌다.

마른침을 삼키는 것으로 목소리를 가다듬은 차준은 이내 김 실장을 향해 확신에 찬 말을 흘려보냈다.

"아무 문제없을 겁니다. 한나봄 팀장이 단순히 한봄 도어락 측근으로 나타났다면 모두가 달려들어 물고 뜯겠지만, 제 사람으로서 나타난 거라면 취급이 달라지겠죠."

—…….

"나를 제외한 어느 누구도 감히 그 사람에게 손을 뻗지 못할 겁니다."

그 말을 하며 차준은 한 사람을 떠올렸다. 자신만만하던 그 표정은 다시 떠올려도 심기에 거슬렸다.

차준은 머릿속으로 권총을 장전했고 그를 향해 총구를 겨냥했다. 그러고서 꺼내 놓는 한 마디엔 어느새 걱정보다 오기가 더욱 짙게 섞여 있었다.

"아아…… 그날 이목을 돌릴 만한 다른 사냥감을 풀어 주면 좋겠네요."

이로써 방아쇠를 당길 준비는 끝이 났다.

남은 건 호흡까지 멈춘 채 기회를 잡는 일뿐.

차준의 입가에 드디어 옅은 미소가 스며들었다. 그가 궁지에 몰리는 동안 조금의 피해도 입지 않고 노련하게 그녀를 구출해 낼 작정인 차준은 곧 있으면 뒤바뀌게 될 현실이 너무나도 기대된다.

등골에 기분 좋은 소름이 오싹하게 돋아날 정도로.

*   *   *

"그게 무슨 개소리입니까. 내가 뭘 책임져요?"

안 그래도 분주하게 대패질을 하고 있던 태오가 버럭 성질을 냈다.

팀원들과의 가위바위보에 져서 단태오에게 비보를 알리는 독박을 쓰게 된 신입 사원은 덜덜 떨며 위에서부터 내려온 공문을 전했다.

"윗선에서는 창립 기념회 행사 때 진행될 'Lily' 라인 브리핑을 단 팀장님이 책임져 주셨으면 합니다."

"윗선 누구요."

"그냥 본사에서 내려온 지시라 어떤 분이 지시하셨는지는 모르겠지만, 창립 기념회 행사는 고작 2주 남았습니다."

"하, 미치겠네. 사람 엿 먹이는 거야 뭐야."

그에게 브리핑을 맡긴 차준의 의도는 바로 그것이었다.

그러나 그걸 몰랐던 태오는 이해가 안 가는 만큼 짜증난 손으로 공문서를 받아 들었다.

"제 24회 창립 기념회 행사 안내. 우드레일 퍼니처 프로젝트 'Lily'
총 책임자 단태오…… 하, 이것들은 가능하냐고 물어보지도 않고
남의 이름을 막 갖다 박았네."

다시 읽어 봐도 내용은 터무니없이 무리수였다.

자신은 현장팀인지라 프로젝트 브리핑이 어떻게 준비되고 있는
지 상세히 전해 듣지도 못했는데, 뜬금없이 여기에 대한 책임을 지
라는 건 너무나도 의도가 수상하게 느껴졌다.

미간을 잔뜩 구긴 태오는 공문서를 사납게 접어 들고 단호한 목
소리를 내뱉었다.

"저 이거 안 맡습니다. 그렇게 전하세요."

"네? 하지만 본사에서……"

"본사고 뭐고 내가 진행하고 있는 일도 아닌데 왜 책임을 져야 하
는지 모르겠습니다. 윗선 누가 지시했는지 알 게 뭐야."

업무에 관해서라면 누구보다 정확하고 냉정한 태오는 좀처럼 뜻
을 굽힐 기미가 보이지 않았다. 덕분에 난처해지는 건 여기에 대해
아무 권한도 없는 신입 사원뿐.

그런 신입이 가여웠던 김 대리가 넉살 좋게 다가와 말했다.

"단 팀장님, 제가 본사에서 브리핑 진행 상황 살펴보고 왔습니
다. 준비는 착착 잘되고 있던데요, 뭐."

그러나 태오의 표정은 좀처럼 풀어질 줄을 몰랐다. 타깃을 김 대
리로 바꾼 그는 뾰족하게 날 선 목소리로 물었다.

"그렇게 잘되고 있는 브리핑을 갑자기 이쪽으로 떠넘기는 이유
가 뭡니까."

"글쎄요. 그것까진 잘 모르겠지만 설마 별 뜻 있겠습니까?"

"혹시 압니까. 이 기회에 나한테 엿이라도 먹이려는 건지."

그 말을 하며 태오는 차준을 떠올렸다.

얼마 전, 자신과 제대로 부딪혔던 그가 이 지시를 내렸다면 이 안엔 분명 사적인 감정이 섞여 있을 게 분명했다.

하지만 그 사연을 알 리 없는 김 대리는 서글서글한 미소와 함께 태오를 달랬다.

"브리핑은 잘 진행되고 있으니까 책임자 감투 쓴다고 해서 엿 먹을 일은 절대 없을 겁니다."

"그래도……."

"프레젠테이션에는 완전 소질 없는 단 팀장님한테 브리핑을 진행하라고 시켰으면 모를까, 그냥 본사 팀에서 다 완성해 놓으면 확인해 보고 승인만 하면 되는 거잖아요."

물론 그렇게 들으면 별일 아닌 것처럼 느껴지지만…….

김 대리의 설득에 계속 어깃장만 놓기도 어려웠던 태오는 괜히 신입 사원 쪽으로 눈길을 돌렸다.

잔뜩 얼어붙어 있던 신입 사원은 일순 허리를 똑바로 펴고, 김 대리의 생각에 동의한다는 듯 연신 고개를 끄덕였다.

"하아……."

하지만 그들이 아무리 진정시켜도 불안이 가라앉지 않았던 태오는긴 한숨만 내쉬었다.

딱 바로 그 타이밍에.

"본부장님! 안녕하십니까! 여긴 어쩐 일로!"

작업장 입구 쪽에서 우렁찬 인사가 들려왔다. 난데없는 직책의 등장에, 김 대리와 신입 사원은 물론 태오의 시선까지 그들에게로 쓸려졌다.

그러자 한눈에 들어오는 사람은 아니나 다를까, 평소와 같이 여유로운 미소를 입가에 띤 차준이었다.

"단태오 팀장님을 만나러 왔어요."

그가 말했다. 단태오를 보러 왔노라고.

"공문은 잘 받으셨나 해서요."

뒤이어 부드러운 음성으로 꺼내 놓는 말은 태오가 한창 의문스러워하던 바로 그 공문에 대한 것이었다. 불안한 직감이 한 번에 들어맞았음을 깨달은 태오는 아까보다 더 살벌한 눈빛으로 차준을 노려보았다.

하지만 그런 태오를 어렵지 않게 발견한 차준은 더욱 더 짙은 눈웃음을 띠며 말을 건넸다.

"아, 저기 계셨네. 한창 작업 중이었나 봐요?"

"……."

"잠깐 시간 내서 데이트나 하죠."

아무런 악의 없이 그저 장난스러워 보이기만 하는 차준의 태도.

"두 분 많이 친하시네요! 이렇게 데이트 신청까지 하러 오시고!"

"하하, 사실은 공문 때문에 혼란스러워 하실 것 같아서요."

"안 그래도 한창 그 얘기 중이었습니다! 본부장님이 직접 전달해 주신다면 우리 단 팀장도 더 이해하기 수월할 것 같네요! 그렇죠?"

거기에 속은 김 대리는 마냥 기뻐했으나 태오의 안색은 한층 더 어두워졌다.

부드럽게 웃고 있는 저 껍데기 안엔 어떤 시꺼먼 속이 있을지, 아예 짐작이 안 가는 건 아니라서 온몸에 서늘한 한기가 감돈다.

마치 꼴사나운 개싸움을 앞두고 있다는 듯이.

                    *   *   *

북극보다 더 쌀쌀한 단태오의 사무실.

"어떻게 된 건지 말씀하십쇼."

태오가 성질껏 구겨 버린 공문을 테이블 위에 턱 내려놓으며 물었다.

그러자 차준은 가벼운 웃음을 흘려보냈고 의자 하나를 당겨 앉았다.

"상사가 찾아왔는데 커피 한 잔도 안 타 줘요?"

그러고서 꺼내 놓는 목소리는 한없이 느긋했다. 그런 태도가 거슬린 태오는 까칠한 반응을 내비쳤다.

"딱히 대화가 길어지지도 않을 것 같은데 빨리 끝내 버리죠."

"왜요, 난 할 말 많은데."

"하실 필요 없습니다. 어차피 본사에서 내려온 지시는 따르지 않을 생각이니까요."

태오는 단호히 말했지만 차준은 가벼운 비웃음만 흘릴 뿐이었다.

"그건 단 팀장님이 정할 수 있는 문제가 아니에요."

"그냥 안 해 버리면 됩니다. 아님 회사를 때려치워 버리든가."

"아니요, 그러지 못할 거예요. 그래서도 안 되구요."

"……."

"이건…… 나봄이 문제이기도 하니까."

생각지도 못한 그녀의 이름에 태오의 눈동자가 돌연 살벌해졌다. 그 분위기를 단번에 눈치챈 차준은 그에게로 상체를 가까이 붙였다.

그러고서 꺼내 놓는 내용은 본격적이었다.

"2주 뒤 수요일이 우드레일 창립 기념회 행사라는 건 잘 알고 있을 거예요. 회장님은 물론 대주주, 협력 업체 임원들까지 전부 참석하겠죠."

"……."

"그 자리에서 이번 'Lily' 프로젝트 브리핑을 진행할 예정입니다. 얼마나 중요한 자리인지는 더 이상 설명 안 드려도 아시겠죠?"

차준이 한 이야기들은 굳이 듣지 않아도 알 만한 사실들이었다. 그걸로는 불편한 의문이 해소되지 않았던 태오는 날 선 말투로 물었다.

"그게 한나봄이랑 대체 무슨 상관입니까."

순간 차준의 웃음기가 살짝 가라앉았다. 이내 차갑게 흘러나오는 목소리는 지나치리만큼 솔직했다.

"그때 케이 도어락과 긴밀한 관계를 맺고 있던 임원들이 한봄 도어락을 추궁할 거예요. 회사 규모부터 저와의 친분까지 모든 걸 시빗거리로 걸고넘어지겠죠."

"……."

"난 그 꼴 나기 전에 나봄이를 데리고 행사장을 빠져나갈 겁니다. 그러니까 본부장인 나 대신 단 팀장님이 총 책임자로 서 주세요."

거기까지 들은 태오의 입가에 헛웃음이 맺혔다. 하지만 차준을 바라보는 그의 눈동자는 결코 유쾌해 보이지 않았다.

"날 미끼로 세워 두고 나서 한나봄 데리고 내빼겠다는 거네."

"이해력 빠르네요."

"한나봄을 피신시키는 건 찬성합니다. 하지만 그쪽이랑 내보내고 싶지는 않습니다. 무슨 짓을 할 줄 알고."

나봄을 향한 차준의 질척한 감정을 알고 있는 태오는 단호하게 말했다.

그러자 다시 인위적으로 입꼬리를 들어 올린 차준은 비웃음 어린 말투로 되물었다.

"그럼 그 애 혼자 내보내서 의혹만 더 짙어지게 만들까요?"

"……."

"아니면 본사에 아무런 영향력도 없는 단 팀장님이 꼴사납게 데리고 나갈래요?"

차마 고개를 끄덕일 수 없는 질문.

순간 흔들려 버린 태오의 눈빛을 본 차준은 정곡을 찌르는 말을 이어 나갔다.

"나는 그날 행사장에서 나봄이를 계속 내 곁에 둘 거고, 다른 사람들이 감히 하대하지 못할 존재로 만들 겁니다."

"……."

"그렇게 만들 수 있는 사람은 아무리 생각해도 나밖에 없어요. 그 부분에 대해선 단 팀장님도 인정하고 있겠죠."

그래도. 아무리 현실이 그렇다고 해도.

태오는 순순히 차준의 명령을 받아들일 수가 없다. 그는 혹시나 작은 미동조차 끄덕임으로 보일까 싶어 가만히 고개를 고정하려 애썼다.

그런 그에게 차준은 매정한 한 마디를 덧붙였다.

"그러니까 단 팀장님은 방해하지 마시고 내 역할이나 대신하세요."

곧바로 자리에서 일어나 버리는 그는 태오의 대답 따위 애초부터 필요하지도 않았다는 태도였다.

분에 찬 태오는 일방적인 얘기만 마치고 떠나려는 그를 붙잡으려 뒤따라 몸을 일으켰다.

하지만 독기를 머금은 입술을 떼어 내기도 전에, 차준은 그에게 눈길도 두지 않고 마지막 엄포를 내려놓았다.

"아, 혹시나 착각하실까 봐 말씀드리는 건데……."

"……."

"이건 명령이 아니라 경고입니다."

흘러나오는 음성은 부드럽지만 싸늘했다.

그가 나봄을 구하려는 건지, 아니면 인질로 잡고 있는 건지 분간이 되지 않는다.

그저 근본적인 불안감만 감돌 뿐.

　　　　　*　　　*　　　*

"으으."

밀린 업무 일지를 열심히 작성하던 나봄이 쭈욱 기지개를 켰다.

별로 오래 걸리지도 않는 거 그때그때 해 뒀으면 좋았을 텐데. 요 며칠 신경 쓸 일이 많아서 미뤄 뒀더니 이렇게 성가신 일이 되어 버렸다.

"휴우, 이날은 뭐했는지 기억도 안 나네……."

스트레칭을 마친 나봄은 다시 밝은 모니터 화면에 두 눈동자를 박아 두었다.

그렇게 스케줄러와 달력을 살피며 일지를 채워 가고 있던 그때.

"한나봄 팀장."

한 사장이 사무실로 들어오자마자 나봄을 찾았다. 나봄은 키보드를 두드리던 손가락을 멈추고 그의 얼굴을 마주 보았다.

그러자 이내 한 사장의 입에서 튀어나온 방문객은 그녀를 난처해지게 만들었다.

"본부장님 오셨다."

"네? 본부장님이 왜……?"

"그걸 내가 어떻게 알아. 어서 나가 봐. 밖에서 기다리고 있어."

차준으로부터 그 어떤 연락도 받지 못했던 나봄은 얼떨떨한 표정을 지어 보였다. 한 사장은 그런 그녀를 더 이상 상관 않고 사무실 문을 열어 둔 채 발걸음을 옮겼다.

"아아, 이쪽 기계는 새로운 모델이었나 보네요. 어쩐지."

"네, 그렇습니다. 훨씬 속도도 빠르고 불량품도 적어요."

"사장님 투자 많이 하셨겠다, 하하."

그 틈새로 보이는 건 확실히 작업장을 둘러보고 있는 차준의 모습이었다.

월간 회의라면 얼마 전 본사에서 완벽하게 마무리했을 텐데, 어째서 여기까지 찾아왔는지 도저히 모를 일이었다.

조심스럽게 업무 책상에서 몸을 일으킨 나봄은 천천히 걸음을 옮겨 사무실을 나섰다. 그에게로 향하는 두 발에 망설임은 없었지만 거리감이 좁혀질수록 가슴은 불안하게 옥죄어 왔다.

큰 결심을 하고 이별을 고한 게 겨우 며칠 전.

아직 그때의 미안함과 불편함을 정리하지 못한 나봄은 그를 어떻게 대해야 할지 정하지 못한 상태였다.

우리의 대화는 나름대로 깔끔하게 끝이 났으나 떠나던 차준의 표정은 체념보다는 혼란스러움에 가까웠다.

그래도 전하고 싶은 말은 제대로 다 전했으니 최대한 자연스럽게 인사를 건네자 결심하고 있던 그때.

"어? 나봄아."

먼저 그녀를 발견한 차준이 평소와 다름없는 눈인사와 함께 아는 체를 했다.

"일 열심히 하고 있었어? 점심은 먹었고?"

그러고 나서 건네는 인사는 유난히도 밝고 서글서글했다. 꼭 우리 사이에 아무 일도 없었던 것처럼.

"네, 먹었어요. 그런데 여긴 어쩐 일로 오셨어요?"

살짝 경직된 표정으로 그의 인사에 대답한 나봄은 곧바로 물었다. 차준은 보다 부드러운 미소를 입가에 띠웠고 조금 더 가까이 다가서며 말했다.

"쇼핑하러 가려고."

"쇼핑…… 이요?"

"응, 2주 뒤에 창립 기념회 행사 열리잖아. 그때 입을 드레스 맞춰야 하지 않겠어?"

2주 뒤에 열릴 행사라면 나봄도 공지를 받아 알고 있었다. 하지만 그때 드레스를 입을 생각이 없었던 그녀는 차준의 쇼핑 얘기에 어리둥절할 뿐이었다.

"저 그때 입을 만한 옷은 있어요. 맞춘 지 얼마 안 된 세미 정장."

나봄은 조곤조곤하지만 단호한 목소리로 대답했다. 그건 명백한 거절의 표시였으나 차준은 전혀 알아채지 못한 사람처럼 다정히 말했다.

"세미 정장 가지고 되겠어?"

"괜찮을 것 같은데."

"그냥 참석만 하는 정도라면 별 상관없겠지. 하지만 그날 넌 수많은 고위 관계자들을 상대해야 할 거야."

"제, 제가요?"

차준의 말을 들은 나봄은 당황한 기색을 감추지 못했다. 그저 프로젝트 협력 업체 중 하나로 참석하는 거라 생각했던 그녀는 행사 자체에 큰 부담감을 못 느끼고 있었다.

차준은 그런 그녀에게로 손을 뻗었고 그녀의 팔목을 가볍게 붙잡았다.

"시간 없으니까 일단 출발하자. 괜찮은 드레스 숍 예약해 놨어."

강제적인 손길은 아니었지만 그 안엔 은근한 압박감이 느껴졌다. 그와 이럴 사이는 아니라고 여긴 나봄은 손이라도 어떻게 떼어놓아 보려 했다.

"자, 잠깐만요. 본부장님."

하지만 그런 그녀를 제 쪽으로 끌어당겨 자연스레 한 팔로 감싸넣은 차준은 작업실 밖으로 걸음을 이끌었다.

"그럼 다녀오겠습니다, 아버님."

마감 작업에 정신이 없던 한 사장에게 차준이 건넨 인사는 천연덕스러웠다. 조금의 이질감도 없이.

그걸 들은 나봄은 그제야 겨우 알아차릴 수 있었다. 며칠 전 힘겹게 꺼내 놓았던 자신의 진심은 애초부터 없던 얘기가 되어 버렸다는 걸.

"차준 오빠……."

떨리는 그녀의 목소리가 그의 이름을 불렀다.

의도적으로 정면만 바라보고 있는 차준에게선 어떤 대답도 돌아오지 않았다.

*　　*　　*

"이 디자인은 파리 패션쇼에서도 주목 받았던 작품이에요. 셀럽

들도 못 구해서 안달이니까요?"

나봄으로서는 한 번도 온 적 없던 청담동 드레스 숍.

유명 디자이너들의 작품이 걸려 있는 그곳에서 나봄은 두 눈만 끔뻑이며 서 있었다.

그녀의 옆엔 점장이 직접 따라붙어 잘나가는 드레스를 소개해 주고 있었으나 나봄은 쉽사리 어떤 대답도 꺼내 놓지 못했다.

점장이 추천한 드레스가 마음에 안 드는 건 아니었다.

"이 드레스는 얼마죠?"

"렌탈을 원하시나요, 구입을 원하시나요?"

"구입이요. 처음으로 선물해 주는 드레스인데 빌려 입히고 싶진 않네요."

"가격은 사백이십만 원으로 책정되어 있습니다. 퀄리티에 비해서 아주 괜찮게 나왔어요."

"그러네요. 결국엔 나봄이 마음에 들어야겠지만."

다만, 그녀는 지금 드레스 태그에 적힌 가격과 그걸 아무렇지 않게 사 주려는 차준의 태도가 불편하다. 오고 가는 두 사람의 대화 속에서 나봄은 점점 더 난처해지기만 할 뿐이었다.

여기까지 오는 동안 이러지 말라고 몇 번이나 말했었는데, 차준은 계속 웃음으로 때워 넘겼다.

그래서 더 이상 말리지도 못하고 마음만 복잡스러워하던 그때.

"나봄아, 가서 입어 볼래?"

차준이 프릴이 화려하게 잡힌 하얀 드레스를 나봄에게 건네며 물었다. 당황한 기색이 역력한 그녀의 눈동자가 옅게 떨려 왔다.

"네? 아, 아니요. 저는……."

"괜찮으니까 마음에 들면 입어 봐."

"아니에요. 사고 싶지 않아요."

"마음에 안 들어?"

"그게 아니라……."

나봄은 대답을 하려다 말고 점장의 눈치를 살폈다. 그녀에게 할 말이 있음을 깨달은 차준은 점장을 향해 조금만 멀어지라는 손짓을 했다.

"아, 네! 두 분이서 찬찬히 보시고 필요하시면 언제든 불러 주세요."

그렇게 단둘만 남고 나자 나봄의 눈동자는 조금 더 불안한 빛을 띠었다. 그러더니 이내 조심스레 흘려보내는 목소리는 제법 단호했다.

"이러지 말아 주세요."

"내가…… 왜?"

"제가 본부장님한테 이런 선물을 받을 이유가 없잖아요. 어떤 마음으로 주시는 건지 모르겠지만 정중히 거절할게요."

말을 마친 나봄은 헤매던 시선을 차준에게로 고정시켰다. 흔들림 없는 그녀의 눈빛은 차준이 붙잡아 볼 여지도 없었다.

차준은 그런 그녀의 앞에 흐린 한숨을 꺼내 놓고는 가라앉은 대답을 내뱉었다.

"이건 내 호의가 아니라 의무야."

"네……?"

"너를 이곳으로 데려온 건 나니까 무사히 살아남을 수 있도록 도와주려는 거야."

나봄은 차준의 말이 쉽사리 이해되지 않았다. 그래서 시선만 가만히 마주치고 있으니, 차준은 절대 흘려들을 수 없는 뒷이야기를 이어 나갔다.

"창립 기념회 행사 때 회장님이 널 뵙고 싶어 하셔."

"회장님이요?"

"회장님뿐만이 아니야. 우리 쪽 임원들은 물론이고, 외부 업체 고위 인사들까지도 너한테 관심이 많아."

"대체 왜……."

"쟁쟁한 중소기업들을 전부 뚫고 협약을 맺은 소규모 업체잖아. 오만 가지 의혹에 휩싸이는 건 예상했던 일이지."

그건 매정하게 들리지만 차마 반박할 수 없는 말이었다. 나봄도 우드레일과의 계약서를 직접 받아 보기 전까진 현실로 받아들이지 못했을 정도니까.

순간 다가올 창립 기념회 행사가 자신에게 어떤 의미인지 깨달아 버린 나봄은 겁이 난 듯 입술을 깨물었다. 나약하기 그지없는 그녀의 모습은 차준이 걱정하던 그대로였다.

바로 이 모습을 감춰 주고 싶었다. 순진하고 여린 너는 짐승 같은 그들 앞에서 제대로 어깨조차 펴지 못할 테니까.

내가 기꺼이 너의 날개가 되어 주고 싶었다. 내가 가장 바라는 건 지금도 그 하나이다.

차준은 끓어오르는 진심을 담아 애틋한 음성으로 흘려보냈다.

"아마 지금껏 경험해 보지 못한 세계가 펼쳐질 거야."

그러고선 바람에 흔들리는 여린 잎 같은 그녀에게 간절히 속삭였다.

"그러니까 날 따라와. 내가 널 그 자리에서 제일 빛나게 해 줄게."

* * *

손때 묻은 물건들로 가득한 좁은 방. 이곳에서 가장 어울리지 않는 값비싼 드레스.

차준이 강제로 건네주고 간 선물을 물끄러미 바라보던 나봄의 입술 새로 한숨이 흘러나왔다.

구겨질까 싶어서 차마 옷장에 넣어 두지 못하고 가방 고리에 걸어 두었던 이 드레스는 왜 봐도 봐도 적응이 안 되는지.

나봄은 아무리 생각해도 이걸 받을 수가 없다.

이것은 단 한 번의 호의가 아니라 미처 정리하지 못한 감정의 연장선인 것만 같다.

"그래, 전화해서 다시 말하자. 도움은 필요 없다고."

몇 날 며칠을 고민하던 나봄은 이제야 결정을 내렸다.

사실 차준이 경고했던 창립 기념회 행사가 두렵긴 하지만 어차피 혼자 짊어질 짐이었다.

난 일개 도어락 협력 업체 사람인데 관심을 줘 봤자 얼마나 주겠어. 나 같은 건 있는지 없는지 보이지도 않을걸.

혼자 이런저런 생각을 하고 있던 사이.

똑똑—

"나봄아."

한 사장이 그녀의 방문을 두드렸다. 나봄은 얼굴에서 심란함을 모두 지워 내고 스스럼없이 문을 열었다.

"네, 아빠. 무슨 일이에요?"

"손톱깎이 니가 가져갔어? 아무리 찾아도 보이질 않네."

"아…… 글쎄요. 한번 찾아볼게요. 방으로 가지고 들어온 기억은 없는데."

나봄은 곧바로 몸을 돌려 책상 쪽으로 걸어갔다.

그 뒤를 따라 그녀의 방에 들어온 한 사장은 그녀의 침대에 걸터앉았고, 머지않아 가방 고리에 걸린 드레스를 발견했다.

"와아, 이거 뭐야. 샀냐?"

한 사장의 입에서 예상했던 감탄사가 튀어나왔다. 하지만 그 드레스 때문에 속이 말이 아닌 나봄은 담담한 목소리로 대답했다.

"아니요. 선물 받았는데 돌려주려구요."

"아, 본부장이 줬구나? 우드레일 파티 때 입으라고."

"네, 뭐……."

나봄은 더 이상의 설명을 아꼈다. 그러나 차준이 준 선물의 의미까지 단번에 파악해 버린 한 사장은 함박웃음을 지어 보였다.

"이야, 우리 나봄이 기 죽을까 봐 신경 써 줬나 보다!"

"아……."

"하긴, 우드레일 파티엔 업계 사람들도 다 모일 텐데 돌아다니면서 인사라도 하려면 때깔 좋게 하고 가는 게 좋지."

한 사장은 그리 말했으나 나봄은 이 드레스를 입고 갈 생각이 전혀 없었다. 이미 그래선 안 될 것 같다고 마음을 정리해 놓은 상태였다.

그러나 드레스를 포장해 놓은 비닐 끝자락을 만지작거리며, 한 사장이 꺼내 놓은 말은 조금 마음에 걸렸다.

"본부장 덕분에 한시름 걱정이 덜었어."

"네?"

"가면 으리으리한 사람들이 바글바글할 텐데 어떻게 차려입혀서 보내야 하나, 걱정했거든. 우리 딸이야 뭘 입든 얼굴이 예쁘니까 괜찮겠지만, 하하."

한 사장은 서글서글한 미소를 덧붙였지만 그 안에서도 씁쓸함이 배어 나오는 건 어쩔 수 없었다.

그런 모습이 안타까웠던 나봄은 애써 씩씩한 목소리로 대답했다.

"에이, 옷이 중요한가? 괜히 기죽지만 않으면 되지."

"……."

"걱정하지 마세요. 저 가서 잘하고 올게요."

하지만 그 말을 듣고도 좀처럼 눈빛을 풀지 못하던 한 사장은 이내 꽤 오랜 시간 묵혀 둔 죄책감을 꺼내 놓았다.

"우리 회사가 이름값이라도 하면 거적때기를 입고 가도 상관없겠지. 근데 회사에 힘이 없어서 그동안 우리 한나봄 팀장 결과물이 번번이 거절당했잖아. 업체 미팅까지는 가 보지도 못했었고."

"아빠도 참…… 제가 부족해서 그런 건데요, 뭐."

"아니, 우드레일에서도 인정한 실력이야. 아무리 본부장님의 입김이 있었다고 해도 제품이 영 시원찮으면 협업 결정이 나지도 않았을걸?"

사업이 생각처럼 번창하지 못해 고민하던 한 사장의 마음은 나봄이 누구보다 잘 헤아리고 있었다. 그래서 대답 대신 고개를 숙이니 한 사장은 그녀에게로 조금 더 가까이 걸음을 옮겼다.

"본부장도 니가 가진 실력만큼 니가 대접받고 인정받았으면 하는 마음에 이렇게 좋은 옷까지 선물해 줬나 보다."

그러고서 이어 가는 얘기는 차준을 향한 고마움이었다.

다시 고개를 들어 마주한 한 사장의 미소엔 그가 현실적으로 해 주지 못하는 일들을 차준이 대신 도와준 것에 대한 안도감도 함께 담겨 있었다.

"어쨌든 브리핑 준비도 있을 텐데 마무리 잘하고 그날도 누구보다 당당하게 잘 있다 와. 알았지?"

나봄은 겨우 걱정을 덜어 낸 한 사장을 다시 착잡하게 만들고 싶지 않아서 일단 고개를 끄덕이기로 했다.

사실 이렇게 마무리 짓기엔 머릿속이 복잡해서 터져 버릴 것 같지만.

"아, 손톱깎이 여기 있네. 하여간 쓰고 나면 제자리에 두라니깐 그러네."

우연찮게 나봄의 침대 머리맡 선반에서 손톱깎이를 발견한 한 사장이 평소와 다름없는 모습으로 핀잔을 주었다.

용건을 끝마친 그는 침대에서 일어섰고 방문 쪽으로 몸을 틀었다. 하지만 밖으로 나가기 직전, 조심스럽게 드레스를 매만져 보는 그의 얼굴은 진심으로 흐뭇해 보였다.

무엇을 걱정했는지, 이 드레스를 보고 무엇을 안도했는지.

가장 잘 알고 있는 사람은 나봄이었다. 그래서 아까 내린 결정을 확고하게 밀고 나갈 자신이 없다.

자존심을 내세워 고집을 부리는 것조차 주제넘는 일 같아서.

*　　*　　*

브리핑 진행 사항과 관련된 본사 회의.

마지못해 참석한 태오는 딱딱하게 굳은 표정으로 앉아 있었다.

총 책임자랍시고 안내받은 정 중앙에 앉긴 했으나 뭘 알아야 끼어들어 고나리질이라도 하지.

지금으로썬 각 팀에서 준비한 내용들을 전달받는 것이 전부였다. 그마저도 김 대리의 보고서와 미묘하게 달라서, 태오는 지금 영락없이 꿔다 놓은 보릿자루 신세다.

"이상으로 홍보팀 진행 상황 보고를 마치겠습니다. 질문 있으십니까, 단 팀장님."

"아니요, 뭐."

"그럼 회의는 여기서……."

"네, 마쳐도 될 것 같네요. 다들 수고하셨습니다."

태오는 억지로 떠맡았다는 게 티 날까 싶어 서둘러 회의를 마무리 지었다. 펼쳐 놓은 자료들을 추스르는 그의 손길은 무척이나 재빨랐다.

그렇게 가죽 가방에 되는 대로 제 물건들을 집어넣고 자리에서 일어나려던 순간.

"브리핑 얘기가 나와서 말인데…… 한봄 도어락 리베이트 의혹에 대한 해명은 준비되었는지, 확인해 봐야 하지 않겠습니까?"

최태영 부장이 뱀 같은 눈을 빛내며 물었다. 나봄의 이름에 반응한 태오의 시선이 곧바로 그에게 고정되었다.

"케이 도어락과의 긴밀한 관계까지 깨트려 가면서 진행된 계약입니다. 본사 내부에서도 의혹이 계속 제기되는 걸 보면 분명 말이 나오고도 남을 겁니다."

"……."

"한나봄 팀장이 제대로 대답이나 할 수 있을지 모르겠군요. 아마 상어 떼로 휩쓸려 들어간 물고기처럼 처참하게 뜯어 먹히진 않을지……."

염려하는 것처럼 말하고는 있으나 최태영 부장의 표정은 전혀 걱정하는 기색이 아니었다. 그의 시꺼먼 속내를 눈치챈 태오의 눈빛이 한층 더 날카로워졌다.

하지만 그런 태오쯤이야 눈에 거슬리지도 않았던 최 부장은 웃음기 어린 목소리로 물었다.

"단태오 대리, 그쪽이 총책임자니까 언지라도 주는 게 어떻겠어요?"

"……."

"아…… 그러면 계약이고 뭐고 도망가 버리려나?"

최 부장이 농담이었던 것처럼 조소를 터트렸다. 그 옆에 있던 직원들은 분위기에 휩쓸려 그를 따라 비웃음을 흘렸다.

그 불편한 공간에서 차갑게 식어 버리는 건 오직 태오뿐이었다.

분노가 휘몰아치고는 있는데 이걸 적나라하게 드러냈다간 나봄의 입장만 더 난처해질 것 같다. 하지만 뒤틀린 감정은 숨겨 보겠다고 숨겨지는 것이 아니다.

태오는 가방끈을 꽉 비틀어 잡았다. 잔뜩 힘이 들어간 주먹을 발견한 최 부장의 입꼬리가 보다 들어 올려졌다.

만일 그가 여기서 태오를 건드린다면 인내심이 폭발한 태오도 가만있지는 못할 일촉즉발의 타이밍.

"한나봄 팀장이 선우차준 이사님의 약혼녀 아니었습니까? 저는 그렇게 알고 있는데?"

영업부 성 대리가 뜬소문으로 들었던 얘기를 꺼내 놓았다. 그 말이 기가 찼던 최 부장은 태오에게서 두 눈을 떼어 내고 성 대리에게 핀잔을 주었다.

"그건 또 무슨 소리야. 그런 헛소문을 누가 믿나 했는데 성 대리가 믿고 있었어?"

"이미 본사 직원들은 그렇게 알고 있던데요? 이사님하고 한나봄 팀장이 심상찮은 분위기였다는 증언도 꽤 되고."

터무니없는 성 대리의 얘기를 들은 태오는 나서서 해명할까 하다가 관두었다. 자신이 그러기도 전에 가당찮다는 반응을 내비치는 최 부장 때문이었다.

"그럴 리가. 며칠 전에 서 대표님과 오찬을 가졌는데 선우차준

이사님 정략결혼 얘길 하셨어. 메이스 호텔 쪽이 유력하다고 그러시던데."

"와아, 메이스 호텔."

"현실에 신데렐라가 있을 리 있나. 다 끼리끼리 만나는 거지."

평소에도 종종 서미란 대표와의 친분을 과시하는 최 부장은 거들먹거리며 말했다.

그 말에 설득당한 직원들은 모두 고개를 끄덕거렸다.

그러나 태오는 유일하게 진실을 알고 있다. 차준은 나봄에게 질척한 감정이 남아 있고, 그걸 겉으로 드러내서 그녀에 대한 구설수를 잠재우고자 한다.

태오는 차준에게서 그 얘길 들었을 때부터 계속 생각했다.

다 개수작이라고. 마음을 얻지 못한 사람의 부질없는 발버둥이라고.

그녀를 지키는 건 나도 할 수 있고, 내가 지켜야만 하고, 다른 누가 아닌 내가 지키고 싶다고.

"그럼 약혼자는 아닌가 보네. 그냥 사귀기만 하나?"

"어허, 사귈 사이도 아니라니까 그러네."

"회의 때 분위기로 봐선 진짜 연인 사이 같았는데……."

"뭐, 차라리 그런 쪽이라면 다행이지. 아무리 불만이 있다 한들 이사장 여자를 누가 건드릴 수 있겠어."

그러나 이어지는 그들의 대화는 그런 태오의 고집을 자꾸만 작아지게 만든다.

"하하, 그렇긴 하죠. 그거라면 리베이트 의혹도 싹 가라앉아 버릴 텐데 말입니다."

"싹 가라앉기만 하겠어? 그러다 결혼이라도 하는 날엔 한봄 도어
락 입지 수직 상승 하는 거지."

사람들의 반응은 차준이 예상했던 그대로라서 자꾸만 그가 했던
말을 떠올리게 만든다.

　　'나는 그날 행사장에서 나봄이를 계속 내 곁에 둘 거고, 다른
사람들이 감히 하대하지 못할 존재로 만들 겁니다.'
　　'그렇게 만들 수 있는 사람은 아무리 생각해도 나밖에 없어요.
그 부분에 대해선 단 팀장님도 인정하고 있겠죠.'

나 혼자 남아서 멀어지는 그녀를 바라보는 건…….

　　'그러니까 단 팀장님은 방해하지 마시고 내 역할이나 대신하세
요.'

정말 죽기보다 싫은데.

"하지만 다 현실성 없는 망상이야. 리베이트가 분명하다니까?"

그때, 최 부장이 확신에 찬 표정으로 말했다. 그걸 더 이상 들어
줄 수 없었던 태오는 결국 참지 못하고 자리에서 벌떡 일어서 버리
고 말았다.

드륵ㅡ

요란한 의자 소리에 최 부장은 물론 실컷 떠들던 이들의 시선까

지 전부 모여들었다.

그러자 태오는 더 이상 참지 못한 울분을 차분한 음성으로 꺼내 놓았다.

"최 부장님, 리베이트 건을 이렇게 파고들어도 괜찮겠습니까."

"하하, 안 될 거 있나."

"있지도 않은 한봄 도어락 비리 뒤지다가 엄한 지뢰 터지면 어쩌려고."

"뭐……?"

태오의 말은 다른 이들은 흘려들을 수 있을지 몰라도 최 부장은 아니었다.

케이 도어락으로부터 이미 몇 차례 리베이트를 받은 적이 있던 최 부장은 섣부른 대답 대신 날 선 눈빛으로 태오를 쏘아보았다.

그러나 태오는 그 기세에 조금도 억눌리지 않고 제 할 말을 끝까지 이어 나갔다.

"팩트도 아닌 가십거리에 휘둘릴 시간 있으면 다들 밀린 업무나 부지런히 하세요. 야근 수당 그깟 거 얼마나 된다고 퇴근도 못 하고 회사에 붙잡혀 있습니까."

뼈가 있는 태오의 말에 직원들은 눈치를 보며 시선을 피했다.

하지만 단 한 사람 최 부장만큼은 더욱 살벌한 기운을 띤 채 태오를 쏘아붙였다.

"지금 저한테 하는 말입니까? 단태오 대리 대형 프로젝트 팀장 맡더니, 상사고 뭐고 눈에 보이지도 않나 보네요."

그러자 태오의 입가엔 여유로운 미소가 맺힌다.

"아, 최 부장님께 드리는 말씀은 아닙니다. 누구보다 안팎으로 바쁘신 거 제가 가장 잘 아는걸요."

"단태오 대리."

"뭐…… 케이 도어락이 물러난 이후로 한가해지셨을지도 모르지만."

감정이 폭발할수록 이성적으로 상대하는 방법은 차준에게서 배웠다. 인정하고 싶진 않지만 최 부장의 입을 닫게 만든 걸 보니, 성깔을 드러낼 때보다 효과는 좋았다.

속 시원히 할 말을 끝낸 태오는 그대로 미련 없는 발걸음을 돌렸고, 흔들리는 마음이 드러나지 않도록 꿋꿋이 두 발을 옮겨 회의실을 나섰다.

'나는 정말 선우차준보다 나은 게 없는 걸까.'

회의실 문을 닫으며 스친 생각은 여러 가지로 그를 우울하게 만들었다.

하지만 깊이 빠지지는 않기로 했다. 비교했다가는 한도 끝도 없을 테니.

그 남자가 잘난 건 세상 모두가 알고 있다. 나도 그걸 모르고 덤벼든 건 아니다.

그러니까 전부 다 게임이 안 된다 하더라도 새삼 불안해할 필요는 없다.

그 남자가 잘났다고 해서 내가 못나지는 건 아닐 거다.

자신할 수는 없지만…… 아마도.

09.
오늘부로 짝사랑 청산합니다.

"총각 좋은 데 가는 것 같아서 내가 신경 좀 썼다. 자, 완전히 새 옷이지?"

태오의 집 근처 세탁소.

태오가 맡겨 두었던 까만 정장을 건네며 세탁소 사장이 말했다. 비닐에 싸인 옷을 받아 든 태오는 고갯짓과 함께 대답했다.

"감사합니다. 깨끗하네요."

그런 뒤 곧바로 돌아서려 하자 사장은 그런 태오에게 부러움을 드러냈다.

"정말 좋겠다. 파티라니. 나는 파티라면 우리 애 돌잔치가 전부야. 이래서 좋은 회사를 다녀야 하나."

그럼 사장님이 대신 가 주시든가요.

태오는 불쑥 튀어나올 뻔한 대꾸를 가까스로 삼켜 냈다. 창립 기념행사가 다가오면 다가올수록 컨디션은 나날이 저하되지만, 그걸 굳이 생판 상관없는 타인에게 드러낼 필요는 없었다.

"수고하세요."

짧은 인사로 사장과의 잡담을 마무리 지은 태오는 서둘러 발걸음을 움직였다. 더 이상 쓸데없는 것에 기력을 소모하고 싶지 않아서였다.

오늘은 주중의 피로를 풀어야 하는 한가로운 주말. 아무 일도 없었더라면 나봄에게 데이트 신청을 하고도 남았을 날이었다.

하지만 요즘 들어 마음이 심란해진 태오는 데이트는커녕 그녀에게 연락도 제대로 못 하고 있다.

이튿날 치러질 우드레일 창립 기념회 행사에서 나봄을 빼앗기게 생긴 그는 이 상황을 어떻게 헤쳐 나가야 할지 감도 잡지 못했다.

감정에 이끌려 무턱대고 거부하자니 차준만이 처리할 수 있는 그녀의 문제가 걱정되고, 그래서 그의 뜻을 순순히 따르자니 겨우 붙잡은 그녀와의 인연이 끊어질까 두렵고.

이쪽도 저쪽도 선택하지 못하고 있는 태오는 그냥 나봄만 무사하길 바라고 있다. 제 자신은 어떤 꼴이 되어도 상관없으니 그녀가 원하는 대로 해 주고 싶다.

'차라리 물어볼까. 내가 널 위해 무엇을 해 줬으면 좋겠는지.'

태오는 잠시 고민했으나 이내 관두었다. 마음이 여린 나봄은 이런 고민을 하는 태오를 떠밀고 싶어도 떠밀지 못할 것이 분명했다.

결국 근심만 더욱 쌓여 버린 태오는 깨끗이 드라이클리닝 된 정장을 되는 대로 한쪽 어깨에 걸쳐 놓고 발걸음을 떼어 냈다.

바로 그때.

지이이잉— 지이이잉—

안주머니에 넣어 두었던 휴대폰이 요란하게 울어 댔다. 태오는 별생각 없이 휴대폰을 꺼내 들고 발신인을 확인했다.

"선우차준……?"

하지만 달가운 사람은 아니었던지라 태오의 미간이 대뜸 좁아졌다. 오늘은 사람 심기 안 건드리고 넘어가나 했더니만 기어이 들쑤셔 봐야 속이 시원한가 보다.

오만상을 쓴 채 통화 버튼을 누른 태오는 삐딱한 목소리를 내뱉었다.

"네, 이번엔 또 무슨 일로 연락하셨습니까."

—지금 뭐해요?

이윽고 들리는 차준의 질문은 매우 뜬금없었다. 자신이 그와 안부 주고받을 사이가 아니라고 생각한 태오는 성질껏 받아쳤다.

"알아서 뭐하시게요."

—나봄이랑 같이 있나요?

"뭐요? 한나봄이 어디 있는지를 굳이 나한테 물어봐야 직성이 풀립니까?"

—반응 보니까 아닌가 보네. 최소한의 생각은 할 줄 아는 사람이라 다행입니다.

차준은 또 태오의 심기를 건드리기 시작했다. 이젠 받아칠 힘도 없는 태오는 건조한 음성으로 대꾸했다.

"직장 상사치고는 사생활 간섭이 너무 심하네요."

그러자 차준은 조소 비슷한 웃음을 흘리며 말했다.

─불쾌하셨다면 미안해요. 행사가 코앞인데 아직까지 비협조적이면 어쩌나 걱정했거든요.

"마음에도 없는 사과 하지 마시죠. 기분 나아질 거 없으니까."

─들켰다면 그것도 미안.

이 여우 같은 새끼를 진짜.

태오는 울분이 치밀어 오르는 만큼 이를 꽉 물었다. 그리고는 더해 봤자 성질만 버릴 통화를 이쯤에서 끝내 버리려 하는데.

─사실은 뭐하나 확인하려고 전화했어요.

차준이 의미심장한 말을 꺼내 놓았다. 뭐든 빨리 대답하고 집어치워 버릴 참이었던 태오는 가만히 이어질 말을 기다렸다.

─그날…… 내가 부탁드렸던 대로 따라 줄 거죠?

하지만 곧바로 이어진 차준의 질문에는 잠시 숨을 멈출 수밖에 없었다. 그건 수천 번쯤 고민해 봤으나 아직까지 정하지 못한 문제였다.

태오는 대답 대신 마른침을 삼켜 넘겼다.

하지만 그의 마음을 파악하는 데 침묵만으로도 충분했던 차준은 가라앉은 목소리를 이어 나갔다.

─모든 건 단태오 팀장님한테 달려 있어요. 내가 어떻게든 나봄이를 지켜보려고 해도 단 팀장님이 훼방 놓는 순간 끝장나는 거니까.

모든 건 본인이 쥐고 있으면서 전부 나에게로 책임을 돌린다. 그래서 개인적인 감정 따위는 살펴보지도 못하게 만든다.

더는 저항조차 할 수 없게 된 태오는 입술만 꽉 깨물었다.

그렇게 괜한 오기만 부리고 있으니.

ー도와주세요.

한결 낮아진 그의 음성이 고요하게 흘러나왔다. 두 번째로 건네진 부탁은 처음처럼 무례하지도, 강압적이지도 않았다.

ー나는 나봄이를 지키고 싶을 뿐이에요. 그 애가 상처 입지 않았으면 좋겠어요.

뒤이어 꺼내진 말은 이 순간 태오의 진심과 완벽하게 일치했다.

나도 그 사람을 지키고 싶어. 나도 그 사람이 상처 입지 않았으면 좋겠어.

내가 대신 다쳐야 한다고 해도.

ー그러니까 이번만, 이번 한번만 나봄이 곁에 다가오지 말아줘요.

그래, 내가 대신 보이지 않는 곳에서 무너져 내려야 한다고 해도.

ー도와줄 거죠?

태오는 이번에도 아무런 대꾸를 하지 않으려 했으나, 차준은 이대로 넘어갈 수 없다는 듯 한 번 더 물었다.

ー그래 줄 수…… 있죠?

여기서 한 번 더 침묵한다고 해도 어차피 거부 의사로는 비치지 않을 것이 뻔했다.

이왕 억지로 수긍해 버릴 거, 꼴사나워지지라도 않았으면 하는 마음에 태오는 힘겹게 입술을 떼어 냈다.

"……알아들었습니다."

차준이 바라는 대답을 무기력하게 꺼내 놓은 태오의 눈빛이 사정없이 흔들렸다. 목소리 끝이 살짝 떨렸는데 그는 그걸 알아챘을까.

─제 애길 이해해 줄 줄 알았어요. 정말 고마워요.

다행히 그리 말하는 차준은 동정이나 미안한 기색 없이 그저 기뻐 보이기만 했다.

아직 정리하지 못한 제 욕심을 들키기 전에 차준과의 통화를 종료해야겠다고 생각한 태오는 깊은 심호흡을 내쉬었고.

"먼저 끊겠습니다."

짧은 마무리 인사와 함께 통화 종료 버튼을 눌렀다.

끝이 도망치는 것처럼 되어 버렸지만 어쨌든 스스로 내려 버린 결정.

뭐라도 선택하고 나면 속이 시원해질 줄 알았는데 오히려 가슴이 답답하게 막혀 왔다. 아무리 숨을 쉬어도 나아지지 않고, 이유도 없이 불안해진다.

마치 잘못된 길에 접어들었다는 걸 곧바로 직감한 것처럼.

*　　*　　*

"내가 어딜 온 건지……."

우드레일 창립 기념회 행사장에 들어선 나봄이 감탄 섞인 탄식을 흘려보냈다.

하얗게 깔린 대리석. 고풍스러운 장식품. 화려하게 내리쬐는 조명.

너무나도 으리으리해서 현실감이 느껴지지 않는 이곳은 서울 5성급 호텔의 연회장이었다.

여기 오기 전, 차준은 그녀에게 전화를 걸어 말했었다.

'나봄아, 내가 집 앞으로 데리러 갈게.'

나봄은 그가 어떤 마음에서 그리 제안하는지는 알겠으나 더 이
상의 호의는 받고 싶지 않았다.

'괜찮아요. 혼자 갈 수 있어요.'

그래서 한사코 거절하자 차준은 평소의 그답지 않게 고집을 부
렸다.

'너한테 줄 게 있어.'
'드레스로도 충분해요.'
'같이 들어가는 게 더 나을 거야.'
'아니요, 여기서 더 도움을 받는 건 불편해서 그래요.'
'……'
'호의가 아니라…… 동정처럼 느껴지잖아요.'

더는 그런 그를 받아 줄 수가 없어 단호하게 내뱉었던 말.
그 안에 뼈가 있음을 알아차린 차준은 한동안 말이 없었다. 가는
숨소리로만 전화를 끊지 않았다는 것을 알릴 뿐.

'알았어, 이따 보자.'

그래도 짧은 인사를 건네던 그의 목소리는 애써 밝았다.

나봄은 그가 진심을 감추고 있다는 걸 알면서도 그대로 전화를 끊었다.

이런 태도는 스스로 돌이켜 봐도 차갑고 매정하기 그지없지만 무책임하게 다정한 것보다는 낫겠지, 하며.

그렇게 홀로 도착한 연회장.

지금껏 잘 해낼 수 있을 거라 자신을 다독이던 나봄은 연회장 안으로 들어서자마자 보기 좋게 얼어 버렸다. 입구에서부터 이러면 안 된다는 걸 머리로는 이해하고 있는데, 자꾸만 움츠러드는 어깨는 좀처럼 협조해 줄 생각을 않는다.

그도 그럴 것이 나봄과 한 공간에 있는 사람들은 대부분 뉴스에서 보아 왔던 대기업 대표들부터 우드레일 가구의 광고 모델들까지, 그녀가 실물을 볼 거라 상상해 본 적도 없는 VIP 인사들이었으니까.

'여기 어디 단태오가 있을 텐데······.'

연회장에 흐르는 위압감을 감당하기 힘들었던 나봄은 그녀가 편히 기댈 수 있는 태오를 찾았다. 분명 이 시간쯤이면 도착했을 텐데 그는 코빼기도 보이지 않았다.

"아직 안 왔나······."

나봄은 그에게 연락이라도 해 보려 제 가방에서 휴대폰을 꺼내 들었다.

그때.

"어머, 나봄 씨! 도착해 있었네!"

저 멀리서 타이트한 블랙 미니 드레스를 우아하게 차려입은 유리가 밝게 인사하며 다가왔다. 그녀의 옆에는 평소 친분이 있던 퍼니쳐팩토리 직원들도 함께였다.

"아, 안녕하세요."

나봄은 긴장감이 역력한 얼굴로 그들에게 인사를 건넸다. 그러자 특유의 시원시원한 미소로 화답한 유리는 그녀의 드레스를 보곤 감탄사를 내뱉었다.

"와, 드레스 너무 예쁘다. 이거 패션쇼 화보집에서 봤던 것 같은데."

"아……."

"동대문 어느 매장에서 구했어?"

어쩐 일로 칭찬을 하나 했건만, 역시나 오늘도 유리는 거침없이 나봄을 깎아내렸다.

오늘은 평소보다 더욱 노골적인 걸 보니, 얼마 전 태오를 사이에 두고 벌인 신경전의 앙금이 아직까지 안 풀린 모양이었다.

이런 반응쯤은 충분히 예상하고 있던 나봄은 어색한 미소와 함께 말을 돌려 보기로 했다.

"여긴 언제 도착하셨어요?"

하지만 그녀가 꺼낸 주제는 못 들은 체 넘겨 버린 유리는 보다 요란한 웃음을 터트렸다.

"잠깐! 하하, 이 가방은 또 뭐야! 이왕 짭으로 맞출 거 다 브랜드로 맞추지!"

"⋯⋯."

"이럴 줄 알았으면 나 안 쓰는 에르메스 가방 빌려줄 걸 그랬네! 유행이 좀 지나긴 했지만 그렇게 구 모델은 아니거든!"

아무래도 오늘 허유리는 작정하고 이곳에 왔는가 보다. 옆 사람도 난처해할 만큼 대책 없이 가시를 돋우고 있는 걸 보면.

집요한 그녀가 당황스러웠던 나봄은 눈동자를 열심히 움직여 태오를 찾았다. 허유리 때문에 더욱 더 불편해진 이 공간에서 그녀가 의지할 데라곤 단태오밖에 없었다.

그러나 어디서나 눈에 띄는 그의 모습은 흔적조차 보이지 않아서 애만 태우고 있던 그 순간.

"나봄이 먼저 들어와 있었네?"

나긋한 목소리와 함께 따스한 손길이 그녀의 허리를 감싸 안았다. 코끝을 스치는 향기로 단번에 그 사람을 알아본 나봄은 일렁이는 눈빛으로 고개를 돌렸다.

그러자 화려한 연회장이 눈에 띄지 않을 정도로 그녀의 시야를 꽉 메우는 사람은.

"주차하는 동안 조금만 기다려 주지 그랬어."

매끈하게 휘어지는 입꼬리. 여유로운 눈웃음. 그걸 따라 야릇하게 움직이는 눈물점.

"본부장님⋯⋯."

"모르는 사람 투성이라서 겁먹었구나. 괜찮아, 내가 왔잖아."

위기에서 구해 줄 누군가를 간절히 찾고 있던 나봄의 앞에 나타난, 극적인 흑기사 선우차준.

"아, 아, 안녕하십니까. 본부장님."

너무 놀란 나머지 굳어 버린 나봄을 대신해 유리가 인사를 건넸다. 그제야 유리에게로 시선을 옮긴 차준은 입가의 미소를 더욱 짙게 퍼트렸다.

"회장님께 우리 나봄이 소개시켜 주려고 제가 엄선해서 고른 드레스인데…… 이게 그렇게 싸구려처럼 보였나 봐요?"

하지만 뒤이어 흘러나온 목소리는 묘하게 차가웠다. 그 배짱 좋은 유리조차 대꾸할 말을 잃고 얼어붙어 버릴 만큼.

허유리가 가시라면 선우차준은 날이 잘 갈린 검이다. 그런 그가 밀고 들어온 자리의 공기는 날카롭다 못해 살벌하기까지 하다.

그런 차준에게 남보다 더 먼 거리감이 느껴졌던 나봄은 어떤 말도 하지 못하고 고개를 숙였다.

"나봄아. 자, 여기."

이내 차준이 무언가를 내밀었다.

"차에 가방 놔두고 갔더라."

그녀의 손에 억지로 들려지는 토드백은 빛나는 로고조차 예쁘고 고급스러워서, 나봄은 숨고 싶을 만큼 작아지는 느낌이었다.

*　　　*　　　*

이미 행사가 시작된 연회장.

모던한 올블랙 정장을 세련되게 차려입은 태오가 뒤늦게 모습을 드러냈다.

마침 뷔페에서 음식을 가득 담아 가져오던 김 대리는 그를 발견하자마자 버럭 소리를 쳤다.

"단태오 팀장님! 왜 지금 오십니까! 브리핑 최종 점검은 한참 전에 끝냈는데!"

두 시간 전부터 애타게 연락을 해도 감감무소식이던 단태오는 현장팀 최대의 골칫거리였다.

하지만 그 속상한 마음을 아는지, 모르는지.

태오는 영혼이 빠져나간 사람처럼 무기력한 대답을 꺼내 놓았다.

"……끝냈다니 다행입니다."

그럴 수밖에 없는 이유는 따로 있었다.

오늘은 차준의 부탁대로 나봄의 눈에 띄지 않아야 하는 날.

혹시나 성질대로 욱할까 봐 밤새 마음을 다잡고 왔거늘, 이곳에 들어서는 순간 어딘가에 있을 그녀가 벌써부터 신경 쓰여 죽겠다. 그녀의 곁엔 차준이 당연하다는 듯 서 있을 걸 생각하니 그저 절망스럽기만 한 심정이다.

그의 그런 속내를 알 리 없는 김 대리는 정리한 브리핑 자료를 내밀며 말했다.

"발표 순서가 조금 바뀌었어요. 기획팀 준비한 자료에 설명이 부족해서. 어차피 진행은 제가 하지만 알고는 계셔야 할 것 같네요."

"……."

"단 팀장님?"

"네?"

"브리핑 자료 받아 주세요. 팔 떨어지겠어요."

"아…… 예."

반쯤 넋이 나가 있던 태오는 뒤늦게 김 대리의 자료를 건네받았다. 그러자 김 대리는 평소와는 다른 느낌으로 저기압인 태오에게 걱정스럽다는 듯 물었다.

"오늘 어디 아프세요?"

"아니요."

"그런데 안색이 되게 안 좋아 보이시네요."

선우차준이랑 한나봄 때문에 속을 끓이고 있습니다.

……라고 솔직하게 말할 수 없었던 태오는 거짓말을 했다.

"배고파서 그럽니다."

그 말을 곧이곧대로 받아들인 김 대리는 친절히 뷔페가 준비된 코너 쪽으로 고개를 까딱여 주며 말했다.

"저쪽에 맛있는 거 많아요. 본격적으로 행사 시작하면 못 움직이니까 미리미리 가서 쟁여 오세요."

사실 입맛도 없었던 태오는 대꾸도 하지 않고 몸을 틀었다. 하지만 다른 곳으로 발걸음을 떼어 내기 전 반드시 확인해야 할 게 있었다.

바로 절대 마주쳐서는 안 될 사람의 현재 위치.

"선우차준 본부장님은 어디 있습니까."

마음 같아선 나봄에 대해 묻고 싶었다. 하지만 그녀의 이름을 들을 자신이 없어서 일부러 선우차준만 언급했다.

"저기 VVIP 좌석 근처에 계세요. 한나봄 팀장님이랑 같이."

그러나 눈치 없는 김 대리는 피하고 싶었던 이름까지 굳이 덧붙여 주었다.

태오의 눈빛이 돌연 까칠해졌다. 두 사람의 행방을 듣고 나니 상처가 될 게 뻔한 호기심만 잔뜩 자라난다.

"같이 뭐하는데요."

"글쎄요. 본부장님이 한 팀장님 인사 시키는 것 같던데."

"……."

"둘이 분위기 장난 아니에요. 꼭 약혼자 소개시켜 주는 것 같더라니까요?"

이럴 줄 알았어. 물어보지 말걸.

어느새 태오의 눈동자는 삐딱함을 넘어 분노에 휩싸이기 시작했다. 급속도로 차가워진 숨은 경고성이 짙었지만 김 대리는 한 번 터진 입을 멈추지 못하고 쓸데없는 말을 계속 내뱉었다.

"그래도 본부장님이 그렇게 내 여자 건드리지 말라는 오오라 풍기고 다니니까, 사람들도 한봄 도어락 가지고 어쩌네 저쩌네 소리 못 하더라구요."

"……."

"하긴 본부장님은 우드레일 회장님 손주분이시니까. 하하."

아, 더 이상 못 들어 주겠다. 뭐 재밌는 얘기라고 저리 신이 났는지.

태오는 반쯤 틀었던 몸을 다시 김 대리 쪽으로 돌려놓았다. 그리고는 한동안 성난 숨만 내쉬며 그를 노려보고 있다가.

"어엇!"

이내 심술 난 아이처럼 김 대리의 음식 접시를 빼앗아 버렸다. 그런 뒤 홱 뒤를 돌아 멀어지는 모습엔 맹렬한 분노가 서려 있었다.

"제, 제 접시 들고 어디 가세요!"

"밥 먹으러 갑니다."

"예?! 아니, 테이블은 저쪽인데…… 단 팀장님!"

김 대리는 들어온 입구를 그대로 빠져나가 버리는 태오를 목 놓아 불렀으나, 그럴수록 그의 걸음은 더욱 빨라질 뿐이었다.

"참내, 왜 또 저렇게 혼자 열이 받은 건지……."

아무리 눈치가 빨라도 태오의 속내만큼은 꿰뚫어 보지 못하는 김 대리가 볼멘 목소리로 중얼거렸다.

이대로 가면 절대 안 돌아올 기세이긴 한데 차마 따라가서 붙잡는 건 겁이 나서 못 하겠다.

방금 전 단태오가 쏘아 낸 마지막 눈빛은 여차하면 잡아먹겠다고 엄포를 놓는 호랑이 같았으니까.

* * *

"안녕하십니까, 이사님. 오랜만에 뵙습니다."

"네, 안녕하세요. 최 실장님. 잘 지내셨죠?"

"항상 바쁘게 지내고 있습니다, 하하."

연회가 시작되고 차준의 주변으로 사람들이 하나둘씩 몰려들기 시작했다. 그들을 맞이하는 차준은 회사에서 보아 왔던 그 모습처럼 여유롭고 노련했다.

하지만 나봄은 좀처럼 불편한 기색을 감추지 못했다.

아무리 웃고 있어 보려고 해도 입꼬리가 굳고, 자연스럽게 굴어 보려고 해도 어깨부터 딱딱하게 경직되어 버린다.

그건 나봄이 낯을 많이 가리는 성격인 탓도 있었지만 가장 큰 원인은 차준이었다.

"그런데 이분은 누구……."

"아, 한봄 도어락 한나봄 팀장입니다. 제가 각별히 아끼는 사람이죠."

사람들이 그녀에 대해 물어볼 때마다 스스럼없이 꺼내지는 대답.

나봄은 그와 함께 건네지는 부드러운 시선이 난처하다. 이렇게 나서서 사람들에게 소개를 시켜 주는 차준의 모습은 주변 사람들에게 의미심장하게 비칠 것만 같다.

이번에도 꿔다 놓은 보릿자루처럼 가만히 있을 순 없다고 생각한 나봄은 직접 나서서 협력업체 실장에게 인사를 건넸다.

"안녕하세요. 이번에 우드레일과 'Lily' 프로젝트 도어락 부분 협업을 진행하게 된 한봄 도어락 팀장 한나봄이라고 합니다."

떨리는 마음을 숨긴 채 담담히 꺼내 놓는 소개는 그녀의 프로페셔널한 면모를 더욱 드러내 주었다.

그제야 나봄에게도 시선을 준 실장은 반갑다는 듯 악수를 청해 왔다.

"아아! 한나봄 팀장님! 얘기 많이 들었습니다!"

"아, 그런가요?"

"최근 들어 한봄 도어락 문제가 이 업계 쪽에서 아주 뜨거운 이슈잖아요! 물론 먹고살려면 때로 지저분해지기도 해야겠지만……."

그러나 머지않아 실장의 입에서 흘러나온 부정적인 표현들은 당황스러웠다.

차준이 경고했던 분위기가 바로 이런 것일까. 처음 만난 그는 묘한 경계심을 띠고 있는 것 같다.

나봄은 처음 겪어 보는 견제를 능숙하게 대처하지 못하고 잠시 얼어붙었다. 차준은 그런 그녀를 대신해 실장의 말을 단호하게 받아쳤다.

"난처할 걸 알면 말씀을 조심하시지."

"……네, 네?"

"아, 혹시 나 들으라고 말하신 건가. 분위기 파악 못 하셔서."

그런 뒤에 보란 듯이 나봄의 허리를 감싸는 차준은 몹시 거침없었다. 나봄은 그 노골적인 손길에 당황했으나 실장의 얼굴은 그녀보다 더 아연실색이 되었다.

"아아! 저, 저는 의심하는 게 아니라 그런 헛소문이 돌아서 신경 쓰이시겠다는 의미로……!"

손까지 휘저으며 방금 전 일에 대해 해명하는 그는 몹시도 필사적이었다.

차준은 그런 그를 바라보며 검지 손가락을 입술 위로 가져다 댔다. 눈가에 어린 웃음기는 결코 부드럽지 않았다.

"쉿, 그만하세요. 또 말실수하실라."

"보, 본부장님."

"그럼 저희는 이만 다른 귀빈들과도 인사 나누러 가 보겠습니다."

차준은 어쩔 줄 몰라 하는 실장을 두고 나봄을 다른 곳으로 이끌었다. 이 모든 상황이 의아했던 나봄은 순순히 그를 따르면서도 조용히 물어보았다.

"저…… 본부장님. 저희 회사에 대해서 대체 무슨 의혹이 돌고 있는 건가요?"

"괜찮아. 내가 있으니까."

하지만 차준이 곧바로 건네준 대답은 왠지 석연찮았다. 자세히 알려 주지도 않고 달래기만 하는 걸 보니 그는 그녀가 신경 쓰지 않았으면 하는 것 같다.

하지만 신경을 꺼 두기엔 자신과 너무나도 관련된 일이었다. 이대로 한봄 도어락을 둘러싼 문제를 외면해 버리고 싶지 않았던 나봄은 한 번 더 캐묻기로 했다.

"한봄 도어락 문제라면 제게 말씀해 주셔야……."

하지만 그 말이 다 꺼내지기도 전에.

"중대한 행사를 너무 사적인 자리로 이용하는 거 아니니?"

바로 뒤편에서부터 날카로운 음성이 들렸다.

나봄은 그 목소리의 주인을 알아채지 못했지만 차준의 두 발은 단번에 제자리에 얼어붙어 버렸다.

등골부터 스며 들어오는 소름끼치는 한기. 두려움과 상실감이 깊어지다 못해 생겨난 혐오감. 정신을 똑바로 붙잡지 않으면 금방이라도 구역질이 넘어올 것만 같은 역겨움.

차준은 일순 싸늘해진 눈빛을 띠고 다시 고개를 돌렸다.

"뭘 그렇게 놀란 표정을 짓고 그래. 꼭 못 볼 사람이라도 본 것처럼."

아니나 다를까, 그를 조소 섞인 얼굴로 바라보고 있는 사람은 분명 이 파티에 초대받지 못했을 서미란 대표였다.

"여기서 뵙게 될 줄은 몰랐습니다, 대표님."

차준은 서 대표에게 억지로 미소를 지어 주며 인사를 건넸다.

그 말의 의미를 누구보다 잘 아는 서 대표의 눈빛에 날이 섰다. 그 안엔 벌써부터 폭발 직전인 분노가 용솟음치고 있었으나 그녀는 속내를 숨기고 여유롭게 대꾸했다.

"이 회사의 대표인 내가 창립 기념회 행사에 빠져서야 되겠니."

"……."

"그나저나 너는 자격도 없는 계집애를 잘만 끼고 돌아다니는구나."

자격도 없는 계집애.

차준의 곁에 있다는 죄로 처참하게 깎아내려진 나봄의 눈동자가 흔들렸다. 사회생활을 하며 여러 가지 무례한 상황을 겪어 보긴 했으나, 이렇게 멸시와 악의가 느껴진 적은 처음이었다.

하지만 그녀의 표정이 어떻든 전혀 신경 쓰지 않는 서 대표는 계속해서 독기 서린 말을 이어 나갔다.

"제대로 할 줄 아는 것도 없는 주제에 제 여자는 지키고 싶나 보지?"

"……."

"니 형은 어찌되든 도와줄 생각조차도 안 했으면서. 아주 뻔뻔하기 짝이 없구나."

차준을 향해 퍼부어지는 공격 속에 섞여 들어간 '형'이라는 존재에 대해선 나봄도 얼핏 알고 있었다.

이 자리에 있지 않아도 분란의 씨앗이 되어 버린 선우태준은 나봄에게 찾아와 서 대표가 증오해 마지않는 제 동생을 제발 도와 달라고 애원했었다.

　'나봄 씨가······ 우리 차준이를 도와줬으면 좋겠어요.'
　'제발 우리 차준이 곁에 있어 주세요.'
　'그 사람들이 그 애를 더 비참하게 무너트리지 못하도록······
　나봄 씨가 지켜 주세요.'

그리 부탁하던 태준의 눈빛은 다시 떠올려 봐도 안쓰러울 만큼 고통스러워 보였다. 아마 그가 예견했던 상황이 바로 이런 것이었나 보다.

"왜 저한테 도움을 바라시는지 모르겠습니다."

나봄이 천천히 생각을 정리하고 있던 그때, 차준이 마른 모래처럼 건조한 목소리로 대답했다.

그러자 서 대표의 눈동자에서 느껴지는 분노가 더욱 짙어졌다. 그걸 똑똑히 보고 있으면서도 차준은 제대로 맞부딪쳐 볼 생각인지 공격을 멈추지 않았다.

"어머님도 잘 아시잖아요. 그 새끼 인생은 돌이킬 수 없이 망가진 거."

"그 입······ 닥치지 못해?"

"몸뚱이가 박살 나서 사람 구실도 못 하는 새끼를 대체 어떻게 구제해 보겠다고……."

짜악—

순간 말릴 새도 없이 마찰음이 터져 나왔다.

사람들의 시선은 그제야 그들에게로 향했지만 옆으로 돌아간 차준의 고개와 붉게 물든 뺨으로 방금 무슨 일이 있었는지 정도는 짐작할 수 있었다.

그래서 한층 더 웅성대기 시작한 주변은 나봄을 보다 당황스럽게 만들었다.

이쯤에서 멈춰야 할 것 같은데. 감정싸움을 벌이기엔 장소도 상황도 결코 좋지 않은데.

서 대표는 이런 분위기 따윈 아랑곳 않고 울분을 억누른 목소리를 이어 나갔다.

"넌 짐승보다 못해……."

"……."

"피도 눈물도 없는 개새끼 같으니."

"하……."

차준의 입술 새로 헛웃음이 터져 나왔다. 그건 얼핏 분을 삭이는 것처럼 보였으나 바로 곁에 있는 나봄은 제대로 알아차릴 수 있었다.

지금 경련하고 있는 그의 눈동자엔 분노보다 서러움이 가득하다는 사실을.

무언가 잘못됐다, 라고 느끼기 시작한 건 그때쯤이었다. 이대로라면 금세 망가져 버릴 것 같은 두 사람은 상대를 공격하는 것이 아니라 자신을 방어하고 있는 것 같다.

대체 무엇으로부터 스스로를 지키려는 걸까. 그들은 무엇을 이 토록 두려워하는 걸까.

멈출 수 없이 솟구치는 의문은 나봄의 머릿속을 혼란스럽게 만들었다. 두 사람의 복잡한 관계에 대해선 이미 태준으로부터 들었으나 그것으로 그들의 모든 심정을 이해하기엔 역부족이었다.

순간, 피가 나도록 꽉 깨물린 차준의 입술이 나봄의 시선을 사로잡았다. 마른침을 삼키는 그는 분명 자신을 방어하기 위해서 또 한 번 칼을 빼어 들 게 뻔했다.

이 이상 두 사람의 전쟁이 극으로 치닫는 걸 두고 볼 수 없었던 나봄은 움츠러든 목소리를 냈다.

"자, 잠깐만요…… 두 분 모두 진정하세요."

처참하게 무너진 차준의 시선과 더욱 살벌해진 서 대표의 시선이 그녀에게 와 닿았다. 눈빛의 온도는 달랐으나 그들은 하나같이 나봄이 끼어들 상황이 아니라고 경고하는 듯했다.

하지만 그들이 모르는 새 태준에게 애절한 부탁까지 건네받은 나봄은 손 놓고 방관할 수 있는 제삼자가 아니었다.

이미 살벌한 상황이 펼쳐지긴 했지만 여기서 더 하극상이 되어 버린다면 나봄은 불편한 몸을 이끌고 찾아와 매달렸던 태준에게 죄책감을 느끼고 말 거다.

떨리는 마음을 다잡은 나봄은 조용한 목소리를 이어 나갔다.

"이런 식의 감정싸움으론 아무것도 해결할 수 없다고 생각해요."

"……."

"이럴수록 비참해지는 건 폐가 될까 봐 여기 오지도 못한 그 사람뿐이잖아요…….”

“뭐……?”

굳이 이름을 밝히지 않아도 그녀가 누굴 말하는지 알아챈 서 대표가 매서운 눈빛을 띠었다. 나봄과 태준에게 접점이 있었다는 사실을 상상조차 못하고 있던 차준도 놀란 기색을 감추지 못했다.

하지만 나봄은 그럴수록 담담하게 제 할 말을 꺼내 놓았다.

“그걸 조금이라도 알고 계시다면 사람들 앞에서만큼은 감정싸움을 자제해 주세요. 더 이상 엄한 사람 꼴만 우스워지지 않게…….”

“나봄아…….”

차준은 표정 관리조차 제대로 하지 못하고 그녀의 이름만 힘없이 불렀다. 가장 고통스러운 존재가 가장 의지하고 있는 존재의 입에서 거론되는 기분은 생각보다 끔찍했다.

태준에 대한 얘기에 혼란스러워지는 건 서 대표도 마찬가지였다.

제 형을 철저히 외면하는 차준은 절대 그에 대한 동정심을 드러내지 않았을 텐데. 혹시 태준이가…….

“니가 그 애를 어떻게…….”

서 대표가 사정없이 떨리는 목소리로 무언가를 물어보려던 그때.

“여기서 이러시면 안 됩니다. 나가 주시죠.”

서 회장이 보낸 경호실장이 서 대표의 팔을 붙잡았다. 아직 당황감을 정리하지도 못한 서 대표는 그를 뿌리치려 했다.

하지만 그럴수록 손아귀에 힘을 싣는 경호실장을 그녀가 이길 방도는 없었다.

서 대표는 그제야 제 주변을 훑어보기 시작했다. 놀람과 호기심 가득한 눈길로 그녀를 지켜보고 있는 사람들은 뒤늦게 의식한 만큼 꼴도 보기 싫었다.

"이거 놔, 내가 내 발로 나갈 거야."

결국 일단은 물러나기로 결심한 서 대표는 저항을 관두고 어깨에 힘을 풀었다. 그리고 스스로 연회장에서 벗어나기 전, 마지막으로 나봄을 내려다보았다.

"……넌 나중에 보자."

그녀가 작별 인사 대신 내뱉은 한 마디는 몹시도 차가웠다. 그 나중을 생각하기도 싫었던 나봄은 어떤 대답도 하지 않았다.

그렇게 한차례 거친 폭풍이 지나가고 나서야 또각또각 규칙적인 소리를 내며 멀어지는 구두 소리.

서 대표의 뒷모습을 물끄러미 지켜보던 나봄의 다리가 힘없이 풀렸다. 사람 앞에 나서는 것도 못할 만큼 여린 성격의 나봄은 방금 전 어떤 정신으로 그 엄청난 말들을 꺼냈는지 생각조차 나지 않는다.

그런 나봄의 곁에서 흐린 숨만 내쉬고 있던 차준은 천천히 고개를 돌렸고, 절망이 짙은 눈빛으로 그녀를 지그시 내려다보았다.

만신창이가 된 그 눈동자 안엔 수많은 의문들이 담겨 있었으나 그는 끝내 물어보지 않았다. 대답을 피하려는 사람처럼.

덕분에 더욱 무거워져 버린 그의 옆자리. 상황이 종료되어도 쉽사리 흩어지지 않는 사람들의 이목.

그 모든 것이 더 이상 버티기 힘들었던 나봄은 주저앉아 있던 자리에서 일어났다. 그리곤 지친 목소리로 차준에게 말했다.

"저…… 화장실 좀 다녀올게요. 머리가 아파서."

나봄이 몸을 트는 순간까지도 차준은 아무런 대답이 없었다.

하지만 그녀가 한 발자국을 움직이는 순간, 그의 단단한 손아귀가 그녀의 팔목을 붙잡았다. 놀란 나봄의 눈동자가 다시 차준에게로 고정되었다.

그녀의 시선이 내게 닿은 지금, 가지 말라고 말해야 하는데. 혼자 남겨진다면 버틸 수 없을 것 같으니 어디에도 가지 말고 내 곁에 있어 달라고 붙잡아야 하는데.

"본부장님……?"

입술을 떼어 낼 수가 없었다. 목소리에 울음기가 섞여 나올 것 같아서.

차준은 그녀가 간절한 만큼 손아귀에 힘을 더했다. 점점 옥죄어 져 오는 팔목이 당황스러웠던 나봄은 그에게서 벗어나려 했다.

"놔, 놔주세요. 아파요."

결국 그에게서 떠나 버린 그녀의 온기.

차준의 흔들리는 시선이 다시 나봄을 향했다. 그러나 잠시 붉어진 손목을 만지작거리던 그녀는 이내 연회장 밖으로 향해 빠른 걸음을 재촉했다.

멀어지는 그 모습은 마치 도망치는 것처럼 보여서 차준은 본능적인 불안감에 휩싸이고 말았다.

그런 그녀의 뒤에 서슬 퍼런 시선이 따라붙었다. 천륜마저 저버릴 기세로 격돌했던 두 사람보다 더 매서운 한기를 띠고 있는 그는 살얼음판 같은 연회의 개최자, 서재균 회장이었다.

"……재미있는 친구네."

그리 말하는 서 회장 입가엔 조소가 어려 있었다.

서 회장의 곁에 있는 고위 인사들은 방금 전 사태로 서 회장이 분노하지 않은 것에 안도했으나, 그들은 알지 못했다.

지금 그가 짓고 있는 미소가 분노보다 더욱 소름 끼치는 감정을 품고 있다는 사실을.

*　　*　　*

"하아……."

긴 한숨을 내뱉은 태오가 김밥 하나를 집어 입으로 가져갔다.

최대한 우물우물거려 보고는 있지만 내가 지금 특급 호텔 음식을 먹고 있는 건지, 길바닥 모래알을 씹고 있는 건지 분간도 가지 않는 이 순간.

그는 깊은 절망감에 가라앉아 있다.

아무리 이성을 다잡아 보려 해도 한 번 무너져 내린 마음은 좀처럼 원상 복구 될 줄을 모른다.

김 대리에게서 빼앗아 온 접시는 벌써 반이나 비워졌는데, 아무도 알아주지 않는 곳에서 혼자 청승 떨어 봤자 누가 알아준다고 이러는 건지.

태오는 이런 자신이 싫었지만 스스로를 나무라기에도 지친 상태였다. 지금 와서 무언가를 후회해 봤자 돌이킬 수 있는 건 아무것도 없을 거다.

그런 그가 화풀이할 수 있는 대상은 오직 애꿎은 김밥뿐이었다.

태오는 한 번에 김밥 세 개를 동시에 집어 입 안에 억지로 우겨 넣었다. 그렇게 온갖 청승은 도맡아 떨고 있던 그때.

또각 또각 또각—

규칙적인 구두 소리가 들려왔다. 그 인기척은 꽤나 가깝게 다가왔으나 이미 넋이 나가 버린 태오는 인기척 따위 신경도 않고 음식물로 가득 찬 입만 우물거렸다.

하지만 그의 바로 앞에 우뚝 멈춰 버린 걸음은 그를 더 이상 외면하지도 못하게 만들었다.

"뭐야⋯⋯."

태오는 사나운 목소리와 함께 고개를 들어 올렸다. 그러나 바로 앞에 서 있는 사람이 그의 시야에 들어오자, 예민하게 구겨져 있던 미간은 금세 맥없이 풀어져 버리고 만다.

"여기 있었구나."

"⋯⋯."

"이런 데 있었으니까 못 찾지."

"⋯⋯한나봄?"

나봄과 마주한 태오의 눈빛이 가늘게 떨려 왔다. 이 순간 그에게 한나봄은 반갑다 못해 애달프게 그리운 존재였지만, 태오는 오늘 하루 그녀의 앞에 나타나선 안 되는 처지였다.

"니가 왜 여기⋯⋯."

그래서 부질없는 질문만 흐리게 꺼내 놓으려 하니 나봄은 들리지 않는다는 듯 걸음을 마저 옮겼다.

그러고는 태오의 옆에 털썩 자리를 잡고 앉아 버렸다.

"하아…… 이제야 숨이 쉬어지네."

힘없는 한숨 소리와 함께 흘러나온 그녀의 혼잣말.

그건 꼭 그녀가 그를 절실히 필요로 했다는 것처럼 들려서 가슴이 옥죄어 들었다. 하지만 태오는 동요한 마음을 드러내지 않으려 노력했다.

사실은 나를 찾아온 그녀를 있는 힘껏 와락 끌어안고 싶지만.

'모든 건 단태오 팀장님한테 달려 있어요.'
'내가 어떻게든 나봄이를 지켜보려고 해도 단 팀장님이 훼방
놓는 순간 끝장나는 거니까.'
'그러니까 이번만, 이번 한 번만 나봄이 곁에 다가오지 마요.'

욕심이 들 때마다 차준이 했던 말이 족쇄처럼 그의 발목을 붙잡는다.

감히 손을 뻗어도 될지, 이러다 내가 그녀를 망쳐 버리는 건 아닌지 걱정만이 앞선다.

그렇게 침묵만 유지하고 있는 동안.

"밥을 왜 여기서 먹어?"

지친 듯한 표정을 애써 떨쳐 낸 나봄이 태오에게 물었다.

"아까부터 계속 찾아도 안 보이던데…… 여기서 이러고 있었던 거야?"

"……."

하지만 태오는 재차 들리는 그녀의 질문에 곧바로 대답할 수 없었다. 담담한 목소리를 꺼내기엔 목이 너무 메어 있어서였다.

나봄은 침묵하는 그의 입술을 가만히 바라보았고 다시 정면으로 고개를 돌렸다. 그리고 흘려보내는 목소리는 애써 차분했다.

"그렇게 말을 안 하고 있으니까 꼭 나 피해서 숨어 있었던 사람 같잖아……."

그 한 마디에 철렁 내려앉아 버리는 태오의 가슴.

규칙적으로 새어 나오던 태오의 숨소리가 일순 고요히 멎었다. 그건 그녀의 짐작이 맞는 얘기라고 증명하는 꼴밖에 되지 않았지만 거짓말에 서툰 그는 무너지는 마음을 노련하게 숨기지도 못했다.

"……브리핑 곧 시작하겠다. 들어가자."

그런 태오가 할 수 있는 일은 도망치듯 자리에서 일어나는 것뿐 이었다.

하지만 그 말을 들었으면서도 듣지 못한 척, 고개까지 돌리고 있는 나봄은 자리에서 움직일 기미를 보이지 않았다. 어울리지 않게 고집을 부리는 그 모습은 태오의 마음을 약해지게 만들기에 충분했다.

이럴 때일수록 오직 나봄만을 위해서, 태오는 솟구치는 욕심을 억누른 채 그녀를 재촉했다.

"밖에 오래 나와 있으면 안 돼."

그러자 그녀는 잠시 아랫입술을 꾸욱 깨무는가 싶더니.

"꼭…… 가야 돼?"

곧이어 애원과 비슷한 질문을 흘려보냈다. 그녀를 바라보는 태오의 눈동자가 눈에 띄게 일렁였다.

"뭐……?"

"여기 있으면 안 될까."

"……."

"들어가고 싶지 않은데……."

그렇게 흐린 음성을 흘려보낸 나봄은 조심스레 손을 뻗었다. 애타는 그녀의 손끝이 간절히 붙잡는 건 축 늘어져 있던 태오의 소매 끝자락이었다.

태오는 금방이라도 울어 버릴 듯 흐려진 눈동자로 그녀의 손을 내려다보았다.

그제야 눈에 들어오는 심상치 않은 흔적.

얼마나 세게 부여잡힌 건지 그녀의 하얀 팔목 위엔 붉은 손자국이 선명하다. 생긴 지 얼마 안 되어 보이는 그 흔적은 누가 만든 것인지 굳이 묻지 않아도 뻔했다.

"이거…… 왜 이렇게 됐냐."

그리 묻는 태오의 음성은 얼음장처럼 차가웠다.

하지만 나봄은 아무런 대답도 하지 않았다. 그러나 위태롭게 흔들리는 그녀의 눈빛은 감출 수 없는 불안감을 여실히 드러내 주고 있다.

그 순간, 태오는 깨달았다. 지금 너의 곁에는 누가 서 있어야 하는지.

비록 나는 너에게로 겨누어진 화살을 멈출 힘도 없고, 적의 가득한 이들과 맞서 싸워서 이길 수 있을 만큼 강하지도 않다.

그러나 그거 하나는 그 새끼보다 잘할 자신이 있다.

'적어도 나는 널 아프게 만들진 않아. 절대.'

몇 날 며칠 동안 불안정하던 마음은 결정을 바꾸고 나서야 마치 이것이 정답이라는 듯 진정되었다.

태오는 그녀의 손 위에 제 손을 올려 두었고 부드럽게 감싸 쥐었다.

"……가자."

그러고선 짧은 한 마디와 함께 힘주어 떼어 냈다. 놀란 나봄의 눈동자가 휘둥그레진 채 흔들렸다.

하지만 일말의 걱정도 잠시.

"그냥 나가자, 우리 둘이서."

이어지는 태오의 목소리는 무척이나 따듯했다. 나봄의 가슴을 짓누르던 불안도 말끔히 사라지게 만들 만큼.

"태오야……."

"괜찮아, 뒷일은 내가 책임질게."

"……"

"이제부턴 나만 믿고 따라와. 내가 널 지킬 거야."

책임져 주겠다는 말. 믿고 따라와 달라는 말. 지켜 주겠다는 말.

그가 건넨 모든 말들은 하나같이 불안한 나봄에게 위로가 되었다. 돌덩이라도 내려앉은 듯 무거웠던 가슴은 그제야 깃털처럼 가벼워지고, 옥죄던 숨통도 평온을 되찾는다.

"다시 손잡을래?"

태오는 손자국이 나 있지 않은 나봄의 팔 앞으로 다정한 손길을 건넸다.

답답한 현실에서 구원해 줄 것만 같은 당신이라는 동아줄.

그걸 뿌리칠 이유는 전혀 없었다.

"……응. 잡을래."

그를 붙잡기로 한 나봄의 마음은 그 어느 때보다 확신에 차 있었다. 자격지심에 젖어 헛된 선택을 했던 지난 시간들이 정말 바보처럼 느껴질 정도로.

그녀의 손을 힘주어 맞잡은 태오는 출구를 향해 서슴없는 발걸음을 떼어 냈다. 어쩌면 이건 위험에 가까워지는 길일지도 모르지만 조금이라도 걱정되거나 겁이 나지는 않았다.

어제도, 오늘도, 그리고 앞으로도 그가 원하는 것은 단 하나. 그녀가 온전히 무사한 것.

태오가 가장 잘할 수 있는 건 그런 그녀를 상처 입히지 않는 것이었다.

그러니 이것은 옳은 선택이다.

장담하건대, 내 곁에 있는 이상 넌 절대 아파할 일이 없을 테니.

*   *   *

"지금부터 'Lily' 프로젝트 소개 및 계획안 브리핑, 간담회가 있겠습니다. 행사에 참석해 주신 귀빈 여러분들께선 자리에 착석해 주시면 감사드리겠습니다."

멀끔한 정장을 차려입은 김 대리가 단상 위에 섰다. 그가 말하기 한참 전부터 이미 힘없이 자리를 지키고 있던 차준은 연회장 입구 쪽으로 고개를 돌렸다.

그녀가 도망치듯 사라진 지가 얼마나 됐더라. 금방 돌아오겠다고 했으면서 연락도 않은 지는 또 얼마나 흘렀더라.

불길한 생각은 이미 그의 머릿속을 집어삼킨 후였지만, 그는 애써 현실을 외면하는 중이었다. 그렇게라도 하지 않으면 멀쩡한 정신으로 이 자리에 앉아 있지 못할 것 같았다.

"그 자리…… 주인이 돌아오지 않는구나."

그때, 차준의 앞에 앉은 서 회장이 비어 있는 차준의 옆자리를 보며 말했다.

차준은 순간 가슴이 내려앉는 듯 했지만 애써 입꼬리를 들어 올리고 대답했다.

"잠시 쉬러 갔습니다. 이런 자리가 처음이라 긴장했던 모양이에요."

그 말이 거짓말이라는 건 누구라도 단번에 파악해 낼 수 있었다. 지금 차준의 입가에 맺힌 미소는 어느 때보다 억지스러웠으니까.

"……하긴, 그럴 만도 하지."

하지만 그는 별다른 말은 하지 않았다. 대외적인 시선들 앞에선 그리 두는 편이 백번 낫다고 생각했기 때문이었다.

그래서 더욱 미묘하게 무거워진 공기.

지잉ㅡ

서늘한 침묵을 뚫고 차준의 휴대폰이 짧게 진동했다. 기다리고 있는 연락이 있었던 차준은 곧바로 휴대폰을 들어 메시지를 확인했다.

그러자 머지않아 눈에 들어온 내용은 차준의 가식적인 미소조차 지워 버리게 만들었다.

[니가 보디가드 노릇 제대로 못하는 것 같아서 나도 니 대타 노릇 때려치웁니다. 각자 일은 각자 알아서 합시다.]

"단태오……."

차준은 또렷이 적혀 있는 발신자의 이름을 싸늘히 읊조렸다.

그리고 있는 힘껏 휴대폰을 쥐어 잡았다. 하얀 손등에 제대로 핏줄이 서도록.

"안 좋은 소식이라도 있는 모양이구나."

갑작스럽게 바뀐 그의 분위기를 읽어 낸 서 회장이 말했다.

하지만 이미 반쯤 이성을 잃어버린 차준은 노골적으로 구겨진 미간을 좀처럼 수습하지 못했다. 마음 같아선 이곳을 박차고 나가 그들을 막아서고 싶은데, 그러지 못하고 무기력하게 묶여 있는 자신의 모습은 스스로를 증오하게 만든다.

사적인 감정에 휘둘려 노련하게 굴지 못하는 건 서재균 회장이 가장 싫어하는 모습이었다.

"선우차준 이사."

아니나 다를까. 서 회장이 보다 싸늘해진 음성으로 차준의 이름을 불렀다. 일그러질 대로 일그러진 차준의 눈빛이 천천히 서 회장에게로 향했다.

"뜻깊은 행사 자리인데 좀 웃지 그러니."

이어지는 서 회장의 말은 지적이 아니라 명령이었다. 감히 거역하기가 두려울 만큼 위압적인.

바로 지금, 누가 내 머리에 총알이라도 박아 넣어 준다면 좋을 텐데. 차라리 그 꼴이 나을 텐데.

불행히도 그런 일은 일어나지 않았다.

그래서 차라리 고개를 떨구어 버리기로 한 차준은 깊은 어둠에 잡아먹히는 중이다.

숨이 점차 막혀 오지만 발버둥은 치지 못했다.

아니, 치지 않았다.

아무리 생각해도 저항해 가면서까지 살아남아야 할 이유가 전혀 없었기에.

*   *   *

"들어와."

목동역 근처 태오의 아파트.

도어락 비밀번호를 입력한 태오가 현관문을 열어 주며 말했다. 나봄은 아무도 없는 주변을 살피다가 조심스럽게 안으로 발을 들여 놓았다.

그 순간 코끝을 스치는 익숙한 향기는 이따금 태오에게서 나던 것과 비슷했다.

그걸 깨닫자마자 왜 이렇게 심장이 크게 뛰는 건지. 누가 보면 이 집에 처음 와 본 건 줄 알겠다.

"마실 거 줄까?"

어느 새 부엌으로 걸음을 옮긴 태오가 나봄에게 말했다. 나봄은 구두를 벗으며 천천히 고개를 끄덕였다.

그러자 태오는 냉장고를 열어 한참을 부스럭거리는가 싶더니.

"사과즙 먹을래? 본가에서 보내 줬는데."

보물단지 꺼내듯 소중히 사과즙 팩 하나를 꺼내 들고는 물었다. 그 모습이 어쩐지 귀엽게 느껴졌던 나봄의 입가에 가벼운 미소가 얹혔다.

"내가 먹어도 상관없으면 줘."

"니 입에 들어가는데 뭐가 아깝겠냐."

장난스러운 나봄의 말을 달콤하게 받아친 태오는 가위로 팩 귀퉁이를 잘랐다. 그러고는 준비해 놓은 빨대를 꽂아 나봄에게로 가져왔다. 그건 꼭 아침마다 비타민을 챙겨 주는 한 사장 같아서 나봄은 왠지 정감 있게 느껴졌다.

"고마워."

나봄은 태오가 내민 사과즙을 얌전히 받아 들며 말했다. 그러자 태오는 괜히 멋쩍은 헛기침을 한 번 하고는 그녀에게 물었다.

"뭐 먹고 싶은 거 있어?"

"뭐든 말하면 해 주는 거야?"

"없는 재료는 사 와서라도 해 준다, 내가."

"글쎄, 일단……."

잠시 고민하던 그녀는 태오를 똑바로 올려다보았다. 그러고는 살짝 떨리는 목소리를 흘려보냈다.

"내 옆에 앉아 있어 줘. 지금은 그거면 충분할 것 같아."

갑작스러운 그녀의 요구는 태오를 당황하게 만들었다.

비록 그녀를 집으로 데려오긴 했으나 절대 흑심은 품지 않으려 했건만, 이런 식이라면 애써 묶어 놓은 본능이 지 혼자 날뛰어 버릴 지도 모르겠다.

순진한 눈동자로 나를 바라보고 있는 한나봄은 이 마음을 알려나.

태오는 손끝까지 간지럽게 만든 감정들을 애써 무시한 채 순순히 그녀의 곁에 자리를 잡았다. 그리고 나니 괜시리 부끄러워지는 마음에 애먼 곳만 바라보고 있자.

"하아⋯⋯."

나른한 숨을 내쉬며 나봄이 그의 어깨에 머리를 기댔다. 준비하지 못한 스킨십에 놀란 태오의 눈동자가 휘둥그레졌다.

하지만 나봄은 갑작스레 경직된 태오의 몸을 느꼈으면서도 지그시 두 눈을 내리감았다.

아무 말 없는 그녀로 인해 찾아온 정적은 태오의 심장 소리를 도드라지게 만들었다. 쿵쾅쿵쾅 요란하게 날뛰는 꼴을 보니 이러다 혈압이 높아져서 기절하는 건 아닌지 모르겠다.

"⋯⋯오늘 나 진짜 힘들었어."

그때 나봄이 조그마한 목소리로 속삭이듯 말했다. 태오는 그녀가 힘든 것이 어쩐지 제 탓인 것만 같아서 아무 대답도 하지 못했다.

하지만 개의치 않고 이어진 나봄의 이야기는 보다 진솔했다.

"사람들은 날 이상하게 쳐다보고, 가끔 나는 모르는 나에 관한 소문들도 들려오고⋯⋯."

"⋯⋯."

"게다가 드레스는 너무 예뻐서 안 어울리더라. 가방도 마찬가지고."

다른 건 다 공감하겠지만 마지막은 너의 오해라고 꼭 말해 주고 싶다.

지금 하얀 드레스를 입고 있는 너의 모습이 얼마나 천사처럼 아름다운지, 아마 내 눈으로 직접 보지 않은 이상 상상도 못 할 거다.

태오는 지친 그녀를 위해 머리라도 쓰다듬어 줄까, 진심으로 깊이 고민했다.

그러나 손을 뻗어 보기도 전에 들려온 그녀의 한 마디는 태오를 멈춰 버리기에 충분했다.

"그래서 너만 계속 찾아다녔어."

"……."

"니가 있으면 버틸 수 있을 것 같았거든."

그 말은 즉, 오늘 그녀에겐 태오가 간절히 필요했다는 뜻이었다.

사실 오늘뿐만은 아닐 것이다. 요즘 들어 그녀는 다른 누군가가 아닌 태오의 곁에 머물러 있는 시간을 가장 좋아하고 있다.

그런 마음에 대해선 차준의 부탁을 받아들이기 전부터 짐작하고 있던 태오였지만…….

왜 확신을 가지지 못했던 걸까. 내가 그녀를 지킬 수 있다는 것에.

왜 다른 누군가가 그녀를 지켜 줄 수 있을 거라 생각했을까. 그녀가 원하는 건 오직 나뿐이었는데.

"미안해."

이제야 왜 그녀를 위한 선택을 했음에도 불구하고 마음이 무거

위졌는지를 깨달은 태오는 흐린 목소리로 사과를 했다.

"니가 왜 사과를 해."

나봄은 웃으며 대답했으나 태오의 먹먹한 눈빛은 조금도 나아지지 않았다. 그는 그녀를 홀로 외롭게 내버려 두려 한 것에 짙은 죄책감을 느끼고 있었다.

"전부 내 잘못이야."

"……."

"난 너한테 별 도움이 못 된다고, 그러니까 오늘은 나서면 안 된다고 멋대로 결론지어 버렸으니까."

이윽고 태오가 흘려보낸 말은 흡사 자격지심과 비슷했다. 나봄은 그에게 기대어 있던 고개를 떼어 내고 태오를 바라보았다.

그러자 태오는 그녀 쪽으로 살짝 몸을 틀었고 애타는 목소리를 이어 붙였다.

"사실 오늘 일부러 피해 있었던 거 맞아."

"……."

"그래서…… 내가 미안해."

마주한 태오의 눈동자가 흐리게 일렁였다. 그 안엔 미안하다는 말 말고도 그가 하지 못한 많은 이야기가 담겨 있는 것 같았다.

가장 눈에 선명히 보이는 너의 마음은.

'난 지금 불안해.'

……쯤 되려나.

나봄은 절대 부러지지 않을 것처럼 단단하던 그가 한순간에 흐트러지는 때를 알고 있다.

처음엔 그저 감정 기복이 심한 건 줄 알았지만, 요즘 들어 좀 더 자세히 들여다보게 된 너는 태양처럼 뜨겁게 타오르다가도 일정한 구간에서 먹구름처럼 흐려져 버린다.

바로, 내가 너에게로 한 발짝 다가서려 할 때. 너는 나를 반가워하다가도 살짝 겁을 낸다.

무엇이 그렇게 무서운지, 무엇이 그렇게 걱정스러운지는 모르겠지만 그때마다 너의 머릿속에는 수천 가지 고민이 떠오르는 게 분명하다.

그런 너를 위해서 내가 해 줄 수 있는 일이 뭔지, 이제야 조금 알 것 같아.

"니가 사과할 일은 아닌데, 일부러 피해 다녔다니까 괘씸하긴 하네."

나봄은 토라진 척 대답하면서도 그를 향해 배시시 웃었다. 그 미소의 의미를 알지 못했던 태오는 혼란스러운 눈빛으로 그녀를 바라보았다.

나봄은 그런 태오를 똑바로 마주했고, 다시 복숭앗빛 입술을 움직였다.

"태오야."

그를 부르는 목소리는 평소보다 또렷했다. 태오의 말초신경을 제대로 집중시킬 만큼.

그렇게 모든 감각을 그녀에게 가져다 놓았을 무렵.

"내 남자 친구 할래?"

뒤따라온 질문은 그의 숨을 멎게 만들었다. 그녀를 바라보는 태오의 눈동자가 파도처럼 일렁였다.

내 귀가 잘못되진 않았을 텐데, 지금 뭐라고…….

파르르 떨리는 태오의 속눈썹은 요동치는 마음을 여실히 드러내 주었다. 그걸 가만히 지켜보던 나봄은 긴장한 와중에도 차분히 고백을 이어 나갔다.

"니가 내 남자 친구가 되면 당연히 내 곁에 있어 줄 수 있는 거잖아. 오늘 같은 때 피해 다닐 걱정할 필요도 없고."

"……."

"그러니까 차라리 연애를 하면 어떨까 싶은데……."

"……."

"넌 어떻게 생각해?"

내 생각은 어떠냐고? 그걸 올해로 짝사랑만 9년 차인 나한테 묻는 거야?

마음 같아서는 지금 당장이라도 대답하고 싶었다. 아니, 그보다 더 격하게 베란다 창을 열고 소리 지르고 싶었다.

동네 사람들아! 나 드디어 짝사랑 청산한다!

하지만 왜 이 중요한 순간에 입술이 움직이지 않는 건지, 태오는 도무지 스스로를 이해를 할 수가 없었다.

입술뿐만이 아니었다. 누가 석고라도 부어 놓은 듯 온몸이 딱딱하게 경직되어 버렸다.

"태오야……?"

가만히 굳어 있는 그의 어깨를 나봄이 살짝 흔들었다.

그제야 퍼뜩 돌아온 온몸의 신경세포는 지나치게 놀란 나머지 그를 자리에서 벌떡ー! 일으켜 세우고 말았다.

갑작스러운 그의 행동에 놀란 나봄의 눈이 태오만큼이나 휘둥그레졌다.

"태, 태오야?"

"아, 아……."

"……."

"나 화, 화장실 좀……!"

태오는 무턱대고 대답을 미뤄 놓은 채 서둘러 등을 돌렸다. 이 상태로 계속 나봄과 눈 맞추고 있다가는 심장이 터져 죽어 버릴 것 같아서였다.

'심호흡할 공간이 필요해. 심호흡할 공간이…….'

고장 난 로봇처럼 삐걱대는 걸음으로 사라지는 그를 나봄은 의아한 표정으로 지켜보았다.

화장실을 간다고 했던 그가 사라진 곳은 가장 구석진 방, 홀로 사는 그의 드레스 룸이었다. 참 어리둥절하게도.

"저기 화장실 아니지 않나……."

나봄은 그가 문을 열었다 닫기 전 똑똑히 보였던 옷장을 떠올리며 중얼거렸다.

그때.

"와아!"

방문을 뚫고 온 그의 목소리가 요란하게 터져 나왔다. 그건 얼핏 괴성처럼 들렸으나 끝이 하염없이 올라간 걸 보니 환호성임이 분명했다.

쿠당탕!

뒤이어 들려오는 소리는 참 난리법석이었다. 그렇게 얼마나 그의 흥분이 가라앉길 기다리고 있었을까.

끼이이익—

드디어 닫혀 있던 문이 열리고 날뛰던 태오가 모습을 드러냈다.

다시 마주한 그의 얼굴은 모든 소리가 밖으로 새어 나온 줄도 모르는지, 차분하고 평온했다.

"그래."

"……."

"니 남자 친구 하지, 뭐."

태오의 검붉은 입술 사이로 수락의 뜻을 담은 말이 떨어졌다. 애써 멀쩡한 척하는 그는 꼭 애교를 부리는 것처럼 귀엽게 느껴졌다.

그런 그를 보는 게 즐거웠던 나봄은 더 이상 웃음을 참지 못하고 크게 터트렸다.

"하하, 넌 진짜 귀여운 타입이구나."

갑작스러운 칭찬은 태오를 낯간지럽게 만들었으나 굳이 말리지 않는 않기로 했다. 여기서 싫은 척하면 두 번 다신 안 해 줄까 싶어서.

"가, 갈아입을 옷 줄게. 잠깐만 기다려."

태오는 붉어진 얼굴을 숨기기 위해 다시 드레스 룸 안으로 들어섰다. 등 뒤로 이어지는 나봄의 웃음소리는 오늘의 불안했던 모습이 기억도 안 날 만큼 마냥 즐거워 보였다.

태오는 그녀를 따라 남몰래 미소를 흘려보냈고 옷장에서 가장 향기가 좋은 티셔츠를 골라 꺼냈다.

어쩐지 그녀를 챙겨 주는 일은 전보다 더 기쁘게 느껴졌다.

이제 내가 챙겨 주고 싶은 만큼 챙겨 줘도 되고, 사랑해 주고 싶은 만큼 사랑해 줘도 되는 나는 아마 세상에서 가장 행복한 사람일 거다.

앞으로는 어디 가서 '안녕하세요, 한나봄 남자 친구입니다.'라고 소개할 수 있잖아.

＊　　　＊　　　＊

오직 햇빛에 닿은 곳만이 따스한 방.

태준은 벌써 몇 번이나 읽었던 책장을 넘기고 있었다.

이미 내용을 다 알고 있는 책이었고, 신파적인 결말이라 그리 마음에 드는 책도 아니었다. 하지만 이걸 고른 이유는 그저 이 책이 가장 두껍기 때문이었다. 이 책이라면 불안한 시간으로부터 가장 오랫동안 벗어나 있을 수 있을 것 같다.

우드레일 창립 기념회가 열리는 오늘.

태준은 서 대표가 기어이 행사장으로 출발했다는 소식을 전달받았다. 그건 충분히 예상하고 있었던 일이었으나, 막상 벌어지고 나니 가슴이 철렁 내려앉는 건 어쩔 수 없었다.

그래서 모든 상황이 해결되는 대로 연락을 해 달라 김 실장에게 부탁해 놓은 지가 벌써 네 시간 전.

시계는 부지런히 움직이고 있지만 시간은 좀처럼 흐르지 않았다. 그 사실을 실감할 때마다 가슴은 타들어 가다 못해 새까만 재가 되어 버릴 것만 같다.

그때.

♩ ♪ ♫ — ♩ ♪ ♫ —

바로 옆에 놓아두었던 휴대폰이 드디어 전화벨 소리를 토해 냈다. 수신인이 상황 전달을 맡은 김 실장이라는 걸 확인한 태준은 서둘러 손을 뻗어 통화 버튼을 눌렀다.

"네, 김 실장님. 어떻게 됐나요."

곧바로 터져 나온 태준의 목소리는 기다렸던 만큼 다급했다.

그러나 김 실장은 그런 태준과 상관없이 느리고 차분한 보고를 시작했다.

—지금 막 모든 행사 일정이 끝났습니다. 아직 만찬이 진행 중이긴 하지만 1시간 내에는 파할 것 같군요.

"별일은 없었나요?"

—별일이라면…….

"어머님과 차준이요. 두 사람, 아무 일도 없었습니까?"

그리 묻는 태준은 사실 알고 있었다. 아무 일도 없을 리가 만무하다는 걸.

—그럴 리 있겠습니까. VVIP들 앞에서 제대로 맞붙으셨는걸요. 욕설은 물론이고, 대표님께서 선우차준 이사님의 뺨까지 내리치셨을 만큼 감정싸움이 격했습니다.

아니나 다를까. 돌아온 김 실장의 대답은 가히 절망적이었다. 그러나 이어지는 뒷얘기는 그를 혼란스럽게 만들었다.

─그래도 결론적으로는 잘 해결되었으니 걱정하실 필요는 없습니다.

"……예? 그게 무슨 소리예요. 그 소란이 일어났는데 잘 해결되다니요."

손찌검까지 오고 간 갈등은 아무리 생각해도 둘 중 하나를 망가트려 놓았을 터였다. 최악의 경우, 둘 다 회생이 불가능할 정도로 무너져 버렸을 가능성도 충분했다.

하지만 김 실장은 방금 전의 대답에 대해 번복하는 대신 뜻밖의 이름을 꺼내 놓았다.

─한나봄 팀장 덕에 더 큰 분란은 막았습니다.

"한나봄…… 팀장님이요?"

─예, 그분이 집안 사정에 대해 꽤나 자세히 알고 계시던데…… 혹시 찾아가셨을 때 개인적인 얘기까지 다 털어놓으셨던 겁니까?

김 실장이 그런 질문을 던지는 걸 보면 나봄은 태준의 부탁을 그만큼 잘 수행해 주었나 보다. 고통스럽게 꺼낸 이야기가 무색해지지 않게, 그녀는 두 사람의 마음을 알맞게 파고든 모양이다.

"하아……."

그제야 한결 마음을 놓은 태준은 긴 한숨을 내쉬었다. 그리고 혹시나 나봄에게 해코지가 갈까 싶어 단호한 어조로 김 실장에게 대답했다.

"나봄 씨에 대해서 불필요한 염려는 삼가 주세요. 이럴 때를 대비해서 적당한 멘트들을 알려 줬던 것뿐입니다."

─하지만…….

"이 이상 집안에 개입시키고 싶지는 않습니다. 괜한 오해가 커지지 않도록 어머님께는 제가 말씀드릴게요."

─아…… 예, 알겠습니다.

태준의 해명에도 불구하고 몇 가지 걱정스러운 점은 있었다.

하지만 김 실장은 굳이 드러내 놓지 않고 순순히 그가 원하는 대답을 꺼내 놓았다. 이런 문제에 깊이 개입해선 안 되는 건 김 실장 본인도 마찬가지였다.

─그럼 자택에서 뵙겠습니다.

중요한 보고를 모두 끝마친 김 실장은 통화를 끝마치려 했다. 하지만 태준에게는 가장 중요한 질문 하나가 남아 있었다.

"그럼…… 차준이는 지금 괜찮나요?"

이리 물어 봤자.

─글쎄요, 행사 내내 멀쩡히 자리는 지키고 계셨지만 워낙 남 앞에선 내색을 안 하시는 분이니.

들려올 대답은 이렇게나 뻔하지만.

그래도 듣고 싶었다. 오늘도 너는 무사히 괜찮은 척을 해냈던 건지. 오늘의 너에게 그럴 힘이 남아 있었는지.

'다행히도 아직까진 버틸 수 있나 보구나……'

애매모호한 대답으로 차준의 상태를 확인한 태준은 그제야 별로 읽고 싶지도 않았던 두꺼운 책을 덮어 두었다.

그리고 겨우 안도한 듯 흐린 숨을 골랐다. 가늘게 떨려 오는 속눈썹은 그가 얼마나 불안에 짓눌려 있었는지를 적나라하게 드러내 주었다.

—더 여쭤 보실 건 없으십니까.

짧은 침묵 끝에, 김 실장이 건조한 음성으로 물었다. 확인하고자 하는 걸 모두 전해 들은 태준은 그제야 순순히 통화를 마무리 짓기로 했다.

"네, 잘 해결됐다니 다행이군요. 보고해 주셔서 감사드립니다."

—그럼 자택에서 뵙겠습니다.

김 실장은 짧은 인사와 함께 전화를 끊었고, 태준은 기나긴 기다림의 시간을 드디어 끝마쳤다.

무사히 넘어갔다고 할 수는 없지만 큰 참사는 피하게 된 오늘.

안도감 뒤에 따라오는 건 뿌리 깊은 고독이었다. 지옥 같은 하루를 보냈을 그 아이에게 수고했다는 한 마디도 건넬 수 없는 태준은 문득 자신의 처지가 서러워 견딜 수가 없다.

모든 건, 나약한 나로 인해 태어난 비극인데도 불구하고.

이래서 너는 날 그토록 끔찍이 싫어하나 보다. 내가 생각해도 나는 참 뻔뻔하고 형편없는 인간이다.

*　　*　　*

"옷이 되게 크네."

태오의 옷을 빌려 입은 나봄이 드레스 룸에서 걸어 나왔다.

지금 막 완성된 김치찌개를 식탁 위에 옮겨 놓은 태오가 그녀에게로 시선을 옮겼다.

그때까지만 해도 그의 머릿속엔 과연 이 찌개가 나봄의 입맛에 맞을까에 대한 고민밖에 없었으나.

"너, 너……."

제 옷을 입고 나온 그녀를 보자 먹통이라도 된 듯 태오의 얼굴이 새하얘지고 말았다. 그는 분명 바지까지 줬던 걸로 기억하는데 나봄이 검은색 박스티만 원피스처럼 걸치고 나왔으니.

"바, 바지는 어디다가 두고 왔냐."

태오는 당황한 목소리로 물었다. 그러자 나봄은 이미 허벅지 중간까지 내려오는 티셔츠를 억지로 끌어 내리며 대답했다.

"아, 너무 커서 자꾸만 흘러내리길래……."

"……."

"너무 짧아?"

사실 너무 짧은 길이는 아니었으나 그가 평소 티셔츠로만 입던 걸 그녀가 바지 없이 걸치고 있으니 이상하긴 했다.

하지만 그걸 티내자니 음흉한 생각을 한다고 오해받을까 싶어, 태오는 최대한 담담한 목소리를 꺼내 놓았다.

"아니, 그냥 옷 입은 건데 뭐."

"그래?"

"별로 안 짧아. 하나도 안 야해 보이고."

"아아."

"정말 조금도. 진짜 개뿔도 안 야하니까 걱정 마."

"……응?"

찔리는 마음에 강조가 너무 지나쳤다.

한편, 그가 섹시하지 않은 자신을 놀리는 거라고 생각한 나봄의 눈썹이 살짝 구겨졌다. 그녀의 샐쭉해진 얼굴을 발견한 태오는 뒤늦게 제 실수를 깨닫고 어떻게든 해명해 보려 했다.

"아, 니가 매력 없다는 게 아니라……."

"그럼 밋밋하다는 뜻이야?"

"아니, 그것도 아니고……."

친구도 못 되는 사이에서 연인으로 거듭난 지 30분째.

연애 초보 단태오에게 첫 번째 위기가 찾아왔다. 아니라고 고개를 저어봐도 뽀로통하게 튀어나온 그녀의 입술은 도통 들어갈 기미가 보이지 않는다.

태오는 또 다른 헛소리가 나오기 전에 서둘러 날뛰는 심장부터 진정시켰다.

그리고 최대한 진지한 표정을 지었다. 뒤따라 내뱉어진 한 마디는 아까보다 짧고 간결했다.

"예쁘다고."

"……."

"이 말을 왜 그렇게 돌려 말했나 모르겠지만…… 어쨌든 예뻐."

수줍게 흘러나온 태오의 말에 나봄의 눈동자가 휘둥그레졌다. 태오는 순간 이렇게 구구절절 변명하는 게 더 이상해 보이진 않을까 걱정했으나, 이내 그녀의 입가에 맺히는 건 흐뭇한 미소였다.

"뭐야, 너도 참."

조금 딱딱해졌던 목소리가 도로 달콤해진 걸 보니 진심대로 말하길 잘한 것 같다. 역시 거짓말에 영 서툰 나는 앞으로 뭘 꾸미거나 숨길 생각을 하질 말아야겠다.

"앉아, 밥 다 됐어."

머쓱해진 태오는 나봄을 위해 식탁 의자 하나를 빼 주며 말했다.

"와, 찌개 냄새 진짜 좋다."

그러자 언제 토라졌었냐는 듯 싱그럽게 웃으며 순순히 자리에 앉는 나봄은 어쩐지 전보다 더 사랑스러웠다.

우리 집에서 내 옷을 입고 내가 차려 놓은 밥상 앞에 앉아 있어서 그런가.

꼭 결혼이라도 한 기분이다. 나 혼자 들떠서 김칫국을 사발째 들 이켜고 있는 걸지도 모르겠지만 말이야.

*　　　*　　　*

달그락달그락—

그릇이 부딪히는 소리가 간지럽게 들려왔다.

소박하지만 다정했던 저녁 식사를 끝낸 지금.

식탁에 앉은 태오는 벌써 15분째 설거지하는 나봄의 뒷모습만 물끄러미 바라보고 있었다.

대충 씻어도 되는데 뭐 그리 오랫동안 매달리고 있는지.

애초부터 손에 물 묻히게 하고 싶지 않아 가만히 앉아 있으라고 했건만, 계속 얻어먹기만 할 수 없다며 싱크대 앞에 선 그녀는 참 고집스러웠다.

"한나봄, 아직 덜 끝났어?"

짧은 기다림도 버거웠던 태오는 툴툴거리며 물었다. 그러자 나봄은 어린 아이들 달래듯 느긋한 말투로 대답했다.

"거의 다 했어. 큰 쟁반만 닦으면 돼."

"그건 오늘 쓴 것도 아닌데 그냥 내버려 둬."

"에이, 이왕 설거지하는 거 다 해치워 버리는 게 좋지."

난 지금 당장 얼굴을 마주 보고 싶은 건데.

태오의 마음도 모르는 나봄은 그저 느긋하기만 했다. 하지만 더 보챘다가는 징징거리는 것처럼 보일까 싶어서, 그는 더 매달리지 못하고 억지로 기다림을 이어 나갔다.

그렇게 또 몇 분이 지났을까.

"설거지 끝!"

마지막으로 남은 큰 쟁반을 물기 하나 없이 닦아 낸 나봄이 드디어 빙글 몸을 돌렸다.

태오는 주인을 애타게 기다리고 있던 강아지처럼 자리에서 벌떡 일어났고, 반짝이는 두 눈으로 물었다.

"손 안 시려? 핸드크림 줄까? 혹시 옷에 물 튀겼으면 갈아입을래?"

갑자기 쏟아진 질문은 어떤 것부터 대답해야 할지 혼란스러웠다.

우선 호들갑스러운 그를 진정시켜야겠다고 생각한 나봄은 웃음기 섞인 목소리를 꺼내 놓았다.

"그렇게까지 챙겨 줄 필요 없어. 겨우 설거지한 건데, 뭐."

"설거지가 제일 어려운 거야. 배불러서 잠깐 쉬고 싶은 마음 무릅쓰고 뒤치다꺼리하는 거잖아."

태오는 진지하게 눈썹까지 구긴 채 말했다. 하지만 그 말에 나봄의 입가에 어린 미소는 한층 더 밝아졌다.

"그럼 난 제일 어려운 일을 도와준 거네?"

"……."

"설거지하길 잘했다!"

아, 내 심장.

해맑은 나봄의 얼굴에 치인 태오는 저도 모르게 가슴을 부여잡았다.

저렇게 사랑스러운 여자가 내 여자 친구라니.

그 사실은 다시 생각해 봐도 기적에 가까운 일이라 아직까지도 믿어지지가 않는다.

태오가 미친 듯이 요동치는 심장을 진정시키고 있던 그때.

♩♪♬♩♪♬—

식탁에 놓여 있던 나봄의 휴대폰이 요란하게 울었다. 한달음에 그 앞으로 다가가 휴대폰을 집어 든 나봄은 발신자를 확인하자마자 곧바로 통화 버튼을 눌렀다.

"네, 아빠. 무슨 일이세요?"

갑작스럽게 들려온 '아빠'라는 호칭에 태오는 돌연 숨을 멈추었다. 왜 그러는지는 본인도 잘 알지 못했다.

"네네."

그런 태오를 흘깃 바라보며 통화를 이어 나가던 나봄의 표정에 살짝 난처함이 어렸다. 그게 뭔가 불안하다 싶더니.

"네, 지금 가서 확인해 볼게요."

이윽고 나봄의 입에선 작별의 인사와 다름없는 말이 나온다. 그걸 들은 태오의 어깨에 쭉 힘이 빠졌다.

나봄은 곧 전화를 끊었고, 태오의 눈을 똑바로 마주 보았다.

"어쩌지? 나 회사에 가 봐야 할 것 같아."

그러고서 꺼내 놓는 말은 역시나 작별이었다. 충분히 예상하고는 있었지만 실제로 들으니 섭섭한 마음은 감출 길이 없다.

"중요한 파일 하나가 안 보인다고 하시네. 얼마 전에 내가 수정했던 건데 혹시 휴지통이나 다른 USB로 들어갔나 싶어서……."

이렇게 집에 가는 게 아쉽기는 매한가지였던 나봄은 구구절절한 이유를 덧붙였다.

하지만 오히려 그 이유 때문에 태오는 한 번쯤 매달려 볼 생각을 접어야 할 수밖에 없었다. 5년 전, 제 마음만 욕심껏 밀어붙였다가 2주 만에 이별을 통보받았던 그는 두 번째 연애에서만큼은 절대 같은 실수를 되풀이하고 싶지 않다.

"아……."

"……."

"그래. 그럼 가 봐야지, 뭐."

애써 마음을 진정시킨 태오는 턱 끝으로 제 방 쪽을 가리키며 말했다.

"드레스는 내 방 가방 고리에 펼쳐 놨어. 옷 사이에 끼워 놓으면 치렁치렁한 장식 다 짓눌릴 것 같아서."

"아, 응. 신경 써 줘서 고마워."

나봄은 그가 알려 준 방향으로 걸음을 움직였다.

이제 저 방 안으로 들어간 그녀는 예쁜 드레스 차림으로 나와서 내 마음만 잔뜩 흔들어 놓고 홀연히 사라지겠지. 언제나 그랬듯이.

체념은 한 상태였으나 어쩐지 억울해지는 건 어쩔 수 없었다.

지금의 나는 짝사랑에 허덕이던 그때의 불쌍한 처지가 아닌데, 남자 친구로서 아쉬운 마음 정도는 달래도 되지 않을까.

붙잡는 것도 아니고, 매달리는 것도 아니고, 그냥 예전에 해 봤던 거 한 번만 하고 보내도 되잖아. 안 그래?

'그래, 그 정도는 되고말고.'

스스로에게 질문하고, 스스로에게 대답한 태오는 방문을 닫으려는 나봄을 멈춰 세웠다.

"한나봄, 잠깐만."

그러고는 거침없는 걸음을 옮겨 방 안으로 따라 들어갔다. 아직 불을 켜지 않은 그의 방은 어두컴컴했지만 바로 앞에 있는 나봄의 어깨는 똑바로 붙잡을 수 있었다.

"……응?"

갑작스럽게 다가온 그의 손길이 어리둥절했던 나봄은 그의 실루엣을 물끄러미 바라보았다.

그러고는 왜 그러느냐고 물어보려 하는데 깊은 숨을 들이마시는가 싶던 태오는 이내.

쪼옥—

그녀의 이마 위로 촉촉한 입술을 가져다 댔다. 전에도 한번 맞닿아 본 적 있던 익숙한 감촉은 그때보다 부드러웠다.

"단, 단태오……?"

나봄은 살짝 떨리는 목소리로 그의 이름을 불렀다. 그러자 숨결이 닿을 수 있는 거리까지만 입술을 떼어 낸 태오는 낮게 속삭였다.

"나 혼자 두고 가는 여자 친구한테 이 정도는 허락 안 받고 해도 될 것 같아서."

그 달콤한 말 안에는 귀여운 투정도 섞여 있었다. 아무래도 이 남자는 자신을 순순히 보내 주긴 하지만서도 못내 아쉬운가 보다.

그런 그가 설레면서도 귀엽게 느껴졌던 나봄은 긴장했던 어깨를 풀며 웃어 버렸다.

"하하, 갑자기 뭐야. 놀랐잖아."

그러자 그녀를 따라 피식 웃음을 흘려보낸 태오는 두 손으로 그녀의 얼굴을 감싸 쥐었다. 그러고서 꺼내 놓는 질문은 은근히 야릇했다.

"조금 더 놀라게 해도 돼?"

"조금 더?"

나봄의 되물음이 끝나기가 무섭게, 태오는 그녀에게로 고개를 끌어 내렸다.

머지않아 그녀의 입술에 맞부딪혀 오는 건 뜨겁게 달구어진 그의 입술이었다. 미처 입맞춤을 준비하지 못하고 있던 나봄의 두 눈동자가 휘둥그레졌다.

그렇게 얼마간 그녀와 온기를 나누고 있던 태오는 부딪혔던 속도보다 훨씬 천천히 그녀와 닿아 있던 입술을 떼어 냈다.

"……조금 더 깊이 들어가도 돼?"

그런 뒤 흘려보내는 질문은 아까보다 자극적이었다. 이번엔 그가 무엇을 할지 제대로 알아챈 나봄은 대답 대신 가는 숨만 내보냈다.

태오는 그런 그녀를 더욱 힘주어 붙잡았고, 이내 한 번 더 입술을 맞부딪혔다.

두 번째 키스는 아까처럼 가볍지 않았다. 한동안 나봄의 윗입술을 야릇하게 머금고 있던 그는 이내 틈을 벌려 다디단 혀끝을 밀어 넣는다.

"음……."

나봄은 나른한 신음과 함께 그의 허리를 붙잡았다.

태오의 숨결은 그 손길에 이끌리듯 더욱 깊이 나봄을 파고들었고, 이내 한 발자국씩 그녀를 떠밀기 시작했다. 그를 따라 뒷걸음질을 치던 나봄이 도달한 곳은 다름 아닌 그의 침대였다.

"태, 태오야……."

폭신한 감촉을 느낀 나봄은 서둘러 입술을 떼어 내고 태오의 이름을 불렀다. 그 목소리에 더욱 달아오른 태오는 가쁜 숨과 함께 끓어넘치는 본능만큼 애타게 물었다.

"내가 좋아하는 곳…… 한 번만 물어 봐도 돼?"

"……."

"나봄아, 그래도 돼?"

"……."

"응? 해도 돼……?"

그렇게 야릇한 걸 아이처럼 보채듯이 자꾸 물어보면 한 번 튕겨 볼 수도 없잖아.

태오가 있는 대로 흔들어 놓은 나봄의 이성은 결국 그녀의 머릿속을 하얗게 만들어 놓았다.

어느덧 왜 그를 떠나려고 했는지도 잊어버린 나봄은 붙잡고 싶은 만큼 힘주어 그의 허리를 껴안았고, 까치발을 들어 먼저 그에게로 입술을 가져갔다.

그 수줍은 키스가 어떠한 대답보다도 마음에 들었던 태오는 조금 더 힘을 들여 나봄을 밀어붙였다.

털썩—

결국 침대 위로 안착한 두 사람의 몸. 그걸 신호탄 삼아 더욱 깊숙이 얽혀 드는 호흡.

끊임없이 파고드는 태오의 혀끝은 나봄으로 하여금 숨 쉴 틈도 주지 않았다. 입술을 떼어 놓나 싶으면 다시 집어삼키고, 떼어 놓다 싶으면 다시 집어삼켜서 도저히 정신을 차릴 수가 없었다.

그 와중에 맞부딪히고 있는 가슴은 왜 이렇게 터질 것처럼 요동을 치는지.

이대로라면 그도 알아차릴 거다. 달아오를 대로 달아오른 나의 온도를.

사실은 그래 주기를 바라고 있다. 그래야 너도 조금 더 과감하게 나를 안을 수 있잖아.

나봄의 은밀한 욕심을 읽은 것처럼, 태오의 두 손이 그녀의 골반을 감싸 쥐었다. 머지않아 조금씩 올라오는 손은 그녀만큼이나 달떠 있다.

나봄은 허락 대신 있는 힘껏 그를 껴안아 주었다. 그러고선 조금 더 적극적으로 그의 숨결을 받아들이려던 그때.

"아…… 미안."

돌연 태오의 입술이 뚝 떨어졌다. 마음의 준비를 다 한 상태에서 갑작스럽게 멈춰 놓은 키스는 몹시 당황스러웠다.

"으, 응?"

"아, 진짜 미안. 놀랐지."

"별로……."

안 놀랐다고 말하고 싶었건만, 난처함 가득한 태오의 목소리가 곧바로 이어졌다.

"미쳤나 봐. 키스만 하면 왜 자꾸 손이 나가는지."

"……."

"다음엔 키스하기 전에 수갑이라도 채워 놓는다, 내가."

그는 지금 괜한 자책을 하느라 정말 괜찮아 보이는 나봄의 표정도 살피지 못하고 있다.

순간 나봄의 마음엔 떠나간 손길의 아쉬움부터 채워지지 못한 기대감이 주는 허무함, 그리고 무책임하게 떠나려는 태오에 대한 얄미움까지, 갖가지 감정들이 폭풍우처럼 몰아치기 시작했다.

하지만 복잡하게 얽힌 감정들이 전달하고자 하는 말은 단 한 가지.

나는 김칫국 마시듯 열어 놓은 마음이 아까워서라도 이대로는 못 가겠다. 생애 처음으로 도발적인 결론을 내린 나봄은 깊은 숨을 들이마셨다.

그리고 이내 긴장감 가득한 목소리로 내뱉었다.

"나……."

"……."

"여기서 자고 갈까."

미묘하게 떨리고는 있으나 망설임은 없는 그녀의 파격적인 질문.

태오는 지금 본인이 무슨 얘길 들은 건지 쉽사리 이해되지 않았다. 그래서 타들어 가는 목 너머로 마른침만 꿀꺽 삼켜 넘기고 있으니, 나봄이 떨어지려 했던 그의 허리를 꼭 붙잡았다. 태오 못지않게 달아오른 두 손으로.

"한나봄……."

이제야 그녀가 무엇을 원하는지 깨달은 태오가 그녀의 이름을 불렀다.

나봄은 그 목소리에 반응하듯 가만히 눈을 감았다.

포근한 침대 위. 불긋하게 부어오른 입술. 내 가슴 아래 누워 있는 그녀.

눈앞에 펼쳐진 광경은 태오의 이성을 앗아 가기에 충분했다. 혼란스럽던 머릿속이 순식간에 새하얘져 버리는 게, 정수리에 번개라도 내리꽂힌 기분이다.

마음 같아선 날뛰는 본능을 폭발시켜 버리고 싶지만 원래 달콤한 것일수록 천천히 음미해야 하는 법이었다. 그녀를 원하는 만큼 조심스럽게 다가가기로 한 태오는 떨어트리려던 가슴을 다시 나봄에게 밀착시켰다.

그러고는 침대 위에 늘어진 그녀의 머리카락을 다정히 쓰다듬으니, 그 손길에 파르르 떨려 오는 속눈썹은 미치도록 사랑스럽다. 결국 또 다시 마음이 동해 버린 태오는 아까보다 뜨거워진 입술을 가져다 댈 수밖에 없었다.

"하아……."

촉촉한 감촉은 나봄의 숨을 달아오르게 만들었다. 온몸이 예민해진 그녀는 저도 모르게 태오의 허리를 붙잡은 손에 힘을 주었다.

그 손길을 허락으로 받아들인 태오는 조금 더 입술을 끌어 내렸다. 머지않아 마주 닿은 그녀의 입술에선 다디단 향기가 났다.

태오는 조금 더 깊은 호흡을 건네기 위해 천천히 입술을 벌렸다.

그러자 그 틈새를 먼저 파고들어 가는 건 다름 아닌 나봄의 혀끝이었다. 움츠러든 몸이 무색할 만큼, 그녀는 품에 안긴 남자를 온 마음 다해 탐하고 있다.

'그녀도 나를 원해.'

찰나에 느껴진 나봄의 진심은 태오를 더욱 과감해지게 만들었다.

그는 나봄이 건네는 호흡을 한껏 받아들이며 그녀의 옷자락 안으로 손을 집어넣었다.

결 좋은 피부. 매끈한 허리선. 숨을 고를 때마다 움직이는 그녀의 갈비뼈.

나의 본능을 예민하게 일깨워 주는 너의 달콤한 향기.

인내심은 이제 끝났다. 너와 내가 지금 같은 마음이라면 망설일 이유가 없다.

태오는 잠시 떨어진 입술을 그녀의 귓가로 옮겼다.

"……나봄아."

그러고서 흘려보내는 이름은 애가 닳도록 간절했다. 이내 귓불을 머금어 버리는 혀끝은 집요하게 묻고 있다.

나, 오늘 밤 너의 품속을 파고들어도 되겠느냐고.

떠나려는 그를 붙잡았을 때부터 마음의 준비를 끝내 두었던 나봄은 그의 티셔츠를 걷어 올리는 것으로 화답했다.

거치적거리던 옷감이 걷힌 자리에는 잔근육 잡힌 태오의 등허리가 달빛 아래 훤히 드러났다.

매끈한 피부를 부드럽게 쓰다듬던 나봄은 본능이 이끄는 대로 불룩 튀어나온 그의 척추를 하나하나 매만졌다.

"아……."

순간 못 참겠다는 듯 새어 나온 태오의 달뜬 신음은 그녀를 자극하기에 충분했다.

나봄은 그를 더 힘주어 끌어안았고, 가쁜 숨과 뒤섞인 나른한 목소리를 속삭였다.

"단태오……."

그녀가 내 이름을 불렀다.

항상 내게서 멀어지기만 했던 그녀가, 아무리 불러도 닿지 않았던 그녀가, 드디어 나를 품에 안은 채 내 이름을 불렀다.

태오는 그녀의 부름에 화답하듯 성급한 손길로 브래지어 버클을 풀어냈고, 그녀의 티셔츠와 함께 온전히 벗겨 냈다. 하얀 달빛에 비친 그녀의 가슴은 한 손으로 잡기 딱 좋은 사이즈였다.

"……부끄러워."

누군가에게 처음으로 속살을 내보이는 나봄은 떨리는 목소리로 속삭였다. 그 말을 들은 태오는 그녀의 가슴으로 고개를 끌어 내렸고, 부드러운 음성을 흘려보냈다.

"나도……."

"……."

"나도 그래."

대답과 달리 나봄의 향기를 탐하는 태오의 입술에는 일말의 망설임조차 없었다. 그와 동시에 나머지 옷마저 벗겨 버리는 그는 달빛 아래 매료된 늑대와 같다.

"나봄아……."

그는 푹 젖은 목소리로 나봄을 부르며 그녀의 허벅지 안쪽을 은근한 힘으로 열어 놓았다.

곧이어 한 번도 허락한 적 없는 은밀한 부분이 훤히 드러나자 나봄은 두 눈을 저도 모르게 꾹 내리감았다.

그런 그녀를 내려다보던 태오는 천천히 손끝을 옮겨 매끈한 속살을 매만졌다. 한참을 조심스럽게 움직이던 손가락이 어느 순간 클리토리스를 지분거리기 시작하자 나봄의 몸에는 기분 좋은 소름이 끼쳤다.

"아……!"

보다 격해진 신음소리. 그리고 금세 촉촉해져 버린 그녀의 입구.

태오는 나봄을 충분히 적시고 나서야 손을 떼어 냈고, 그녀만큼이나 달아오른 자신의 중심부를 입구로 가져갔다.

순간 나봄의 눈빛은 긴장한 듯 떨려 왔지만 태오는 그런 그녀의 뺨을 어루만져 주며 달랬다.

"……들어가도 돼?"

머지않아 새어 나온 질문은 전혀 강압적이지 않은데도 거절할 수가 없었다. 이 순간 요동치는 심장은 이미 그의 욕망을 허락해 버린 듯하다.

나봄은 감았던 눈을 천천히 뜨고 태오를 마주 보았다. 어느새 코앞까지 다가온 그의 얼굴은 나봄만큼이나 긴장한 모습이었다.

나봄은 그런 그에게 대답 대신 깊은 입맞춤을 건넸다. 수줍어하면서도 집요하게 얽혀 오는 그녀의 혀끝은 태오의 이성을 사로잡기 충분했다.

인내심도 한계에 다다른 태오는 천천히, 그리고 깊숙이 그녀의 안으로 파고들었다. 그와 동시에 나봄을 휘어 감는 강렬한 통증은 낯선 쾌감과도 비슷했다.

"아……!"

나봄의 고개가 옆으로 젖혀지자 태오는 그녀의 목덜미를 집요하게 탐하기 시작했다.

그녀의 하얀 피부가 붉어지면 붉어질수록, 여리던 숨결이 가빠지면 가빠질수록, 태오의 허리도 점차 격렬하게 움직인다.

"나봄아……."

"……응."

"한나봄……."

"응, 태오야……."

태오는 끊임없이 나봄을 밀어붙이며 그녀의 이름을 불렀다. 나봄은 오롯이 그를 받아 내며 달뜬 화답을 건넸다.

그 목소리에 일말의 이성마저 사라진 태오는 젖어 가는 나봄을 힘주어 끌어안았다.

"조금 더⋯⋯."

"⋯⋯."

"조금 더 나를 붙잡아 줘⋯⋯."

거친 호흡과 섞인 태오의 목소리는 이 순간만을 위한 것이 아니었다.

나봄은 오랜 세월 자신의 뒤에서 서러워만 했을 그를 힘주어 꽉 껴안아 주었다. 그럴수록 격해지는 그의 움직임과 짙어지는 신음소리는 그간의 애끓는 감정을 적나라하게 드러내 주는 듯했다.

뜨거워질 대로 뜨거워진 두 사람의 온도는 서로를 원하는 정도와 비례했다.

게다가 하나가 된 두 사람 위로 쏟아지는 달빛은 어찌나 아름다운지.

모든 것은 황홀한 꿈이라 여겨질 만큼 완벽했다. 붉은 입술 새로 흘러나오는 숨결, 은밀한 욕망을 탐하는 손끝, 심지어는 목덜미를 타고 흐르는 굵은 땀방울까지도.

두근거리다 못해 날뛰는 심장은 터지기 일보 직전이었지만, 당신이라면 오늘 밤 나를 숨 막히게 만들어도 괜찮다고 생각했다.

나는 이미 더 이상 원할 수도 없을 만큼 당신을 원하고 있으니.

*　　　*　　　*

끼이이익—

이른 아침. 화곡동 조그마한 단독주택의 낡은 대문이 열렸다.

그 안으로 조심히 발을 들이는 사람은 다름 아닌 화려한 드레스 차림의 나봄이었다.

출근하는 길에 나봄을 집 앞까지 데려다주었던 태오는 한동안 대문 앞에서 같이 따라 들어와서 해명해 주겠다며 떼를 썼었다.

하지만 수습은 제 몫이라고 생각한 나봄은 걱정하는 그를 억지로 등 떠밀어 보낸 참이었다.

왜냐하면 이건 어디까지나 그녀가 엎질러 놓은 물이었고, 거짓말에 젬병인데다가 당황하면 패닉까지 되어 버리는 태오가 무슨 해명을 제대로 할 수 있을 리도 없었으니까.

"큼큼!"

괜한 헛기침으로 인기척을 알린 나봄은 조심스레 현관문 도어락을 열었다.

삑삑삑삑—

네 자리 숫자를 입력하자 잠금장치가 기계음을 내며 열리는 걸 보니, 그는 다행히도 집 비밀번호를 바꿀 만큼 화가 나진 않은 모양이다.

그랬으면 정말 눈앞이 깜깜해졌을 텐데.

최대한 숨죽여 현관문을 열어젖힌 나봄은 도둑고양이처럼 살금살금 몸을 들였다.

지금 시간이라면 한 사장은 출근 준비가 한창일 텐데 이상하게도 집 안은 쥐죽은 듯 조용했다.

"벌써 나가셨나?"

그리 생각한 나봄은 당장의 위기를 모면했다는 것에 안도하며 움츠렸던 어깨를 늘어트렸다.

바로 그때.

"아이고, 공주 마마. 이제 들어오십니까."

익숙한 한 사장의 목소리가 바로 옆에서 들려왔다.

놀란 나봄이 토끼처럼 휘둥그레진 두 눈을 돌리자, 곧바로 시야에 들어차는 사람은 저승사자와 같은 포스를 풍기며 소파에 앉아 있는 한 사장이었다.

"아, 아빠⋯⋯."

그의 주변을 감도는 공기가 싸늘하다는 것을 깨달은 나봄은 저도 모르게 얼어붙어 버리고 말았다.

한 사장은 그런 그녀를 서슬 퍼런 눈빛으로 노려보았고, 이내 분노를 꾹꾹 우겨 담아 놓은 음성으로 물었다.

"어디 있었냐."

"네, 네?"

"금방 달려올 것처럼 대답해 놓고 대체 어디서 자고 온 거냐고."

"아⋯⋯."

순간 솔직하게 대답하기 겁이 난 나봄은 다른 변명을 찾아볼까 했다. 그러나 혼란스러운 머릿속에서는 도무지 괜찮은 거짓말이 떠오르질 않았다.

그래, 맞아. 생각해 보면 나도 단태오만큼이나 거짓말에 서툴렀지.

"그, 그게요. 아빠⋯⋯."

나봄은 그냥 이실직고하고 용서를 구하기 위해 죄책감 가득 담
긴 목소리를 냈다.

하지만 본론이 시작되기도 전에 꺼내진 한 사장의 명령은 그녀
를 더욱 당황하게 만들었다.

"데리고 와라."

"네, 네?"

"누군지는 니가 가장 잘 알 거다. 그 녀석을 당장 데리고 와라. 빠
른 시일 내로."

누군지는 내가 가장 잘 알고 있긴 한데⋯⋯ 사귄 지 24시간도 안
지난 남자 친구를 이런 식으로 소개시켜 줘도 되려나?

"대답!"

"아, 아! 네!"

고민하던 도중에 버럭 내질러진 한 사장의 고함은 나봄을 순순
해지게 만들었다.

이로써 얼떨결에 성사되어 버린 태오와 한 사장의 정식 만남은
벌써부터 걱정되기 시작했다.

어째서 단태오와는 이리도 진도가 빠른 건지.

이 속도라면 내일쯤 결혼식을 치를지도 모르겠다. 서두르는 사
람은 없지만 일사천리인 우리의 연애는 아마 그러고도 남을 거다.

*　　*　　*

청담동 우드레일 본가.

벌컥 열린 저택의 정문으로 차준이 걸어 들어왔다. 평소보다 흥분한 모습의 그는 저택을 지키는 경호원들조차 섣불리 다가갈 수 없을 정도로 살벌한 분위기를 풍기고 있었다.

갑작스러운 그의 등장에 가장 긴장한 경호실장은 차준의 곁에 따라붙으며 말했다.

"안녕하십니까, 선우차준 이사님. 본가에 들리신다는 연락은 못 받았습니다. 무슨 일이신지 여쭈어 봐도 되겠습니까."

그러나 차준은 그 질문에 대답하는 대신 싸늘한 목소리로 물었다.

"선우태준 어디 있어."

적어도 예의는 차렸던 평소와 달리 잔뜩 날이 서 있는 모습이었다.

"저도 잘은 모르겠지만 아마 평소 머무시는 방에 계시지 않을까 싶습니다."

경호실장은 그런 그의 눈치를 살피며 조심스레 대답했다.

그러자 더욱 빨라진 차준의 걸음은 곧 불어닥칠 폭풍을 예고하고 있었다. 이렇게까지 분노한 모습은 경호실장으로 근무한 이래로 처음이었다.

"이사님, 무슨 일이신지 여쭈어 봐도 되겠습니까."

경호실장은 어떻게든 소란을 막아 보기 위해 예의를 차려 물었다.

하지만 대꾸는커녕 시선도 주지 않고 저택에 들어서 버린 차준은 분노 이상의 살기를 띠고 있었다. 얼마나 이성을 잃은 상태인지, 구두도 벗지 않은 채였다.

그가 향하고 있는 가장 어두운 복도, 제일 구석진 방에는 다름 아닌 태준이 숨어 있었다.

최근 서재균 회장의 퇴원으로 인해 집 안에서 숨소리조차 제대로 내지 못하게 된 태준의 처지.

그는 자신에게로 다가오는 발소리가 어쩐지 두렵다. 하지만 고장 난 두 다리로는 도망치지도 못해서 숨통을 조여 오는 공포를 오롯이 맞이할 수밖에 없다.

덜컥―!

방 문고리를 힘주어 잡는 누군가의 손길에선 강렬한 적의가 느껴졌다.

방문이 거칠게 열릴 때쯤 철렁하고 내려앉아 버린 태준의 가슴.

호흡마저 약해진 그의 눈에 그리운 얼굴 하나가 들어왔다. 예상했던 대로 분노와 악감정에 뒤덮여 있지만 그럴수록 안쓰럽게만 보이는 그의 하나뿐인 동생, 차준이었다.

"차준아……."

예상치도 못했던 차준의 방문에 놀란 태준은 나직이 그의 이름을 불렀다.

그런 그에게 인사를 건네는 대신 휠체어 팔걸이를 단단히 붙잡은 차준은 벽 쪽으로 휠체어를 밀어붙였다.

쾅―!

이윽고 요란한 소리와 함께 부딪혀 버린 휠체어는 태준의 등허리로 충격을 고스란히 전했다.

"윽……!"

태준은 갑작스럽게 터진 고통을 참지 못하고 신음을 냈다. 그러자 고통 어린 그의 표정에도 눈 하나 깜짝하지 않고, 차준은 서슬 퍼런 입술을 떼어 냈다.

"어디까지 얘기했어."

"……뭐?"

"한나봄 만났잖아. 대체 그 애한테 어디까지 지껄였냐고."

파르르 떨리는 차준의 음성은 그가 얼마나 격분했는지를 고스란히 드러내 주고 있었다. 불안하게 흔들리는 눈빛은 전보다 더 위태롭게 느껴질 지경이다.

태준은 차준의 눈을 더는 마주치지 못하고 고개를 떨구었다.

"미안해……."

그런 뒤 흐리게 이어 내는 목소리는 차준을 더욱 흥분시켰다. 거세게 휘몰아치는 감정은 나약한 그의 숨통을 끊어 놓고 싶다는 충동까지 불러일으킨다.

결국 격양된 감정을 참아 내지 못한 차준은 태준의 멱살을 있는 힘껏 붙잡아 올렸다.

억지로 딸려 올라간 태준의 고개가 뒤로 젖혀졌다.

손에 붙잡힌 그는 전보다 더 나약하고 형편없는 모습이었다. 차라리 흔적조차 남지 않게 산산이 부숴 버리고 싶어지도록.

"무슨 개수작이야……."

"차준아, 난……."

"대체 내 인생을 어디까지 망쳐 놓고 싶은 건데!"

차준은 핏대가 설 정도로 악에 받친 고함을 내질렀다. 그 목소리에 다시 시선을 들어 올린 태준은 이내 지친 목소리를 흘려보냈다.

"망쳐 놓고 싶지 않아……."

"하."

"어떻게든 너를 지켜 주고 싶었어……."

그 말은 차준에게 구차한 변명처럼 들릴 뿐이었다.

그날, 전의조차 상실할 정도로 차준을 몰아넣은 사람은 다름 아닌 태준이었으니까.

"나를 지켜 주고 싶어서 그 애 앞에 나타났다고?"

"차준아……."

"개소리 하지 마! 니가 무슨 자격으로! 니가 무슨 자격으로 그 애한테 가서 내 얘길 지껄여!"

분을 이겨 내지 못한 차준은 붙잡고 있던 태준의 몸뚱이를 옆으로 내동댕이쳤다. 하체가 마비된 태준은 버텨 보지도 못하고 휠체어와 함께 그대로 넘어져 버렸다.

"아……."

"괜찮으십니까!"

그 소란에 놀란 경호실장이 한달음에 달려 들어왔다.

그럼에도 불구하고 좀처럼 분을 삭이지 못한 차준은 오로지 태준을 상처 주기 위한 말들을 거침없이 퍼부었다.

"양심이 있으면 죽은 사람처럼 골방에 틀어박혀 살아! 멀쩡한 사람 너 때문에 불쌍하고 비참해 보이게 만들지 말고!"

"……."

"그 꼴을 하고서 누구 형 노릇을 하려고 들어!"

그건 평소와 다르지 않은 모습이었다.

한때는 서로가 서로를 위해 주던 사이였는데, 이제는 고통을 주고 그걸 일방적으로 받아 내는 게 더 익숙해져 버렸다.

크게 숨을 들이쉰 차준은 마지막으로 날카로운 한 마디를 내뱉었다.

"나는……."

"……."

"진심으로 니가 죽어 버렸으면 좋겠어."

이것으로 쌓아 둔 감정들은 모두 토해 냈다. 이제 남은 일은 다시 이 지옥 같은 저택에서 벗어나는 것뿐.

하지만 막 발길을 돌리려던 그때.

"그럼 죽어. 니 손으로."

태준의 입술 새로 흘러나온 말이 차준을 붙잡았다.

"……뭐?"

얼핏 날을 세운 것처럼 들리는 그 말에 차준의 눈동자 속에는 다시금 적대감이 맺혔다. 하지만 태준은 여기서 관두지 않고 계속해서 서러운 목소리를 내뱉었다.

"항상 내가 없어져 버렸으면 했잖아. 넌 계속 나 때문에 불행해했잖아."

"……."

"내가 이렇게 되기 전부터 니 인생을 망친 건 나라고 믿고 있었잖아!"

그 말을 할 때쯤 태준은 그만해야 한다고 생각했다.

차준이 그런 적 없다는 건 그가 가장 믿고 의지했던 스스로가 가장 잘 알고 있었으니까.

그러나 마음과 달리 점점 높아지는 언성은 멈출 수 있는 수준이 아니었다. 이미 차준만큼이나 이성을 잃은 태준은 머릿속에 떠오르는 수많은 말들 중 제일 아픈 말들만 골라 내뱉고 있다.

"그렇게 생각하면 속이 편해?! 전부 내 탓으로 돌리고 나면 니 인생이 나아질 것 같아?!"

"……."

"착각하지 마! 아무리 날 원망하고 증오해도 애초부터 망가져 있던 게 멀쩡해지지는 않아!"

마지막 한 마디는 그에게 내리는 저주와 다름없었다.

아니나 다를까. 솟구치는 분노를 거세게 태우고 있던 차준의 눈빛은 그 순간부터 차츰 힘을 잃기 시작한다.

상황이 돌이킬 수 없을 정도로 악화되고 있다는 걸 깨달은 경호실장은 한 번 더 두 사람 사이를 막아섰다.

"두 분 다 고정하십쇼! 너무 흥분해 계신 상태입니다!"

하지만 그가 막아서지 않았더라도 태준은 여기서 더 폭언을 이어 나가진 못했을 것이다.

그에게는 자신으로 인해 고통스러워하는 차준의 눈동자를 더 이상 마주하고 있을 자신이 없었으니까.

"하아……."

뜨겁고 흐린 숨이 태준의 입술 새로 흘러나왔다. 그 뒤엔 미안하다는 진심 어린 사과를 덧붙이고 싶었으나 차마 염치가 없어서 꺼낼 시도조차 하지 못했다.

차준은 그런 그를 내려다보며 가만히, 정말 숨소리 한 번 내지 않고 가만히 서 있더니.

"알아……."

한참이 지나서야 서러운 듯한 음성을 흘려보냈다.

"내 인생은 애초부터 망가졌고, 어떻게 발버둥을 쳐 봐도 나아지지 않을 거라는 건…… 진작부터 알고 있었어."

"……."

"내 스스로 생각이라는 걸 할 수 있었을 무렵부터……."

곧바로 이어지는 말들엔 어느새 감출 수 없는 울음기가 섞여 들고 있었다.

하지만 차준은 여기서 멈추지 않고, 두 번 다시는 드러내지 못할 진심을 태준의 앞에 고스란히 꺼내 놓았다.

"그래도 형 때문이라고 생각한 적은 없었어."

형이라는 호칭을…… 대체 얼마 만에 들어 보는 거더라.

"지긋지긋하게 고통스러워도 형 덕분에 버틸 만했었으니까."

"……."

"모든 걸 형 탓으로 돌리기에는…… 내가 너무 형을 좋아했었어."

니가 그 시절의 나를 회상하는 건, 또 얼마나 오랜만에 일이더라.

태준이 그토록 듣고 싶었던 차준의 고백은 차라리 귀를 막고 싶을 정도로 고통스러웠다. 방금 전 그에게 주었던 상처가 전부 되돌아오는 느낌이었으니.

"그런데 형한테는 내가 어깨를 짓누르는 짐일 뿐이었잖아."

"……."

"내 존재가 부담스러워서…… 어떻게든 나를 감춰 놓고 싶어서……."

"……."

"항상 악착같이 노력해 왔던 거잖아. 내가 형 그늘에 가려져 있는 걸 확인할 때마다 안심을 하고, 그게 티가 나지 않도록 동정을 하고……."

더 이상 차준의 얘기를 들어 주기가 힘들었던 태준은 필사적으로 고개를 저었다. 하지만 차준은 그가 변명할 틈도 주지 않고 쐐기를 박아 넣었다.

"그런 마음이었으니까 내가 형 자리에 대신 올라가는 날, 굳이 꺼내 놓지 않아도 될 진실을 알려 줬겠지."

"차준아……."

"오로지 형이 원하는 일이라고 믿고 죽도록 달렸는데, 그날 꼭 내가 믿고 있던 모든 걸 박살 내야 했어?"

"……."

"그 순간까지도 날 견제했던 게 아니라면 그러지 않아도 됐었잖아……."

정말 그런 마음이 아니었는데. 언제나 널 누구보다 소중하게 여겠던 나는 절대 그런 마음을 가졌을 리가 없는데…….

어떤 대답도 할 수가 없었다. 꼭 자신도 모르고 있던 진심이 적나라하게 드러나 버린 것처럼.

"난 니가 가식 떠는 모습이 싫어."

"……."

"그런 널 누구보다 동경했던 내가 끔찍하게 혐오스러워."

다시 곤두서 버린 차준의 날은 태준의 심장을 정확히 반으로 갈라놓았다.

처음부터 잘못되어 있던 우리의 혈연. 어디서부터 어떻게 풀어나가야 할지, 시간이 갈수록 도통 모르겠다.

흐린 숨을 내쉬던 차준은 이내 힘없이 등을 돌렸다. 몇 걸음 가지 못하고 눈가를 매만지는 모습은 태준의 가슴에 칼날처럼 깊이 박혀들었다.

아마 죽을 때까지, 아니. 죽어서도 잊지 못할 거다.

이 순간, 떠나가는 너의 모습이 나의 눈에 얼마나 비참하고 가엾게 비치는지를.

* * *

지이이잉― 지이이잉―

책상 위에 올려놓았던 휴대폰이 진동했다.

업무로 인해 바쁜 오후를 보내고 있던 태오는 모니터에 시선을 고정시켜 둔 채 휴대폰을 붙잡았다.

하지만 흘깃 눈동자를 옮겨 휴대폰 액정을 살핀 그는 더 이상 업무에 집중할 수가 없었다.

헤어진 지 겨우 6시간밖에 안 지났는데도 무척이나 보고 싶은 그녀는 나의 온 신경을 단번에 앗아 가는 존재니까.

"응, 나봄아."

태오는 다정한 목소리로 전화를 받았다.

본인이 이렇게 달콤한 성격인 줄은 연애 전엔 몰랐던 사실이었다.

"아! 태, 태오야! 바빠?"

나봄도 그런 태오에게 놀란 건지, 살짝 경직된 목소리로 물었다. 태오는 그럴수록 더 친절하고 상세한 대답을 꺼내 놓았다.

"지금 당장은 바쁘지만 한 시간 안에 끝날 거야. 그때까진 끝내야 하는 일이라서."

"아아, 그렇구나. 그럼 오늘 저녁엔 별다른 스케줄 없어?"

그 질문은 데이트 신청의 전조와 비슷했다.

태오는 짧은 시간 내에 그녀와 갈 만한 식당부터 최근 평이 좋은 영화까지 쫙 떠올리며 신이 난 목소리를 내뱉었다.

"스케줄 없어. 왜? 비워 둘까?"

"응. 안 그래도 그거 물어보려고 했었는데……."

하지만 수락하는 것에 비해 묘하게 불안해 보인다 싶었던 나봄은.

"오, 오늘 우리 아빠랑 저녁 같이 먹을래?!"

이내 엄청난 제안 하나를 턱 꺼내 놓았다.

"어……?"

예상치도 못했던 장인어른과의 만남에, 태오의 심장이 벌써부터 바짝 쪼그라들었다.

*　　*　　*

똑딱똑딱―

조용한 거실엔 시계 초침 소리만이 들려오고 있었다.

일곱 시가 얼마 남지 않았다는 사실을 깨달은 나봄은 벌써 한 시간째 소파를 지키고 앉아 있는 한 사장의 눈치를 살폈다.

"저, 아빠. 텔레비전이라도 보면서 기다리시는 게…….."

"흠흠!"

나봄은 필요 이상으로 심각한 분위기를 풀어 보려 제안했지만 한 사장은 헛기침과 함께 고개를 돌려 버렸다.

평소엔 입지도 않는 와이셔츠까지 차려입은 한 사장은 지금 심각한 표정으로 하나뿐인 딸의 남자 친구를 기다리는 중이다.

오늘 찾아온다는 그 녀석은 이때껏 반항 한 번 해 본 적 없던 나봄을 무단 외박하게 만든 놈이니, 한 사장은 평소보다 엄한 태도를 유지할 생각이다.

"그렇게 안 봤는데 시간 약속 정말 안 지키네."

한 사장은 손목의 시계를 확인하고는 까칠한 목소리로 말했다. 그 말에 휴대폰 시간을 확인한 나봄은 한숨 섞인 대답을 내뱉었다.

"아직 10분 전이에요. 손목시계는 아직도 안 고치셨어요?"

"이렇게 중요한 자리엔 10분 정도 먼저 도착하는 게 예의지."

"그런 억지가 어디 있어요."

괜히 삐딱선을 타는 한 사장은 나봄을 걱정스럽게 만들었다.

분명 은근히 소심한 단태오는 한 사장의 날 선 태도에 잔뜩 긴장해 버리고 말 텐데, 그러다 실수라도 해서 사이가 다 뒤틀려 버리는 건 아닌지 모르겠다.

나봄은 그런 참사가 벌어지기 전에 모가 난 한 사장의 마음을 달래 보기로 했다.

"그 사람, 정말 순진하고 괜찮은 사람이에요."

"순진한 놈이 딸을 안 들여보내?"

"아, 그건 제가 멋대로……."

"됐어. 그 녀석 살랑살랑 웃으며 살갑게 굴 땐 그렇게 안 봤는데 아주 실망이야. 오늘 단단히 일러 둬야겠어."

살랑살랑 웃으며 살갑게 굴 때……?

나봄은 순식간에 지나간 한 사장의 말에 의아한 표정을 지어 보였다.

태오와 한 사장은 한봄 도어락 현장 답사 나왔을 때 딱 한 번 사무적으로 마주친 사이인데, 그땐 두 사람이 대화도 잘 하지 않아서 그렇게 보고 말고 할 것도 없었다.

게다가 단태오가 살랑살랑 웃으며 살갑게 굴었다니. 낯선 사람 앞에서 절대 그럴 리가 없잖아.

'아, 혹시 차준 오빠로 오해하고 계신가?'

찰나에 스친 생각은 나봄을 당황하게 만들었다.

혹시 한 사장이 기다리고 있는 사람이 차준이라면 태오가 오기 전에 그 오해는 풀어 둬야 했다. 선우차준이라는 이름이 거론되는 순간 태오는 언제나처럼 예민해지고 말 테니.

"아빠! 저, 설마 해서 드리는 말씀인데요! 지금 제가 만나고 있는 사람은……!"

나봄은 시간이 얼마 남지 않은 만큼 필사적으로 해명을 하기 시작했다.

하지만 호랑이도 제 말하면 온다고 했던가.

띵동—!

본론이 시작되기도 전에 터져 나온 초인종 소리가 온 집 안을 시끄럽게 울렸다. 인터폰을 확인해 보니 대문 앞에 서 있는 사람은 심히 초조해 보이는 표정의 태오였다.

"버, 벌써?"

당황한 나봄은 어깨를 잔뜩 움츠린 채 얼어 버렸다. 딸의 남자 친구가 오기를 벼르고 있던 한 사장은 인터폰 속 얼굴도 제대로 확인하지 않고 벌떡 자리에서 일어났다.

"이제야 왔네. 날 보자마자 어제 일에 대해서 사과하지 않으면 백 점은 감점시켜 버릴 줄 알아."

성큼성큼 현관문을 벗어나는 한 사장은 그녀가 막아설 틈도 주지 않았다.

나봄은 그 뒤를 종종걸음으로 따르며 어떻게든 태오에 대해 조금이라도 얘기해 보려 했다.

"저기 제 남자 친구 이름은 단태오구요! 나이는……!"

"그래, 아주 불태워 버려야지."

"아니요, 태우는 게 아니고 태오요! 이름이 태오라구요!"

"감히 말도 없이 외박을 감행하다니."

하지만 귀를 닫은 사람처럼 그녀 말을 듣지 않는 한 사장은 흥분한 손놀림으로 대문 걸쇠를 열었다.

"선우차준! 네 이놈!"

그러더니 기어이 그 사람의 이름을 꺼내 버리고 말았다. 결국 터져 버린 최악의 사태에 나봄의 얼굴이 하얗게 질려 버렸다.

"아빠! 그 사람 아니라니까!"

나봄은 쩌렁쩌렁하게 소리를 질렀다. 한 사장은 그때까지만 해도 그저 잔뜩 노한 표정이었으나.

"아······."

대문 앞에 얼어붙어 있는 낯선 남자를 확인하고는 나봄만큼이나 당황해 버리고 말았다.

지금껏 딸과 교제하고 있는 사람은 얼마 전에도 우리 집에 들렀었고, 파티에 참석하는 나봄을 위해서 드레스까지 선물해 준 선우차준 본부장인 줄 알았건만.

"······."

갑자기 나타난 이 커다랗고 새까만 녀석은 도대체 누구신지······.

"나, 나는 선우차준 본부장 그 사람이 올 줄 알았는데?"

아직 상황 파악이 덜 된 한 사장이 한 번 더 차준의 존재를 언급했다. 거듭된 실수에 가슴이 철렁 내려앉은 나봄은 이마까지 짚은 채 태오의 표정을 살폈다.

아니나 다를까. 태오는 뜻밖의 오해에 그 어떤 대꾸도 못 하고 속눈썹만 가늘게 떨고 있는 중이었다.

"아빠, 그 사람 이름 좀 그만……"

나봄은 상황을 난처하게 만든 한 사장에게 탄식 섞인 목소리를 흘려보냈다.

바로 그 순간.

"하아……."

서늘한 공기 중으로 태오의 낮은 한숨이 새어 나왔다. 심상찮은 그의 분위기를 느낀 두 부녀의 시선이 동시에 태오에게로 향했다.

그러자마자 시야에 곧바로 들어온 태오의 인상은 잔뜩 구겨져 있었다.

까딱하면 대문이고 뭐고 다 뜯어 던질 기세로.

"저, 저기 태오야……."

나봄은 다혈질인 그의 성질머리를 떠올리며 어떻게든 상황을 진정시켜 보려 했다.

하지만 그때.

"안녕하십니까, 단태오라고 합니다."

태오의 허리가 90도로 꾸벅 굽혀졌다. 다시 허리를 들어 올린 그는 여전히 험악하게 인상을 쓰고 있었으나 이어지는 멘트들은 하나같이 공손했다.

"나이는 스물아홉, 따님이랑 동갑이고요. 현재 목동에 살고 있습니다. 부모님 두 분은 전주에 계시고요. 형제는 따로 없습니다."

"으, 응?"

"지금은 우드레일 현장팀에 근무 중이고, 4개월 전에 'Lily' 프로젝트 팀장직을 맡았습니다. 우리 회사 본부장님 때문에 마음고생이 심하긴 하지만 그래도 정년 때까지는 어떻게든 성실히 자리를 지키고 있을 생각입니다."

"……."

"눈썹에 있는 흉터는 싸움박질 이런 거 때문에 생긴 게 아니라, 어릴 때 철봉에서 떨어져서 찢어졌습니다. 이목구비는 어머니를 닮아서 사납게 생긴 편이지만 생긴 것보다는 성격이 순한 편이라고들 합니다."

구구절절한 그의 자기소개가 끝날 쯤이 돼서야 나봄은 떠올렸다. 단태오는 긴장할 때마다 미간을 사납게 좁히는 버릇을 갖고 있었다는 사실을.

방금 본인이 말했던 대로 첫인상 때문에 오해를 많이 사지만, 그의 성품은 사나운 겉모습과 달리 정말 순한 사람이었다. 조금 까칠한 것까지는 부정할 수 없지만.

"그, 그래요. 반갑군요."

그 사실을 아직 모르는 한 사장은 경직된 목소리를 풀지 못하고 대답했다.

태오는 그런 그를 한동안 초조한 기색으로 지켜보다가, 이내 무언가가 떠올랐는지 휙 등을 돌려 제 차로 향했다.

한 사장은 갑작스러운 그의 행동에 움찔했으나 이내 차에서 무언가를 꺼내는 태오를 보고는 두 눈을 동그랗게 떴다.

"제가 이런 자리가 처음이라서……."

"……."

"고민만 하다가 이것저것 준비해 봤는데 이 중에 하나라도 마음에 드시는 게 있으셨으면 좋겠습니다."

그렇게 말한 태오는 대문 앞에 무언가를 하나둘씩 꺼내 놓기 시작했다.

처음 두 개까지는 예의를 차린다고 신경 썼구나, 싶었지만 그 뒤로도 쉴 새 없이 쏟아져 나온 선물이 대문 앞을 가득 채우자 한 사장은 당황한 기색을 감추지 못했다.

최고급 명품 한우세트, 홍삼 선물세트, 수제 약과, 발 마사지기, 흑마늘 진액, 남성 화장품세트, 명품 소가죽 벨트······.

전부 다 해서 저게 얼마야, 대체!

놀란 나봄은 태오에게 달려가 그의 팔을 붙잡았다.

"그, 그만 꺼내!"

"아직 한참 남았는데."

"파산하려고 작정했어?! 한 달 치 월급 다 쏟아부었겠네."

나봄의 예상에 동조라도 하듯 태오의 눈이 가늘게 흔들렸다. 그래서 더욱 당황스러워진 나봄은 그가 꺼내 놓았던 선물들을 다시 차 안으로 집어넣기 시작했다.

"영수증 있지? 환불하러 가자."

"그래도 선물이니까······."

"첫 인사엔 선물 하나만 들고 와도 괜찮아! 이건 거의 평생 치다! 평생 치야!"

그 하나를 고르지 못해 이 사달을 벌인 것이었지만 나봄의 말은 일리가 있었다. 처음 인사드리는 사이에 이 정도의 선물 공세는 호감이 아니라 부담을 줄지도 몰랐다.

결국 자신이 사 온 선물들을 훑어보며 고민하던 태오는 제일 값이 비쌌던 최고급 한우 세트를 꼬옥 품에 안았다.

그러고는 조심스러운 걸음으로 한 사장에게 다가가, 여전히 긴장한 만큼 오만상을 쓴 채.

"받아…… 받아 주십쇼, 선생님."

수줍은 증정식을 거행했다. 이 와중에도 너스레를 떨지 못해서 차마 '아버님'이라는 호칭은 쓰지 못했다.

그와 같이 덩달아 긴장해 버린 한 사장은 얼떨결에 그의 선물을 받아 들었다.

그런 뒤 다시 한 번 태오의 얼굴을 찬찬히 살펴보자, 그는 잔뜩 경직된 와중에도 흘끔흘끔 한 사장의 눈치를 보고 있었다.

뭐라 내색하지는 않지만 표정을 보니까 뭔가 기다리는 말이라도 있는 모양인데…….

'아, 맞다. 저녁 같이 먹자고 불렀었지.'

그제야 태오를 부른 목적을 생각해 낸 한 사장은 꿀꺽 마른침을 삼켜 넘겼다.

"이, 이거 같이 구워 먹겠나."

그러고는 용기 낸 한 마디와 함께 슬쩍 대문을 열어 주자 태오의 눈빛이 돌연 반짝 빛났다.

"그래도 되겠습니까."

"어, 어. 그래. 뭐……."

"……감사합니다."

흐리게 흘러나온 태오의 목소리에는 감동 받은 기색이 역력했다. 맨 처음 한 사장이 날카롭게 내질렀던 고함 때문에 몹시도 겁먹었었던 그는 이제야 한시름 놓을 수 있게 된 참이었다.

쾅—!

때마침 태오가 꺼내 놓은 선물들을 전부 도로 넣은 나봄이 뒷좌석 문을 닫았다. 그러고선 탈탈 손바닥을 털며 뒤를 돌자.

"휴, 겨우 다 넣었네. 영수증 꼭…… 응?"

그녀의 눈에 어색하기 그지없는 두 남자의 뒷모습이 담겨 왔다. 어느새 현관문까지 다다른 그들은 혼신의 힘을 쥐어짜 내 소소한 대화도 이어 나가는 중이었다.

"자네, 저 많은 짐 들고 오면서 힘들진 않았나?"

"차에 싣고 와서 괜찮았습니다."

"그럼 자네 차가 힘들었겠군."

"아, 예. 물어보진 않았지만 아마도."

멀쩡한 질문과 대답도 못 할 만큼 긴장해 있는 걸 보니 오늘 저녁 식사를 시작하기도 한 사장의 과민대장증후군이 도지게 생겼다.

단태오도 그런 그를 편안하게 만들 만큼 여유로운 성격은 못 되는데.

아무래도 두 사람 못지않게 낯을 가리는 내가 나서야 할 것 같다. 해결하기 힘든 과업을 얻은 기분에 벌써부터 기가 쭉쭉 빨린다.

*　　　*　　　*

나봄이 구워 온 최고급 한우가 식탁에 놓여졌다.

육즙이 잘 배어 나온 한우는 충분히 먹음직스러웠지만 그걸 보고 있는 두 남자는 어느 누구도 쉽사리 젓가락을 들지 못했다.

"자, 우리 식사부터 하고 얘기할까요? 태오야, 잘 먹을게."

나봄은 그런 그들 사이에서 유일하게 웃는 낯으로 식탁에 앉았다.

태오는 나봄에게 맛있게 먹으라는 뜻으로 고개를 살짝 끄덕여 주고는 한 사장에게 손짓을 했다.

"먼저 드세요, 선생님."

안타깝게도 그는 아직 한 사장에게 살가운 호칭을 쓰지 못하고 있는 상태였다. 그 모습은 서글서글하게 다가오던 누군가와 비교되긴 했다.

하지만 한 사장은 이렇게 낯을 가리면서도 점수를 따 보겠다고 애쓰는 태오가 비호감으로 느껴지지는 않았다.

우선 태오의 긴장감부터 풀어 줘야 무슨 대화가 가능하겠다고 판단을 내린 한 사장은 윗사람답게 먼저 다가가 보기로 했다.

"자, 자네도 먹게나."

그래서 떨리는 목소리로 말하며 고기 한 점을 태오의 밥그릇 위에 올려 주자.

"아……."

잠깐 멈칫하던 태오가 두 손으로 공손히 다른 고기 한 점을 집었다. 그러고는 한 사장과 똑같이 그의 밥그릇에 살포시 올려놓아 주었다.

"선생님도 드세요."

"아, 고맙네."

그렇게 사이좋게 서로를 챙겨 준 뒤에야 겨우 첫술을 뜨게 된 두 남자는 동시에 생각했다.

'이게 아닌가.'

확실히 아니었다. 그건 옆에서 두 사람의 어색한 광경을 보고 있는 나봄이 가장 잘 알 수 있었다.

"하아……."

나봄은 쉽사리 긴장을 풀지 못하는 두 남자를 향해 긴 한숨을 내쉬었다. 역시 준비가 되지 않은 상태에서는 만남을 주선하지 말 걸 그랬다.

그렇게 부질없는 후회를 반복하고 있던 그때.

"어?"

그녀의 눈동자에 이 상황을 타파할 만한 무언가가 들어왔다. 냉장고 위에 대충 올려져 있는 긴 박스는 이번 설에 아버지가 받아 온 양주가 분명했다.

나봄은 술 석 잔이면 바로 만취가 되어 버리는 체질이었으나, 그녀의 아버지 한 사장은 여태껏 만취 상태가 되어 본 적이 없었다.

태오는 정확히 얼마나 마실 수 있는지는 잘 모르겠지만 유리와 종종 술자리를 가졌다는 걸 보니 결코 못 마시는 건 아닐 터.

'좋아, 그렇다면 지금은 알코올을 꺼낼 때야!'

짧은 고민을 끝마친 나봄은 자리에서 벌떡 일어섰다.

"어디 가니, 나봄아."

"한나봄?"

오로지 나봄에게만 의지하고 있던 두 남자는 돌연 초조해진 눈빛으로 그녀를 바라보았다.

냉장고 앞에 다가간 나봄은 까치발을 든 채 손을 뻗었다. 그때까지만 해도 한 사장은 그녀가 무엇을 하려는 건지 알지 못했으나.

"우리 이거 열까요?"

나봄이 도수가 센 양주를 꺼내자 두 남자 모두 눈을 반짝였다.

그래, 안 그래도 어려운 자리에 무언가가 부족하다 싶더니. 알코올이 빠져 있었구나.

"자네, 술은 좀 마시나."

한 사장은 화색이 도는 얼굴로 태오에게 물었다.

평소 자신의 술버릇 때문에 술 마시는 걸 좋아하지 않는 태오였지만, 아무리 생각해도 첫 만남에 노래방에 가서 슬픈 노래 부를 일은 없을 것 같아서 그는 스스럼없이 대답했다.

"네, 적당히 할 줄 압니다. 선생님."

그때, 그리 말하는 그를 어떻게든 뜯어말렸어야 했지만 안타깝게도 나봄은 한 시간 뒤에 일어날 일을 예측하지 못했다.

"그럼 잘됐네요! 술잔 새로 꺼낼게요!"

나봄의 신이 난 목소리에 태오의 굳어 있던 입꼬리에도 은근한 미소가 맺혔다.

*　　　*　　　*

"짠!"

벌써 다섯 번째 건배가 이루어졌다.

한 잔 한 잔 들어갈 때마다 조금씩 긴장감을 풀던 태오와 한 사장의 분위기는 다섯 잔째가 되어서야 겨우 편안한 미소를 되찾았다.

이제야 태오에 대해 알고 싶은 게 많아진 한 사장은 막 따른 양주를 입 안에 털어 넣기 전 물었다.

"그래, 외아들이라고 했었나?"

"네, 외아들입니다."

"부모님이 아들에게 거는 기대가 크시겠구만."

"딱히 그렇지도 않습니다."

군더더기 없이 짧게 되돌아오는 태오의 대답은 시원시원했다.

한 사장은 들고 있던 잔을 다시 비우고는 이번엔 좀 더 예민한 질문을 던졌다.

"우리 딸이 지난밤에 자네 때문에 무단 외박까지 감행했는데 말이야……."

"……."

"나봄이랑 결혼을 생각하고 진지하게 만나고 있는 거겠지?"

"쿨럭쿨럭!"

그가 꺼낸 파격적인 단어에 놀란 태오가 양주를 삼키려다 말고 헛기침을 했다.

한나봄이랑 사귄 것도 기적이라 생각하고 있는 태오는 결혼까지는 욕심조차 내지 않고 있던 터였다.

하고 싶다고 솔직하게 대답해도 될까. 듣고 있던 한나봄이 가당찮은 소리라 생각하진 않을까.

'그래도 나한테 물어본 질문이니까 내 마음대로 털어놔도 되겠지.'

짧은 고민 끝에 다짐한 태오는 포부를 드러내기 위해서라도 결혼까지 생각하고 있다고 말하려 했다.

하지만 그가 입술을 떼어 내기도 전에.

"아빠도 참, 우리 만난 지 정말 얼마 되지도 않았어요."

나봄이 헛웃음과 함께 먼저 대답을 가로챘다. 방금 전까지만 해도 각오가 단단했던 태오의 눈동자가 당황한 빛을 띤 채 그녀에게로 향했다.

그녀가 한 말이 틀린 소린 아니지만 그래도 딱 잘라 얘기하니까 뭔가 섭섭하잖아.

"사귄 지 얼마 되지도 않았다는 애가 벌써 외박이나 하고!"

"앗! 그, 그게 아니라……."

한 사장은 그런 그녀의 어깨를 찰싹 때리며 타박했다. 그러고는 매서운 눈빛을 돌연 태오에게로 꽂은 채 엄중하게 물었다.

"자네, 자네도 그런 가벼운 마음으로 어젯밤 나봄이를 안 들여보냈던 건 아니겠지?"

아직 서운한 마음을 정리하지도 못하고 있던 태오는 자연스럽게 나봄의 눈치를 보았다.

맞은 어깨를 매만지는 나봄의 눈동자는 난처한 기색이 역력했지만, 딱히 인상을 쓰진 않고 있는 걸 보니 이런 질문이 영 싫은 건 아닌 모양이었다.

그렇다면 나도 물러나지 않겠다. 비록 너한테는 우리가 사랑한 지 얼마 되지 않은 것처럼 보일지 몰라도 나는 자그마치 9년이라는 긴 시간 동안 너만 보며 살아왔다.

태오는 마른침을 삼켜 넘기고는 단호한 눈빛으로 한 사장을 마주 보았다. 그리고 꺼내 놓는 목소리는 면접관 앞 엘리트 신입 사원처럼 몹시 패기 넘쳤다.

"가벼운 마음으로 만나고 있지는 않습니다."

"……"

"선생님께서 허락해 주신다면……."

따님을 제게 주십시오.

라는 말이 쩌렁쩌렁하게 터져 나오려다가 혀끝에서 멈추었다. 휘둥그레진 나봄의 눈동자와 마주친 순간 머릿속이 새하얘졌기 때문이었다.

순간 낯이 뜨거워진 태오는 자꾸만 흐려지는 말꼬리를 억지로 붙잡고, 당찬 목소리로 내뱉었다.

"……선생님을 장인어른으로 맞이하고 싶은 마음도 있습니다!"

"나, 날?"

"장인어른이 되어 주십시오!"

한 사장을 향한 구애 작전.

그건 천성적으로 부끄러움이 많은 탓에 도저히 낯 뜨거운 말은 못 하겠지만 이대로 물러나고 싶지는 않아 내린 선택이었다.

그런 신박한 대답에 잠시 당황하는가 싶던 한 사장은 이내 입꼬리를 실룩이다가.

"푸핫…… 푸하하하하!"

곧 목젖이 보일 만큼 커다란 웃음을 터트렸다. 예상치 못한 반응에 놀란 태오의 눈빛이 당당함을 잃고 금세 흔들리기 시작했다.

"결혼 얘길 이런 식으로 꺼내는 건 또 처음 봤구만! 처음엔 아주 뻣뻣한 녀석인 줄 알았는데, 알고 보니 아주 유머러스하네!"

의도치 않게 유머러스한 사람이 되긴 했지만 한결 좋아진 분위기에 안도한 태오는 작게 한숨을 돌렸다. 평소 실수만 연발하게 하는 소심한 성격도 가끔은 도움이 될 때가 있는가 보다.

겨우 위기를 넘긴 태오는 나봄에게로 당찬 시선을 두고 눈짓으로 말했다.

'봤냐. 이제 넌 빼도 박도 못 하게 내 꺼야.'

그걸 알아들었는지, 나봄의 얼굴이 어느새 빨갛게 물들었다. 역시 너는 내 사랑을 받는 일을 좋아하는 게 분명하다.

"좋아, 기분이다! 나봄아, 고기만 먹기 심심하니까 요 바로 앞 횟집에서 모둠회 좀 떠 와라!"

한껏 신이 난 한 사장은 주머니에서 지갑을 꺼내 들었다. 안 그래도 이런 분위기가 부끄러웠던 나봄은 곧바로 대답하며 서둘러 자리에서 일어섰다.

"아, 네네!"

"나도 같이 가 줄까."

그 모습을 본 태오는 망설이지도 않고 그녀에게 따라붙으려 했다.

사실 여기 도착해서부터 쭉 나봄과 단둘이 있을 기회만 호시탐탐 노리고 있던 그였다.

그러나 그때.

"아아, 술자리가 끊어져서야 쓰나. 단 서방 한 잔 더 하게!"

단 서방.

한 사장의 입에서 툭 튀어나온 살가운 호칭이 태오의 정신을 단번에 사로잡았다.

인상이 더럽고 성격이 싹싹하지 못해서 항상 어른들에게 점수를 따지 못했었는데, 이렇게 하루 만에 사위 자격으로 인정받을 줄은 몰랐다.

또 한 번 감동이 북받쳐 오른 태오는 순순히 잔을 내밀었다.

"가, 감사합니다."

"단 서방도 한 번 따라 봐!"

"아…… 예."

완벽하게 편해졌다고는 할 수 없지만 그래도 보기 흐뭇한 두 남자의 관계.

식탁에서 조금 떨어진 거리에서 그 광경을 지켜보고 있던 나봄은 그걸 보고서야 한시름 놓을 수 있었다.

갑작스럽게 이뤄진 첫인사가 잘못되진 않을까, 내심 걱정하고 있었건만 분위기는 의외로 시간이 갈수록 좋아지고 있다.

'하긴, 아빠는 예전부터 순진한 구석이 있는 사람을 좋아했으니까.'

너스레에 서툰 태오가 의외로 한 사장 취향이라는 걸 떠올린 나봄은 그제야 미련 없는 발걸음을 떼어 냈다.

아까 전까지만 해도 나봄에게만 의지하고 있던 두 남자는 그녀가 신발장이 다다를 때까지도 별 신경을 쓰지 않았다.

"좋아, 단 서방! 그거 아는가!"

"아니요, 모릅니다."

"내가 이래 봬도 전국 노래 자랑 예선 합격 출신이라네! 내가 한 곡조 뽑아 볼 테니까 귀 기울여 잘 들어 봐!"

사실 아빠가 저렇게 신나 하실 줄은 몰랐지만.

"아, 네. 그런데 선생님. 슬픈 노래는 되도록……"

"어허! 선생님이라니! 이젠 장인어른이라고 부르게!"

"네? 그, 그래도 되겠습니까."

태오가 우리 아빠를 저렇게나 따를 줄도 몰랐지만.

어쨌든 서로 다른 두 사람이 저리도 잘 어울리는 건 정말 잘된 일이었다.

모든 일이 너무 잘 풀려서 꼭 돌부리 하나 없이 매끄러운 고속도로를 타고 있는 기분이다.

*　　　*　　　*

그 남자의 까만 차.

그걸 본 순간 머릿속이 새하얘져 버렸다.

불 켜진 집 안, 끊이질 않고 이어지는 웃음소리.

그 안에 너와 그 남자의 목소리가 섞여 있다는 걸 깨달은 순간, 숨이 제대로 쉬어지질 않았다.

나는 너와 재회한 후로 열심히 내 자리를 만들어 왔다고 생각했는데, 어째서 지금은 끼어들어 갈 수 있는 일말의 틈조차 보이질 않는 건지.

화가 나다가, 억울하다가, 이내 하염없이 서러워졌다. 세상의 불행은 전부 다 나에게만 쏟아져 내리고 있는 것 같았다.

오늘 같은 날. 도저히 혼자 있으면 안 될 것 같아서 찾아온 나봄의 집. 차준은 나봄의 집 대문으로부터 몇 발자국 떨어진 곳에 가만히 멈춰 있었다.

사실 이곳에서 위로를 받을 생각은 아니었다. 이미 나봄에게 몇 번이나 거절을 당한 적 있던 그는 이곳을 쉼터 삼을 수 없다는 걸 누구보다 잘 알고 있었다.

그럼에도 불구하고 그가 여기까지 발걸음을 하게 된 것은.

아무리 나를 밀어내도, 아무리 나를 싫어해도.

'그나마 니가 나한테는 가장 따뜻한 사람이잖아. 내 세상에는 정말 너밖에 없잖아.'

그런 일방적인 이유들은 차준을 더욱 처절하게 만들었다. 하지만 그보다 더 끔찍한 고통을 선사하는 건 매번 비슷하게 반복되고 있는 비참한 상황이었다.

요즘 들어, 아니. 꽤 오래 전부터 나는 그 남자가 만들어 낸 그늘 아래 가려져만 간다.

그 어느 날처럼 또 다시 어두운 골목만 지키고 서 있게 된 차준은 가슴 깊이 밀려오는 아릿한 감정을 도저히 참을 수가 없다.

"하아……."

이대로는 절망에 짓눌릴 것만 같아, 차준은 뜨거운 숨을 억지로 토해 냈다. 그리고 나봄의 집 파란 대문을 바라보며 계속해서 애원했다.

'상황이 어찌 되어도 좋으니, 제발 내가 있는 곳으로 나와 줘. 울

고 있는 나를 알아봐 줘.'

어느덧 사랑이 아닌 동정에 매달리고 있는 그는 스스로 생각해 봐도 참 미련하기 그지없었다.

그때.

끼이이익—

녹슨 쇳소리와 함께 기적처럼 파란 대문이 열렸다. 그 안에서 모습을 드러내는 사람은 그가 그토록 바라던 나봄이었다.

순간 차준의 입가에 저도 모르게 미소가 얹혔다.

니가 내 기도를 듣고 나와 준 건 아닐 테지만, 아직까지 하늘은 내게 널 잡으라고 기회를 주고 있는 듯하다.

차준은 그녀에게 다가가기 위해 발걸음을 옮겼다. 심부름을 하기 위해서 밖으로 나온 나봄은 차준이 있는 쪽을 등진 채 빠르게 제 갈 길을 재촉하기 시작했다.

아직 그녀의 등 뒤에 있는 건 변함이 없지만 차준은 조금만 더 다가가면 그녀를 붙잡아 놓을 수 있을 거라 생각했다.

아니, 굳이 걸음을 옮기지 않아도 그가 입 밖으로 그녀의 이름 한 번만 불러 준다면 기꺼이 뒤를 돌아봐 줄 거라 확신했다.

"나봄……"

하지만 막 흐린 목소리를 꺼낸 순간.

"아휴, 아빠 또 신나서 심수봉 노래 부르시네. 못 말린다니까, 하하."

해맑게 웃는 너의 얼굴이 왜 내 걸음을 가로막는 건지.

그 미소를 본 나는 스스로에게 되묻게 된다.

'내 옆에 있는 동안 그녀가 저렇게 편히 웃은 적이 있었나?'

있었다. 자그마치 10년 전에.

하지만 다시 재회한 이후로 그녀는 단 한 번도 내 앞에서 편히 마음을 내려놓은 적이 없었던 것 같다.

'이대로 내가 그녀 앞에 나타난다면, 저 미소를 빼앗아 올 수 있을까.'

그 질문에 대해서는 평소보다 깊이, 그리고 간절하게 고민했으나 아무리 생각을 거듭해도 긍정적인 결과가 나오지는 않았다.

'그래, 안 돼.'

들여다보면 들여다볼수록 맑은 그 남자와 달리, 내 안은 들여다볼수록 탁하고 더럽기만 하니까.

'그래서 나는 안 돼.'

아무래도 나는 안 되겠어. 어떻게든 멀쩡해지려 노력해도 자꾸만 산산이 부서져 버리고 말아.

이번에도 나설 용기가 없어 그녀를 붙잡지 못한 차준은 태오의 차 뒤편에 멈춰 선 채 털썩 주저앉아 버렸다.

귓가에 이명처럼 태준의 목소리가 맴돌았다.

'그렇게 생각하면 속이 편해?! 전부 내 탓으로 돌리고 나면 니 인생이 나아질 것 같아?!'

'착각하지 마! 아무리 날 원망하고 증오해도 애초부터 망가져 있던 게 멀쩡해지지는 않아!'

원래는 그 말에 반박하기 위해서라도 더 악착같이 앞서 나아간 차준이었으나, 이번에는 저도 모르게 고개를 끄덕이고 말았다.

맞아, 나는 처음부터 망가져 있었어. 죽을 만큼 발버둥 쳐도 나아지는 게 없어. 그러니 이쯤에서 끝내는 게 맞아. 그래, 이제 다 놓아 버리는 게 맞아.

그렇게 모든 걸 포기하겠다는 마음으로, 죽음 앞에 선 사람의 새까만 절망을 띤 채.

*　　*　　*

"으으……."

지끈거리는 두통에 절로 신음 소리가 흘러나왔다.

잠시 미간을 찡그린 채 끙끙거리던 태오는 한참이 지나서야 겨우 정신을 차렸다.

그러자 슬슬 느껴지기 시작하는 건 눈을 찌르는 듯한 아침 햇살. 손끝에 만져지는 포근한 이불의 촉감.

그리고 신경이 곤두설 정도로 타는 듯한 갈증.

"아, 목말라……."

태오는 잔뜩 가라앉은 목소리를 내며 침대에서 몸을 일으켰다. 그리고 나선 천근만근 무거워진 눈꺼풀을 가까스로 치켜 올리자.

"……어?"

생전 처음 보는 낯선 장소가 그를 반겼다.

분홍색 벽지, 책장에 진열되어 있는 아기자기한 인형, 제 것은 아닌 게 확실한 옷가지들. 여러 가지 물건들로 추리해 보건대 이곳은 분명 여자의 침실이었다.

"뭐야, 여기가 어디야."

그제야 이성이 돌아온 태오는 자신의 기억이 이상한 지점에서 끊겨 버렸다는 것을 깨달았다.

지난밤, 나봄의 집에서 한 사장과 술을 마셨던 그는.

'……선생님을 장인어른으로 맞이하고 싶은 마음도 있습니다!'
'나, 날?'
'장인어른이 되어 주십시오!'

그에게 거침없는 구애를 펼쳤고.

'좋아, 단 서방! 그거 아는가!'
'아니요, 모릅니다.'
'내가 이래 봬도 전국 노래 자랑 예선 합격 출신이라네! 내가 한 곡조 뽑아 볼 테니까 귀 기울여 잘 들어 봐!'

기분이 좋아진 한 사장은 나봄이 횟집에 다녀오는 동안 한 곡조를 뽑겠다고 했고.

'언제나 찾아오는 부두의 이별이 아쉬워 두 손을 꼭 잡았나!'

가사가 아주 구슬픈 심수봉의 '남자는 배 여자는 항구'를 절절한
목소리로 부르기 시작했다.

'아, 이별 노래는 안 되는데…….'
'눈앞에 바다를 핑계로 헤어지나.'
'그, 그만!'

제 술버릇이 도질 것 같은 느낌에, 태오는 황급히 그의 노래를 막
으려 했지만 하필 그 시점에 노래는 클라이맥스에 다다라서.

'아아— 아아—! 이별의 눈물 보이고 돌아서면 잊어버리는!'
'안 돼…….'
'남자는 다 그래!'
'으으…….'

결국엔 눈물보가 터져 버렸던 것 같다. 그것도 서글프게 뚝뚝.

'아니, 자네! 왜 울고 그래! 내 노래가 그렇게 와 닿았나?'

축축이 젖은 눈가를 본 한 사장은 당황스러움을 숨기지 못했다.
차마 술버릇 때문이라고 말할 수 없었던 태오는 손등으로 눈가를
문질러 닦으며 대답했다.

'네…….'

　바로 그 대답이 가수로 데뷔하지 못한 게 한이었던 한 사장의 마음을 제대로 움직였다. 그 꿈의 근처라도 가 보기 위해 전국 노래자랑에 나갔건만 본선에서는 초반부터 음 이탈이 나는 바람에 사람들의 차디찬 시선만 받고 내려와야 했던 그였다.

　　'자네…… 내 노래에 이렇게나 감동을 받다니.'

　먹먹한 눈빛으로 태오를 바라보던 한 사장은 이내 두 팔을 벌려 그를 꼭 감싸 안아 주었다.

　서로의 마음을 전혀 읽지 못했지만 어쨌든 무척이나 친밀해진 두 사람의 사이.

　순식간에 모든 긴장감이 풀려 버린 태오의 몸에 그제야 취기가 확 돌았다. 기억은 바로 그 뒤 거짓말처럼 끊겨 버렸고, 눈을 떠 보니 그는 익숙한 살결의 향기가 나는 침대에 누워 있는 상황이다.

　"여기…… 한나봄 방인가."

　드디어 자신이 잠들었던 장소를 알아챈 태오는 수줍게 얼굴을 붉혔다.

　나봄의 집에 입성한 것도 모자라 침대까지 진입하다니. 진짜 사위가 된 것 같잖아, 이거.

　"태오야, 아직도 자?"

　그때, 양반은 못 되는 나봄이 방문 앞에서 그를 불렀다.

태오는 옷을 다 갖춰 입었으면서도 괜히 이불을 끌어안으며 대답했다.

"아, 아니. 일어났는데 왜."

"너 출근 시간 다 된 것 같아서. 회사에 전화 안 해 봐도 괜찮겠어?"

"아…… 오늘 금요일이었지."

"응, 일단 나 잠깐만 좀 들어갈게!"

머지않아 문이 열리고 나봄이 방실방실 웃는 낯으로 들어섰다.

필름이 끊긴 채로 그녀의 침대에서 눈을 떴다는 사실이 몹시도 창피했던 태오는 그녀와 제대로 눈도 못 마주치고 있었다.

하지만 그런 그의 속내를 전혀 몰랐던 나봄은 그저 해맑은 얼굴로 어제의 얘기를 꺼내 놓았다.

"어제 회 잔뜩 사 가지고 돌아왔더니 우리 아빠 품에 안겨서 곤히 자고 있더라."

"그, 그랬냐."

"기억은 나? 필름 끊긴 것 같던데."

"아, 아니야. 생각할 게 있어서 잠시 생각하고 있었던 거야."

"치, 생각은 무슨. 그런 것치고는 내 침대까지 옮겨 놓는 동안 눈한 번을 안 뜨던데?"

역시 나봄은 맹해 보여도 쉽게 속아 주진 않는 사람이었다.

허무맹랑한 변명을 내뱉었다가 더욱 민망해져 버린 태오는 차라리 말을 돌리기로 했다.

"지금 몇 시지? 나 적어도 열 시 반까지는 출근해야 하는데."

사실 오늘의 스케줄은 반차를 내도 상관이 없었다. 그러나 태오는 최대한 빨리 낯부끄러운 상황에서 벗어나고만 싶었다.

아직 거울을 보진 않았지만 술에 떡이 되었던 몰골도 엉망진창일 게 뻔하다.

나봄은 그런 태오에게 걱정스러운 눈빛으로 말했다.

"아홉 시야. 그런데 반차라도 내는 게 낫지 않겠어? 어제 너무 과음했잖아."

"반차 내기가 그렇게 쉽나. 숙취가 심하진 않아서 갈 만해."

"그래? 그럼 아침 같이 못 먹고 가겠네. 거의 준비됐는데."

하지만 미련 없이 떠나려던 태오의 마음에 탁 걸려 들어오는 한마디. '그녀가 준비한 아침'.

이제 보니 열린 방문 틈새로 구수한 냄새가 전해지는 것 같기도 하다. 저번에는 요리에 영 재능이 없다고 하더니 향기로 봐서는 해장국 맛집 뺨을 칠 수준이다.

물론 그건 어디까지나 한 사장의 솜씨였지만, 그 사실을 모르는 태오는 그녀와의 로맨틱한 아침 식사를 놓치고 싶지 않아, 급히 태세를 전환하기로 했다.

"아…… 아아! 나 어제 반차 냈었다."

"응? 어제?"

"어어, 늦게까지 술 마실 줄 알고 미리 반차 냈었다, 참."

그래서 급조된 거짓말을 내뱉으니 나봄은 다행히도 순순히 믿어 주었다.

"와, 잘됐네. 그럼 얼른 씻고 내려와."

기뻐하는 그녀의 얼굴은 눈으로만 보긴 아까울 정도로 사랑스러웠다. 특히 방긋 웃을 때마다 예쁘게 휘어지는 눈꼬리는 언제 봐도 심장이 녹아내릴 만큼 귀여워 죽겠다.

이젠 예비 사위 수준으로 인정도 받았겠다, 태오는 그런 그녀를 조금 더 욕심내 보기로 했다.

"한나봄."

태오는 나직한 목소리로 그녀를 불렀고, 그녀의 가는 손목을 가볍게 붙잡았다.

그러고는 부드럽게 제 쪽으로 끌어당겨 쪽— 가벼운 입맞춤을 건넸다.

갑작스럽게 다가온 촉촉한 감촉에 놀란 나봄의 눈동자가 휘둥그레졌다.

그렇게 얼마나 지그시 누르고 있었을까. 태오는 자극적인 소리와 함께 맞부딪혔던 입술을 떼어 냈다. 아까까지만 해도 어색하게 굳어 있던 입꼬리는 어느새 보기 좋게 들려 올라간 상태였다.

"이건 애피타이저."

나른한 음성을 흘려보내는 그의 입술은 요망하리만큼 섹시했다.

어제 한 사장 앞에서 어리숙하게 굴던 순진한 단태오는 어디로 갔는지. 깊은 잠에서 깨어난 그는 어느새 저돌적인 남자가 되어 있다.

자꾸 이렇게 훅 치고 들어오면 심장이 남아나질 않겠어. 단태오랑 연애하다가 심쿵사 할 것만 같아, 정말.

*　　*　　*

띵동— 띵동—

소라가 나봄의 집 초인종을 다급히 눌렀다.

오전 중에 중요한 미팅이 있는 오늘, 멀쩡한 블라우스가 하나도 없었기 때문이었다.

시간은 아직 나봄이 출근하기 전이었지만 위기가 위기인 만큼 초조한 마음은 감출 길이 없었다.

어디 가진 않았겠지. 만약 그렇다면 나는 어디 가서 새 블라우스를 사야 하나.

그렇게 나봄이 나오기만을 애타게 기다리고 있던 그때.

끼이이익—

드디어 현관문이 열리고 치릭치릭 슬리퍼 끌리는 소리가 들려왔다. 인기척의 주인이 나봄이라 확신한 소라는 대문을 두드리며 그녀를 재촉했다.

"한나봄! 큰일 났어! 너 단정한 블라우스 많지! 나 하나만 빌려줘!"

하지만 나봄은 그녀의 다급한 'SOS'를 들었으면서도 별다른 말이 없었다.

원래 같았으면 제 일처럼 호들갑을 떨었을 텐데 오늘따라 굉장히 조용하네, 하며 의아해하던 것도 잠시.

벌컥!

굳게 닫혀 있던 대문이 열리고.

"시끄러워. 아침부터 대문 부술 일 있냐."

나봄과는 정반대되는 사나운 이목구비가 소라의 눈에 들어왔다.

아침 댓바람부터 부은 눈으로 걸어 나온 사람이 다름 아닌 태오라는 걸 확인한 소라가 기겁을 하며 소리쳤다.

"야! 귀염둥이! 너 왜 여기 있어!"

"미쳤냐? 누구보고 귀염둥이래."

"설마 여기서 잔 거야?!"

"그렇게 소리 지르면 목 안 아파?"

태오는 방방 뛰는 그녀에게 짜증 섞인 대꾸만 내뱉었다.

하지만 예상치 못한 전개에 당황스러워진 소라는 입을 벌린 채 한동안 가만히 서 있다가.

"한나…… 한나봄! 한나봄! 세상에나!"

이 엄청난 사건의 진상을 파악하기 위해 나봄을 찾아 뛰어 들어갔다. 때마침 한 사장이 끓여 놓고 간 콩나물국을 옮기고 있던 나봄이 집 안으로 우당탕탕 들이닥치는 소리에게 살가운 인사를 건넸다.

"아, 소라야. 아침부터 무슨 일이야?"

"무슨 일이냐고? 너야말로 무슨 일이야? 저 새침한 귀염둥이가 왜 아침 댓바람부터 너희 집에서 나와?"

"귀염둥이? 아아, 태오. 어제 술 마시고 우리 집에서 잤어."

딱히 부끄러운 짓을 하진 않았던 나봄은 느긋한 목소리로 대답했다. 그러나 그런 그녀의 태도가 경악스러웠던 소라는 더욱 호들갑을 떨며 물었다.

"어제 아저씨 집에 안 계셨어?!"

"계셨지. 지금은 일찍 일 나가셨지만."

"그런데 단태오가 여기서 잤다고?"

"응, 어제 아빠한테 태오 소개시켜 드렸거든. 둘이 술을 마셨는데 태오가 한순간에 취해 버린 거 있지."

나봄의 설명은 들어도 들어도 이해가 가지 않았다.

단태오를 한 사장에게 소개시키는 이유도, 단태오와 한 사장이 함께 술을 마신 상황도, 소라로서는 영문 모를 전개일 뿐이었다.

분명 얼마 전까지만 해도 서로의 마음을 표현하지도, 알아채지도 못하던 답답이들이었는데, 오늘 이 모습은 마치…….

"한나봄, 도와줄 거 없어?"

의아해하던 소라 곁으로 태오가 다시 돌아왔다. 그를 본 나봄은 잔뜩 얼어붙어 있던 예전과 다르게 생글생글 웃는 낯으로 대답했다.

"다른 건 다 됐고, 수저 좀 놔줄래?"

"수저통 어디 있는데?"

"싱크대 옆에."

그녀의 말을 들은 태오는 말 잘 듣는 강아지처럼 한걸음에 싱크대 옆으로 걸어갔다.

거기까지는 둘이 많이 친해졌구나, 라고만 생각했지만.

"저 시끄러운 애 내보내 줘."

"심술궂게 굴지 마."

나봄이 소라를 흘겨보며 얄밉게 구는 태오의 볼을 살짝 꼬집는 순간. 태오가 그 손을 붙잡고 언제 으르렁거렸었냐는 듯 배시시 웃어 보이는 순간.

곧바로 깨달아 버렸다. 심상찮게 발전한 둘의 관계를.

"뭐야, 너희 사귀어?!"

어느새 이곳에 온 다급한 목적도 잊어버린 소라는 삿대질을 하며 물었다.

새삼 부끄러워진 나봄은 얼굴을 붉히며 수줍게 고개를 끄덕였다.

"어? 아, 어…… 하하."

그러자 소라의 마음에 휘몰아치는 건 그녀를 향한 엄청난 배신감이었다. 지금껏 아주 사소한 일도 시시콜콜 자신과 나누었던 나봄은 연애라는 엄청난 이슈를 여태까지 잘도 숨겨 왔다.

"왜 나한테 바로 말 안 해! 언제부터!"

성난 소라가 버럭 소리치자 나봄은 당황한 듯 손사래를 쳤다.

"고작 이틀 됐어. 말할 기회도 없었다고."

"거짓말! 이틀밖에 안 된 사이인데 부모님한테 소개까지 시켜드려?!"

"진짠데……."

"와, 그럼 진도는 첫째 날에 다 뺐겠다? 아주?"

그건 당치도 않는 변명을 하는 나봄을 비꼬기 위한 말이었다. 하지만 그 말을 들은 즉시 지진이라도 난 듯 흔들리는 나봄의 동공은 아무래도 수상했다.

"설마, 설마 너……."

"아……."

"첫날에 진도 다 뺐냐!"

천둥처럼 쩌렁쩌렁하게 울린 소라의 목소리.

그 격한 반응에 나봄보다 당황한 태오가 사납게 대꾸했다.

"니가 그게 무슨 상관인데!"

"이놈 새끼! 순진한 나봄이를 잡아먹다니!"

"내가 육식동물이냐! 누굴 잡아먹고 말고 하게!"

"아무리 욕정이 펄펄 끓어도 그렇지! 어떻게 사귄 지 하루 만에!"

"그런 거 안 끓거든!"

흥분한 소라는 태오에게 달려들어 그의 등짝을 철썩철썩 내리쳤다. 연애에 관해선 소극적인 나봄은 두 사람의 스킨십 주도권이 태오에게 있다고 확신하는 중이었다.

나봄은 그런 그녀에게 아무런 말도 하지 않고 있다가.

"그림! 그럼 우리 나봄이가 진도 한 번 빼 보려고 아무것도 모르는 순진한 너를 붙잡고 매달렸다 이거냐!"

소라가 심히 마음에 찔리는 한 마디를 내뱉자 괜히 고개를 돌렸다.

연애를 시작하기로 한 첫날 밤, 중간에 관두려고 했던 순진한 태오에게 엉큼하게 매달렸던 자신을 떠올리며.

"수, 수저가 어디 있더라……."

"……뭐야, 잠깐만 한나봄. 거기 스톱."

그걸 놓치지 않고 본 소라가 태오를 쪼아 대다 말고 나봄을 불렀다.

아까 태오에겐 잘도 알려 줬던 수저의 위치를 새삼스레 찾아 헤매는 나봄은 무척이나 수상한 낌새를 띠고 있었다.

게다가 저 빨개진 귀와 꽉 깨문 입술 좀 봐. 꼭 아무도 의심 안 했는데 괜히 제 발 저리는 도둑 같잖아.

의심에 확고한 힘을 실은 소라는 진지한 목소리를 내뱉었다.

"니가 잡아먹었구나."

그 말에 더욱 뜨끔해진 나봄은 바람 앞 촛불처럼 눈동자를 일렁였다. 그러자 소라는 한 사장처럼 두 눈을 번쩍이며 그녀를 불렀다.

"너 이 기지배……."

저벅저벅 다가오는 소라의 발걸음.

태오는 그걸 막아야 하나 말아야 하나 심각하게 고민했다.

하지만 나봄의 코앞까지 다가온 소라는 두 팔을 넓게 벌리더니, 이내 온 힘을 다해 꼬옥 나봄을 끌어안아 주었다.

"우리 나봄이 진짜 연애하는구나."

이윽고 꺼내지는 한 마디는 감동에 푹 젖어 있었다.

그도 그럴 것이 지금껏 소라와 나봄이 절친으로 함께해 온 시간은 자그마치 13년.

그동안 나봄은 딱 한 번 연애를 했고, 그것도 10년 전 일이었다. 갑작스러운 이별에 힘겨워하던 나봄은 지금껏 이성 관계에 관해서는 커다란 철벽을 세우고 살았었다.

그런 모습이 걱정스러웠지만 섣불리 누군가를 소개시켜 줬다가 더 상처받을까 봐, 적극적으로 나서지도 못했었던 나봄의 친구 채소라.

그녀는 지금 나봄이 새로운 연애를 시작하고 적극적으로 진도까지 빼는 모습이 그저 감격스럽기만 하다.

짚신도 다 짝이 있다더니. 나봄에게도 딱 알맞은 짝이 있었던 모양이다.

"목 조르는 거 아니지. 이제 내 여자니까 조심조심 대해라."

물론 까칠하기 그지없는 단태오는 순한 양 같은 나봄과 전혀 안 어울리는 짚신이긴 하지만.

"시간 있으면 너도 아침 먹고 가. 밥 넉넉하게 해놨어."

태오를 진정시킨 나봄이 소라 몫의 밥그릇을 하나 더 꺼내 들며 말했다.

한창 기분이 좋아진 소라는 순순히 식탁에 앉으면서도, 누가 사 왔는지 뻔한 한우 세트를 가리키며 괜히 장난을 걸었다.

"나야 좋지. 그런데 얻어먹는 김에 비싼 고기 구워 먹으면 안 돼?"

"안 돼. 넌 손도 대지 마."

아니나 다를까 태오가 정색을 하고 대답했다. 역시 인상은 어려 워 보여도, 놀리기는 참 쉬운 녀석이었다.

"그럼 입을 갖다 댈게. 나 손 안 대고 잘 먹을 수 있어."

"생각만 해도 흉하다."

"태오야, 말 좀 이쁘게 해!"

나봄은 소라의 너스레를 정색하고 받아치는 태오에게 단단히 주 의를 주었다. 그러자 태오의 눈썹은 시무룩해지나 싶더니 이내 그 녀에게 투덜투덜하기 시작했다.

"쟤가 말하면 놀리는 것 같단 말이야."

"소라가 왜 널 놀리겠어. 원래 장난스러운 성격이라서 그런 거야."

"그래도…… 왜 너는 내 편 안 들어?"

"어? 아니야, 난 니 편이지!"

"나랑 쟤랑 물에 빠지면 누구 구할 건데."

"아, 아…… 그게…… 두, 둘 다! 둘 다 구해 줄게! 걱정 마!"

"치…… 넌 물에 들어오면 안 돼. 내가 쟤까지 구해서 밖으로 나갈 테니까 넌 안전한 데 있어."

투닥거리다가도 금세 달콤해져 버리는 두 사람을 지켜보던 소라는 안 어울리는 짚신이라는 생각을 고이 접어 두었다.

그렇게나 낯을 가리는 나봄이 저리도 편하게 그를 대하다니, 이건 그의 모난 부분이 나봄에겐 딱 들어맞다는 증거였다.

그런 게 바로 천생연분이지, 뭐.

소라는 흐뭇한 표정으로 나봄의 새로운 짝을 바라보았다.

인상이 사납고, 연애에 서툴고, 거친 구석이 있는 그는 어쩌면 나봄의 이전 연애 상대보다 부족한 사람일지 몰랐다. 사실 그 남자는 외모, 성격, 스펙 이 삼박자가 완벽에 가까웠으니까.

하지만 모두에게나 다정했던 그 남자와 달리 새로운 사람은 제 여자에게만 집중할 줄 알았고 여러모로 부족한 만큼 사랑을 받기 위해 노력할 줄 알았다.

게다가 웃고 있어도 늘 불안했던 그 남자와 달리 단태오는 오만상을 쓰고 있어도 그저 태평해 보이니…….

그런 사람이라면 나봄을 행복하게 해 줄 수 있을 거라 생각한다.

나봄의 미련한 첫사랑이 하루빨리 마무리되기를 바라 왔던 소라의 소원이 드디어 이루어진 모양이다.

10.
좋아해 줘서 고마워

"좋은 아침입니다, 여러분. 오늘 하루도 다들 수고하세요."

우드레일 퍼니쳐팩토리에 싱그러운 아침 인사가 터져 나왔다.

목소리의 주인을 용케 알아챈 직원들의 시선이 일제히 정문 쪽을 향했다. 그러자 마주치는 시선들을 가벼운 고갯짓으로 화답해 주는 건 믿기지 않게도 태오였다.

천하의 단태오 팀장이 저렇게 친근하게 군 적이 있었던가.

장담컨대 단 한 번도 없었다. 항상 딱딱하고 형식적인 인사만 억지로 건네곤 했던 그는 친해지기 위해 다가가는 직원들에게조차 보이지 않는 벽을 치곤 했었다.

그런 그가 산뜻한 모닝 인사를 건네다니.

"한나봄이랑 본부장님 관계 때문에 잔뜩 풀이 죽은 줄 알았는데……."

이 변화를 가장 의아하게 여긴 사람은 유리였다. 단태오의 컨디션에 가장 큰 영향을 미치는 사람은 나봄이라는 걸 알고 있는 유리는 왠지 모르게 불안해졌다.

지난 창립기념회 행사 때 연회장 앞에서 나봄을 감싸 주던 차준을 생각해 보면 절대 그럴 리 없겠지만, 지금의 태오에게서 느껴지는 분위기는 막 연애를 시작한 순애보와 비슷하다.

'설마…… 에이, 아닐 거야. 절대 그럴 리 없어.'

유리는 불안한 마음을 그리 다잡으며 태오가 있는 쪽으로 다가섰다.

그러고는 이제 막 제 사무실 앞에 멈춰 선 태오의 뒤에 가만히 서 있다가, 그가 잠금장치를 풀고 안으로 들어가기가 무섭게 뒤를 따랐다.

"아, 깜짝이야. 뭐야."

갑작스럽게 들이닥친 인기척에 놀란 태오가 돌연 미간을 좁혔다. 하지만 그가 그러거나 말거나. 힘주어 사무실 문을 닫아 버린 유리는 불안감을 숨긴 채 물었다.

"너 기분 되게 좋아 보인다?"

"뭐?"

"무슨 좋은 일이라도 있나 봐."

"난 좋은 일도 있으면 안 되는 것처럼 물어본다?"

그러나 둔해도 되는 타이밍마다 쓸데없이 눈치가 빠른 태오는 삐딱한 말투로 대답했다. 유리는 순간 돋아나려는 가시를 가까스로 참아 내고 여유로운 표정으로 말을 이었다.

"그냥 뭔가 싶어서. 어제 김 대리는 분명히 너 건드리면 폭발할 것 같은 최악의 상태라고 했거든."

"그랬나."

"응, 그래서 나는 한나봄 씨랑 본부장님 때문에 그러는 건가 싶었지."

은근히 흘려 낸 나봄의 얘기는 태오를 자극하기 위함이었다.

혹시 그가 두 사람의 관계에 대해 관심을 보인다면 유리는 연회장에서 한나봄의 백마 탄 왕자님 노릇을 충실히 수행했던 본부장에 대해 최대한 자세히 털어놓을 예정이다.

그러나 메고 온 백팩을 책상 위에 던져 놓은 뒤 오늘 살펴볼 자료를 꺼내는 태오는 콧노래만 흥얼거릴 뿐, 별다른 반응이 없었다.

그의 그런 태도에 답답해진 유리의 표정이 살짝 굳었다. 확실히 오늘의 단태오는 평소와 달리 이유 모를 여유를 띠고 있다.

비참한 현실을 알고 싶지 않아 피하려는 건가.

유리는 그런 그를 자극하기 위해 일부러 차준의 얘기를 꺼내기로 했다.

"있잖아, 어제 말이야. 본부장님이 나봄 씨한테……"

"그래, 내 여자 친구가 본부장이랑 뭐."

하지만 그녀의 말이 다 끝내기도 전에 태오의 낮은 목소리가 단호하게 내뱉어졌다. 그것도 한나봄을 '여자 친구'라는 믿기 힘든 호칭으로 부르면서.

"하, 한나봄 씨가 왜 니 여자 친구야?"

유리는 노골적으로 구겨진 미간을 수습하지 못한 채 물었다. 그러자 곧바로 꺼내진 태오의 대답은 너무나도 간단해서 힘이 빠졌다.

"말 그대로 내 여자 친구니까."

"뭐……?"

"앞으로 본부장이랑 쓸데없는 걸로 엮지 마. 괜한 헛소문 도는 거 기분 나빠."

태오는 그녀에 대한 구설수를 가장 적극적으로 전하는 유리에게 엄포를 놓듯 말했다.

유리는 그 말에 어떤 대꾸도 하지 않았지만 그건 수긍해서라기보다는 둘의 관계를 납득할 수 없기 때문이었다.

창립기념회 행사 땐 본부장과 그렇게 다정한 광경을 연출해 놓고서 연애는 단태오랑 하다니.

'이거 진짜 난 년이잖아……?'

유리는 남몰래 어금니를 꽉 깨물었다. 뒤틀리다 못해 문드러질 지경인 가슴은 끓어오르는 분노로 터져 버릴 것만 같다.

유리의 두 주먹이 꽉 쥐어진 채 부들부들 떨려 왔다. 그걸 확인한 태오는 자료를 추스르다 말고 의아한 표정으로 물었다.

"뭐 문제 있어?"

문제가 있냐고?

너와 한나봄의 관계는 하나부터 열까지 문제 삼을 점투성이다.

너희 둘은 어울리지도 않고, 니가 그 여자한테 휘둘리는 것도 꼴 보기 싫고, 게다가 넌 이 연애에서 절대 사랑받지 못할 거야.

선우차준과 한나봄이 어떤 분위기인지 내 눈으로 똑똑히 확인했으니까 감히 장담할 수 있어.

이런 말은 쏟아 내 봤자 내 손해였다. 태오는 예전부터 한나봄에 대해서라면 어떤 얘기를 해 줘도 들어 먹질 않았다. 그냥 무슨 상관이냐고 회피하기만 할 뿐.

하지만 이대로는 속이 타서 미칠 지경이었던 유리는 결국 백 마디 말 대신 한 마디 욕설을 택했다.

"등신 새끼."

"뭐?"

태오는 그녀의 마음도 모르고 대뜸 인상부터 썼다. 그러나 유리는 그런 태오에게서 매정히 등을 돌려 버리고 사무실을 빠져나갔다.

쾅―!

직원들의 이목도 집중될 만큼 요란하게 닫아 버린 문.

"파트장님, 무슨 일 있어요?"

유리와 친분이 있던 직원이 호기심 어린 눈빛으로 다가와 물었다.

평소에는 쿨한 이미지 관리를 위해서라도 애써 아무렇지 않은 척했겠지만, 오늘은 도저히 연기를 할 상태가 아니었다.

"저리 비켜."

유리는 그녀를 걱정해 주는 직원을 밀쳐 내고는 성큼성큼 걸음을 옮겼다. 꽤나 과격한 행동이었다.

그러나 그 전에 미처 감추지 못한 유리의 붉은 눈가를 먼저 확인한 직원은 심히 당황한 표정으로 중얼거렸다.

"어, 어머…… 파트장님 왜 우는 거지? 단 팀장님은 또 무슨 말을 하신 거야."

그녀의 말은 안 그래도 가득 차 있었던 유리의 서러움을 기어이 터트려 놓았다.

우리 사이에 문제가 생기면 전부 무심한 단태오의 탓이라는 걸, 다른 사람들은 다 아는데 본인만 모른다. 대놓고 서운함을 드러내도 무시해 버리는 그에게 혼자서만 열 내는 것도 지쳤다.

그간 쌓여 왔던 감정이 모두 폭발해 버린 유리는 제 자리에 성질껏 앉았다. 주변 사람들은 살벌한 그녀의 분위기에 제대로 말도 걸지 못했다.

그렇게 격한 호흡을 몰아쉬고 있는 그녀의 눈에 보이는 누군가의 명함 한 장.

명함에 적힌 이름 넉 자는 뜻밖의 구세주처럼 다가왔다.

돌아가는 상황에 대해 듣는다면 이 남자는 기꺼이 나의 아군이되어 허튼 꿈을 꾸는 단태오를 단념시켜 줄 수 있을 거다.

그제야 그는 한나봄을 경계했던 내 진심을 헤아려 주려나.

굳은 결심을 한 유리는 휴대폰을 들었다. 그녀가 남겨 놓을 메시지는 너무나도 뻔했다.

구구절절한 사연도 알릴 필요 없이, 마법의 주문과도 같은 그 여자의 이름만 넣는다면 그의 마음을 흔들릴 터.

메시지를 입력하는 유리의 손이 빨라졌다.

빛나는 그녀의 눈빛이 병적인 집착과 다름없다는 건, 그 속을 들여다보지 못하는 직원들이 절대 알아채지 못할 사실이었다.

*   *   *

똑똑―

서 대표의 집무실에 노크 소리가 울렸다. 오후까지 확인해야 할 사업 제안서를 훑어보고 있던 서 대표는 무미건조한 표정으로 대꾸했다.

"들어와."

그러자마자 들어오는 사람은 다름 아닌 그녀의 비서실장이었다. 집무실 안으로 들어서는 발걸음은 평소 침착하던 그와 달리 다소 급했다.

"무슨 일이야?"

긴박한 일이 생겼음을 직감한 서 대표는 고개를 그에게로 들어 올리며 물었다. 그러자 김 실장은 긴박한 목소리로 대답했다.

"문제가 생겼습니다. 선우차준 이사님이 지난 금요일부터 벌써 며칠째 잠적 중이십니다."

그건 꽤나 중요한 안건이긴 했으나 서 대표로서는 관심도 없는 화젯거리였다. 원래부터 감정에 휘둘려 왔던 그 녀석은 아마 창립기념회 행사에서 있었던 소란 때문에 지금까지 청승을 떨고 있는 것이 분명하다.

서 대표는 별일 아니라는 듯 귀찮다는 목소리로 말했다.

"이런 일이 어디 한두 번이야? 전부터 회사에서 트러블이 생길 때마다 제집에 틀어박혀서 출근 거부하곤 했었잖아."

"그야 그렇지만…… 그땐 적어도 연락은 닿았었습니다. 본인 스케줄에 차질이 생기는 잠적은 하지도 않으셨구요. 하지만 현재는 모든 스케줄을 무시한 채 연락 두절된 상태입니다."

"집에는 찾아가 봤어?"

"네, 벌써 몇 차례나 찾아가 봤지만 안에서는 인기척도 들려오지 않습니다. 그래서 경찰에 도움 요청을 해 볼까 합니다만……."

그리 대답하는 김 실장의 음성은 긴박했다. 그러나 서 대표는 가당찮은 그의 얘기에 눈썹을 잔뜩 구겼다.

"회장님 귀에 들어가면 나한테 불똥 튀는 거 몰라? 경찰까지 개입시켜서 일 키우지 마."

"그래도……."

"어차피 허튼짓을 하진 않았을 거야. 그 애는 이승과 연을 끊어 버릴 정도로 모질지는 못하거든. 또 어김없이 제 한 몸 의지할 데를 찾아 헤매고 있겠지. 예를 들면……."

딱 거기까지 얘기한 순간, 서 대표의 머릿속에 어떤 얼굴 하나가 스쳐 지나갔다.

지난 창립 기념회 행사 때, 차준의 곁에 서서 제법 맹랑한 소리를 해 댔던 나봄이었다.

'이런 식의 감정싸움으론 아무것도 해결할 수 없다고 생각해요.'

'이럴수록 비참해지는 건 폐가 될까 봐 여기 오지도 못한 그 사

람뿐이잖아요······.'

그날 그녀가 서 대표에게 내뱉었던 말은 그들의 집안 사정을 알
지 못하고서는 하지 못했을 얘기들이었다.

"······한나봄."

서 대표는 이쯤 되면 무시하지 못할 그녀를 입에 담았다.

"한나봄 뒷조사 좀 해 봐. 특히 우리 태준이랑 무슨 연관이 있는
지."

뒤이어 꺼내지는 명령은 충분히 예상했던 내용이었다. 그녀는
태준의 모든 것을 꿰뚫고 있어야 직성이 풀리는 사람이니.

"그리고······."

"······."

"선우차준이랑 대체 무슨 관계였는지도 제대로 조사해."

하지만 이어지는 두 번째 명령은 의외였다. 방금 전까지만 해도
차준에 대해서는 아무것도 신경 쓰려고 하지 않았던 그녀였기 때문
이었다.

한 번쯤은 이유를 물어보고 싶었으나, 김 실장은 굳이 그러지 않
기로 했다. 이 집안에 깊이 관여해 봤자 위험해지는 건 본인뿐이었다.

"네, 그러도록 하겠습니다."

김 실장은 평소대로 차분히 대답하며 고개를 숙였다. 그리고 천
천히 허리를 세워 한 번 더 가벼운 묵례를 건넸다.

서 대표는 그때까지만 해도 아무런 반응이 없었으나.

끼익—

탁.

"하아……."

김 실장이 사무실을 떠나고 나서야 입술 새로 깊은 한숨을 내쉬었다. 그 안에 묻어 있는 씁쓸함은 어느 누구에게도 드러내지 않았던 것이었다.

처음부터 새장 안에 갇힌 새와 다름없었던 운명.

그걸 벗어나려 했던 대가는 예상보다 가혹했다. 다시는 헛된 꿈을 꾸지 못하도록 날개를 잘렸고 발버둥조차 치지 못하도록 처참히 짓밟혔다.

그런 내게 딱 하나 남은 희망은 그 사람이 남겨 주고 간 우리의 아이뿐.

그 아이가 상처를 입지 않도록 두 번째 모정은 처음부터 만들지도 않았다. 그 아이가 가려지지 않도록 두 번째로 틔운 싹은 아예 잘라 버렸다.

그러나 결국 상처 입은 사람도, 잘려져 나간 사람도 전부 그 아이였다.

어떻게든 노력해 보려고 하면 할수록 비참해지는 건 오직 소중한 내 아이뿐이었다. 당돌했던 그녀의 말처럼.

"……그럼 내가 뭘 어떻게 하면 되겠니."

지친 서 대표는 흐린 혼잣말을 내뱉었다.

그에 대한 정답은 오래도록 찾아 헤매고 있었으나 한 번도 눈에 보인 적은 없었다.

그런 그녀의 머릿속에 나봄의 조곤조곤한 목소리가 울려 퍼졌다.

'그걸 조금이라도 알고 계시다면 사람들 앞에서만큼은 감정싸움을 자제해 주세요. 더 이상 엄한 사람 꼴만 우스워지지 않게……'

서 대표가 그날 어떤 심정으로 연회장을 찾아갔는지 조금도 몰랐기에 늘어놓을 수 있었던 헛소리.

하지만 그 말이 아직까지 기억에 남아 있는 이유는 순전히 태준을 위한 조언이었기 때문이었다. 지금껏 홀로 싸워 온 서 대표에게는 그 정도의 형식적인 걱정을 건네주는 사람도 없었다.

외로운 사투에 짓눌린 서 대표는 다시 동요해 버리려는 감정을 추스르기 위해 입술을 꽉 깨물었다.

온 신경이 아릿한 고통에 집중되자 가슴의 쓰라림은 한층 옅어졌다.

이런 식으로 언제까지 상처를 다스릴 수 있을지 모르겠다.

그 아이를 위해서라도 감정을 절제해 달라는 그녀의 부탁과 달리, 조만간 나조차도 억누를 수 없을 정도로 모든 감정이 터져 버릴까 걱정이다.

*　　　*　　　*

[본부장님, 저 우드레일 퍼니쳐팩토리 오피스 가구 파트장 허유리입니다. 급한 일로 뵙고 싶은데 통 연락이 되질 않으시네요. 무슨 일 생기신 건 아니죠?]

이게 벌써 몇 번째 보낸 메시지인지. 확실한 건 되돌려 받은 회신이 단 한 통도 없었다는 것이었다.

며칠 동안 휴대폰만 들여다보고 있던 유리는 답답한 마음에 인상을 잔뜩 구겼다.

요즘 들어 콧노래까지 흥얼거릴 정도로 기분이 좋아 보이는 태오는 나봄과 제대로 된 연애 전선에 들어간 게 분명한데, 이 위기의 순간에 선우차준은 대체 어디서 뭘 하고 있는 건지.

아마 메시지를 못 보진 않았을 거다. 업무 때문에라도 휴대폰을 몇 번 들여다보긴 했겠지.

하지만 답신을 주지 않는다는 건 유리의 도움 요청을 무시해 버리겠다는 뜻이었다.

그런 그의 태도가 너무도 속 터졌던 유리는 분노에 찬 목소리를 내뱉었다.

"이대로 한나봄을 단태오한테 넘기겠다는 거야, 뭐야. 만에 하나라도 그러면 안 되는데."

초조한 마음에 손톱을 잘근잘근 깨물고 있던 유리는 그에게 닿을 수 있는 방법을 열심히 생각했다.

메시지도 계속 무시하는 와중에 전화는 당연히 받지 않을 테고. 무작정 본사로 찾아가자니 워낙 바쁜 사람이라 마주치기도 힘들 것 같고.

"아, 어떻게 해야 하나……."

고민하는 유리의 뇌리에 적절한 인맥 하나가 떠올랐다.

평소 친분이 있던 비서과 직원. 그녀라면 선우차준의 스케줄을 꿰고 있을 테고, 그가 적절히 쉴 수 있는 시간도 파악하고 있을 터였다.

역시 두루두루 다니면서 인맥 관리 해 두길 잘했어. 이럴 때 요긴하게 써먹을 수 있잖아.

드디어 차준에게 닿을 방법을 모색해 낸 유리는 의욕적인 눈빛으로 휴대폰을 들었다.

[언니, 혹시 지금 통화 가능해?]

혹시나 바쁠까 싶어 그녀에게 메시지를 보내 놓자, 전송 버튼을 누른 지 얼마 되지 않아 그녀에게서 전화가 걸려왔다.

목소리를 가다듬은 유리는 엉망진창인 기분을 감쪽같이 숨기고, 밝은 인사를 건넸다.

"언니! 오랜만이야! 마침 통화 가능했나 보네?"

─응, 커피 타임인 거 어떻게 알고 연락을 했대?

"나야, 언니에 대해 모르는 게 없지. 하하."

─넉살은 여전하네. 그래, 무슨 일로 다급하게 날 찾으시나?

간만의 연락이었지만 분위기는 어색한 기운 하나 없이 그저 살가웠다. 지금이라면 본론을 꺼내 놓아도 된다고 생각한 유리는 최대한 자연스럽게 차준의 이름을 언급했다.

"선우차준 이사님 말이야. 오늘 사무실에 계시나?"

─이사님? 이사님은 갑자기 왜?

"아, 정말 급하게 드려야 할 보고가 있어서. 그런데 통 연락이 닿질 않네."

회사 차원의 연락인 척 하는 건 혹시나 생길지 모를 구설수를 막기 위해서였다. 하지만 곧이어 터져 나온 비서과 직원의 반응은 정말 의외였다.

—그렇지? 이사님이랑 연락이 안 되지?

"응?"

—우리도 그거 때문에 아주 비상이야. 금요일부터 지금까지 연락이 두절되어 버려서 중요 스케줄이 전부 캔슬 됐다니까.

선우차준 본부장이 연락 두절?

예상치 못한 소식을 들은 유리의 눈동자가 옅게 흔들렸다. 하지만 더 많은 정보를 얻기 위해서, 그녀는 금시초문인 티를 내지 않고 적당히 맞장구쳤다.

"그, 그러네. 언니 쪽이 난리 났겠다. 이사님은 갑자기 왜 그러시는 거래?"

—모르긴 몰라도 정황상 잠적이 아닐까 싶어. 정말 갑작스럽게 벌어진 일이거든.

"아아…… 혹시 안 좋은 낌새는 없었지? 최근에 무슨 일로 충격받아서 우울하다든가, 의욕을 잃었다든가."

—나야 기본적인 스케줄 관리만 하니까 이사님 상태에 대해선 잘 모르지. 그런데 느낌이 아주 쎄한 게, 끔찍한 사고라도 난 건 아닐까 걱정스럽다니까.

그를 향한 염려를 드러내는 비서과 직원은 더 이상의 정황에 대해선 모르는 듯했다.

그러나 유리에게는 얼핏 짐작 가는 부분이 있었다.

창립 기념회 연회장에서 어느 순간부터 보이지 않았던 한나봄과 단태오.

어쩌면 그들은 같이 사라졌을 테고, 차준은 유리보다 앞서 둘의 관계를 알게 되었을지 모른다. 그렇다면 굳이 유리가 나서서 둘의 관계를 알려 주려고 애쓸 필요는 없을 터였다.

'이제 뭐 알아서 나서 주겠네. 그래, 지금도 칼을 갈고 있느라 잠적 중인지도 몰라.'

혹시나 하는 기대감은 유리의 답답한 마음을 어느 정도 해소시켜 주었다. 어차피 욕망을 현실로 만드는 건 모든 걸 가진 그에겐 쉬운 일인 것이 분명했다.

"그래, 일단은 알았어. 만약 이사님이랑 다시 연락되면 나한테 꼭 말해 줘."

유리는 한결 가뿐한 표정으로 통화를 마무리 지었다. 그러고는 휴대폰을 내려놓기 전, 이 소식을 듣고 누구보다 동요할 사람에게 문자 한 통을 보내 놓았다.

비록 그녀는 이제 막 피어난 사랑에 취해 달콤한 시간을 보내고 있을 테지만, 일말의 양심이라도 남아 있다면. 아니, 적어도 사람의 탈을 쓰고 있다면 벼랑 끝까지 몰린 그 사람을 외면하진 못할 것이다.

그때가 되면 너는 또 버려지게 될 테지만…….

너무 상심하지는 마. 그녀는 자신이 있을 곳을 찾아간 것뿐이니까.

어차피 너는 그녀 곁에 있을 때보다, 차라리 홀로 외로이 남겨져 있을 때가 더 가치 있었어.

＊　　＊　　＊

"이게 무슨……."

스케줄에 치이고 있던 월요일 낮.

휴대폰을 들여다보는 나봄의 눈동자가 옅게 떨려 왔다. 분주하지만 평온했던 그녀의 하루를 혼란으로 물들인 건 다름 아닌 유리가 보낸 문자 한 통이었다.

> [나봄 씨, 그 소식 들었어? 창립 기념일 행사 이후로 본부
> 장님이 잠적했대. 어느 누구와도 연락이 안 돼서 혹시 안 좋
> 은 선택을 한 건 아니신지 다들 걱정하고 있어. 무슨 일이 있
> 었는지 나봄 씨는 알아?]

그녀가 전한 소식은 나봄을 본능적으로 불안하게 만들기에 충분했다.

지난 창립 기념일 행사에서 차준을 매정히 떠나왔던 그녀는 서럽도록 아팠던 그의 손길을 생생히 기억하고 있다.

> *'본부장님……?'*
> *'놔, 놔주세요. 아파요.'*

아프도록 그녀를 붙잡았던 마지막 손길은 지금 떠올려보니 다 무너져 가는 사람의 애원과 비슷했다.

그걸 외면했던 나봄은 차준의 잠적이 큰 비보로 이어질까 봐 무섭다. 그런 끔찍한 생각은 밀어내야 한다는 걸 알면서도 자꾸만 나쁜 생각이 든다.

"설마……."

순간 눈앞이 하얘져 버린 나봄은 그만 휴대폰을 떨어트리고 말았다.

심장은 터질 듯이 뛰고, 숨통은 호흡까지 막아 버릴 것처럼 조여 오고.

그러나 나봄은 불안한 와중에도 이성을 붙잡으려 노력했다. 지금 자신이 어떻게 처신하는지가 후사에 영향을 미칠 거라는 사실을 그녀는 잘 파악하고 있었으니까.

나봄은 떨어진 휴대폰을 다시 집어 들었다. 그러고는 초조한 눈빛으로 차준의 번호를 찾았다. 통화 버튼을 누르는 그녀의 손끝은 옅게 떨리고 있었다.

'아니야, 아무 일 없을 거야. 그 사람은 언제나 강인했었잖아.'

하지만 애써 마음을 다잡은 나봄은 가만히 숨죽인 채 차준의 통화연결음을 들었다.

받아 줘. 받아 줘. 제발 받아 줘.

휴대폰 너머에서 들려올 그의 목소리를 간절히 바라며.

그때.

"여보세요."

그녀의 소원을 들어주기라도 한 것처럼 익숙한 음성이 들려왔다. 하지만 나봄의 가슴은 안도하기는커녕, 다른 의미로 더욱 불안해져 왔다.

"차준 오빠⋯⋯."

혹시나 끊어져 버렸을까 걱정했던 그의 숨소리는.

"응, 나봄아."

그녀의 등 뒤에서 들려오고 있었기 때문에.

나봄은 속눈썹을 가늘게 떨며 천천히 고개를 돌렸다. 그러자 찬찬히 눈에 담기는 얼굴은 분명 차준의 것이었다. 평소처럼 웃고는 있지만 그 모습이 오히려 보기 힘들 만큼 괴로워 보이는.

"날 걱정하고 있었어?"

"⋯⋯."

"기쁘다⋯⋯."

머지않아 흘러나오는 차준의 음성은 하염없이 부드러웠다.

하지만 그 부드러움이 무색할 정도로 위태로웠다.

"나 아직까지는⋯⋯ 없어지면 안 되는 사람이구나."

한 발짝만 더 뒷걸음질 치면 그대로 떨어져 버릴 낭떠러지에 서 있는 것처럼.

*　　　*　　　*

한봄 도어락 공장 근처, 낡은 벤치.

바람마저 멎은 탓에 고요하기만 한 그곳에 무거운 침묵이 흘렀다.

차준과 거리를 두고 앉은 나봄은 그 침묵을 감당하기 어려워, 괜히 발끝만 내려다보고 있었다.

모두의 연락을 피해 잠적했다는 차준이 내게 찾아온 거라면 분명 무슨 용건이 있을 텐데, 왜 그는 입술조차 떼어 내질 않는 건지.

나봄은 굳게 말문을 닫은 그가 걱정스럽다. 지금 그의 머릿속엔 나쁜 생각이 가득 차 있을 것 같아서 자꾸 불안하기만 하다.

"여긴…… 어쩐 일로 오셨어요?"

망설이던 나봄이 먼저 첫 마디를 꺼냈다. 그가 현재 어떤 상태인지 알고 있는 나봄의 목소리는 다소 무거웠다.

그제야 고개를 돌려 나봄의 얼굴을 바라본 차준은 흐린 숨과 함께 지친 음성을 흘려보냈다.

"마지막으로 니 얼굴 보러."

마지막으로, 라는 말은 나봄의 가슴을 철렁 내려앉게 만들었다. 그런 그가 더욱 불안해진 나봄은 차준에게로 몸을 틀었다.

"마지막이라니…… 왜 떠나는 사람처럼 말해요."

"떠나면 안 돼?"

"네?"

"어차피 내가 사라져 버린다고 해서 아쉬워할 사람도 없는데."

그리 말하는 차준은 옅은 미소를 짓고 있었다.

그러나 그 미소가 무색할 만큼 그의 눈빛은 공허했다. 세상으로부터 숨은 그에게는 분명 수많은 감정들이 가라앉아 있을 텐데도.

"본부장님……."

나봄의 얼굴에 어려 있던 걱정이 보다 짙어졌다. 그걸 본 차준은 평소처럼 장난기 어린 목소리로 대꾸했다.

"농담이야."

농담이 아니라는 것 정도는 알고 있다. 차준은 이런 우울한 소리를 농담으로라도 꺼낸 적이 없었으니까.

더 이상 그의 사정에 대해 모른 척하는 것만이 답은 아니었다.

잠시 고민하던 나봄은 얼마 전 들은 차준의 과거사를 떠올리며 민감한 주제를 조심스레 풀어 놓기로 결심했다.

"본부장님 힘들다는 거 알고 있어요. 그동안 다 괜찮은 척 웃고 있어도 많이 외로웠을 거라 생각해요."

"……."

"물론 과거의 상처를 극복하기는 쉽지 않겠지만…… 그래도 꼭 이겨 냈으면 좋겠어요. 지나간 과거보다 지금의 삶이 더 중요하니까."

차준은 그녀의 말이 이어지는 동안 별다른 대꾸를 하지 않았다. 그러나 고스란히 받아들이고 있는 건 아닌 게 분명했다.

아직 그의 입가에 어려 있는 미소는 여전히 솔직한 감정들을 감추기에 급급하다.

이럴 때 필요한 건, 그가 노골적으로 거부하고 있는 그 사람에 관한 이야기였다.

"태준 씨도…… 많이 걱정하잖아요."

아니나 다를까.

기어이 흘러나온 그 사람의 이름에 차준의 눈동자가 딱딱하게 굳었다.

하지만 나봄은 급속도로 차가워진 그의 분위기에 굴하지 않고, 조심스러운 목소리를 이어 나갔다.

"본부장님 혼자서는 감당할 수 없는 일이 너무 많아요. 그럴 땐 누군가에게 의지할 필요도 있다고 생각해요. 그러니까 마음을 조금만 열고……."

그때.

"니가 있어 주면 되잖아."

차준이 단호한 목소리로 그녀의 말을 끊었다. 다시 바라본 그의 눈빛은 위태롭게 흔들리고 있었다.

"본부장님……."

"혼자서는 감당할 수 없어. 나도 누군가한테 의지하고 싶어. 그러니까 니가 나를 받아 줬으면 좋겠어."

"……."

"니가 없으면 정말 죽을 것만 같아."

더는 감정을 숨기지 못하겠는지, 차준은 애절한 손을 뻗어 나봄을 붙잡았다. 그의 온도는 열병이라도 오른 것처럼 뜨거웠다.

나봄은 그 손에서 벗어나려 했으나 차준은 그럴수록 더욱 손끝에 힘을 주었다.

"나봄아……."

애닳는 음성으로 그가 그녀를 불렀다.

"제발…… 너만은 날 버리지 마."

그리고 애원했다. 애초부터 그녀는 가진 적도 없었던 사람이었건만.

"너도 알잖아. 나는 너의 곁에 있어야 해."

"……."

"내가 마지막으로 행복했던 시절은 너와 함께했을 때였어. 그땐 아파도 아픈 줄 모르고 살았으니까."

"……."

"그런데 지금은 니가 없어서 너무 힘들어. 하루하루 버티는 게 정말 지옥같이 힘들어서 미쳐 버릴 것만 같아."

솟구치는 감정을 미처 추스르지 못한 차준의 목소리가 점차 젖어 들었다. 어느새 축축해진 그의 눈가는 차마 바라보기도 힘들 만큼 안쓰러웠다.

아이같이 웃고 있어도 누구보다 어른스러운 사람이라고 생각했는데.

이 순간의 그는 전혀 어른스럽지 않다.

오히려 처음 무너졌던 그날부터 지금까지 조금도 자라지 못한 사람처럼, 엉망진창으로 망가진 마음 하나 추스르지 못하고 있다.

나봄은 그런 차준을 동정 어린 눈빛으로 바라보았다.

지친 어깨. 황폐한 눈동자. 차가운 숨.

이제야 그녀의 눈에 담기기 시작하는 것들은 그가 완벽하다 믿고 있던 과거엔 미처 알아채지 못했던 것들이었다.

그래서 뒤늦게라도 그의 아픔을 달래 주고 싶지만. 붙잡을 곳이 없어 이미 떠난 나를 붙잡으려 하는 그를 꼭 안아 주고 싶지만.

'그럴 순 없어. 나는 그를 사랑해 주지도 않을 거니까.'

마음을 다잡은 나봄은 차준이 간절히 붙잡고 있던 손을 빼냈다.

그리고 애원하는 그의 눈빛과 상반된, 흔들림 없이 차분한 눈빛으로 그를 마주했다.

좀처럼 동요하지 않는 그녀를 바라보는 차준의 표정엔 불안함과 초조함이 질척하게 뒤섞여 있었다.

나봄은 굳게 닫혀 있던 입술을 떼어 내 물었다.

"정말 내가 없어서 힘들어요?"

차준은 고개를 끄덕였다. 그러나 그에 그치지 않고 그녀는 연달아 질문을 던진다.

"내가 곁에 있으면 더 이상 아플 일은 없다고 생각해요? 다시 예전처럼 행복해질 수 있을 거라고 믿어요?"

"……."

"정말…… 그럴까요?"

딱히 대답을 바라지 않는 것 같은 나봄의 태도에 차준은 잠시 미동조차 않고 굳어 버렸다.

나봄은 긴 한숨을 내쉬었고, 이내 차분히 가라앉은 목소리를 흘려보냈다.

"오빠는 우리가 사랑했던 그때가 마지막으로 행복했던 시절이라고 말하지만 내 기억은 조금 달라요. 오빤 내 곁에서 항상 웃고 있었지만 그건 누구에게나 그랬어요. 나라고 해서 특별하진 않았어요."

"아니야……."

"아니요, 오빠가 정말 행복할 때 어떤 표정을 짓는지 나는 너무 잘 알아요. 그래서 똑똑히 구별할 수 있어요."

"……."

"오빠는 주로 아무 일 없는 것처럼 지내다가…… 가끔씩 들려오는 형의 소식에 진심으로 행복해했어요."

그 말을 하며 나봄은 그가 정말 마지막으로 행복하게 웃었던 때를 떠올렸다.

헤어지기 얼마 전인가. 차준은 미국에서 유학 중인 형과 연락이 닿지 않는다며 한동안 불안해했었다.

그러던 어느 날, 그토록 걱정했던 형에게서 편지 한 통이 도착했었을 때. 차준이 얼마나 행복한 표정을 지어 보였었는지.

'형한테 편지는 처음 받아 봐. 맨날 전화만 했었는데…….'
'글씨는 여전히 잘 쓴다.'
'건강하게 잘 지내라는 얘기만 가득 적혀 있어. 아직도 내가 어린애처럼 보이나. 하하.'

그건 그동안 지어 보였던 버릇 같은 미소와는 비교조차 할 수 없었다.

그래서 나봄은 확실히 알 수 있다. 차준은 다시 그녀와 재회한 이후에도 진심으로 행복했던 그때로 돌아가진 못했다는 걸.

나봄은 보다 단호한 표정으로 입술을 떼어 냈다.

"차준 오빠가 정말로 행복했던 시절은 마음껏 태준 씨를 동경했던 그 시절이었어요."

"……."

"나는 그 순간을 함께 나눴던 사람에 지나지 않아."

마지막 나봄의 한 마디는 차준의 앞에 그어 둔 뚜렷한 선과 같았다.

당신이 특별하게 여기는 사람은 처음부터 내가 아니었으니, 제발 그에게로 돌아가라는.

그러고 싶지 않았던 차준은 고개를 저었다. 나봄을 향한 그의 눈빛은 애원보다는 거친 저항에 가까웠다.

"아니야……."

"……."

"그렇지 않아……."

차준은 고집을 부리며 자리에서 벌떡 일어섰다. 거칠어진 그의 호흡은 격하게 요동치는 감정을 드러내 주고 있었다.

차준은 한동안 입술을 꽉 물었고 그렇게 필사적으로 무언가를 참아 냈다.

"난 그때로 돌아가고 싶지 않아."

그리고 뱉어 내는 목소리는 차가웠다. 그의 그런 모습을 처음 봤던 나봄의 눈동자가 파르르 떨려 왔다.

"우린…… 아무것도 아니었어."

차준이 한 번 더 힘주어 꺼내 놓은 말은 스스로를 위한 말이었다. 그가 말하는 '우리'가 누굴 뜻하는지 알고 있는 나봄은 아무런 대답도 하지 않았다.

"아무것도 아니었어."

"……."

"그래…… 아무것도 아니었어."

그리 몇 번을 얘기하고 나서야 붉어지려 했던 차준의 눈동자는 차츰 잦아들었다. 아마 차준은 오늘도 스스로가 만들어 낸 깊은 어둠 속에 묻혀 버릴 생각인가 보다.

조금만 고개를 돌리면 행복했던 그 시절, 그에게 전부였던 그 사람이 기다리고 있는데도.

"차준 오빠……."

나봄은 안타까움이 가득 실린 목소리로 그의 이름을 불렀다. 그제야 발걸음을 떼는 그의 뒷모습은 한없이 외로워 보였다.

어디서부터 손을 대야 할지도 모를 만큼 깊어진 상처.

기어이 한 걸음 더 뒷걸음질 치고 만 그는 하염없는 어둠으로 추락하기 직전인데.

눈앞에 있는 그 사람의 손을 어째서 거부하려고만 하는 건지 모르겠다.

아득히 멀어지는 차준에게서는 분노보다 두려움이 더 짙게 느껴져서, 나봄의 마음은 몹시 혼란스럽기만 하다.

*   *   *

가로등 불빛만이 길을 밝혀 주는 좁은 골목길.

나봄은 평소보다 느린 발걸음을 옮기고 있었다. 원래 집 앞까지 도착하는 데 10분도 채 걸리지 않는 골목인데, 왜 오늘은 이리도 멀게 느껴지는 건지.

아무래도 마음이 천근만근 무거워서인 것 같다.

나봄은 차준이 다녀간 뒤로 심란해진 감정을 좀처럼 추스르지 못하고 있다.

"하아……."

깊은 한숨을 내쉰 나봄은 잠시 그 자리에 멈춰 섰다.

이런 상태로 들어가면 괜히 한 사장만 걱정시킬 게 뻔한데…….

어디 가서 표정이라도 정리하고 가야 하나 고민하고 있던 그때.

"저기요, 아가씨."

인기척이라고는 없었던 골목에서 익숙한 목소리 하나가 들려왔다.

놀란 나봄이 고개를 들자, 열 발자국쯤 앞 가로등에 서 있는 검은 실루엣이 한 번 더 살갑게 말을 걸었다.

"너무 늦은 시간에 다녀서 남자 친구가 걱정 많이 하겠어요."

"……."

"들리는 소문으로는 아가씨 남자 친구가 엄청 잘생겼다고 하던데, 그런 미남을 걱정하게 만들면 쓰나."

"태오……?"

나봄은 뒤늦게 알아차린 사람의 이름을 흐리게 불렀다.

그러자 태오는 정답을 맞힌 그녀에게 손을 휘휘 흔들어 보였고, 나봄이 서 있는 곳까지 성큼성큼 걸어왔다. 가까이서 본 그의 얼굴엔 뭐가 그리 즐거운지 싱그러운 미소가 얹혀 있는 상태였다.

"오늘 좋은 일 있었어?"

"아니."

"그럼 왜 자꾸 웃어."

"니 앞이니까."

만나자마자 달콤한 멘트를 꺼내 놓는 태오는 나봄의 우울한 감정이 잠시 물러가게 만들었다.

나를 보는 눈빛마저도 어찌나 사랑스러운지. 예전에 맹수처럼 사납던 단태오의 이미지는 어디로 갔나 싶다.

"오늘 많이 바빴냐."

"아니, 별로 안 바빴는데 왜?"

"오늘따라 지쳐 보여서 무리했나 했지."

태오는 평소보다 힘이 없어 보이는 나봄에게 말했다. 나봄은 괜히 태오까지 걱정시키고 싶지 않아 고개를 저으며 대답했다.

"저녁이라서 그래. 별로 힘들진 않아."

"정말?"

"응, 정말."

그리 대답하는 목소리마저도 지친 기색이 역력했으나 태오는 더이상 캐묻지 않기로 했다.

사실 지금 그의 손에는 그녀의 피로를 단번에 물러가게 할 마법 같은 선물이 들려 있으니.

"자, 선물."

태오가 여전히 웃는 낯으로 무언가를 내밀었다. 하도 정신이 없어서 그가 뭘 들고 있다는 사실조차 알아채지 못했던 나봄은 그의 손으로 눈동자를 내려 두었다.

그제야 시야에 들어오는 건 이 근처 베이커리에서 파는 예쁜 딸기 무스 케이크였다.

"이게 뭐야?"

나봄의 두 눈이 반짝이며 물었다. 태오는 그녀의 품에 케이크 박스를 넘겨주며 뿌듯한 목소리로 말했다.

"그냥. 너한테 뭐 물어보러 오는 김에 생각나서 샀다."

"응?"

"아, 혹시 단 거 안 좋아하나."

이미 신이 나서 선물해 놓고 뒤늦게 걱정할 건 또 뭐람.

중요한 순간에 어리숙한 태오가 귀여웠던 나봄은 푸핫 웃음을 터트렸다.

하여간 가끔은 색기가 자르르 흐르는 늑대였다가, 또 가끔은 모성애 제대로 자극하는 순진한 꼬마였다가.

극과 극을 달리는 그의 매력 때문에 심장이 남아나질 않겠다.

"그래서, 물어보고 싶은 게 뭔데?"

나봄은 퐁퐁 샘솟는 애정을 들키는 게 부끄러워, 다른 곳으로 화제를 돌리기 위해 물었다. 그러자 얼굴에서 걱정을 싹 지워 낸 태오가 꺼낸 질문은 의외였다.

"주말에 뭐해?"

"주말?"

"어, 시간 있으면 나랑 데이트나 하자."

하긴, 사귀고 나서 제대로 데이트한 적은 없었나.

라고 생각할 때쯤 태오의 손이 그녀의 얼굴을 붙잡았다. 수줍음 가득한 나봄의 눈동자가 또렷이 태오를 마주했다.

태오는 시선이 맞닿은 눈가를 곱게 휘어 웃었고, 이내 나직한 한 마디를 덧붙였다.

"오빠가 좋은 데 데려가 줄게."

들뜬 그의 목소리에선 품에 안긴 케이크만큼이나 달콤한 향기가 났다.

그 향기에 취한 나봄은 고개를 끄덕였다.

오늘 하루 종일 그녀를 따라다녔던 근심 걱정 따윈 전혀 찾아볼 수 없는 기쁜 얼굴로.

*　　　*　　　*

"다 됐다."

차분한 분홍색 립스틱을 덧바른 나봄이 마지막으로 거울을 확인했다.

소녀스러운 원피스와 한 시간 동안 공들인 머리, 그리고 아끼는 액세서리까지.

만반의 준비를 한 나봄은 오늘따라 더욱 생기가 넘쳤다. 그도 그럴 것이 오늘은 태오와 정식으로 데이트하는 날이기 때문이었다.

이번이 첫 데이트는 아니었다. 5년 전 연애라고 할 수도 없을 만큼 짧은 연애를 했을 때, 나봄과 태오는 첫 데이트를 가졌었다.

그러나 결과는 추억이라고 부를 만한 기억조차 건지지 못할 만큼 대실패였다.

이제 와서 돌이켜 보면 그땐 뭐가 그렇게 어긋났었나 싶지만, 굳이태오가 아니더라도 데이트는 망했을 거라고 생각한다.

5년 전의 나봄은 아직 지워지지 않은 첫사랑의 그림자 때문에 어느 누구와도 연애할 준비가 되지 않았었기 때문이었다.

하지만 지금은 연인과 달콤할 시간을 보낼 준비도 의욕도, 차고 넘치도록 충분하니.

"좋아. 너무 들뜨지 말고, 긴장하지도 말고 평소처럼 하면 돼. 평소처럼!"

혼잣말로 심기를 다진 나봄은 미리 골라 두었던 핸드백을 들었다. 그러고는 침대 위에 올려놓았던 휴대폰을 들었는데.

"아, 배터리 없다."

배터리 용량이 십 퍼센트대로 진입한 휴대폰이 그녀를 힘 빠지게 만들었다.

지난밤 분명 충전해 놓고 잔 것 같은데 단자를 덜 꽂았나?

"카페 같은 데 가서 충전해야겠다."

나봄은 비실비실한 휴대폰을 가방에 넣고 침대 옆에 꽂아 두었던 휴대폰 충전기까지 잊지 않고 챙겼다.

그러고 나서야 가벼운 발걸음으로 방을 빠져나오니.

"한나봄 팀장! 한나봄 팀장!"

한 사장이 다급히 나봄의 이름을 불렀다. 총총 계단을 내려간 나봄은 대수롭지 않은 말투로 대답했다.

"네네. 무슨 일이세요?"

"한 팀장! 비상사태야! 금성 호텔에 납품하기로 한 도어락 디자인 말이야! 완전 마음에 든다고 말해 놓고선 갑자기 바꿔 달라고 하네!"

"네?! 월요일 날 금형 작업 들어가잖아요!"

"그러니까 말이다! 미치고 팔짝 뛰겠네! 그래서 말인데 오늘 중에 다시 디자인 시안 수정 좀 해 줘야겠다!"

한나봄 팀장이라고 부를 때부터 알아봤어야 했는데.

나봄은 갑작스럽게 떨어진 업무에 당황한 기색을 감추지 못했다. 시안이 급하다는 건 알겠지만 오늘은 도저히 그의 부탁을 순순히 따를 수 없었다.

일주일 동안 애타게 기다렸던 데이트란 말이야. 태오한테 미안해서라도 일단은 나가야 해.

"저, 저기 아빠. 지금은 안 되는데……."

"왜! 어디 나가?! 급한 일이야?!"

"급한 일이라기보단 중요한……."

바로 그 순간.

♩ ♪ ♫ ♩ ♪ ♫ ―

가방 안에 들어 있던 나봄의 휴대폰이 요란하게 울렸다. 그건 굳이 확인하지 않아도 태오일 게 뻔했다. 지금 대문 앞에서 들려오는 웅장한 엔진 소리만 봐도 알겠다.

"미안해요! 이따 저녁 때 사무실 가서 밤새 할게요!"

마음이 급해진 나봄은 일방적으로 한 사장의 부탁을 미뤄 두고 서둘러 구두를 신었다.

"야! 한나봄! 한나봄!"

현관문을 벗어나는 동안 따라붙은 한 사장의 외침은 매우 절박했다.

그러나 그에게 미안해지는 마음이 들수록 나봄은 발걸음을 더욱 재촉했다. 붙잡히면 데이트고 뭐고 어쩔 수 없이 사무실까지 끌려가고 말 테니.

끼익ㅡ! 쿵!

요란하게 대문을 열고 닫은 나봄은 바로 앞에 서 있는 익숙한 까만 차에 몸을 실었다.

전화를 받지 않는 나봄 때문에 초조해하고 있던 태오는 깜짝 놀라 그녀를 바라보았다.

"하, 한나봄?"

"안녕! 태오야! 일단 출발해 줄래?!"

나봄은 휘둥그레진 그의 눈동자를 마주하자마자 다급한 목소리로 말했다.

태오는 당황한 와중에도 그녀의 말에 따라 순순히 브레이크를 풀었고, 내비게이션에 미리 입력해 둔 레스토랑으로 차를 출발시켰다.

그리고 얼마 지나지 않아 나봄의 집 대문이 소란스레 열리는가 싶더니.

"한나봄! 너 거기 안 서!"

한 사장의 고함이 골목을 쩌렁쩌렁하게 메웠다. 그 불호령에 어깨를 잔뜩 움츠리는 나봄은 수상해도 너무 수상했다.

"뭐, 뭐야. 장인어른 왜 저렇게 화나셨어?"

태오는 주행 속도를 더욱 빨리하며 떨리는 목소리로 물었다. 그러자 자랑스러운 일이라도 벌인 양 곧바로 터져 나온 나봄의 말은 뜻밖이었다.

"응! 당장 해야 할 업무가 생겼는데 그냥 도망쳐 버렸거든!"

"도망? 왜?"

"너 보고 싶어서!"

두근—

일을 미뤄 두고 무턱대고 사랑을 택한 여자 친구를 나무라야 하는데, 어째서 심장은 주책맞게 요동쳐 버리는 건지.

순식간에 귓불까지 열이 달아오른 태오는 괜히 인상을 썼다.

"왜, 왜 그랬어. 집에 가서 장인어른한테 엄청 혼나면 어쩌려고."

그러고선 좋아 죽겠는 심정을 조금이라도 가려 보려 마음에도 없는 싫은 소리를 하니, 나봄은 그를 더욱 빤히 바라보며 묻는다.

"그럼 다시 들어갈까?"

"뭐?"

"데이트 일주일 더 미뤄도 되겠어?"

그녀는 태오의 마음을 캐물을 때 한층 더 사랑스러워진다.

동그란 눈동자, 귀엽게 올라간 말꼬리, 그리고 장난기 어린 눈웃음까지. 확 덮치고 싶어 미쳐 버릴 지경이다.

이번에도 어김없이 약해진 태오는 무리해서 좁히고 있던 미간을 스르륵 풀었다.

"아니, 일주일 더 미루면 나 애간장 녹아서 죽어."

그리고 흘려보내는 목소리에는 나봄 앞에서만 보여 주는 귀여움이 잔뜩 묻어 있었다. 눈가에 무심히 어린 눈웃음도 어쩌면 이리 소년 같은지, 운전하는 중만 아니라면 볼을 꼬집어 주고도 남았을 거다.

역시 도망쳐 나오길 잘했다고 생각하며 나봄은 태오를 따라 배
시시 웃어 보였다.

급한 감이 없지 않아 있지만 충분히 달콤한 데이트의 시작.

이제 막 시작된 그와의 하루는 벌써부터 나봄의 가슴을 벅차오
르게 만들었다.

지금은 같이 있는 것만으로도 너무 좋아서 뭘 하며 보내야 할지
도 모르겠지만, 확실한 건 오늘이 태오의 기억 속에도 가장 성공적
인 데이트로 남을 거라는 사실이다.

내가 반드시 그렇게 만들어 줄 테니까.

*   *   *

"도착했습니다. 내리시죠."

번잡한 삼청동 길목.

교통난을 뚫고 가까스로 주차에 성공한 태오가 시동을 끄며 말
했다.

"여기가 어디야?"

그에게 목적지에 대한 정보를 듣지 못했던 나봄은 뒤늦게 물었
다. 그러자 태오는 자랑스러운 미소와 함께 대답했다.

"미슐랭 별 세 개짜리 레스토랑."

"미슐랭?"

"응, 예약하기 얼마나 힘들었는지 아냐."

"와, 나 이런 데 처음 와 봐."

"기대치 충족시킬 만큼 괜찮아야 할 텐데. 주차 공간 없어서 10분 늦긴 했는데, 괜찮겠지?"

차에서 내리는 태오는 몹시 신이 나 보였다. 그런 태오 덕에 덩달아 기분이 좋아진 나봄은 그를 따라 차에서 몸을 빼냈다.

"자."

밖으로 나오자마자 그녀에게 손부터 내미는 태오의 얼굴은 차에서 봤을 때보다 햇살 아래 있을 때 더욱 빛이 났다.

이제 보니 긴 코트에 회색 셔츠, 그리고 까만 슬랙스를 세련되게 차려입은 그는 오늘따라 더욱 섹시해 보이기까지 한다.

그런 그에게 반하기에도 지친 나봄은 손을 잡는 대신 가슴을 딱붙여 팔짱을 꼈다.

"내가 좋아 죽겠냐."

샘솟는 나봄의 애정을 눈치챘는지, 태오가 피식 웃으며 말했다. 더 이상 내숭 부릴 생각도 없는 나봄은 곧바로 고개를 끄덕였다.

그러자 태오의 얼굴은 순식간에 귀까지 붉어진다. 그가 수줍어하는 순간을 가장 즐기는 나봄은 조금 더 장난을 치고 싶어졌다.

"너는?"

"뭐가."

"너는 내가 얼마나 좋아?"

나봄의 질문은 대답해 주기 곤란한 건 아니었지만, 태오는 어쩐지 목구멍이 간지러워 입도 뻥끗할 수가 없었다.

그렇게 눈 동그랗게 뜨고 물어보는 거 되게 귀여운데. 혹시 알고

서 이러는 건가?

"늦었어. 얼른 들어가기나 하자."

태오는 애먼 곳으로 시선을 돌리며 대답했다.

다른 때는 더 닭살스러운 말도 잘하면서 왜 멍석을 깔아 주면 부끄러움이 열 배로 상승하는지 모르겠다.

"치, 팅기기는."

이젠 그런 태오의 속마음쯤이야 훤히 들여다볼 수 있는 나봄은 입술을 삐죽이면서도 해실해실 웃었다.

어느 틈에 태오의 매력에 푹 빠져든 나봄은 야성미 폭발하는 늑대 버전의 태오도 좋아하지만, 이렇게 사춘기 소년처럼 구는 모습도 충분히 좋아하고 있다.

어느새 남부럽지 않은 다정한 연인이 된 두 사람은 조경이 아름다운 레스토랑 정원을 지나 고급스러운 입구로 들어섰다.

대리석으로 꾸며진 레스토랑 내부는 미슐랭 쓰리 스타의 위엄을 드러내듯 으리으리했다.

"와, 도어락이 조각품처럼 생겼네. 되게 예쁘다."

직업이 직업이니만큼 고급스러운 정문 장식에 마음을 빼앗긴 나봄의 입에서 작은 감탄사가 새어 나왔다.

초입부터 만족스러워 보이는 모습에 마음이 뿌듯해진 태오는 기분 좋은 미소를 머금은 채 카운터로 향했다.

정갈한 와이셔츠 차림을 한 직원은 다가오는 두 사람을 친절한 미소로 반겼다.

"안녕하십니까. 좋은 주말입니다. 예약은 하셨습니까?"

"네. 예약했습니다."

"성함이 어떻게 되시나요?"

"단태오입니다."

태오는 자신만만한 목소리로 직원에게 제 이름을 말했다. 그걸 들은 직원은 곧바로 예약 기록을 확인했고.

"아, 단태오 님⋯⋯."

돌연 난처한 기색을 띠었다. 뭔가 이상하다는 걸 눈치챈 태오는 불안한 표정으로 물었다.

"무슨 문제 있습니까?"

"저⋯⋯ 죄송하지만 주말엔 손님께서 아무런 사전 연락도 없이 10분 이상 도착하지 않으시면 자동으로 예약 취소 처리하고 있습니다."

"네?"

"죄송하지만 다음 기회에 저희가 더 제대로 모시⋯⋯"

"아니, 이게 무슨 말도 안 되는 소리입니까. 멀쩡한 예약을 갑자기 왜 취소해요?"

예상치 못한 소식에 태오의 심기가 날카로워졌다. 도착은 10분 전에 했으나 주차 공간이 마땅찮아서 빙빙 돌아가 늦은 건데, 이런 식으로 허망하게 예약이 취소되는 건 너무나도 억울한 처사였다.

"10분 조금 넘겼습니다. 그것도 주차장에서 20분 허비하는 바람에 이렇게 된 거구요."

태오는 살벌한 눈빛을 가까스로 억누르고 직원에게 말했다.

"죄송합니다. 지금은 남은 자리가 없습니다."

하지만 단호한 직원은 물러날 기세가 아니었다. 하긴 꽉 차 있는 테이블을 보니, 봐주려고 해도 봐줄 수는 없었겠지만.

"그럼 애초부터 차를 가져오지 말라고 하든가……."

욱한 태오의 언성에 슬슬 분노가 서리기 시작했다.

이런 날 분위기가 험악해지는 걸 보고 싶지 않았던 나봄은 급히 태오의 손을 붙잡았다.

"태오야! 우리 다른 데서 먹자!"

"그래도……!"

"괜찮아, 괜찮아! 나 사실 오늘 한식이 더 끌렸어."

나봄은 태오를 어르고 달래며 방금 들어왔던 정문 쪽으로 이끌었다. 그녀를 뿌리치지 못한 태오는 순순히 레스토랑 밖으로 끌려 나와야만 했다.

그러나 아무리 생각해도 억울함이 가시질 않았다.

진짜 예약 시간보다 먼저 도착했는데. 주차 때문에 늦어진 건데. 게다가 10분 지나면 예약 취소라는 말은 하지도 않았었다고.

진짜 너무……

"……미안해."

열받아.

라는 말을 입 밖으로 내뱉으면 괜히 나봄이 겁을 먹을까 싶어, 태오는 잘못을 빌 것도 없는 사과만 건넸다.

나봄은 동그란 눈으로 그런 태오를 빤히 쳐다보았고 이내 의아한 목소리로 물었다.

"뭘?"

"어?"

"니가 잘못한 것도 아닌데 왜 사과를 해."

다행히도 나봄은 여전히 웃는 얼굴이었다. 첫 번째 코스를 이렇게 망쳐 버렸는데도 그녀의 기분은 괜찮은 모양이다.

그제야 안도한 태오는 급히 뒷주머니에서 휴대폰을 꺼내 들었다.

"내가 다른 레스토랑도 알아볼……."

하지만 인터넷을 제대로 열기도 전에 나봄은 그의 휴대폰을 가로채 갔다. 그러고는 그 손으로 어딘가를 가리키며 밝은 목소리로 말했다.

"우리 저기 가자!"

"어디?"

태오는 그녀의 손끝이 향한 곳을 확인했다. 그러자 곧바로 눈에 들어오는 건 레스토랑 건너편에 위치한 백반집이었다.

첫 데이트의 점심을 함께할 공간치고는 너무나도 소박한 외관은 태오의 눈에 영 못 미더웠다.

"저걸로…… 되겠어?"

두 번 다시 데이트를 망치고 싶진 않았던 태오는 탐탁잖은 눈빛을 띠고 물었다.

나봄은 연신 고개를 끄덕이며 대답했다.

"웅! 이 동네 주차하기도 힘들잖아. 멀리 찾아서 가지 말고 이 근처에서 후딱 밥 먹고 오자."

그녀는 웃으며 말했지만 태오의 불안한 마음은 어쩐지 가시질 않았다. 아직까지 분위기가 좋은데도 자꾸 눈치를 보게 되고, 막 시작한 데이트가 벌써부터 걱정스러워진다.

"나 배고파. 얼른 밥 먹으러 가자!"

그런 태오의 허리를 단단히 휘어잡은 나봄은 건널목을 향해 씩씩한 걸음을 이끌었다.

태오는 그때까지도 심란함을 달래지 못하고 있었으나.

"저긴 이 레스토랑보다 조용해서 니 목소리도 더 잘 들릴 것 같아서 좋아."

나봄의 너스레 한 번에 피식 웃어 버리고 말았다.

하여간, 요즘 따라 더 적극적으로 군다니까. 눈도 제대로 못 마주치던 초반의 한나봄은 어디로 갔는지 몰라.

"은근히 내 허리 만지지 마. 간지럽단 말이야."

나봄의 애정 표현에 불안감이 사르르 녹아 버린 태오는 튕기듯 말했다.

그러면서도 정말 그녀가 제 허리에서 떨어져 버릴까 싶어, 그녀의 손을 꽉 붙잡아 놓는 그는 오늘 수줍음 많은 사춘기 소년으로 콘셉트를 정한 모양이다.

'그럼 마음껏 귀여워해 주는 수밖에!'

니봄은 레스토랑에서의 분노를 겨우 잊어버리고 다시금 신이 난 태오를 한껏 띄워 주기로 했다.

"태오야, 너 그거 알아?"

"뭘 알아."

"지금 이 동네에서 니 허리가 제일 섹시해."

속삭이는 목소리로 엉큼한 칭찬을 건네니, 태오의 눈꼬리가 둥글게 휘어졌다.

"그만해. 얼굴 빨개져."

나는 지금의 웃음기 가득한 목소리가, 매끄럽게 올라가는 검붉은 입술이, 세상에서 제일 사랑스럽다.

아마 그 어떤 귀여운 존재도 너의 사랑스러움을 따라가진 못할 거야.

그건 곁에서 지켜보고 있는 내가 자부해!

*   *   *

"하아…… 솔직히 그 식당 되게 별로였어."

태오가 방금 전 식사를 마친 식당에 대해 냉혹한 평가를 내렸다. 비록 나봄이 선택한 식당이었으나 그 부분에 대해선 그녀도 인정할 수밖에 없었다.

생각보다 음식 맛이 괜찮아서 만족스럽게 식사를 이어 나가던 중에 나타난 천장 위 쥐 한 마리 때문이었다.

"위생 상태가 되게 별로였지?"

나봄은 태오의 말에 맞장구를 치며 힘주어 유리문을 열었다.

딸랑— 울리는 종소리와 함께 그들이 들어선 곳은 태오가 공들여 찾아 놓은 분위기 좋은 카페.

이번에도 주차 때문에 애를 먹긴 했으나 그래도 여기서는 쫓겨날 일이 없었다. 예약제도 아니거니와 제일 전망이 좋은 창가 자리에 떡 하니 두 자리가 남아 있었으니.

게다가 이렇게 깔끔한 건물이라면 뜬금없이 쥐가 튀어나올 일도 없을 터였다. 이제야 안심한 태오의 눈빛이 한결 편안해졌다.

"여기 되게 고급스럽다."

나봄은 감탄사를 내뱉으며 카페 안으로 들어섰다. 태오는 그런 그녀의 손을 꼭 붙잡고 창가 자리로 이끌었다.

푹신한 의자에 마주 보고 앉자마자 다가온 직원은 그들을 쫓아 낸 레스토랑 직원보다 훨씬 더 친절한 미소를 띠고 있었다.

"안녕하십니까, 손님. 메뉴판 드리겠습니다. 결정이 끝나시면 제게 말씀해 주세요."

태오는 그가 내미는 메뉴판을 받아 나봄에게 건네주었다. 그걸 펼쳐 본 나봄은 어렵지 않게 음료 하나를 골랐다.

"나는 레모네이드 마실래. 넌?"

"난 얼그레이 티."

"그럼…… 레모네이드 한 잔, 얼그레이 티 한 잔 이렇게 주세요."

일사천리로 이뤄진 주문을 받은 직원은 한 번 더 상냥하게 미소 지으며 메뉴판을 돌려받았다.

그제야 태오는 두 번째 데이트 코스에 무사히 진입했다는 생각에 안도의 한숨을 내쉬었다. 여기서도 일이 꼬였으면 심히 절망할 뻔했다.

"아까 딸기 케이크 있던데. 안 먹어도 되겠어?"

한층 여유가 생긴 태오는 나봄에게 디저트를 권유했다.

아까 먹은 식사로도 충분히 배가 불렀던 나봄은 고개를 도리도리 저었다. 그러고는 자신만 보면 딸기와 관련된 음식을 사다 주는 태오에게 호기심 가득한 표정으로 물었다.

"날 보면 딸기가 떠올라?"

"글쎄. 왜?"

"나한테 자꾸 딸기로 된 것만 주길래."

"저번에 줬던 딸기 무스 케이크?"

"그것도 있고, 5년 전에 나한테 고백할 때도 딸기 우유 줬었잖아. 난 딸기 좋아한다고 말한 적도 없는데."

갑작스럽게 꺼내진 5년 전 얘기에 태오의 눈빛이 흔들렸다.

그러고 보니 그땐 왜 딸기 우유를 주면서 고백했던 걸까. 꽃이나 곰 인형 같은 근사한 선물도 많았을 텐데.

곰곰이 생각해 보던 태오의 뇌리에 어떤 기억 하나가 스쳐 지나갔다.

5년 전, 나봄의 선물을 고르던 날. 긴장감을 달래려 생수를 사러 들어간 편의점에서 태오는 이런 광고 문구가 적힌 딸기 우유를 발견했다.

'달콤한 딸기 우유 한 잔이면 핑크빛 사랑을 시작할 확률도 200%!'

그래, 너무 겁이 많았던 난 그 광고 문구에 희망을 걸었었어. 그렇게라도 해야 기죽지 않고 당당하게 고백할 수 있을 것 같았거든.

솔직한 대답을 하자니 너무 소심한 이미지가 될까 걱정됐던 태오는 장난기 가득한 목소리로 대답했다.

"니가 딸기 닮아서 그래."

그 말을 들은 나봄의 눈동자가 동그래졌다. 지금껏 토끼나 햄스터 같은 동물 닮았단 얘기는 많이 들었어도 딸기는 처음이었다.

"내 어디가 딸기 같은데?"

나봄은 딸기의 생김새를 떠올리며 물었다. 그러자 태오는 여유로운 미소를 입가에 가득 머금고는 짓궂은 대답을 이어 나갔다.

"엄청 작잖아."

"뭐야, 키 작아서 딸기야?"

"응, 딱 한입거리쯤 되려나."

태오의 말을 들은 나봄은 입술을 삐죽 내밀었다.

작은 키는 한씨 집안 대대로 내려오는 콤플렉스인데 이런 식으로 후벼 파다니. 정말 너무하는구먼그래.

"키 커서 좋겠다."

심술 난 나봄은 뾰로퉁한 목소리로 말했다. 태오는 그런 나봄을 귀여워 죽겠다는 눈빛으로 쳐다보며 고개를 끄덕였다.

"싫은 적은 없었지. 이 비율 덕에 인기가 얼마나 많았는데."

"아아, 그러셨어요?"

"대학 다닐 때 너만 아니었으면 여자 친구 한 트럭을 만들었을 걸."

"그럼 만들지 그랬어. 왜 나한테 쏙 빠져 가지고 헤어 나가질 못하셨나."

"혹시 니가 무의식적으로 안 놔준 건 아니고?"

"어휴, 말이나 못 하면."

친밀도가 높아진 그들은 투닥거리는 것마저도 사랑놀이 같았다.

서로에게 던지는 농담도 어쩌면 이리 쿵짝이 잘 맞는지. 한 공간에 있으면 어색하던 때가 까마득히 먼 옛날처럼 느껴진다.

그렇게 달콤한 실랑이를 이어 나가고 있을 무렵.

"레모네이드, 얼그레이 티 나왔습니다."

직원이 주문한 음료가 올려진 작은 쟁반을 받쳐 들고 다가왔다. 생각보다 빨리 나온 음료에, 나봄은 반가움 가득한 얼굴로 손을 뻗었다.

"감사합……"

그때.

"앗!"

유리잔에 맺혀 있던 물방울 때문에 미끄러져 버린 점원의 손이 나봄 쪽으로 레모네이드를 지나치게 기울인 채 전해 주고 말았다. 덕분에 반쯤 쏟아져 버린 레모네이드는 나봄의 가슴을 순식간에 적셔 버렸다.

"엄마야!"

화들짝 놀란 나봄은 젖어 버린 원피스 가슴께를 황급히 털어 냈다. 눈 깜짝할 새에 벌어진 사태에 당황한 직원도 서둘러 티슈를 건네며 연거푸 사과를 내뱉었다.

"어떡하면 좋아! 죄송합니다! 정말 죄송합니다!"

잘 있다가 한순간에 아수라장이 되어 버린 테이블.

이곳에서 가장 난처한 표정을 짓고 있는 사람은 레모네이드를

뒤집어쓴 나봄도 아니요, 실수를 저지른 직원도 아니요, 이 상황을 휘둥그렇게 뜬 눈으로 지켜보고 있던 단태오였다.

현재 그의 드리워진 그늘이 두 사람의 것보다 더욱 짙다.

두 번째 코스만큼은 아무 탈 없이 지나가겠구나, 하고 마음 놓았던 그였기에.

"아니, 이게 뭔……."

태오는 갑작스럽게 닥쳐온 위기에 황당한 마음을 숨기지 못하고 중얼거렸다.

그 목소리에 다시금 가시가 돋쳤다는 걸 눈치챈 나봄은 손을 휘저으며 필사적으로 얘기했다.

"아니야! 태오야! 난 괜찮아! 어차피 레모네이드라서 마르면 티도 안 날 거야!"

하지만 지금 태오의 문제는 그녀의 원피스에 자국이 남느냐 안 남느냐가 아니었다. 다른 것보다도 두 번째 데이트 코스에서조차 기어이 불쾌한 일이 생겨 버렸다는 사실이 그를 괴롭게 만들 뿐이다.

자리에 앉기만 하면 끝인 줄 알았는데, 역시 위기는 방심하고 있는 새에 찾아오는 모양.

"티슈 더 가져오겠습니다! 레모네이드도 다시 드릴게요! 정말 죄송합니다!"

직원은 연신 고개 숙여 사과하고는 빠르게 자리를 떴다.

나봄이 생각하기에 지금 그는 서슬 퍼런 태오의 눈동자를 피해 달아나고 있는 것이 분명했다.

아니나 다를까. 미간을 잔뜩 구기고 있던 태오는 멀어지는 직원을 원망스레 노려보다가, 그가 완전히 사라지고 나서야 나봄의 상태를 살폈다.

"괜찮아?"

"응? 응! 괜찮아! 얇아서 금세 마를 거야!"

"아…… 미안해."

그러고선 이번에도 어김없이 영문 모를 사과를 흘려보냈다. 흔들리는 그의 눈동자는 어쩐지 실수를 저지른 직원보다도 자괴감이 깊어 보인다.

그런 태오가 아까부터 의아했던 나봄은 달래는 듯한 목소리로 말했다.

"왜 자꾸 사과를 해. 니가 잘못한 것도 아닌데."

"그래도…….."

"한번만 더 사과하면 벌준다?"

그러고서 내뱉은 말은 피치 못할 상황도 전부 제 탓으로 돌려 버리는 태오를 진정시키기 위해서였다.

아무래도 그는 이번 데이트를 망치면 안 된다는 생각 때문에 과도하게 예민해져 버린 듯하다.

"벌?"

아직 얼굴에서 난처한 기색을 지우지 못한 태오는 나봄에게 되물었다.

나봄은 그런 그를 웃음기 어린 표정으로 바라보았고, 아주 단호한 목소리로 엄포를 놓았다.

"응. 아주 창피하게 만들어 버릴 거야."

"어떻게."

"그건 비밀이지. 그렇다고 괜히 궁금해서 또 사과하진 말고."

어느 정도 젖은 원피스를 수습한 나봄은 티슈를 내려놓았다.

"자, 그래서 이거 다 마시고는 뭘 할 거야?"

그런 뒤 꺼내 놓는 질문은 태오의 신경을 다른 곳으로 돌리기 위함이었다.

태오는 아직 눈빛을 정돈하지 못한 와중에도 애써 침착한 음성으로 대답했다.

"영화는 볼만한 게 없어서 근처 공원에 가려고."

"아, 공원! 그래, 오늘 날씨도 좋으니까 공원 산책하기 딱이겠다."

박수까지 치며 좋아하는 나봄은 태오의 마음을 달래 주었다.

레스토랑 퇴짜에 이어 레모네이드 폭탄까지 맞았는데도 불구하고 아직까지 그녀는 기분이 상하지 않은 모양이다.

그걸 확인하고 나서야 태오는 겨우 한숨을 돌릴 수 있었다.

하지만 그 안도감이 다음 코스를 더욱 더 완벽하게 이끌어야 한다는 부담감으로 바뀌는 데에는 오랜 시간이 필요하지 않았다.

"와, 그런데 커피라도 시켰으면 어쩔 뻔했어? 정말 다행이다. 그치?"

눈앞에서 나봄은 웃고 있는데 심장은 자꾸만 불안하게 옥죄여 온다.

여기서 한 번만 더 일이 어긋나면 정말 패닉에 빠져 버릴 지경이다.

이건 내가 생각해도 너무 불안에 휘말리는 것 같은데. 나 그동안 니 앞에서도 태연하기만 하다가 갑자기 왜 이러지…….

"단태오, 그렇지 않냐구."

"어, 어……."

태오는 스스로도 납득하기 힘든 초조함을 추스르지도 못한 채 흐린 목소리로 대답했다.

하지만 부자연스럽도록 표정이 굳고 자꾸만 가슴이 옥죄여 오는 게, 어쩐지 평정심을 되찾기가 힘이 들었다.

마치 5년 전 그 최악의 날로 돌아온 것 같은 기분이다.

오늘이 지나면 너의 마음이 어떻게 변해 있을까, 하는 쓸데없는 걱정 때문에 머릿속이 어지러워진다.

*　　　*　　　*

딸랑—

청량한 종소리와 함께 유리문이 열렸다.

뒤이어 손을 꼭 붙잡고 나오는 연인은 사사로운 얘기들을 신나게 조잘대며 나름대로 즐거운 시간을 보내고 온 나봄과, 그런 그녀의 얘기를 반쯤 얼빠진 정신으로 듣고 온 태오였다.

"자, 다음 코스는 공원이랬지? 이 근처 공원이라면 혹시 한강 공원?"

나봄은 기대감 가득한 목소리로 태오에게 물었다.

그제야 복잡한 머릿속을 다잡은 태오는 심기일전한 대답을 했다.

"응, 이번엔 진짜 잘할게."

"이미 나랑 잘 놀아 주고 있는데 무슨 소리야, 하하."

그녀는 태오의 각오를 장난처럼 넘기지만 태오는 지금 이 순간 그 어느 때보다 비장한 마음이었다.

비록 초입과 중간 과정은 별로였으나 후반부만큼은 두고두고 기억에 남을 만큼 완벽한 데이트로 만들어서, 결과적으로는 좋았던 날로 평가되게끔 하고 싶다.

한 번 더 각오를 다진 태오는 속주머니에서 차키를 빼 들었다.

그러고선 차를 주차시켜 놓은 골목 쪽으로 손을 뻗었는데…….

"어……?"

이 골목에 있어야 할 차가 보이지 않았다. 세워 둔 곳은 여기가 분명한데 누가 마법이라도 부린 양, 흔적조차 남아 있질 않다.

순간 등골이 싸늘해진 태오는 주변을 훑어보았다.

그러자 다 늦어 버린 지금에 와서야 눈에 들어온 마크는 불법 주차 단속 구간 표시.

좌절한 태오의 속눈썹이 파르르 떨려 왔다. 아마도 카페에 앉아 있던 그 몇 시간 새에 견인차가 이 앞을 왔다 간 모양이다.

"아, 견인 됐다…….'

절망한 태오는 이마를 짚은 채 힘없는 목소리를 내뱉었다.

당황한 건 나봄도 마찬가지였으나 그녀는 또다시 태오가 시무룩해질까 싶어 가장 먼저 그부터 달래기로 했다.

"여기 주차 구역이 아니었나 봐. 공원은 지하철 타고 가야겠다!"

그 말은 우리 데이트는 망하지 않았어! 라는 의미와 같았다. 다행히도 시무룩해질 뻔했던 태오의 눈빛은 그녀의 위로에 다시 힘을 되찾는 듯했다.

"그래, 그럼 일단⋯⋯."

그러나 그의 입에서 새로운 계획이 꺼내지기도 전에.

후드득후드득.

무심한 하늘에서 굵은 빗방울이 떨어지기 시작했다. 공원 얘기가 나오자마자 시작된 비는 그야말로 최악의 타이밍이었다.

"오, 오늘 비 온다는 말 없었는데⋯⋯."

상황이 이쯤 되니 나봄도 더는 분위기를 돋울 수가 없었다.

태오가 기 좀 세우려고 하면 온갖 사건 사고로 자꾸만 맥없이 꺾어지는 게, 아마 전생에 데이트 한 번 못 해 보고 죽어서 한이 된 귀신이 그에게 달라붙어 있는 모양이다.

"아⋯⋯."

차는 없어져 버렸고, 비는 오고, 우산은 준비 못 했고, 그래서 혼란스러운 이 와중에도 견인비는 계속 오르고 있고.

누가 봐도 데이트를 끝내는 것밖에 방법이 없는 지금.

나봄은 여기서 작별을 고해야 하는 이유를 전부 제 탓으로 돌려 버리기로 했다. 어차피 주말 업무가 잡혀 버린 이상, 그녀는 데이트를 계속할 수 있는 팔자도 아니었다.

"저기! 생각해 보니까 나 오늘 안에 디자인 수정해 놓으려면 지금쯤 회사로 가 봐야 하는데!"

"⋯⋯."

"너무 미안해서 어쩌지? 이건 일하라는 신의 계시인가 봐! 나 때문에 자꾸 일이 꼬이네!"

그래, 태오야.

오늘 우리에게 사건 사고가 끊이질 않는 건 전부 내 탓이야. 그러니까 축 처진 어깨 좀 풀어.

"그러냐……."

하지만 그녀의 간절한 바람에도 불구하고 그리 대답하는 태오의 음성에는 유독 힘이 없었다.

저렇게 기운 빠진 모습을 얼마 만에 보더라.

아마 제대로 연애를 하고 난 이후로는 처음일 거다. 언제나 들떠 있던 그는 오늘 제대로 무너지고 말았다.

이렇게 끝을 낼 수는 없었던 나봄은 태오의 기운을 북돋아 줄 만한 무슨 말이라도 건네려 했다.

그러나 아무리 머리를 굴려도 적당한 위로가 생각나질 않았다. 하긴, 어지간한 위로와 응원은 아까 상황이 계속 안 좋아질 때부터 계속 내뱉었으니.

그렇게 난처해하고 있는 사이.

"택시 왔네. 타."

어느새 다가오는 택시를 멈춰 세운 태오가 뒷문을 열며 말했다. 텅 비어 있는 그의 눈동자는 어떤 노력을 해도 되살아나지 않을 것만 같다.

"기사님, 화곡동 한봄 도어락까지 잘 부탁드립니다."

"태오야, 저기……."

나봄은 태오가 이끄는 대로 순순히 택시에 몸을 실으면서도 어떻게든 즐거웠다는 인사를 남겨 보려 했다.

하지만 그녀가 무슨 말을 꺼내기도 전에 이어진 그의 한 마디는 도저히 흘려듣지 못할 만큼 가슴을 먹먹하게 만들었다.

"오늘 잘해 보려고 했는데……."

"……."

"미안하다, 정말."

니가 대체 뭘 잘못했길래 아까부터 미안하다고 그래.

어쩐지 서글퍼 보이는 그의 모습은 묻고 싶은 말을 흘려 내지도 못하게 막았다.

탁—

머지않아 맥없이 닫혀 버린 차 문이 우리 사이를 가르고, 그러기가 무섭게 출발부터 해 버린 택시는 우리의 거리를 떨어트린다.

이대로 헤어지는 건 안 돼. 난 정말 오늘 하루 너랑 함께 있는 것만으로도 좋았는데, 이건 꼭 데이트를 다 망쳐 버린 것 같잖아.

결심이 선 나봄은 그가 더 멀어지기 전에 차창을 열었다. 그러고선 영혼까지 끌어모은 목소리로 온 힘을 다해 외쳤다.

"태오야! 오늘 즐거웠어!"

"아가씨! 창밖으로 손 내밀면 위험해요!"

"진짜 진짜 좋았어!"

택시 기사에 잔소리에도 아랑곳 않고 손을 흔드는 그녀는 나름대로 필사적이었다. 그녀는 연달아 벌어진 피치 못할 사건 사고로 잔뜩 풀이 죽어 버린 그가 제발 기운 차리길 바랄 뿐이다.

그런 그녀의 마음이 닿은 걸까.

멀어진 거리 탓에 벌써 손바닥만큼 작아진 태오가 축 늘어져 있던 손을 들어 휘휘 흔들었다. 평소처럼 씩씩하진 않았으나 충분히 알아들었다는 표시 같았다.

그제야 한숨을 돌린 나봄은 창밖으로 내밀었던 손을 천천히 거두어 왔다. 하지만 남겨진 그를 향한 시선마저 쉽사리 떼어 내진 못했다.

이미 멀어질 대로 멀어진 태오의 얼굴은 잘 보이지도 않지만, 그녀는 그토록 기대했던 데이트를 자포자기하듯 끝마쳐 버리는 그가 조금 의아하게 느껴진다.

이유 없이 사과하는 것도, 그냥 넘길 수 있는 해프닝에 무척이나 불안해하는 것도. 대수롭지 않게 넘기기엔 너무나도 이상하기만 하다.

"오늘따라 왜 그러지……."

나봄은 어쩐지 필요 이상으로 초조해 보였던 태오를 회상하며 고개를 갸웃거렸다.

처음엔 낯선 이보다 더 낯선 사이였지만 그래도 요즘은 우리 사이가 꽤 단단해졌다고 생각했는데.

오늘의 넌 계속 내 눈치를 보고 있었던 것 같다.

꼭 내가 너에게 못된 말이라도 할까 봐, 두려워하는 사람처럼.

                    *   *   *

"하아……."

견인 차량 보관소.

거금을 내고 차를 되찾은 태오가 긴 한숨과 함께 보관소를 나섰다.

여기 오기 전까지만 해도 빗줄기는 물방울만 뚝뚝 떨어지던 정도였는데, 견인비를 치르는 새 제법 굵어져 버렸다.

이렇게 갑자기 쏟아져 내릴 줄 알았으면 오는 길에 편의점에 들러 일회용 우산을 사 올걸.

"아유, 비가 많이 오네. 여기 손님이 두고 간 우산 많은데, 하나 드릴까요?"

태오의 한숨을 들은 보관소 직원이 도움의 손길을 건넸다. 태오는 그 호의를 받기 위해 고개를 끄덕거리려다가, 순간 먼저 회사로 보냈던 나봄을 떠올랐다.

걔도 우산 없을 텐데. 택시가 회사 앞에 잘 내려 주긴 했나.

"잠시만요. 통화 좀 하고요."

태오는 일단 걱정스러운 그녀의 안부부터 묻기로 했다.

잘 들어갔냐는 말은 사실 핑계에 가까웠다. 태오는 지금 데이트 직후 그녀의 기분을 먼저 확인하고 싶다.

오늘의 데이트는 아무리 생각해 봐도 5년 전 우리가 가졌던 첫 데이트처럼 하는 일마다 족족 꼬였었으니까.

5년 전, 나봄은 그 데이트가 너무 최악이었던 나머지 짧은 연애의 이별을 고하기에 이르렀다.

그녀에게 잘 들어갔냐고 물어보기 위해 전화했을 때 좀처럼 통화 연결이 안 됐던 걸로 알아챘어야 했는데.

눈치 없는 태오는 다음을 기약하며 그녀의 식어 가는 마음 따위 신경 쓰지도 않고 있다가, 심기일전하고 나간 두 번째 데이트에서 기어이 헤어지자는 말을 들어야 했다.

이번 연애는 그때와 다르다는 걸 알지만, 너는 헤어지는 순간까지 밝게 손을 흔들어 주었지만.

그래도 괜히 겁이 나는 건 어쩔 수 없다. 그때보다 몇 배는 더 행복한 지금, 같은 이별이 되풀이된다면 난 견뎌 내지 못할 것 같거든.

상처에서 비롯된 그의 불안한 감정을 달래 줄 사람은 오직 나봄뿐이었다.

지금 이 순간, 끝난 데이트를 회상하고 있을 나봄이 그의 전화를 밝은 목소리로 받아 주기만 한다면 태오도 안심하고 다음 데이트를 준비할 수 있을 것 같다.

태오는 휴대폰을 들어 그녀의 전화번호를 찾았다.

통화 버튼을 누르는 그의 손끝은 조금 경직되어 있었다. 마치 끔찍하게 못 치른 시험의 결과를 확인하는 것처럼.

하지만 지나치게 겁먹은 마음이 들킬까 애써 마음을 가다듬고 있던 그때.

─전화기가 꺼져 있어 소리샘으로 연결됩니다.

어디서 많이 들었던 음성이 그를 반겼다.

다른 사람이라면 '전화기가 꺼져 있네'하며 대수롭지 않게 넘길 일이었으나, 그걸 들은 태오의 눈빛은 혼란으로 물들었다.

지금 그의 눈앞을 깜깜하게 가리는 기억은 5년 전의 악몽.

'잘 들어갔어? 더 잘해 주고 싶었는데 미안해.'

이 형식적인 말조차 끝내 묻지 못하게 만들었던.

'전화기가 꺼져 있어 소리샘으로……'

그녀의 휴대폰에서 질리도록 흘러나오던, 사랑이 끝났음을 알리는 경고음.

"싫어……."

불안에서 절망으로 떨어져 버린 태오의 입에서 흐린 목소리가 흘러나왔다.

"저기, 이 우산 일회용이긴 한데 제법 쓸 만…… 어머! 저기요! 우산 가져가셔야죠!"

이미 패닉 상태에 들어간 태오는 우산을 건네주는 직원의 손길조차 무시한 채 무작정 주차장으로 뛰쳐나갔다.

아문 줄 알았건만, 아물고도 남았으리라 믿었건만. 비슷한 기억만으로 다시금 덧나 버린 그의 상처.

"아, 충전기 자체가 고장 났나. 충전이 아예 안 되네."

이 시각 나봄은 방전이 된 휴대폰과 고장 난 충전기를 들고 씨름하고 있었지만, 그가 그 사실을 알아차릴 수 있을 리 없었다.

그래서 자꾸 나쁜 생각만 하고 있는 그는 또다시 주인에게 버려질까 두려워하는 강아지와 같은 처지였다.

그녀의 따뜻한 온기도, 나에게 향해 있었던 미소도…….

한여름 밤의 달콤한 꿈처럼 전부 사라져 버릴 것만 같아.

결국 다시 눈을 뜨면 나 혼자 남아 버릴 것만 같아.

내게는 그편이 더 익숙하잖아.

*　　　*　　　*

추적추적 비가 내린다.

즐거웠던 시간에 재처럼 뿌려졌던 몹쓸 빗방울이 눈치도 없이 자꾸 떨어진다.

우산을 꼭 쥔 채 하늘을 바라보던 나봄은 건널목의 신호등에 초록 불이 들어오고 나서야 걸음을 움직였다.

지금은 고장 난 휴대폰 충전기를 내다 버리고, 한봄 도어락에서 제법 멀리 떨어진 마트까지 가서 새 충전기를 사 오는 길.

그놈의 휴대폰 때문에 업무를 시작도 못 한 나봄은 얼굴에 근심 걱정이 가득했다. 클라이언트가 원한 수정 사항은 언뜻 봐도 어마어마하던데, 이대로라면 밤을 꼬박 새게 생겼다.

"태오한테 연락도 해 줘야 하는데……."

하지만 무엇보다 그녀를 신경 쓰이게 하는 건 따로 있었다.

잘 있다가 데이트 후반부쯤부터 갑자기 불안한 기색을 띠던 단태오의 눈동자.

나봄은 그게 자꾸 작은 생선 가시처럼 마음에 걸려 찝찝해 죽겠다. 우린 오늘 아무 일도 없었으니 별일 아닐 거라 생각은 하지만.

'그래도 혹시 모르잖아. 나도 모르는 새에 너한테 실수라도 저질렀던 건 아닌지…….'

걱정이 배가 된 나봄은 애꿎은 충전기만 손에 꽉 쥔 채 발걸음을 재촉했다. 그녀는 공장 사무실에 들어가자마자 가장 먼저 휴대폰을 켜고 태오한테 연락부터 할 참이었다.

하지만 공장 정문에 다다를 즈음, 그리할 필요가 없다는 걸 깨달았다.

"어……?"

비도 오는데 닫혀 있는 공장 정문에 딱 붙어서 안을 들여다보고 있는 저 남자.

그는 믿기지가 않게도 그는 두 시간 전쯤 헤어진 단태오였다. 지금쯤 차를 찾아 집으로 갔을 태오가 어째서 여기 있는 건지, 나봄은 몹시 당황스러워졌다.

"태오가 왜……."

놀란 나봄은 저도 모르게 잠시 멈춰 섰다가, 이내 정신을 차리고는 두 발을 더욱 재촉했다.

아쉽게 헤어졌던 만큼 반가움이 더 큰 태오이지만 푹 젖어 버린 그의 모습은 어쩐지 서러워 보였다.

"태, 태오…… 태오야!"

그래서 철렁 내려앉아 버린 심장을 붙들고 거의 달리듯 그에게로 다가가자.

"한나…… 봄?"

계속 빈 공장 안만 바라보고 있던 그의 시선이 드디어 나봄 쪽으로 돌아섰다.

축 늘어진 어깨만으로도 예상은 했지만 똑바로 확인한 그의 눈동자는 하염없는 불안에 떨고 있었다.

"태오야! 무슨 일이야!"

순식간에 태오의 앞까지 다가간 나봄은 당황한 기색이 역력한 목소리로 그에게 물었다.

태오는 위태롭게 흔들리는 눈빛으로 그녀를 내려다보았고, 이내 먹구름처럼 젖어 든 음성을 흘려보냈다.

"어디 갔었어?"

"어?"

"연락이 안 되길래 걱정돼서 왔는데, 분명 여기 온다고 했던 니가 보이질 않아서……."

그건 언뜻 말도 없이 연락 두절이었던 것에 대한 원망처럼 들렸다.

고의가 아니었던 나봄은 방금 사 온 충전기를 보여 주며 해명을 하려 했으나.

"……내가 미안."

머지않아 하루 종일 그의 입을 떠나질 않았던 사과가 다시 한 번 꺼내지고 나서야, 지금 태오는 화를 내고 있는 것이 아님을 깨닫는다.

뜨거운 손을 뻗어 나봄의 팔목을 붙잡는 태오는 지금 그녀에게 매달리는 중이다.

그런 그가 걱정스러워진 나봄은 혼란스러운 목소리로 물었다.

"또 뭐가 미안해……."

그에 대해선 이미 대답을 정해 놓았던 태오는 한 치의 고민도 없이 입술을 떼어 냈다.

"내가 부족했어."

"……뭐?"

"그래서 잘해 보려고 했는데 안 됐어."

"태오야……."

"전부 내 잘못이야. 한 번만 더 기회를 주면 그땐 내가 잘할게."

앞서 건네졌던 것보다 구차해지고 애절해진 사과.

이쯤 되면 나봄도 답답해질 수밖에 없었다. 오늘 대체 그가 무슨 잘못을 했었는지, 그로 인해 행복하기만 했던 그녀는 도무지 알 도리가 없다.

우선 태오의 불안감부터 달래 주고 싶었던 나봄은 팔목을 감싸 쥔 그의 손을 떼어 냈다.

그러고는 그의 찬 손을 그녀의 따뜻한 두 손으로 다시 붙잡았다. 파르르 떨리는 태오의 눈빛은 고통을 호소하는 다친 짐승과 같았다.

나봄은 그 상처 많은 눈을 가만히 들여다보며 나긋한 음성을 흘려보냈다.

"너 오늘 나한테 아무런 실수도 안 했고, 잘못한 것도 없어."

"그래도……."

"난 너랑 같이 있는 것만으로도 이번 데이트가 좋았는데 왜 자꾸 부족했다 그러는 거야. 응?"

그리 묻는 나봄은 진심으로 태오의 마음을 들여다보고 싶어졌다.

저지르지도 않은 잘못에 대한 용서를 구하고, 하지도 않은 실수를 자책하는 그의 모습은 아무리 이해해 보려고 해도 이해가 가지 않는다.

아무래도 그는 미안하다는 말 대신 정말로 나한테 하고 싶은 말이 있는 것 같은데. 그 진심을 알아야 겁먹은 너를 달래 줄 수 있을 것 같은데…….

"태오야, 니가 정말 나한테 잘못하고 있다고 생각해?"

나봄은 좀 더 깊은 시선으로 그를 마주한 채 물었다. 그러자 태오는 고개를 푹 떨어트린 채 가로저었고, 이내 두려움에 젖은 목소리를 새어 보냈다.

"사실은…… 잘 모르겠어."

"그런데 왜 자꾸 사과를 해?"

"……날 떠날까 봐."

"뭐?"

"니가 날 떠날까 봐 그래."

요즘 들어 태오를 향한 마음이 쉬지 않고 자라나는 걸 느끼고 있던 나봄에게 그의 걱정은 전혀 예상 밖이었다.

그동안 우리가 함께 보낸 시간은 충분히 달콤했던 것 같은데, 태오는 조금 다르게 느끼고 있던 모양이다.

하지만 그녀도 제 감정을 확신하고 있는 이상, 그가 불안해할 이유는 전혀 없었다.

그 사실을 알려 주고 싶었던 나봄은 나긋한 목소리로 말했다.

"바보야. 니가 생각해도 잘못한 게 없는데 내가 왜 떠나겠어. 말이 안 되잖아."

그러나 그 얘기에 더욱 더 흐려지는가 싶었던 태오의 숨소리는 이윽고 서러운 대답으로 변한다.

"떠났잖아⋯⋯."

"⋯⋯."

"우리 처음 헤어졌을 때도 난 잘못한 게 없었는데⋯⋯."

"⋯⋯."

"너는 내가 인연이 아니라고, 그러니까 전부 없었던 일로 하자고 했어."

순간 그녀의 머릿속에 오래된 기억 하나가 선명히 떠올랐다.

5년 전, 태오와의 불편한 첫 데이트를 견디지 못했던 나봄은 내내 연락을 피하다가.

'우리 만나기로 했던 거 말이야. 그거 없었던 일로 하고 싶어.'

'조금 더 만나 보고 판단해야 할 문제이긴 하지만, 너랑 나는 너무 안 맞는 것 같아. 내 마음이 누굴 만날 준비가 안 되어 있기도 하고.'

'그러니까 아직 제대로 시작도 안 했을 때 정리하는 게 좋을 것 같아.'

두 번째 데이트를 하러 나왔던 태오에게 잔인하리만큼 일방적인 이별의 말을 내뱉었다.

그때 태오는 어떤 표정을 지었더라.

'한나봄, 넌 원래 인생 그렇게 사냐?'
'다시는…….'
'다시는 내 눈앞에 띄지 마.'

지금까지는 그날의 태오가 불같이 화를 냈던 걸로 기억하고 있었는데.

이제 와서 되새겨 보니 그건 화가 아니라 아파하는 중이었다. 그날 그녀가 낸 깊은 상처 때문에.

어렴풋이 알게 된 불안의 원인은 나봄을 하염없이 미안해지게 만들었다. 아마도 그는 우리의 자꾸만 꼬여 가는 오늘 하루를 보며 5년 전 첫 데이트를 떠올렸나 보다.

그날을 회상하면 회상할수록 다시 그때처럼 버려질까 봐 두려워서, 넌 그동안 그렇게 사과를 했었던 거구나.

무조건 너의 잘못으로 돌려야 한 번만 더 기회를 달라고 매달릴 수 있었을 테니까.

"하아……."

이제야 어렴풋이 그의 마음을 깨달은 나봄은 죄책감 어린 눈빛으로 긴 한숨을 내쉬었다.

마음 같아서는 그동안 받았던 사과만큼 나도 미안하다고 말해 주고 싶었지만, 그러기는 조심스러웠다.

나봄이 조금만 움츠러들어도 5년 전 이별을 떠올리며 불안해하는 태오는 그런 그녀에게 더욱 더 상처 입을 게 분명하다.

하지만 이렇게 너의 아픔을 덮어 둘 수는 없으니…….

"태오야."

고민하던 나봄은 태오의 이름을 불렀다. 발끝으로 떨어져 있던 그의 시선은 그제야 천천히 들어 올려졌다.

"이리 와."

그리 말한 나봄은 들고 있던 우산을 떨어트렸고 부드러운 손길로 그의 젖은 등을 끌어안았다.

"다 젖잖아."

"괜찮아."

태오는 나봄을 밀어내려 했으나 나봄은 고집스럽게 그를 안은 두 팔에 힘을 더했다.

차가운 몸에 스며드는 그녀의 온기.

태오는 눈을 감았다. 이유 모를 불안감을 이 따스한 온기에 녹여 버리기 위하여.

아직 너와의 이별을 기억하고 있는 가슴은 욱신거리고 있지만, 그래도 나봄을 기다리던 시간만큼 못 견디게 괴롭진 않아졌다.

"하아……."

나봄의 귓가를 스치는 그의 숨소리는 어느새 한결 편안해져 있었다.

나봄은 그를 끌어안은 두 팔에 조금 더 힘을 주었고, 맞닿은 가슴으로 전해지는 심장박동에 맞춰 그의 등을 어루만졌다.

토닥토닥.

나쁜 생각들은 모두 물러가게끔 만드는 너의 마법 같은 위로.

이제야 이성이 되돌아온 태오는 그녀의 어깨를 꼭 끌어안았다. 늘 그녀 앞에 서면 조심스러워지기만 했던 그는 이번만큼은 욕심껏 사랑을 갈구해 보기로 했다.

"한나봄…… 나 좋아해?"

"응, 좋아."

"이젠 미워하지 않아?"

"응, 절대로 미워하지 않아."

그래, 그렇다면 미안하다는 얘기는 하지 않아도 되니까 이제는 그거 말고 이 말을 전하고 싶어.

"고마워……."

"……."

"정말 고마워, 나봄아."

드디어 새어 나온 진심은 나봄의 코끝을 찡해지게 만들었다.

그래서 주책맞게 터져 버리려는 눈물샘을 가까스로 막아 둔 채, 나봄은 한 가지 다짐을 했다.

나는 첫사랑, 첫 이별을 하도 심하게 앓아서 조그마한 불안에도 자책하는 널. 미워하지 않는 것만으로도 가슴 깊이 고마워하는 널.

천천히 시간을 들여 세상에서 가장 사랑받는 남자로 만들어 줄 거야.

내가 너에게 두 번 다신 이별을 말할 일이 없을 거라는 걸 믿을 때까지 정말 많이 아끼고 사랑해 줄 거야.

*　　　*　　　*

펄펄 끓어오르는 열이 좀처럼 내려가질 않는다.

병원에 갈 기력조차 없어서 죽은 사람처럼 침대에만 누워 있길 벌써 며칠째.

평소엔 감기도 잘 걸리지 않는 몸인데 왜 이렇게 부서질 것처럼 아픈지 모르겠다. 선반에서 겨우 찾아낸 해열제는 몇 알이나 삼켜 넘겨도 좀처럼 듣질 않는다.

"쿨럭! 쿨럭!"

거친 기침을 토해 낸 차준은 이불을 머리끝까지 끌어당겼다. 몰아쉬어지는 호흡은 곧 끊어져도 이상하지 않을 정도로 미약했다.

하지만 이 순간 그가 정말로 고통스러워하고 있는 건, 죽을 만큼 아파도 그 사실을 알아주는 사람 하나 없는 쓸쓸한 자신의 삶이었다.

아무래도 이번 인생은 제대로 실패한 것 같다. 이대로 내가 죽어 버린다면 아마 성한 몸으로는 장례를 치를 수도 없겠지.

폭풍처럼 밀려들어 온 절망으로 인해 죽음까지 내몰렸던 차준은 며칠 전 밤, 아끼는 정장을 갖춰 입은 채 뜨거운 물이 담긴 욕조에 몸을 담갔다.

그러고는 날이 선 과도를 빼 들었다.

손목에 잡힌 주름을 따라 모든 힘을 다해 깊숙이, 그는 동맥을 잘라 내며 자신을 괴롭게 했던 사람들과의 인연도 함께 잘라 내 버릴 생각이었다.

그런데 칼을 붙잡기가 무섭게.

    '그럼 죽어. 니 손으로.'

왜 애써 지워 두고 있었던 그 얼굴이 떠오르는 건지.

지금까지 그 어떤 모멸감도 내색 없이 참고 있던 그가 처음으로 반격한 순간, 차준의 심장은 일순 멎어 버렸다.

어차피 내 마음에서 버린 사람, 내게 어떤 욕설을 퍼붓던 상관은 없는데.

    '그렇게 생각하면 속이 편해?! 전부 내 탓으로 돌리고 나면 니
    인생이 나아질 것 같아?!'
    '착각하지 마! 아무리 날 원망하고 증오해도 애초부터 망가져
    있던 게 멀쩡해지지는 않아!'

그리 말하는 그는 어떻게든 다가오려 했던 그동안의 노력도 잊은 것처럼 날카로워서.

차준은 저도 모르게 무너져 내리고 말았다.

    '그래도 형 때문이라고 생각한 적은 없었어.'
    '모든 걸 형 탓으로 돌리기에는…… 내가 너무 형을 좋아했었
    어.'

그에게 애원하듯 꺼내 놓은 말은 혼란스러운 감정에 동요하지만 않았더라면 죽는 날까지 감춰 놓았을 고백이었다.

다 늦어 버린 지금에 와서야 그 얘길 들어 버린 그는 몇 번 고개를 가로젓다가, 쏟아지는 나의 원망에 이내 입을 닫아 버렸다.

'그런데 형한테는 내가 어깨를 짓누르는 짐일 뿐이었잖아.'

'내 존재가 부담스러워서…… 어떻게든 나를 감춰 놓고 싶어서…….'

'항상 악착같이 노력해 왔던 거잖아.'

그래, 입을 닫았다.

평소엔 내가 무슨 폭언을 퍼부어도 꿋꿋하게 날 위해 주는 척 하다가, 그 말에 대해선 단 한 마디 해명조차 하지 않았다.

차마 아니라고 둘러대기엔 모든 게 끝나던 그날 너무나도 적나라하게 본심이 드러나 버렸으니까.

그 마음을 확신하게 되는 게 싫어서…… 그와는 마주치는 일조차 꺼렸었는데.

그날, 차준은 끝내 손목을 긋지 못했다. 그저 뜨거운 물이 차갑게 식을 때까지 가만히 욕조에 앉아 있었다.

그리고 밤새 그를 생각했다.

차라리 죽음을 바랄 만큼 증오스러운 상대지만 그런 그의 돌아서는 뒷모습만큼은 보고 싶지 않은, 자신의 모순된 마음도.

이런 나를 진작에 알아본 나봄은 다시 그때로 돌아가라 말했지만, 그럴 수 있을 리가 없잖아. 그러기엔 우리가 너무 멀리 왔어.

그렇게 처절한 마음의 열병이 지나가고, 차갑게 젖은 몸에 지옥 같은 몸살이 찾아왔다.

지금 이 순간, 달아오른 열 때문에 눈앞은 이미 혼미해져 버렸지만 영영 보지 못할 그의 웃는 얼굴은 점점 선명해져 갔다.

'차준아! 오래 기다렸지.'

저 멀리서, 드디어 한국으로 돌아온 형이 손을 흔들며 내게로 걸어온다.

나는 그런 형이 하염없이 반가워서, 여전히 나를 좋아해 주는 형이 나도 좋아서.

"기다리다가…… 목 빠지는 줄 알았다, 형……."

잘 나오지도 않는 목소리로 괜히 투정을 부린다.

그를 닮고 싶어서 연습했던 미소를 입가에 머금은 채.

*　　　*　　　*

나봄의 집 근처 펍.

나봄은 오랜만에 칼퇴근한 소라와 여유를 즐기러 나온 참이었다. 비록 술을 너무 못해서 음료수나 다름없는 무알콜 칵테일만 홀짝이고 있지만 소라는 전혀 개의치 않고 건배를 청했다.

"자! 우리 나봄이의 새로운 연애를 위하여!"

"하하, 위하여."

비록 내일이면 다시 출근해야 할 처지였으나 맥주를 시원하게 들이켜는 소라는 모든 근심 걱정을 내려놓은 듯 보였다.

하지만 그에 비해 나봄은 웃고 있어도 왠지 착잡해 보인다.

그녀를 만나고 나서부터 그 심상찮은 기색을 눈치챘던 소라는 한 번에 반이나 비워 버린 맥주잔을 내려놓으며 말했다.

"크으, 요즘 한창 벚꽃 날아다닐 때일 텐데 어째서 그렇게 힘이 없어 보이냐."

"어? 내가?"

"시치미 뗄 생각도 하지 마. 난 남자 친구 자랑 들어 줄 각오하고 나온 건데 여태 걔 얘긴 한 마디도 안 했잖아."

정말 귀신같은 기지배.

정곡을 찔린 나봄이었지만, 굳이 고민을 드러내고 싶진 않아서 일단은 고개를 가로저어 보기로 했다.

"꼭 자랑이라는 걸 해야 하나."

그러나 소라의 의구심은 그 말에 더욱 짙어졌다.

"어머, 애 정말 수상하네."

"도대체 뭐가."

"차준 선배에 대한 얘기는 우리 집까지 직접 찾아와서 조잘거렸 잖아. 귀에 아주 딱지가 내려앉을 지경이었구만."

하긴, 소라에게는 차준에 대한 상담을 너무 많이 요청하긴 했었 다.

하지만 그중에는 사실 태오에 관한 얘기도 섞여 있었는데, 실명을 밝히지 않고 너무 에둘러 꺼내는 바람에 그것마저 차준에 대한 것으로 착각하고 있는 모양이다.

사실 소라는 어떤 고민이든 제 일처럼 잘 들어 주고, 정답에 가까워질 수 있게끔 잘 도와주는 친구였다.

그런 그녀에게 쉽게 사라지지 않는 고민거리를 꺼내 놓아도 괜찮을 거라 생각한 나봄은 결국 짧은 한숨과 함께 며칠 전의 이야기를 꺼내 놓았다.

"실은 말이야. 얼마 전에 태오랑 데이트를 했는데."

"응, 했는데?"

"자기 탓이 아닌데도 자꾸만 사과를 하는 거야. 정말 별일 아니었는데도."

"별일 아니라면 예를 들어 어떤 걸 말하는 거야?"

소라는 두 눈을 동그랗게 뜨고 물었다. 나봄은 지난 주말 데이트를 처음부터 회상하며 그가 미안하다고 했던 숱한 순간들을 떠올렸다.

"뭐…… 점심때 가기로 한 레스토랑에서 주차하느라 10분 늦었는데 예약이 취소된 거랑."

"그건 어느 정도 단태오도 잘못이 있고."

"카페 들어갔는데 직원이 물 쏟은 거랑."

"그건 정말 단태오랑 전혀 상관없는 일이고."

"아, 맞다. 비가 와서 공원 못 가게 된 것도 미안해했어. 심지어 그건 데이트 다 끝나고 우리 회사에 찾아와서까지 사과했다구."

"응? 비 온 것도?"

나봄의 말을 들은 소라는 의아하다는 표정을 지어 보였다.

단태오에게 서툰 구석이 있는 건 알았지만 그렇게 소심한 것 같
지는 않아 보였는데…….

"최근에 싸웠어?"

소라의 질문에 나봄은 고개를 가로저으며 대답했다.

"아니, 전혀. 사이좋았어. 심지어 데이트하는 동안에도."

"그럼 요 근래 걔 앞에서 울었어?"

"예전에 엘리베이터에 갇혔을 때 빼고는 운 적도 없는 것 같은
데……."

"엘리베이터에 갇혔어?! 언제!"

"아주 오래된 일이야. 심지어 태오랑은 사이도 별로 안 좋았을
때였는걸."

그리 대답하는 나봄은 그때의 태오를 떠올리고 있었다.

사방이 어두컴컴해서 숨까지 막혀 오던 그 순간, 한 줄기 빛과 함
께 다가온 태오의 손은 그녀를 구원해 준 동아줄과 다름없었다.

생각해 보면 내 마음이 열린 것도 그 날이었지.

'……많이 무서워?'

'혼자 못 있을 것 같아?'

'알았어, 같이 있어 줄 테니까 무서워하지 마.'

맞아, 그날의 태오는 참 멋있었어.

"흠…… 난 걔가 왜 그러는지 잘 모르겠는데 넌 뭐 짚이는 거 없어?"

소라가 태오를 떠올리며 미소 짓고 있던 나봄에게 물었다.

순간 태오를 회상하며 웃고 있던 나봄의 입꼬리가 살짝 굳었다. 그건 마음에 찔리는 구석이 있다는 뜻이었다.

그 반응을 놓치지 않고 본 소라는 날카로운 눈빛으로 캐물었다.

"뭐 있구나! 그치!"

소라에게는 뭘 숨겨 봤자 소용이 없었다. 그 사실을 잘 아는 나봄은 긴 한숨 끝에 자신에게 상처받은 태오에 대해 조심히 털어놓기로 했다.

"실은…… 아직까지 우리가 헤어졌던 날을 못 잊어."

"헤어졌던 날?"

"응, 5년 전에 내가 일방적으로 이별 통보했던 걸."

"뭐?! 너랑 단태오랑 지금 처음 사귄 게 아니란 말이야?!"

처음 듣는 얘기에 놀란 소라는 시끄러운 펍에서도 단연 돋보일 만큼 목청껏 소리를 질렀다. 그제야 소라는 태오에 대해 아무것도 모른다는 걸 깨달은 나봄은 당황한 듯 손사래를 쳤다.

"아, 아! 그게 말이야! 제대로 사귄 건 아니고……!"

"뭐야! 뭐야! 그때 남자 친구 생겼다는 말 전혀 없었잖아!"

"말할 틈도 없었어! 고백도 갑자기 받은 거였고, 얼마 안 가서 바로 헤어졌었으니까!"

필사적으로 해명하던 나봄은 다시금 태오에게 미안해졌다.

나는 가장 친한 친구에게도 그와의 연애에 대해 얘기하지 않고 지나갈 만큼 태오를 엑스트라 취급했었구나.

"얼마나 사귄 건데!"

"딱 2주. 그마저도 10일은 내가 연락을 피했을걸……."

"데이트를 하긴 했어?!"

"한 번. 그리고 나서 두 번째 데이트 때 내가 헤어지자고 말했어. 첫 번째 데이트가 너무 불편하고 서먹해서……."

소라의 추궁에 대답하는 나봄의 목소리는 시끄러운 공간에선 잘 들리지도 않을 만큼 흐렸다.

제 입으로 첫 이별의 얘기를 털어놓으면 털어놓을수록 태오에게 몹쓸 짓을 했다는 자책감만 거세진다.

그제야 앞뒤 맥락을 파악한 소라는 번뜩이는 눈빛을 거두었다. 그런 뒤 내리는 짧은 진단은 나봄의 가슴을 철렁 내려앉게 만들었다.

"외상 후 스트레스 장애네."

"외상 후…… 스트레스 장애?"

"응. 강한 충격과 극심한 스트레스를 겪고 난 뒤에 드러나는 정신적인 문제들."

"아……."

나봄은 혼란스러움 가득한 한탄을 흘려보냈다.

소라는 조금 더 자세한 설명을 덧붙이기 위해 휴대폰을 들었고, 별일 아닌 일에도 불안해한다는 태오에게 딱 맞는 증상 하나를 찾아냈다.

"여기 지나친 각성 증상이라는 게 있는데, 단태오가 아마 이쪽에 해당되는 것 같아. 이별의 원인이 니가 불편해했던 첫 데이트라고 생각하고, 그때와 비슷한 상황만 되면 조마조마해하고 경계하는 거."

"……."

"아마도 지난 주말 데이트가 얼마나 즐거웠느냐와 상관없이 그 녀석한테는 모든 순간이 절체절명의 위기였을 거야. 이유는 더 이상 말 안 해도 알지?"

소라의 말이 이어질 때마다 눈동자를 파르르 떨고 있던 나봄은 결국 더 이상 그녀를 마주하지 못하고 고개를 푹 숙여 버렸다.

우린 분명 같은 이별을 했건만.

나에겐 그날이 누구에게 말할 가치도 없는 하찮은 에피소드가 되었고, 너에겐 5년이 지난 지금도 극복하지 못한 트라우마가 되었다.

하지만 니가 아직까지 상처를 지니고 사는 줄도 몰랐던 나는 무턱대고 달래 주는 데에만 급급했던 것 같다.

이미 지난 주말, 5년이라는 시간을 거슬러 우리의 끔찍했던 첫 데이트 때로 돌아가 버린 너에게는 괜찮다는 나의 위로가 전혀 소용없었을 텐데.

안 괜찮을 거라는 걸 아니까, 일 분 일 초가 숨 막히도록 두렵고 끔찍했을 텐데…….

"……나 어떡하지."

먹먹한 나봄의 목소리가 테이블 위로 흘러나왔다. 소라는 뒤늦게 시작된 나봄의 걱정을 차분한 시선으로 지켜보았다.

"앞으로도 나랑 같이 있는 시간을 계속 무서워하면 어떡해?"

"……."

"제 잘못이 아닌 일에도 이렇게 힘들어하는데, 혹시 나한테 진짜 실수라도 저지르면 아무리 달래 줘도 소용없을 거 아니야."

"……."

"게다가 태오는 평소에 힘든 내색도 잘 안 해서, 나는 빨리 알아차리지도 못할 거야. 나도 모르게 걜 끝까지 내몬 다음에야 겨우 눈치채고 후회하겠지."

점점 불안해져 가는가 싶던 나봄의 눈빛은 어느새 지난 주말의 태오와 비슷해졌다.

그녀는 지금 자신으로 인해 마음에 씻을 수 없는 상처를 입었던 그가 또다시 자신을 만나 같은 고통을 되풀이할까 봐, 그게 가장 겁이 나고 미안해진다.

소라는 그런 그녀를 물끄러미 바라보았고, 달리 가벼운 미소를 지어 보였다.

"그래도 어쩔 수 없지, 뭐."

그런 뒤 꺼내 놓은 말은 심각한 나봄과 달리 그저 태평했다. 그 말이 왠지 신경 쓰지 말라는 얘기처럼 들렸던 나봄은 걱정 가득한 눈빛으로 물었다.

"그래도 어쩔 수 없다니…… 어떻게든 불안해하지 않게 도와줘야 하지 않을까?"

하지만 이어지는 소라의 말은 매정하지만 일리가 있었다.

"본인 책임이 아닌 일에도 불안해하고 자책한다며. 그걸 니가 무슨 수로 막아 주냐?"

"그래도……."

"너까지 휩쓸려 가지 말고 불안해하면 불안해하는 대로, 자책하면 자책하는 대로 가만히 내버려 둬. 대신 그 걱정이 전부 기우였다는 걸 니가 시간을 들여서 꾸준히 보여 주면 되잖아."

그의 걱정이 기우였다는 걸 증명해 주기.

그건 어떤 상황이 닥쳐와도 태오의 손을 놓아 버리지 말라는 얘기와 같았다.

물론 나봄의 시간과 노력이 많이 필요한 일이었으나, 시간으로 따지면 태오가 그녀를 기다려 줬던 시간이 훨씬 더 길었고 그녀에게 다가오기 위한 노력이 훨씬 더 많았다.

나봄은 진심으로 그리하겠다는 의미로 고개를 끄덕였다.

소라는 이제야 자신의 역할이 무엇인지 감을 잡은 듯한 연애 초보 한나봄을 보며 씨익 시원한 미소를 지어 보였다.

"하여간 걔가 너 때문에 맘고생 한 거 생각하면 넌 평생을 다 바쳐서 애프터서비스 제대로 해 줘도 모자라겠다."

그 후 그녀가 툭 내뱉은 말은 진심 반 농담 반이었다.

하지만 그 말을 가슴 깊이 새겨 버린 나봄은 앞으로 남은 시간 동안 어떻게든 그의 곁을 지켜 주겠다고, 차고 넘칠 만큼 사랑해 주겠다고 또 한 번 다짐했다.

비구름처럼 흐렸던 태오의 얼굴이 다시금 맑게 갠 하늘처럼 빛날 때까지.

*　　*　　*

늦은 밤, 서 대표의 집무실.

똑똑—

차분한 노크 소리와 함께 김 실장이 사무실 안으로 들어섰다. 서 대표는 업무 시에만 쓰고 있던 안경을 벗어 두고 건조한 시선을 건넸다.

김 실장은 그녀를 마주하자마자 고개를 숙여 인사했고, 집무실 책상 가까이로 성큼성큼 다가왔다.

그러고는 이내 그녀가 부탁했던 안건에 대한 보고를 이어 나갔다.

"한나봄에 대한 신상 정보와 선우차준 이사님의 관계에 대해 모든 조사를 마쳤습니다."

"그래? 생각보다 빠르네."

"조사가 어렵지는 않았습니다. 무방비한 일반인이니까요."

그리 대답한 김 실장은 가장 먼저 들고 온 검은 파일부터 건넸다. 아무것도 적혀 있지 않은 그 파일엔 그녀에 대한 정보가 가득할 게 분명했다.

"그래서, 한나봄이랑 선우차준, 그리고 우리 태준이까지. 대체 어떤 사이야?"

제 눈으로 확인하는 시간도 아쉬웠던 서 대표는 단도직입적으로 물었다.

그러자 김 실장은 시선을 아래로 내리깐 채 사과부터 건넸다.

"죄송합니다, 대표님. 사실 한나봄 씨와 도련님의 관계는 제가 알고 있습니다."

"김 실장이 어떻게?"

"도련님께서 저에게 한나봄 팀장님과 접선해 달라 부탁하셨으니까요."

"태준이가?"

대답을 들은 서 대표의 눈빛에 놀란 기색이 어렸다.

그녀가 알고 있는 태준은, 적어도 사고가 난 이후의 태준은 세상 사람과의 인연을 모두 끊어 낸 채 홀로 고립되어 살아가고 있었으니까.

그런 그가 타인에게 관심을 보이고, 더 나아가 직접 만나러 가기까지 했었다는 건 정말 있을 수 없는 일이었다.

그런 변화가 대견하기보다는 불안하고 걱정스러웠던 서 대표는 김 실장에게 추궁하듯 질문했다.

"그럼 한나봄하고 만난 적이 있다는 거야? 만나서 무슨 얘길 했어? 태준이는 그날 괜찮았고?"

"저는 한나봄 씨의 회사 건물 앞까지만 그분을 모셔다드렸습니다. 안으로 따라 들어오지 말라는 대기명령을 내리셔서, 대화 내용은 듣지 못했습니다. 다만……."

"다만?"

"짐작하기에 선우차준 이사님에 대한 얘기를 하셨던 것 같습니다. 그때가 창립기념회 행사를 얼마 남겨 두지 않은 시점이었으니까요."

태준이 무엇을 걱정했는지는 창립기념회 행사장을 덮쳤던 서 대표가 가장 잘 알고 있었다.

회사 대표직을 맡고 있음에도 불구하고 입장을 거부당했던 그녀는 서재균 회장을 도발하기 위해 차준을 덮쳤었다.

태준은 예전부터 제 동생이 해코지 당하는 걸 싫어했었으니까. 그 위기로부터 차준을 구해 달라, 한나봄에게 애원했던 걸 테지.

다 너를 지키기 위해 그러는 줄도 모르고······.

"한나봄이랑 선우차준의 관계에 대해선 알아냈어?"

서 대표는 차가워진 목소리로 다음 질문을 꺼냈다. 김 실장은 서 대표를 내려다보며 무미건조하게 대답했다.

"그 부분에 대해선 대표님도 알고 계시는 정도가 전부입니다."

"고등학교 시절 잠깐 만났던 사이?"

"네, 하지만 도련님의 사고 이후에 선우차준 이사님의 미국 유학행이 결정되면서 인연도 끊어진 것으로 추정됩니다. 다시 재회한 건 한나봄 팀장님이 우드레일과 협약을 맺었던 그 시점이고요."

"협약을 맺었던 시점이라면 얼마 되진 않았네."

"그렇습니다. 알아본 결과, 지금 두 사람은 사업상의 관계 그 이상도, 이하도 아닌 듯합니다."

김 실장의 정보력은 믿을 만했으나 서 대표는 두 사람의 관계를 사업적이라고 보기 힘들었다.

정말 아무 사이가 아니라면, 감히 외주 업체 신분으로 이 썩어 빠진 집안의 문제에 끼어들지 않았을 테니까.

"잘 알아본 거 맞아? 선우차준이 한나봄을 약혼녀로 소개했다는 얘기도 들려오던데."

서 대표는 미간을 좁히며 의구심을 드러냈다. 그러자 김 실장은 그녀에게 제출했던 검은 파일을 정중히 가리키며 대답했다.

"요 며칠 지켜본 결과, 한나봄 씨에게는 만나는 사람이 있었습니다. 사진 자료를 참고해주시죠."

그의 말이 끝나자마자 서 대표는 파일을 열어 내용물을 살폈다. 맨 앞장에서 그녀를 반기는 사진은 비 오는 날, 나봄이 어떤 남자와 껴안고 있는 사진이었다.

서 대표는 확실히 차준보다 깊은 사이처럼 보이는 그 남자의 얼굴을 자세히 들여다보았다.

워낙 어두운 밤에 찍힌 거라 얼굴은 잘 보이지 않지만, 그래도 남자의 정체는 익숙한 얼굴이라 금방 파악할 수 있었다.

"이 남자…… 현장팀 단태오 대리 아니던가."

서 대표는 'Lily' 프로젝트 총회에서 현장팀 팀장으로 선정되었던 그를 떠올리며 말했다.

김 실장은 고개를 끄덕였고 자세한 설명을 이어 나갔다.

"네, 단태오 대리가 맞습니다. 연인이 된 지는 오래 되지 않았으나, 같은 대학 동기인 것으로 봤을 때 알고 지낸 지는 꽤 되었으리라 생각됩니다."

아무리 그렇다고 해도 그게 차준과 아무런 사이가 아니라는 증명은 되지 못했다. 적어도 서 대표가 알고 있는 차준은 비즈니스적인 관계에선 절대로 제 약한 모습을 드러내지 않는다.

하지만 그날 연회장에서 그녀가 제법 맹랑한 소리를 하던 때, 그녀 곁의 선우차준은 확실히 마음 놓고 무너지는 중이었으니.

'비즈니스 그 이상이야. 그날 내가 본 바로는 그래. 하지만 단태오 대리와 이미 연인 사이라면 선우차준은……'

애매한 관계에 정답을 내려 줄 수 있는 건 당사자뿐이었다.

검은 파일을 도로 덮어 둔 서 대표는 책상 위에 놓인 스케줄러를 확인하고는 김 실장에게 명령 하나를 내렸다.

"다음 주 월요일 저녁, 한봄 도어락 한나봄 팀장하고 저녁 미팅 잡아 봐."

하지만 그 말을 들은 김 실장의 안색은 그리 좋지 않았다. 나봄과 서 대표의 만남을 자신이 주선했다는 걸 알게 되면 차준이 가만있지 않을 게 분명했기 때문이었다.

"큰 소란이 일어나지 않을지 걱정입니다."

김 실장은 또 다시 문제를 일으키려는 서 대표에게 최대한 돌려 말했다.

그러자 서 대표는 강압적인 태도로 명령을 강행했다.

"그러니까 내가 말하잖아. 한봄 도어락 한나봄 팀장 본분으로서 공식적인 저녁 미팅 잡아 놓으라고."

"……."

"만나기 전까지만 내가 가는지 모르게 하면 돼. 당일 만나서 입 단속만 잘 시키면 선우차준 귀에 거슬리는 얘기 들어갈 일은 없어."

김 실장은 그녀를 만나려는 서 대표가 무엇을 물어보려는지, 무엇을 알고 싶은 건지 알고 있었다.

차준이 일방적으로 매달리는 것처럼 보이는 나봄의 존재가 은근히 신경 쓰이고 불편한 것이겠지.

차준이 왜 그녀에게 의지하는지에 대해선 곁에서 그를 더 오랜 시간 지켜봐 온 김 실장이 더 자세히 설명해 줄 수 있었다.

"미팅 잡을 때 내 얘기는 빼 놔. 그냥 사업팀과의 미팅 정도로 해 두는 게 좋겠어."

하지만 혹시나 차준이 알아챌까, 자신의 존재조차 숨겨 두려는 그녀는 아마도 그런 스스로를 인정하고 싶지 않은 것처럼 보여서.

"네, 알겠습니다."

김 실장은 뻔히 보이는 관심을 묻어 두기로 했다.

그래도 그녀가 아예 그를 내버리지는 않았다는 사실에, 새삼 흥미를 느끼며.

*　　*　　*

"선우차준은 아직 복귀 안 했나?"

평창동 본가.

저택에서 요양 중이던 서 회장이 서늘한 목소리로 물었다. 차준이 이번 주도 회사에 모습을 드러내지 않았다는 사실을 보고받은 직속 비서는 건조한 목소리로 말했다.

"네, 그렇습니다. 하지만 자택에 계신 것은 관리실을 통해 확인되었습니다."

하지만 차준의 생사를 확인한 서 회장은 딱히 안도한 기색을 보이지 않았다.

"제 형처럼 모진 성격은 못 되는군."

그리 말하는 서 회장은 오히려 형보다 유약한 차준에게 짙은 실망감마저 드러내는 중이었다.

직속 비서는 그런 서 회장의 심기를 더욱 들쑤셔 놓을 만한 보고를 이어 나갔다.

"이사님이 진행하셔야 할 오찬이나 미팅은 전부 서미란 대표님이 대신 처리해 주셨습니다. 덕분에 중요 계약 건이나 업무에 차질이 생기지는 않았지만……."

"……."

"이번 사태 때문에 선우차준 이사님의 입지는 줄어들고, 서미란 대표님의 입지는 더욱 견고해졌습니다. 대주주님들께서도 대표직은 서미란 대표님이 계속 맡아야 한다는 입장이십니다."

"흠……."

서 회장의 입에서 언짢은 기색이 역력한 한숨이 새어 나왔다.

차준을 대표직으로 내세워 서미란의 영향력을 없애고, 선우태준도 집안에서 내쫓아 버릴 생각이었던 서 회장은 기어이 사고를 쳐 일을 복잡하게 만든 차준을 도저히 용인해 줄 수가 없었다.

그러나 그보다 더 불쾌한 사실은 서 회장에게 남은 후계자감이 이젠 차준뿐이라는 점이었다.

건강상의 문제 때문이라도 자신이 이 회사에서 오래 버티지는 못할 것 같으니, 서둘러 모든 실세를 차준에게로 넘겨 놓아야 하는데.

공과 사를 뚜렷이 구분하지도 못할 만큼 나약한 차준은 좀처럼 따라 주질 않는다. 이것밖에 안 되는 줄은 알고 있었지만 매번 그의 한계가 드러날 때마다 밀려드는 실망감은 감출 길이 없다.

수심이 싶어진 서 회장은 불편한 심기를 감추지 못하고 미간을 좁혔다. 그러고는 불리해진 상황을 타파할 방법을 강구하고 있던 그때.

　'이런 식의 감정싸움으론 아무것도 해결할 수 없다고 생각해요.'

　'이럴수록 비참해지는 건 폐가 될까 봐 여기 오지도 못한 그 사람뿐이잖아요…….'

　'그걸 조금이라도 알고 계시다면 사람들 앞에서만큼은 감정싸움을 자제해 주세요. 더 이상 엄한 사람 꼴만 우스워지지 않게…….'

　소란스러운 연회장에서 서 대표를 상대하던 그 여자가 그의 뇌리를 스쳐 지나갔다.

　그녀에 대한 정보를 들은 적은 없지만 정황을 봤을 때, 그녀는 차준이 제 마음대로 거래를 맺었다던 거래처의 팀장이 분명했다.

　아마 이름이 한나봄이라고 했던가…….

　차준이 일방적으로 매달리는 것처럼 보였던 두 사람의 관계는 그 당시에도 흥미로웠다.

　나약한 그의 약점이자 원동력이 되는 여자.

　그녀 자체로는 이용 가치가 없겠지만 잘만 이용하면 차준을 자유자재로 컨트롤할 수 있는 리모컨 정도는 될 수 있을 터였다.

　"한봄 도어락 한나봄 팀장과 선우차준의 관계…… 아직 유효한가?"

그럴싸한 묘수가 떠오른 서 회장은 돌연 날카로운 눈빛을 띠고 물었다.

서 대표 측에서 이미 조사해 둔 그녀에 대한 신상 정보를 은밀하게 넘겨받았던 직속 비서는 짧게 고개를 끄덕이며 대답했다.

"칩거하시는 도중에도 한나봄 씨와 만나긴 했었습니다만, 연인 사이는 아닌 것으로 판단됩니다. 이번 주말, 한나봄 씨와 우드레일 현장팀 단태오 대리가 함께 있는 정황이 포착되었으니까요."

"그래? 이미 임자가 있는 여자였군."

"네, 회장님."

"그래도 별 상관없지만."

태오의 존재를 가뿐히 무시한 서 회장은 제 직속 비서를 날카로운 눈빛으로 바라보았다.

"지금 당장 한서 그룹 회장님과의 만찬 취소시켜."

그러고는 앞서 한 얘기와 전혀 상관없는 명령 하나를 내렸다.

한서 그룹 회장과의 만찬이 차준의 정혼 문제를 위해 이뤄진 것이라는 걸 알고 있는 직속 비서는 당황한 눈빛으로 물었다.

"그 자리를요? 회장님께서 어렵게 만드신 협상 테이블이지 않습니까."

"지금의 선우차준에게는 한나봄이 필요해. 그 여자가 우선이야."

그 대답은 얼핏 차준과 나봄을 이어 주려는 듯 비쳐졌으나, 그의 직속 비서는 전혀 그렇게 생각하지 않았다.

영세한 외주 업체는 절대 서 회장의 세계에 발도 들여 놓을 수 없을 테니까.

"혹시 선우차준 이사님의 협조를 위해 당분간 한나봄 씨를 활용할 생각이십니까."

직속 비서는 조심스러운 목소리로 물었다.

그러자 조소를 흘려보낸 서 회장은 이내 의미심장한 한 마디만을 내뱉었다.

"활용까지 할 만큼 질이 좋진 않지. 다만 손잡이 정도로는 써먹을 수 있겠어."

그 안에서 느껴지는 악의는 직속 비서도 모른 척 외면하지 못할 정도로 짙었다.

그리고 그 악의는 서 회장의 시선이 닿지 않는 저택의 구석진 자리까지도 전해져.

"나봄 씨……."

동생의 칩거 소식에 이미 마음이 내려앉은 태준에게도 적나라하게 와 닿았다. 위태롭게 흔들리는 태준의 눈빛엔 혼란이 가득 했다.

집안싸움과는 전혀 상관이 없지만 서 회장의 눈에 들어 폭풍에 휩쓸리게 된 그녀.

원인은 모두 차준의 곁에 있어 달라 부탁했던 자신에게 있는 것 같다고 생각했다.

그 사실을 알고 있는 이상, 손을 놓고 있을 수는 없었던 태준의 표정에 짙은 어둠이 드리워졌다.

*　　*　　*

"자, 다 됐다."

하얀 생크림 위에 데커레이션을 마친 나봄이 기쁜 미소를 지었다.

그러고는 허리를 꼿꼿이 피며 완성된 홈메이드 생크림 케이크를 내려다보니, 제법 그럴싸한 모양새에 마음이 뿌듯해졌다.

물론 빵을 살짝 태우긴 했지만 까마득한 옛날, 원데이 클래스로 몇 번 배웠던 베이킹 실력으로 만들어 낸 것치고는 잘한 셈이었다.

"이제 포장만 예쁘게 하면 되는데 말이야."

나봄은 미리 사 둔 케이크 박스에 완성된 케이크를 집어넣었다.

그리고 오늘 업무도 제쳐 놓은 채 필사적으로 연습했던 예쁜 리본을 묶어 박스를 장식했다. 만들어진 리본은 연습 때보다도 잘 나와서 그녀의 기분이 한층 더 좋아졌다.

그녀가 이렇게 열심히 준비한 케이크의 주인은 다름 아닌 그녀의 남자 친구, 단태오였다.

가슴에 받은 상처가 많아 연애를 시작한 후로 더 무서운 게 많아진 그는 요즘 나봄의 최대 관심사가 되었다.

어떻게 하면 흉터뿐인 그의 마음을 달래 줄 수 있을까. 어떻게 하면 그가 조금이라도 더 내 곁에서 행복해할까.

며칠 밤낮을 두고 고민하던 나봄은 무조건 그에게 잘해 줘야겠다고 결심했고, 그의 믿음이 무럭무럭 자라날 수 있도록 사랑을 드러내야겠다고 다짐했다.

그래서 당장 실천할 수 있는 것부터 해 보려고, 나봄은 마음을 다잡은 그날 태오에게 전화를 걸었다.

'태오야! 안녕! 저녁은 잘 먹었니?'

ㅡ아, 어. 어쩐 일이야?

'우리 사이에 무슨 용건이 필요 있겠니! 목소리 듣고 싶어서 전화했지!'

ㅡ하하, 뭐야.

시작은 굉장히 좋았었다.

그녀를 반기는 태오에게 한층 더 용기를 얻은 그녀는 조금 더 샘솟는 사랑을 표현해 보기로 했다.

'있잖아! 오늘 회사에서 일하는 내내 니가 얼마나 보고 싶었는지 알아?'

ㅡ나도 보고 싶었어. 지금도 그렇고.

'응! 나도 지금까지 보고 싶어!'

ㅡ하하, 오늘따라 엄청 신나 보이네. 좋은 일 있어?

'아니, 그냥 너랑 통화하고 있으니까 좋지! 진짜 볼 수 있었으면 좋을 텐데.'

ㅡ아…… 있잖아, 나봄아.

하지만 잘 나가다가 어쩐지 다시 불안해진다 싶던 태오의 목소리는.

─미안해서 어쩌지. 나 지금 우리 팀 전체가 야근이라서 너 보러 못 갈 것 같은데.

'어, 어?'

─새벽 두 시는 무조건 넘길 거야. 그런데 내일 너 출근도 해야 하니까 그때까지 기다리게 하기는…….

'아니야! 아니야! 나 보러 오라는 뜻은 아니었어! 미안해하지 말고 일에 집중해!'

결국 태오에게 또 다른 죄책감을 선사하고야 말았다.

그날은 어차피 나봄도 회식이 있어서 그를 만나지 못하는 날이었는데. 그냥 넘치는 마음을 표현하려고 보고 싶다는 말만 반복한 건데.

진심이 전해지지 않았던 그 순간, 나봄은 깨달았다.

지금까지 연인들 사이에서 자신의 감정을 전달하기 위해 주고받는 그 낯 뜨거운 말을 태오에겐 단 한 번도 입 밖으로 꺼내 본 적이 없다는 것을.

그래서 이렇게 마음을 드러내는 게 힘든가. 사실 그 말 한 마디면 충분할 텐데 말이야.

망설이는 시간도 이젠 아쉬웠던 나봄은 그 말을 자신이 먼저 해 버리기로 결심했다.

하지만 그건 안부처럼 간단히 꺼낼 수 있는 게 아니라서, 그녀는 작은 이벤트까지 함께 준비하기로 했다.

"케이크 포장은 이만하면 됐고…… 이제 몇 시쯤 됐나."

나봄은 고개를 돌려 부엌 창가에 놓인 전자시계를 확인했다. 이벤트 때문에 한 시간이나 더 일찍 퇴근해서 서두른다고 서둘렀는데, 시간은 벌써 밤 열 시를 훌쩍 넘기고 있었다.

"태오네 집 도착하면 열 시 반은 넘겠네. 일단 화장만 고치고 가야겠다."

나봄은 바쁜 발걸음을 떼어 내 2층 제 방으로 향했다.

그녀의 뒷모습은 태어나서 처음으로 해 보는 이벤트 때문에 긴장한 상태였지만 한편으로는 설렘으로 가득 물들어 있었다.

지금의 기분이라면 준비해 놓은 그 한 마디는 무리 없이 꺼내 놓을 수 있겠다.

그 동안의 불안을 잊고 내 고백에 안도할 그를 생각하니 벌써부터 하염없이 행복해지는 기분이다.

*　　　*　　　*

—아! 좀 나오라고! 안 나오면 너희 집에 쳐들어간다!

휴대폰 너머로 징징거리는 유리의 목소리가 흘러나왔다.

겨우 삼십 분 전에 집으로 돌아와 지금 막 옷을 갈아입은 참이었던 태오는 단칼에 그녀를 내쳤다.

"싫어. 술 안 마셔."

—누가 나랑 둘이 마시자고 했냐? 회식이잖아! 자꾸 빠지는 게 어디 있어!

"여직원 회식이라며. 거기에 내가 왜 껴."

―특별 초청 해 줬더니 이게 고마운 줄도 모르고! 지금 나오면 용서해 준다!

하지만 고집스러운 유리는 좀처럼 물러날 줄을 몰랐다.

이런 그녀의 성격에 누구보다 많이 시달려 본 태오는 더 이상의 대화가 의미 없다는 걸 깨달았다.

"끊는다."

그래서 매정하게 통화를 끝마치려던 그때.

―어어! 지금 끊으면 우리 2차로 너희 집 찾아갈 거야! 두고 봐!

유리의 다급한 목소리와 함께.

띵동―!

초인종 소리가 태오의 집을 울렸다.

"손님 왔다. 나 진짜 끊는다."

정말 끊어야 할 이유가 생긴 태오는 버럭버럭 소리치는 유리를 무시하고 망설임 없이 통화 종료 버튼을 눌러 버렸다.

"누구세요."

태오는 현관문을 향해 소리치며 인터폰에 등장한 얼굴을 확인했다.

"아, 나야! 태오야!"

그러자 눈에 들어오기 시작한 해맑은 얼굴.

놀랍게도 나봄이었다. 오늘 어쩐 일에서인지 메시지가 뜸해 안 그래도 걱정하고 있었는데, 이렇게 예고도 없이 찾아올 줄은 꿈에도 몰랐다.

"한, 한나…… 한나봄? 거기 진짜 한나봄이냐!"

태오는 아까 유리를 상대하던 얼굴과는 상반된 기쁜 미소를 띤 채 현관문으로 빠른 걸음을 옮겼다.

그리고는 반가운 만큼 후닥닥 현관문 잠금장치를 풀어내니.

"웅! 당연히 나지. 누가 내 탈이라도 쓰고 찾아왔을까 봐?"

활짝 열린 문 너머로 진짜 나봄이 모습을 드러냈다. 태오의 입가에 어렸던 미소가 한층 더 짙어졌다.

"갑자기 와서 놀랐잖아. 일도 힘들었을 텐데 집에서 쉬지, 여기까진 뭐하러 왔어."

"어제부터 말했잖아! 보고 싶다고!"

"아, 어젠 못 가서……."

"미안하다는 말은 그만하라니까. 군이 잘잘못을 따지자면 시간도 없는 너를 보고 싶어 했던 나한테 있지."

나봄은 또다시 습관처럼 튀어나오려는 태오의 사과를 가로막아 두고 집 안으로 몸을 들였다.

태오는 나봄이 신발을 벗는 동안 신발장 거울을 보며 재빨리 머리를 정돈했고, 이내 다정한 목소리로 물었다.

"야근하고 바로 온 거야? 밥은 먹었고?"

누가 보면 친정 엄마인 줄 알겠다. 볼 때마다 행여나 굶어 죽진 않을까 밥 타령만 하니.

저녁 먹을 시간이 없어서 굶고 온 나봄이지만 딱히 허기가 느껴지진 않아서 나봄은 고개를 가로저었다.

"괜찮아. 그나저나 나 여기 너 선물 주려고 온 건데!"

그리고는 손에 들고 온 케이크 박스를 드디어 태오 앞에 내밀었다. 그녀가 와 준 것만으로도 큰 선물을 받은 거나 다름없었던 태오는 화색이 된 얼굴로 기대감을 드러냈다.

"이게 뭔데? 케이크야?"

"응! 내가 직접 만들었어!"

"진짜? 너 그런 것도 할 줄 알았…… 이 아니라, 고맙다. 이왕 여기까지 온 거 같이 먹자."

그녀에게서 케이크를 넘겨받은 태오는 식탁 위에 박스를 가져다 놓았다.

그가 리본을 풀 때쯤 나봄은 신이 난 목소리로 귀띔해 주었다.

"참고로 이 리본 내가 묶었어."

"예쁘게 잘 묶었네. 나봄이 포장 장사해도 되겠다."

"하하, 그게 뭐야."

"뭐긴 뭐야. 칭찬이지."

그리 말하며 태오는 나봄을 한 팔로 끌어안고는 관자놀이 쪽에 가볍게 입을 맞춰 주었다.

그러고는 다른 한 손으로 상자를 열어 그녀가 손수 만들어 왔다는 하얀 생크림 케이크를 꺼냈는데.

"아…….."

기뻐할 줄 알았던 태오의 눈썹이 살짝 구겨졌다. 초롱초롱한 눈으로 그녀의 반응을 기다리던 나봄은 의아한 눈빛으로 물었다.

"왜? 마음에 안 들어?"

그러자 태오는 고개를 도리도리 젓다가 나봄이 직접 그린 하트를 손가락으로 가리키며 말했다.

"엉덩이······?"

"아니야."

"어금니."

"바보야! 반대로 뺐잖아! 하트야!"

"아, 미안. 그렇구나."

로맨틱한 순간에 산통을 깬 태오가 당황하며 사과했다.

나봄은 심술이 난 와중에도 그가 미안해하는 건 보고 싶지 않아서, 그의 얼굴을 붙잡고 선전포고를 했다.

"나 오늘 너한테 중요한 말 전하러 온 거야. 그러니까 너무 좋아 죽지 않게 정신 똑바로 차리고 있어."

닿을 듯 가까워진 그녀의 얼굴에, 태오의 얼굴이 순식간에 새빨개졌다.

지금도 충분히 좋아 죽겠는데, 여기서 더 좋아지면 도대체 어떻게 참으라는 건지 모르겠다.

정 안 되겠으면 한 번 더 장인어른을 화나게 하는 수밖에.

＊　　＊　　＊

예쁘게 잘린 케이크 조각, 그리고 향긋한 홍차가 커피 테이블 위에 올려졌다.

"잘 먹겠습니다."

고개를 까딱이며 인사한 나봄은 곧바로 포크를 들어 맛도 보지 못하고 들고 온 케이크를 입에 넣었다. 빵을 조금 태워서 탄 맛이

나진 않을까 걱정했는데 다행히 케이크는 시중에서 파는 것보다 부드럽고 달콤했다.

"으음! 여기 케이크가 굉장히 맛있네요, 사장님."

나봄은 바로 곁에 나란히 앉은 태오에게 장난스레 말했다.

"그래요? 케이크 잘하는 집에서 공수해 온 건데, 어디 나도 손님 거 맛 좀 봅시다."

그러자 태오는 나봄의 장난에 맞장구를 쳐 주며 그녀의 두 뺨을 붙잡았다.

그러고는 밀어낼 틈도 없을 만큼 빠르게 생크림 묻은 그녀의 입술을 쪽—!

"앗! 립스틱 다 번지잖아!"

갑자기 다가온 태오의 입술에 놀란 나봄이 얼굴을 붉히며 소리쳤다. 태오는 능글능글 웃는 얼굴로 그녀에게 대답했다.

"안 번졌어. 내가 다 먹었거든."

작은 일에도 불안해서 사과를 하던 단태오는 어디로 갔는지. 오늘 그는 아무래도 백 년 묵은 구미호 컨셉인가 보다.

야릇한 멘트를 내뱉으며 윗입술을 훑는 모습이 몹시도 자극적이다.

"하여간 엉큼하긴."

나봄은 그런 태오를 툭 쳐서 밀어내고는 리모컨을 들었다.

사실 이곳에 엄청난 한 마디를 전하러 온 그녀는 그런 말을 할 수 있는 분위기가 되도록 농도 깊은 로맨스 영화를 틀어 놓을 예정이다.

"무서운 건 싫고, 액션은 너무 정신없을 것 같고…… 둘이 기분 좋게 볼 영화 없나."

나봄은 영화를 고르는 척하며 밑밥을 깔았다.

"로맨스 봐. 너 그거 좋아하잖아."

태오는 그걸 덥석 물어 대답했다.

나봄은 속으로 쾌재를 부르며 태오의 IPTV 목록에 있는 영화들 중 미리 점찍어 놓은 영화를 재빨리 선택했다.

"그럴까? 그럼 이건 어때? '파혼은 어떻게 하나요'라는 영화인데 엄청 설렌다더라."

"이미 재생했으면서 뭘 물어."

태오는 나봄의 제멋대로인 모습마저 귀여운지 그녀의 정수리를 강아지처럼 쓰다듬었다.

그와 동시에 드디어 시작된 로맨스 영화.

그건 나봄이 알기로 남자 주인공과 여자 주인공이 엄청 사랑스 럽고 귀여운 로코물이었다.

파혼극에 얽힌 여주인공이 남주인공과 어쩔 수 없이 동거하며 진행되는 사랑 이야기인데, 노래 주점에서의 첫 키스신이 그렇게나 달콤할 수가 없다고 했다.

노래방 키스신 하면 우리도 빠질 수 없잖아.

그 씬이 나올 때쯤 나는 그날 우리가 했던 첫 키스 얘기를 은근슬 쩍 꺼낼 거고, 그럼 너는 부끄러워서 얼굴이 새빨개지게 되겠지.

그러면 나는 예쁘게 물든 너를 똑바로 마주 보고 이렇게 말할 거야.

'그땐 내가 널 좋아하는 줄도 몰랐었는데.'

넌 이렇게 대꾸하겠지.

'그럼 지금은 어떤데.'

바로 그 질문.

나는 딱 그 질문을 기다려. 그때 나는 처음으로 너에게 그 말을 꺼낼 거거든. 그리고 앞으로 내 마음을 표현하고 싶어질 때마다 몇 번이고 들려줄 거야.

계획을 정리한 나봄은 태오에게 살짝 어깨를 기댄 채 영화에 집중하기 시작했다.

태오는 다가온 그녀의 몸을 한 팔로 부드럽게 감싸 안았다. 그걸로는 그의 체온이 부족했던 나봄은 손을 내밀며 물었다.

"우리 손잡고 보면 안 돼?"

그 말에 태오는 피식, 실웃음을 흘려보내고는 순순히 손을 건네주었다.

"왜 안 되겠습니까."

그러고는 나긋한 대답과 함께 그녀의 정수리에 입을 맞추었다. 달콤한 그의 애정 표현은 지금 당장 고백하고 싶어지게 만들었다.

하지만 더 영화 같은 순간을 위해, 나봄은 폭발하는 감정을 애써 눌러 보기로 했다.

좋아한다는 말이나 보고 싶다는 말로는 부족해서, 넘치는 마음을 전부 드러내지 못하는 우리 두 사람.

우리의 애정 표현은 이 영화의 첫 키스신 전후로 나뉠 것이다.

그 순간부로 우리는 서로 좋아하는 사이에서, 서로 사랑하는 사이로 한 발자국 더 나아갈 수 있을 것이다.

난 오늘 반드시 너에게 사랑한다는 고백을 꺼낼 거니까.

*　　*　　*

"유리 씨! 여기가 진짜 단 팀장님네 동네예요?"

"그렇다니까. 우리가 여기까지 오면 태오가 술 사 준다고 했어."

태오의 집 근처 번화가.

유리는 3차를 따라온 직원들에게 신이 난 목소리로 말했다.

물론 그건 그녀가 만들어 낸 새빨간 거짓말이었다. 하지만 유리는 요즘 따라 자신을 피하는 태오를 더는 두고 볼 수가 없어서, 억지로라도 편해질 자리를 만들기 위해 이렇게 직접 찾아온 참이다.

그녀의 꿍꿍이를 알지 못하는 직원들은 예상치 못한 태오의 등장에 기뻐하며 박수를 쳤다.

"와아, 그럼 단 팀장님 월급도 많이 받으니까 비싼 거 사 달라고 해야겠다."

"소고기 어때요? 우리?"

"소고기도 좋지만 나는 회가 더 땡기는데?"

"적당히 빼먹어. 이렇게 많이 데려온 거 알면 나 혼날걸?"

유리는 특유의 시원한 미소와 함께 신이 난 여직원들을 익숙한 곳으로 이끌었다.

그녀가 들어서는 술집은 예전에 태오와 가장 친했던 시절, 둘이 과도한 업무를 저주하며 죽어라 마시던 바로 그 조개구이집이었다.

"안녕하세요! 이모님! 진짜 오랜만이네요!"

그 추억을 사람들 앞에서 자랑하고 싶었던 유리는 들어서자마자 가게 주인을 향해 친근한 인사를 건넸다.

그런 유리를 용케 알아본 주인은 화색이 도는 얼굴로 그녀에게 다가왔다.

"어머, 이게 누구야! 요즘 얼굴 보기가 뜸하더니!"

"하하, 그러게요. 정말 오랜만이에요."

"그 머스마는 없네? 오늘은 친구들이랑 온 거야?"

"네, 태오는 바빠서요. 우리 여기서 마시면 이모님 조개탕에 소주 밤새 마시고 그랬었는데."

"맞아. 그랬었지. 그 머스마한테 여러 번 업혀 나갔잖아."

주인과 유리의 대화를 듣던 직원들이 눈빛이 반짝반짝해졌다. 나봄과 태오의 연애 사실을 모르는 그녀들은 항상 유리와 태오 사이를 심상찮게 여기던 중이었다.

"파트장님! 정말이에요? 단 팀장님한테 업혀서 어디로 가셨는데요?"

그중 가장 장난기 많은 한 명이 음흉한 눈빛을 띠고 묻자, 유리는 손사래를 치며 대답했다.

"어허, 자기들이 생각하는 그런 거 아니야."

"에에이! 표정을 보니까 아닌데? 뭔 일 있었죠!"

"뭐…… 그건 우리들만의 비밀."

"이거 봐, 이거 봐. 확실하다니까. 이러다가 파트장님이랑 단 팀장님이랑 청첩장으로 연애 소식 알리는 거 아니야?"

직원들의 너스레에 유리는 수줍은 미소를 지어 보였다. 그런 반응이 분위기를 더욱 묘한 쪽으로 몰고 가는 것이었으나 이게 속이는 거라고는 생각하지 않는다.

난 분명 그런 거 아니라고 말했는걸, 뭐. 여기서 더 확실히 해명 안 하는 게 잘못은 아니잖아?

자신의 꿍꿍이 섞인 행동에 당위성을 찾은 유리는 직원들을 넓은 자리 쪽으로 이끌었다.

"자자, 어서 들어가 앉아. 주문은 알아서들 하고."

그리고 본인은 가게 밖으로 다시 몸을 틀었다. 사전에 전혀 협의가 되지 않은 태오를 불러내려면 구구절절하게 매달려야 했기 때문이었다.

"파트장님! 어디 가세요! 이리 오세요!"

"보면 몰라? 직접 단 팀장님 데리러 가시겠지!"

직원 한 명이 그런 그녀를 큰 소리로 불렀으나, 눈치 빠른 다른 직원이 알아서 상황을 정리했다.

"오오, 데이트하느라 안 돌아오시는 거 아니야?"

"아하하, 짓궂긴."

그리 대답해 버린 유리는 이제 진짜로 태오를 불러와야 하는 처지가 되었다. 만약 그에게 끝내 거절당해 홀로 이 자리에 오게 된다면 회사에서 제법 거리가 있는 여기까지 끌고 온 것부터가 이상해지게 된다.

직원들과 완벽하게 차단된 가게 밖으로 나온 유리는 서둘러 태오의 전화번호를 찾았다.

그리고 망설임 없이 통화 버튼을 눌렀는데.

뚜루—

—연결이 되지 않아 소리샘으로 연결됩니다.

휴대폰을 귀에 가져다 대기가 무섭게 그는 전화를 끊어 버렸다. 이건 아까부터 질척댔던 그녀에 대한 노골적인 무시였다.

태오의 성격을 누구보다 잘 아는 유리는 여기서 한 번 더 전화를 걸 경우, 그가 휴대폰 전원을 아예 꺼 버리라는 것을 예상하고 있었다.

"하아…… 이놈의 성깔머리 하고는."

작게 불만을 읊조린 유리는 결국 그에게 메시지를 보내 불러내기로 했다. 평소엔 어지간하면 태오에게 다 맞춰 주는 유리지만 오늘만큼은 조금 세게 엄포를 놓아야겠다.

그래야 이놈이 날 더 이상 꿔다 놓은 보릿자루 취급하지 않지. 이대로 계속 무시당할 만만한 내가 아니라 이거야.

〈다음 권에 계속〉